乱世错爱

THE NEWWORLD OF LOVE

安迪可可 著

图书在版编目（C I P）数据

乱世错爱 / 安迪可可著. -- 广州 : 广东旅游出版社, 2013.5
ISBN 978-7-80766-486-4

Ⅰ. ①乱… Ⅱ. ①安… Ⅲ. ①长篇小说－中国－当代Ⅳ. ①I247.5

中国版本图书馆CIP数据核字(2013)第052755号

◎策划编辑：王湘庭
◎责任编辑：张晶晶、王湘庭
◎封面设计：邓传志
◎正文设计：谢晓丹
◎插　　图：韦　轲
◎责任技编：刘振华
◎责任校对：李瑞苑

出版发行 廣東旅游出版社 GUANGDONG TRAVEL AND TOURISM PRESS
（广州市越秀区先烈中路76号中侨大厦22楼D、E单元　邮编：510095）
邮购电话：020-87348243
广东旅游出版社图书网
www.tourpress.cn
深圳市希望印务有限公司印刷
（深圳市坂田吉华路505号大丹工业园二楼）
开本：787毫米×1092毫米　1/16
印张：23
字数：260千字
版次：2013年5月第 1 版
印次：2013年5月第 1 版第 1 次印刷
印数：1-5000册
定价：35.00元

目录

目录

身体被刺穿那一刹那，她的眼里是决绝的笑：『潘天一，就让你的孩子去地下陪我那为你枉死的父母吧！』

远处，残阳如血，叶蕴仪在萧瑟的寒风中缓缓倒下，剧痛中，她扭曲着身子，勉力伸出手，再次抚上小腹，眼角渗出一滴晶莹，口中无声地说了句：『对不起，宝宝！』

一片惊叫中，潘启文瞳孔急剧收缩，他慌不迭地想要甩开手中的匕首，却发现它已深深地插入她的小腹，眼前只余一片血红。

第一章

隔世重逢

西南重镇潘家集，临江而建的盛世茶楼，二楼“文”字号包间里，叶蕴仪倚窗而坐。

本就是标准南方美人的她，眼中那一丝轻愁，更令人觉得便如那火柴画上的人儿一般，美得不可方物。

送茶进来的伙计，悄眼看向窗边的女子，那一袭浅紫色的旗袍，令他眼前不由晃过刚刚在盛世楼下见到的那个女人，那旗袍的样式、花色居然都是一模一样，可巧的是，两人高挑的身量竟也相似，乍一看，差点令他觉得那便是同一个人，只不知，是谁像了谁。

叶蕴仪静静地看向轻雾笼罩的江面，迷离中，仿佛看到那个快一年没见的英挺身影，他那时挑着眉，痞痞地对她笑：“我家啊，在潘家集算得上大户人家吧，一问都知道。”

可是，她来了快一个月了，却打听不到任何有关他和他家的消息。

叶蕴仪叹口气，站起身，准备招伙计结账。

突然，只听窗外“砰、砰”两声巨响，叶蕴仪的身子止不住一颤！这样的声音，她并不陌生，那是——枪声！

她下意识地探出头往楼下看去，只见楼下人群四散而去，只余下一个仰面倒地的人，叶蕴仪看不清他的面容，只能看见他太阳穴处汩汩往外直冒的鲜血和他那瞪得大大的双眼。

一阵心悸，她一下子跌坐到地上，带过的衣袖碰翻了桌上的茶杯。

门外，两男一女刚刚上得楼来，正要往隔壁包间而去，听到声响，为首的年轻男子眉心一跳，揽着女人的手不由紧了紧，脚步缓了下来，棱角分明的脸上，眉头轻蹙。

他身后，一脸温润的长衫男子赶紧拍拍他的肩："我去看看就行，你先带四姨太进去压压惊！"

说完，转身进了叶蕴仪所在的包间，沉声问道："怎么回事？"

这时伙计已将叶蕴仪扶到椅上，她的头向后仰在椅背上，双眼紧闭，脸上毫无血色。

伙计抬头看到来人，忙恭敬地唤道："大少爷！"又急道："这位客人，许是被刚才的枪响给吓着了。"

被称为大少爷的长衫男子两步走过去，拉起叶蕴仪的手腕，把了把脉，转头对伙计说道："你去泡一杯参茶来，给她喝下去就没事了。"

他站起身来，这才向叶蕴仪的面上看去。一看到那惨白的小脸，他的心中不由一惊！

这脸型、这五官，甚至这发型！还有这一身的旗袍！

眼角又瞟到她手腕处的那一丝紫檀色……他心里一动，弯腰将她的袖口往上微微捞开，只见那雪白的手腕处露出一串紫檀色的手珠来。

这手珠……刚才那男人手上便有一模一样的一串！

而那个男人，刚刚为他怀中的女人杀了人！

他惊疑不定地在叶蕴仪脸上和手上来回逡巡，最终什么也没说，转身走出包间，将门关上，径直进了隔壁"天"字号房。

刚一进门，那年轻男子便站起身，皱了眉，问道："黎昕，没事吧？"

黎昕眼角扫过他手腕那一串珠子，轻轻一笑道："你潘天一潘少爷，何时这么关心起不相干的人来了？不过是一个客人，被枪声吓到了。"

潘天一并未答话，只摇摇头坐下，端起桌上的茶碗，视线滞在那水面上的茶叶沫子上，他自己也不知道怎么回事，就刚刚经过那门口时，心里便突地一跳。

黎昕看了看坐在他身侧的女人，眼前恍然两个身影重叠了起来。这是潘天一最宠爱的四姨太林婵凤，而那个女人……

潘天一侧过身看向身边的女人，用手拈去她鬓边一小粒东西，轻轻弹了出去，柔声说道："我让文四先送你回去，你放心，你喜欢的那披肩，我定为你拿到便是！"

女人乖巧地站起身来，好看的丹凤眼尾往上一挑，笑道："我也就是随口那么一说，可不想你有一丝的为难。"

潘天一死死地盯着女人离去时的背影，直到消失不见，他的眼光仍停留在那一片虚无中，喃喃地道："这背影，最是像！"

黎昕一凛，眼前又显出隔壁那女子的影子来，突然间便觉心里一阵浮躁。

叶蕴仪被伙计灌了几口参茶，脸上渐渐有了人色，缓缓睁开眼来，坐直身子问道："刚才楼下是怎么回事？"

那伙计笑道："嗨，那人也是色胆包天，居然敢调戏潘家少爷的四姨太，被潘少爷一枪给崩了！"

叶蕴仪神色一紧："潘家少爷？"

正要说话，突然包间门被一把推开，一个十六七岁模样的女孩子跑了进来，她转身用背死死地顶上门，半带着哭腔对叶蕴仪哀求道："求求你，让我躲一下。"

叶蕴仪还未反应过来，门就被一脚踹开，小女孩站立不稳，扑倒在地。

先是两个面无表情的黑衣大汉走了进来，紧接着走进来一个腰间别着枪的刀疤脸，他手虚扶着枪把，笑道："躲？你能躲到哪里去？"

小女孩一下子跪下去，对着刀疤连连磕头："我求求你，我不要做潘家少爷的第十九房姨太太，求求你放过我！"

只听那刀疤狞笑道："小清，如果不是我们夫人买下你，你早被你爹卖到窑子里去了！"

刀疤一挥手，两个黑衣大汉就要上前。

一旁的叶蕴仪早已看不下去，她取出手袋中的钱包，正要上前，却听隔壁包间传来一声怒喝："妈的，吵什么吵？还让不让老子清静了？"

听到这熟悉得不能再熟、让她魂牵梦萦了一年多的声音，叶蕴仪如遭雷击般，呆立当场。

不过一瞬间，如大梦初醒般，想要冲向门外，却两腿发软，再顾不得旁人，她扶着桌子，用尽全身的力气，弯腰冲隔壁声嘶力竭地大喊：“启文！潘启文！”

隔壁立时传来杯子落地破裂的声音，接着，是死一般的沉寂。

突然，“呼啦”一声，隔壁房门被打开，一个年轻男人风一般卷了出来，一个长衫男子紧随其后。

刀疤脸和一众黑衣男子恭敬地低头行礼：“少爷！”

门边，微醺的男人蓦然顿住了脚步，他怔怔地望着叶蕴仪，眼里满满是不敢置信的狂喜，他小心地放轻了所有的动作，似生怕这不过是酒后幻象，稍有不慎，一切就会烟消云散。

他小心翼翼地试探低喊：“蕴仪？”

叶蕴仪眼中的泪簌簌而下，凝眸哽咽：“启文！”

随着这一声轻唤，潘启文心里翻滚的热浪冲将而出，他两步急跨上前，一把将她紧紧地箍进怀中，把她的头死死地按在自己胸前，也是红了眼，口中喃喃地叫道：“蕴仪！蕴仪！老天，蕴仪，你还在！”

满屋的人都看呆了，谁也不敢出声。

半晌，那个叫小清的女孩子“扑通”一声，跪在了叶蕴仪面前，含泪叫道：“小姐，求求你救救我，我不要做潘家少爷的第十九房姨太太，求求你，救救我！”

听了小女孩的话，潘启文面色一白，他目光狠戾地看向刀疤脸，令刀疤忍不住打了个寒战。

潘启文一脸紧张地看向怀中的人儿。

叶蕴仪从他怀中抬起头来，恍然想起潘启文跟那长衫男子走进来时，刀疤脸一众人等恭敬地称呼“少爷”。

叶蕴仪用手背抹了抹眼泪，向那名长衫男子看了看，转头对潘启文说道：“启文，你跟这位潘家少爷是不是比较熟？不如你跟他说，放了这个女孩子吧。”

潘启文一愣，他眼见叶蕴仪看向长衫男子时，眼里是掩饰不住的厌恶，心里不由一慌，他赶紧点点头，对长衫男子一抱拳：“潘少爷，不如就看在我的面子上，放了这个女孩子吧？”

长衫男子神色复杂地点点头，沉声对刀疤脸说道：“还不放人？”

刀疤脸与几个黑衣大汉面面相觑，看看长衫男子，又看看潘启文，似乎拿不定主意，想要说什么，却不敢开口。

潘启文脸一沉，眼里闪过一丝阴狠，他斜睨了刀疤脸一眼，冷声说道："怎么，潘少爷，你的手下不肯给我这个面子呢？"

刀疤脸一惊，赶紧挥挥手："放人！我们走！"说完，擦了擦额上的汗，转身带着手下人往外走去。

潘启文看了长衫男子一眼，淡淡地对刀疤脸说道："刀疤，麻烦你告诉我家文四一声，让他给少奶奶准备好住的地儿后，来这儿找我们。"

刀疤回头恭身应道："是。"然后低头走出房间，反身轻轻地关上了门。

门刚一关上，潘启文的唇，便如暴风骤雨般地向叶蕴仪压了下去。他的舌不顾一切般地挑开她的齿关，急切地冲将进去，疯狂地缠上她软软的舌，贪婪地吸取着她口中的津液。

那久违了的男性气息，夹杂着淡淡的酒香，铺天盖地地向叶蕴仪袭来，让她一阵晕眩。心底那股被压抑了许久的浓浓的思念，一下子喷薄而出，她双手搂上他的脖子，激烈地回应着他。

房门外，一身短衫打扮的文四匆匆而来，他抬手刚敲了一下门，却听见里面传来阵阵激烈而暧昧的喘息声。他慌不迭地缩回手，安静地守候在门外。

直到听到门内男人一声激情的低吼，房内才逐步安静下来。过了好一会儿，文四才在门外重重地咳嗽两声。

半晌，文四方听到自家少爷缓缓地叫道："进来！"

一年来，阴沉得令人害怕的少爷，这时那淡淡的声音里却是掩不住的喜悦和满足，令文四嘴角不由往上一咧。

少爷语气里情绪的变化，令文四不由想起大约一年前的事来。

那是在江南，一个农家小院内，潘启文额头、肩膀缠满了渗血的绷带，脸上的表情显示着他在剧痛发作中。

他情绪狂躁，目光失神，想要挣扎翻滚，口中时而高喊："蕴仪！蕴仪！不、我不能死！我不能死！……"

刚进屋的文四立即将东西扔在桌上，跨前两步，压住床上男子的身体，焦急地呼唤着：“少爷、少爷！您醒醒！”

听到这一声呼唤，潘启文蓦然恢复了神志，他双眼微眯，警惕地看向来人，不由惊呼出声：“文四！你怎么在这儿？”

文四低垂了头，恭敬地答道：“少爷，自从您离家出走，我就一直悄悄跟在您身边。”

“是你救了我？文四，你为什么不送我去医院？”

文四抿抿唇：“少爷，就是我把您从医院里悄悄带出来的。”

“什么？”

“您刚做完手术，军中就开始哗变，我听他们说什么凡是青军会成员都要被抓起来，我也不知道怎么回事，我听到他们提到您的名字，就趁他们还没清点到伤员的时候，赶紧将您从医院里带了出来，藏在了这里。”

一个月后，夜幕下的广州，文四与一身长衫商人打扮的潘启文匆匆行走在街头。

潘启文紧抿双唇，脸色惨白而阴沉，只顾埋头走路，时不时用手捂面，掩住无法抑制的咳嗽声。

两人来到一座白色小洋楼前，潘启文径直上前按了门铃。

大门“吱呀”一声打开，一个女佣模样的人走出来，她看到潘启文，不由捂嘴惊叫：“姑爷！”

潘启文点点头，沉声道：“翠香，进去再说。”

翠香却轻轻掩上身后的门，将潘启文拉过一边，小声道：“姑爷，您赶紧走吧，这里不能呆！”

潘启文心里一沉：“小姐呢？”

翠香一下子红了眼，哽咽着道：“小姐、小姐她……”

“小姐她怎么了，你倒是说啊！”潘启文右手紧握成拳，低吼道。

“小姐、小姐她过世了！”

“你胡说！”潘启文只说得这一句，身子一晃，一阵腥甜过后，一口鲜血喷了出来，整个人便直挺挺地往后倒去。

“还不进来？”门里一声不耐烦的呼唤，让文四猛地从回忆中惊醒过来。他赶紧推开门，走了进去。

只见潘启文左手搂着一个女子，右手正提壶为那个女人斟着茶。

见有人进来，女人红着脸，挣扎着要坐正，却被潘启文箍得死死的，一刻也不肯松开。

文四赶紧一步跨上前，接过潘启文手中的茶壶，为两人斟上茶，这才垂手立于一旁，恭敬地唤了声："少爷、少奶奶！"

潘启文对怀中的人笑道："文四是自己人，不用避忌。"

少爷眼神里那从未有过的满满的爱恋和宠溺惊住了文四，他不由偷眼看向少爷怀中的人儿，一下子便看呆了眼。

这少奶奶，竟然比少爷皮夹子中那张黑白照片还要美上三分，难怪令少爷如此念念不忘。

潘启文斜眼一睨文四，淡淡地道："我让你给少奶奶准备住处，准备好了吗？"那平淡的疑问中，却暗藏着一丝紧绷的情绪。

文四赶紧收回视线，恭敬地答道："少爷，已经准备好了，马车就在门外，您看是不是现在就过去？"

潘启文嘴角勾起一个笑来，他满意地点点头："好，我们现在过去。"

几个人下得楼来，当叶蕴仪看到那金碧辉煌的西洋宫廷式马车时，不由吃了一惊。

她不由转头对潘启文惊叹地笑道："启文，没想到在这里也能见到这种马车。"

潘启文轻皱起眉，正要说话，却见文四赶紧陪着笑解释道："这马车是潘家少爷给我的，说是借给我，让我来接我家少奶奶。"

叶蕴仪皱起了眉，对潘启文说道："启文，我看那潘家少爷不是什么好人，你不要跟他走得太近。"

潘启文扶着她腰的手一僵，正要答话，却听"扑通"一声，一个人影跪在了他们面前。

却正是先前那个小女孩小清，她跪在叶蕴仪面前，哀声说道："好小姐，求求您救人救到底！"

叶蕴仪转头看向潘启文，只见潘启文脸色愠怒，对文四叫道："给她钱，让她走！"

文四忙伸手去拉小清，却被她挣脱，她又对叶蕴仪磕了一个头，哭道："就算您给了我钱，还了潘家的债，小清就算回去，还是会被我爹卖到窑子里去！小姐，小清宁愿给您做使唤丫头，也不愿意再回去，好小姐，求您收下我吧！”

叶蕴仪忙伸手去扶：“你先起来！”小清却不肯起来，非要叶蕴仪答应收下她。

叶蕴仪为难地对潘启文说道：“启文，你看这？”

潘启文皱眉道：“家里丫头老妈子一大堆，这丫头恐怕没做过，哪能伺候你！”

叶蕴仪展眉一笑道：“既然丫头老妈子一大堆，多一个也不多，哎，你看她那眼眉，是不是跟我有点像呢？说不定她还真跟我投缘呢。”

她的手攀上了潘启文的胳膊，软软糯糯地长长地唤了一声：“阿文。”

以前在广州时，每次她对他有所求，便会这样娇娇柔柔地唤他“阿文”。

听到这久违了的娇呼声，潘启文的心一下子柔软起来，他想起以前两人亲热，每次她被他逗弄得承受不住时，也会这样唤他。

想到这个，潘启文的身体里又浮上一丝燥热，他一把抓过她，就把她往马车上带，一边对文四递了个眼色道：“你让她先回去收拾收拾，回头再把她带过来。”

说完，干脆打横抱起叶蕴仪，跨上了马车。

潘启文一上车，便将叶蕴仪扑倒在了车内宽大的座椅上，唇刚要压下去，却听身下的人一声痛呼。他忙撑住身体，向她看去。

只见叶蕴仪眼中闪烁着泪花，“咝咝”地吸着气。

潘启文慌不迭地问道：“怎么了？怎么了？哪里痛？”

她一双丹凤眼可怜巴巴地看着他，轻声说：“背上痛！”

潘启文紧张地问道：“怎么会背上痛？快给我看看！”说着便伸手去解她的旗袍扣子。

看到她背上那一大片瘀青，他立即明白了怎么回事，那是刚才在房内，他将她按在墙上撞的！

他的手指心疼地轻抚上那处地方，唇轻轻地贴上去印了印，然后小心地为她拉上旗袍，懊恼地说道：“对不起，蕴仪，是我太急了！”

叶蕴仪拉起他的手笑道：“只要不撞到就不会痛，应该回去上点药就好了。”

见他仍是一副心疼后悔的模样，叶蕴仪玩笑道：“先前我还担心，这一年我不在，你会不会也像那个潘家少爷那样，娶他十个八个姨太太什么的，现在看你这副猴急样儿，看来我倒是白操心了！”

潘启文的手不易察觉地一颤，他抬起头来，眉一挑：“如果我真娶了，你会怎么样？”那声线里，隐含着一丝他自己都不知道的紧绷。

叶蕴仪伸手在他脑门上一弹，重重地哼道：“你敢！”又笑道，“咱们奉行的可是一夫一妻制，哼，你要真敢娶，我就跟你离婚！”

潘启文眼中闪过一丝阴霾，头一偏，斜睨着她，咬牙道：“哼，你这个恶婆娘，离了我，谁还敢要你？”

叶蕴仪咯咯笑道：“谁说没人要？宗尧送我过来时，还跟我说，要是你对我不好，就让我去找他呢。”

眼前闪过那个男子儒雅的身影，潘启文心里一刺，立时沉下了脸：“方宗尧？他送你过来的？”

他微微眯起了眼，眼中闪过一线危险的光芒，鼻腔里发出一声轻哼：“看来那次把他揍得不够惨！他还没吸取教训！”

叶蕴仪收起了笑容，皱着眉，语气里带上了一丝厉色：“启文，你不能这样说宗尧！要是没有他，我可能早就不在人世了，哪里还能跟你见面？”

听到“不在人世”几个字，潘启文心里一颤，双手扶上了她的肩，沉声问道：“蕴仪，到底怎么回事？我回去找过你，可翠香说你不在了！”

尽管朝思暮想的人明明就在眼前，可潘启文说到这里时，心仍然慌着，没着没落地拧着疼。

那天，他倒在她家门口后，足足昏迷了一个月，醒来时，人已在老家。他马上派人去广州，得到的消息却是，她全家人都被炸弹炸没了，尸骨无存！听到噩耗，他一口鲜血喷出来，又是昏迷了半个月才醒。

从那以后，他不敢去想她，连她的照片也不敢看，天天过着醉生梦死的日子。直到黎昕一巴掌打醒了他！

潘启文这一问，那惨烈的记忆一下子被连骨带肉地挖了出来，叶蕴仪眼前再次翻映出那恶梦般的场景。

她惨白了脸，猛地扑进潘启文怀中，低低地哭道：“启文，现在我只有你和蕴杰两个了！”

潘启文心里一沉！

当他看到她时，以为曾经的噩耗，不过是误传，难道真的……

他眼前浮现出岳父那充满睿智的双眼，那既是他的岳父，更是他的教官，毕业于西点军校却回国报效，那样一个才华横溢的人，难道真的就那样没了？

还有他那个用风华绝代来形容都不为过的岳母，那时，有同学曾玩笑道：“师母那样的人儿，连直视都怕亵渎了，你却有幸做了她的女婿！”

他心里布满疑云：军校中，那样一对让人膜拜仰望、追随者众的人，谁会动他们？谁又敢动他们？

潘启文的心一直往下坠，他死死咬住牙关，强抑住心中的悲愤和疑惑，紧紧搂住怀中瑟瑟发抖的人儿，却什么也不敢再问。

他只觉有一只无形的手，在绞拧着他的心，让他痛得无法自已。

在她生命中最黑暗的日子，身为男人的他，却不在她的身边，蕴杰才刚刚八岁，她那娇弱的身躯要如何支撑？

一直被娇养着的她，父母双亡，弟弟年幼，这近一年的时间，她是如何熬过来的？而在这兵荒马乱的时候，她又是历尽了怎样的艰辛来找他？

她说，是方宗尧送她过来的，那么，这一年的艰难岁月，都是方宗尧陪她度过的了？

在她最无助、最孤苦无依的时候，是那个一直以一种近乎膜拜的心态爱着她的方宗尧在支持、守护着她？

而他呢？他在干什么？

在她最需要他的时候，他却在醉生梦死、声色犬马！

如果、如果，她知道了他曾经的荒唐，她会怎么样？

潘启文止不住地心慌，仿似有一片巨大的阴影笼上了心头，罩得他的心沉沉地，却又飘浮着落不了地，不上不下地压得他难以呼吸。

他捧起叶蕴仪的脸，一点一点，小心翼翼地吻去她脸上的泪痕，然后默默地将她揽入怀中，紧紧地拥住她。

叶蕴仪就这样依在他的怀中，她就那么脆弱地、喃喃地说道：“启文，好在我找到了你！启文，好在你还在！命运负了我，可你却不会负我！”

"你却不会负我！"这几个字如一记响雷，重重地在潘启文心上炸开，他的手不由一颤，却只能紧了紧拥住她的胳膊，什么也不敢说。

马车突然停了下来，门被人从外面拉开，一串银铃般的笑声伴着又脆又急的话音传来："我哥说你在这里，我还不信！二哥，你不是从来都是骑马的吗？什么时候改坐马车了？"

叶蕴仪从潘启文怀中抬起头来，见车外站着一个一身学生装的女孩儿，约摸十六七岁的年纪。而文四正站在她背后，一脸焦急不安却又无可奈何的神色。

看到潘启文怀中的人儿，女孩儿脸上的笑容突然凝住，有点不知所措地看向文四，文四却将头扭向一边，装没看见。

她转头看向潘启文，却只见到潘启文一脸的愠色，眼中还有一丝的紧张。

潘启文轻叱道："没人教过你要敲门的吗？"

女孩儿这时已回过神来，听了潘启文的话，不由朝上翻了个白眼，低下头嘟囔道："又不是房间，敲什么门！"

叶蕴仪见这女孩儿模样娇憨，很是喜欢，不由拉住女孩儿的手，说道："启文，这是你妹妹吗？我从来没听你说起过的？"

不想却被女孩儿慌不迭地摔开，像是碰了什么很脏很让人厌恶的东西似的。

叶蕴仪尴尬地看向潘启文，潘启文神色一凛，随即对女孩儿急迫地喝道："黛儿，还不快见过你嫂子！"

女孩儿猛地一抬头："嫂子？"她神色惊疑不定地在二人脸上来回逡巡。

黛儿的神色和态度让叶蕴仪心里不由一沉。

在广州时，潘启文从未说起过自己的父母家人，问起时，也只是轻描淡写地一句带过。而现在，黛儿这态度，难道他的家人竟不知道他已娶妻？

眼见叶蕴仪溢于言表的不安，潘启文心里一紧，赶紧对黛儿笑道："黛儿，我钱夹子里的照片，你忘记了？"

听了潘启文的话，黛儿猛然想起那张黑白照片上的人儿来，仔细一看，果然是她！可是，文四不是说她已经死了吗？为什么会出现在这里？

潘启文嘴角带笑，眼睛却是死死地盯着黛儿，那眼中的一丝急切、狠戾，让黛儿一凛。

黛儿暗自咬咬牙，嘴角往上一弯，强自笑道：“她就是叶家姐姐？”

潘启文眼里泛起一丝轻松的笑，对叶蕴仪解释道：“她跟我一样，以为你没了，所以才会这样，你不要往心里去！”

叶蕴仪心里一松，不由玩笑道：“吓我一跳，我还以为你瞒着家里跟我结婚呢！我还想着，这可要怎么相处才好？”

听了这话，潘启文脸色一白，回头却见黛儿似笑非笑地盯着他，他瞪了黛儿一眼，没有说话。

叶蕴仪伸出手去，又想去拉黛儿，却又怕她是不喜人碰触，手伸到半途，又缩了回来。

潘启文看在眼中，心里不由一疼：她是接受西洋教育的新式女子，向来落落大方，何曾这样小心翼翼过？

只听她对黛儿笑道：“我们也正要回家去呢，黛儿你要跟我们一起吗？”

潘启文忙笑道：“他们都不住镇上呢，乡下大宅里人多，规矩大，我怕你不习惯，所以我们单独住。”

叶蕴仪听了心里一暖，懂事地说道：“还是应该先拜见公公婆婆的。”

潘启文一怔，随即对叶蕴仪笑道：“有个亲戚嫁女儿，他们出远门走亲戚了呢，等他们回来再见不迟。”又对黛儿不耐烦地挥挥手，“你该干吗干吗去！”

黛儿紧咬着嘴唇，看看潘启文，再看看叶蕴仪，终是默默地点点头，准备转身离去。

却听潘启文突然叫住她：“等等！”

黛儿转过身来，只见潘启文目光中带着一丝狠色，冷冷地对她说道：“你告诉黎昕，不要惹我！这不是他能乱来的事！”

一股从未有过的冷意穿过黛儿的身体，她眼神复杂地瞟了叶蕴仪一眼，什么也没说，径自转身离开。

第二章

惊鸿照影

马车在一个精致的院落前停下，潘启文牵着叶蕴仪的手，将她扶下马车。

叶蕴仪的第一感觉是这大门好高，高到她要退后两步，抬头望去，才能看见那朱红色的大门上方，龙飞凤舞的两个大字——“德园”。

叶蕴仪回眸笑道：“你字‘德众’，这个德园，是不是与这个有关？”

潘启文心里如被轻羽撩过，软软痒痒的，他嘴角一勾：“你不是说你国学不好的？我还以为你记不住。”

叶蕴仪在美国出生，10岁才随父母回国，从小接受的便是西式教育，父母虽说给她请了国文老师，但她总说自己底子不够厚，肤浅得很。那时，他们一帮军校的同学，总爱以“儒将”作为标榜，闲暇时，偶尔会凑在一起舞文弄墨，有时便干脆凑到叶教官家中去，顺便向师母混餐饭吃。她总是静静地坐在一旁，以一种崇拜的眼神，热切地看着他拽文吊字。他极享受这样的情形，所以总是拉着她一起。

每次，同学们起哄，要她也露一手，她总是一扬眉，自信地笑道：“我知道自己国学底子不好，肤浅得很，我才不出那个丑！不过，要说别的，你们未必便强过我了！”如果在她家，她就总是落落大方地坐到钢琴前，为大家弹上一曲。她一贯开朗，所以她选的曲子也多是如清泉般欢快。

那帮毛头小子们连钢琴都少见，哪里听得懂那曲中的意境来？但即便是这样，所有的人都安静地聆听着，在那如天籁般的琴音中，更有人以热烈的眼光，毫不避讳地追随着她。方宗尧便是其中一个。

而这时，在德园前，叶蕴仪见潘启文笑话她的国文不好，不由眉一挑：“我可是带了棋盘来的，要不要来一盘？”

只听一个声音爽朗地笑道：“呵呵，看不出叶小姐如此一娇弱女子，竟也有男儿气势啊！”

叶蕴仪侧目一看，却正是今天在盛世茶楼见过的那位“潘少爷”！只不过他原本的一袭长衫，已换成了一身深黄色军装，整个人看上去精神了不少。如若不是今天小清的事坏了印象，这人看上去倒是一英挺男子。

看清来人，潘启文脸色一沉，瞪了他一眼，冷声问道：“你来这里做什么？”

“潘少爷”嘻嘻一笑：“当然是有重要的公事找你。”

潘启文不耐烦地挥挥手：“你看着办就好了，这几天都别来找我！”

“潘少爷”瞟了立于一旁的叶蕴仪一眼，收敛了玩笑的神色，沉声道：“百合会馆！”

潘启文脸色一变，他一挥右手，止住了他后面的话，转头对叶蕴仪柔声说道：“让文四先带你去后院，你先看看有什么东西还不齐整的，也好吩咐文四去置办。我说两句话，马上就来。”

说完，扬声道：“文四，带少奶奶去后院，好生伺候着。”

文四答应了，对叶蕴仪一躬身：“少奶奶，这边请。”

叶蕴仪看了看潘启文，欲言又止，终是什么都没说，跟着文四进去了。

潘启文的眼神一直追随着叶蕴仪的身影，直到她跨进大门，转过影壁，看不见了，才掉过头来，对“潘少爷”说道：“进去说！”

两人径直来到前厅，潘启文一撂长衫，在正对厅门的主位坐下，“潘少爷”则在侧面落了座。

端起茶杯，用盖子在茶面上拂了拂，他轻轻抿了一口，这才不紧不慢地道：“说吧！”

只见侧面的人皱眉道：“你这是打算对她隐瞒你的身份？为什么？因为黛儿？”

潘启文面色一沉，眼中竟带上了一股恨色：“黎昕！今天你第一眼就认出她了吧？可你却想把我支开！你以为我不知，你又是为了什么？”

然而对方却并不理会，只冷笑一声说道：“你潘天一、潘家大少爷，这潘家集谁人不知、哪个不晓？你又能瞒得了多久？”

潘启文手中的茶杯一颤，他将杯子重重地往方桌上一搁，冷声道：“黎昕，我警告过你，不要惹我！你到底有没有正事？”

黎昕眼神一闪，正色道：“查到了，那家百合会馆，现在的幕后老板的确是日本人。”

潘启文眉头轻蹙，眼中有些许怀疑：“他们表面上是开赌场和妓院，主要目的却是贩卖烟土？”

黎昕神色凝重起来，他直视着潘启文：“恐怕远不止于此。那个日本人叫小腾，他从原来的老板手里高价买下这家会馆之时，正是你刚回来一个月的时候。”

听到这个时间，潘启文眼中风暴骤起，阴鸷的眼神直直逼视着黎昕，问道：“林婵凤是那之后进的会馆还是之前？”

黎昕回答得简洁明了：“之后！”

潘启文点点头，再沉声问道：“那有没有查到林婵凤的来历？”

黎昕摇摇头：“只查到她来之前曾在广州待过一段时间，其他的什么资料都没有。”

潘启文“噌”地一下站起来，在广州呆过？

一个可怕的念头掠过他的脑海：那林婵凤外貌、体态与蕴仪长得如此相象，连神韵都学足了七八分，如果是一早策划的……

潘启文眉头紧蹙，烦躁地在厅里踱来踱去，却依然压不下他心底那一阵紧似一阵的慌乱。

黎昕不由对潘启文笑道：“日本人借个女人能成什么事？你在担心什么？”

只听“啪”的一声，潘启文一巴掌重重地拍在方桌上，对黎昕低吼道：“让情报处派专人去广州查，查军校的高级教官叶翔宇夫妇是怎么死的！是什么人干的！我要知道详细的情报，尽快去，越快越好！”

黎昕一凛：“你是说？叶蕴仪的父母？”他随即骇然道，“难道日本人一早就开始策划，行事还如此周密？”

一声惊雷滚过，天空中刹那间乌云压顶，黑沉沉地压得人喘不过气来。厅里一时寂静无声，两人均陷入了沉思。

自从得知叶蕴仪的死讯，潘启文整整昏迷了一个月才醒过来。潜意识里，他自己不愿意醒，因为醒来就要面对失去蕴仪的痛，这样的痛，他承受不起！因此，醒来后，他整天与酒相伴，不敢让自己清醒，一旦清醒过来，他就止不住地想起蕴仪，一想到蕴仪已逝，他便抓心挠肺地痛，痛到无法呼吸。半醉半醒间，他常常对着蕴仪的照片，跟她说话。

而那张照片，在他清醒时，他是从不敢看的，一看，便止不住要发疯！

为了让潘启文从醉生梦死中清醒过来，潘家二老照着照片里的样子，精挑细选，为他连娶了两位姨太太进门，他却连看都不看一眼，照旧每日与酒为伍，一天中没几个清醒的时候。

潘父又命人将他关在房中，不许给他酒喝，他却干脆便连饭也不吃，水也不喝，躺在床上一副等死的模样。无奈，只好随他去了。

那一天，他又在酒楼中买醉，醺醺然中，隐隐约约听到有人在说什么"百合会馆"、"钢琴"。

那"钢琴"二字让潘启文浑身一震，他一把揪住那人，凶巴巴地问："哪里有钢琴？"

那人似吓住了，急慌慌地往门外一指："呃，百合会馆。"

潘启文甩开他，跌跌撞撞地向门外走去，一边走，一边喃喃地道："百合会馆，百合会馆！"

门外是一个丁字路口，潘启文站在路中间，茫然四顾，突然大叫道："文四！文四！"黎昕急忙上前扶住他，带着他往西边走去。

走着走着，他猛地一把甩开黎昕，歇斯底里地叫道："骗子！这里哪儿会有钢琴！有谁会弹？除了蕴仪，谁会弹钢琴？骗子！骗子！"

他突然一屁股坐到地上，眼里泛起了潮气，哽咽着自言自语："蕴仪都不在了，谁会弹钢琴？谁会？"

黎昕费劲地将他扶起，皱眉道："去看看不就知道了？"

潘启文努力睁大了眼，突然兴奋起来："对，看看去！说不定就是蕴仪躲在那儿弹琴！"

说完，便扯着黎昕往前奔去。

百合会馆本是潘家集有名的赌馆兼妓院，黎昕却从未进去过。他之所以带着潘启文来这里，是因为看到他被“钢琴”两个字如此刺激到，也是希望或许真的有别的女人能转移他的注意力。

这个时候，黎昕已顾不得那人是不是干净的女人了。

会馆里没有想象中的乌烟瘴气，整个大厅里非常安静，反透着一丝清雅。

潘启文一进门，随手抓了一个人便问：“钢琴在哪儿？”

一个小倌模样的人赶紧迎了上来，对他笑道：“哟，这不是潘少爷嘛！您可是稀客！潘少爷，您今儿个这是要听凤姑娘弹琴？”

潘启文一把揪住他的衣领，斜眼看他，叫道：“少废话，什么凤姑娘龙姑娘的，我问你钢琴在哪儿？”

那小倌见他一脸酒气，赶紧对里头叫道：“林丫头，赶紧将二位爷迎到凤姑娘的桃花馆去。”一个清秀的小丫头应声而出，领着二人穿过回廊，进了一道朱红色的院门，里面竟是别有洞天。

这是一个有山有水的小园子，园子的北面以山为墙，一道浅浅的山泉水从山坡上倾泻而来，形成一级级小水潭。沿着山坡向下，丛丛桃花树在园中盛放，随风飘落的花瓣飘到水潭中，清绿的水中荡漾着的一片片粉色，令人心动不已。

潘启文一进了园子，便如痴了般，他醉眼迷离，口中喃喃叫道：“桃花涧！桃花涧！”他四周打着圈，焦灼地大声呼唤起来：“蕴仪！蕴仪！是你吗？你看，这桃花涧中的桃花又开了！蕴仪，你出来！”

回答他的却是如泉水叮咚般欢快响起的钢琴声，听着这首耳熟能详的《小星星变奏曲》，潘启文瞬间安静下来，眼中顿时焕发出希望和光彩来。

潘启文顺着琴声向上看去，只见园子西北面的凉亭，轻纱飞舞，隐隐一个身着浅紫色暗花旗袍的女子，正坐在一架白色的三角钢琴旁，聚精会神地弹着琴，她的身形随着那欢快的曲子微微晃动。

在这样的琴音中，看着那熟悉的身影，潘启文浑身一震。

然而他在半醉中却留有三分清醒，他知道那不是他的蕴仪，但即便是这样，他仍舍不得不听这样的琴音，舍不得不看那样相似的背影。

这是他常常奢望着，连做梦也梦不到的如此真实的场景啊！

他如痴傻般一动不敢动，死死地盯着那个女子，眼中迅速泛起一层雾气。

一曲终了，他如死灰般的心里突然升起一丝希冀，他期盼着下一秒，那个人儿便会转过头来，如他的蕴仪般，回眸对他调皮地一笑：“好听吗？”

然而，那个身影依旧静静地坐在那里，不动、也不回头。

潘启文缓缓地，一步一步地走上去，在那个身影背后停住，喃喃地问道：“你是谁？”

那个女子终于回过头来，看到她的脸形、眉眼，潘启文一惊，他一把抓住她的肩，恶狠狠地问道：“你到底是谁？”

那女子迅速红了眼眶，娇声委屈地道：“先生，你抓疼我了！”

那一双丹凤眼中星光点点，一下子炫幻了潘启文的眼，他赶紧松开她，手足无措地说了声：“对不起！”

潘启文放柔了声音问道：“你还会弹什么曲子？”

那个女子正要回答，突然一把粗鲁的嗓音响起：“你个臭婊子！整天在那儿装高雅，结果还不一样在这儿陪男人？”

潘启文眼中脑中那如梦似幻的场景，就这样被横空而来的声音硬生生地打破！

他不由大怒，回头吼道：“滚！”

那个出声的矮胖男人又惊又怒，走上前来，指着那女子叫道：“这个女人老子已经买下了，凭什么叫老子滚？”

他接着一脸淫笑地看向女子，对旁边另一个男人道：“怎么样，我说这凤姑娘不错吧？啧啧，这脸蛋儿，这身形，要是压在身下，比起你那些小红楼的女人来，一定是别有一番滋味吧？”

“哈哈！凤姑娘，跟爷走吧？爷今儿个晚上就好好疼你！”说着，就要去拉那已在瑟瑟发抖的女子。

这样的话语，早令潘启文目中狠戾尽现，这些人，竟然敢以如此的言语来羞辱于她！

虽然他知她不是他的蕴仪，但就凭那眼眸、那琴音，他怎会容人如此亵渎！

暴怒中，他飞起一脚，将那男人踢翻在地，又顺手抄起亭中石几上的茶壶，狠狠地砸上了另一个男人的头。

他还不解气，又上前两步，将倒在地上的两人一人一脚，直接踢飞出去！

潘启文冷哼一声，抓起那女子的手，说道："跟我走！"

女子一脸惊恐地颤声道："先生，您……"

潘启文眼中喷火，怒吼道："我怎么可能让你被他压在身下？"

说完，将女人扯进怀中，带着她一边往外走，一边对黎昕说道："把那架钢琴也给我搬回去！"

就这样，这个叫林婵凤的女人便成了潘家少爷的四姨太。

潘启文专门在大宅中选了一处园子，命人种上桃花，并照着桃花涧的样子，布置了假山流水。他夜夜留宿于四姨太处，偶尔会去二姨太、三姨太房中，这个变化自然令潘家上下欣喜不已。

回想起林婵凤进入潘家的过程，潘启文不由冷汗涔涔。

广州桃花涧是他与蕴仪初初相识的地方，那里有过他们太多美好的回忆。而那园子的布置完全就是一个缩小版的桃花涧，尤其是那一级级的小水潭，更是桃花涧所独有，那里竟也一模一样！

还有那一曲《小星星变奏曲》，是他最爱听的一首曲子，蕴仪总说那其实就是一首儿歌，太过简单，显不出她的琴技来，但他却爱听那叮咚欢快的调子，因为他总觉得那便如她的人一般，阳光、简单而且轻快利落。

亭子中的那架白色三角钢琴，也与蕴仪广州家中的一模一样，那时，他最喜欢看着那晶亮的琴盖中映出的她的身影与他的并排而立，他总想着，所谓"一对璧人"，便也不过如此吧！

然后就是那个叫林婵凤的女人，那脸型，那身形，尤其那一双丹凤眼，无不与蕴仪相似，甚至那天她穿的那件旗袍，也是蕴仪最爱的浅紫暗花！

正是这太多的巧合，让潘启文怦然心动。加上后来那两个男人的出现，他才迫不及待地将她带回了潘家。

然而，这么多的巧合，现在回想起来，不能不令人心生疑虑。

如果，如果在广州，一开始他便被人盯上；

如果，日本人为了能接近他，接近潘家，而想要杀掉蕴仪，却造成蕴仪父母的惨死……

一想到这种可能，潘启文的心就缩成了一团！

蕴仪的母亲叶夫人，对潘启文这个女婿，如亲生儿子般对待。而蕴仪的父亲，那个对他来说亦师亦父的铮铮男子，为报效祖国而回，极力主张的便是打倒军阀，统一全中国。

而如果、如果蕴仪的父母，竟是因他这个西南最大军阀的独子而死，这，让他情何以堪！又让蕴仪情何以堪！

憋闷了半天的雨终于哗啦啦地落了下来，潘启文手足无措地看着门外屋檐下垂挂的雨帘，整个人如被那雨水浇过一般，透心地凉！

他一只手撑住桌子，似要寻求支持般地向一侧的黎昕看去。

黎昕的手无意识地去端桌上的茶杯，刚要揭开盖子，又停住，抬头说道："我觉得这事不太可能！当初你离家之后，去了哪里，我们都不知道，你又改了名字，这日本人在广州是如何知道你的真实身份的？

"更何况，如果真如你所想，那得多长时间之前就开始谋划？那岂不是你一到广州，他们便知道了你的身份？这怎么可能？"

潘启文这时已从先前的恐慌中缓了过来，他重新落座，冷冷地道："你别忘了，从我离家那天起，文四就一直悄悄跟着我！"

黎昕的手一颤，杯中水泼了一半，他忙放下茶杯，一边掸着身上的水，一边惊呼道："你是怀疑文四？"

潘启文无力地摆摆手："文四从小跟我们一起长大，知根知底，不会是他！"

说到这里，他蓦然一顿，目光若有若无地看向厅外的那水雾蒙蒙的天井："可是文四为什么会跟着我？那还不是我爹指派的？"

黎昕皱眉道："你是怀疑你爹身边的人？"

潘启文这时已恢复了一贯的冷静，他沉稳地说道："现在说这个还为时尚早，你先派人去查蕴仪父母的死因。"

黎昕点点头，又不由问道："那个林婵凤你打算怎么办？"

潘启文眼中掠过一抹狠色，恨声道："如果真是他们杀了蕴仪的父母，我要她，死无全尸！"

黎昕眼中闪过一丝犹疑，说道："以我们目前的情况，还不宜与日本人公然撕破脸，这……"

潘启文略一沉吟，说道："先派人去广州查了回来再说，现在先不要打草惊蛇。”

说到这里，他脸上带着狠戾，冷笑道：“不与日本人撕破脸，就不能杀她了么？”

潘启文将林婵凤带回家中后，当晚便与她同了房。

然而，他很快便失望地发现，林婵凤其实与蕴仪有太多的不同。与蕴仪相比，她太过娇弱，没有蕴仪的开朗和落落大方，更没有蕴仪身上那种无法用言语描述的韵味。所以，当他偶尔发现，另两位姨太太竟然也有与蕴仪相似之处后，他便开始在别处流连。

那以后，他发疯般搜罗与蕴仪相似的女子，但凡有一点相像，他便让人为他娶进家中，两个月内，加上原先的三位，他竟连娶了十八位姨太太！

然而，最后的最后，带给他的却终究是失望！这些女人，即使全都加起来，又哪里能及得上他的蕴仪半分？

见潘启文眼都不眨地说要杀了那个他宠了大半年的女人，黎昕不由心中一寒。

就在今天，军中已经传遍，因为不知道林婵凤身份而上前调戏未遂的一个连长，被随后而来的潘家少爷当场击毙！

为了给这位四姨太压惊，潘家少爷竟答应以五十条最好的驳壳枪，换了上海武义社老大冯啸天的姨太太的一条披肩！而现在上海最大的帮会，一共才不到十条枪！

不过半天时间，因为叶蕴仪，他却毫不迟疑地要杀了那个女人，眼中竟无半点怜惜！

黎昕见到了叶蕴仪本人，才终于知道当初林婵凤为什么会如此受宠，而现在，同样为了叶蕴仪，林婵凤却要被弃如敝屣。

如今潘启文对于失而复得的叶蕴仪，自是百般柔情，黎昕不由自主地想到自己的妹妹黎黛，那么，黛儿他又要如何相待？

他今天叫黛儿前去拦住马车，本便是一种试探，然而，想到黛儿刚对他闷闷不乐地提起马车前的情景，心里不由暗自发凉。

第三章

欲说还休

叶蕴仪跟着文四往后院走去。

穿过回廊，跨进一个朱红色的院门，只见中规中矩的院子中间是一个大大的天井，天井中种了几棵桃树，环着天井四周的是一个两层的小楼，楼上楼下各有回廊，回廊后面便都是房间。

看着那几株桃树，叶蕴仪不由笑问："这儿也有桃树呢，只不知这里是几月开花？这桃花是粉色的还是白色的？"

文四领着叶蕴仪穿过回廊，往正房走去，他笑道："咱们这里桃花是四月开花，我家少爷每一处院子都要种上桃树呢，还必须是粉色的桃花，说是要跟广州的桃花涧一样。"

叶蕴仪听了，脸上便漾起一个温暖的笑来。

一边走，她一边笑道："回头你带我去电报局发封电报去上海。"

文四忙道："少奶奶，您把电报内容给我就好了，不用您亲自跑一趟。"

叶蕴仪挑眉一笑："文四，你当我是大门不出、二门不迈的大家小姐吗？我告诉你，我当初在广州，可是跟你家少爷一起上街游行，还在万人集会上演讲呢。"

文四憨憨地一笑，没有回答。

叶蕴仪想起什么似的，皱眉问道："文四，你家少爷跟那个潘家少爷很熟吗？”

文四想了想，笑着回道：“少奶奶，这潘家集的人家大多姓潘，咱家少爷也姓潘呢。”

叶蕴仪不由失笑道：“那倒也是。”

她随即又昂起了头，那雪白的颈项略略向一旁弯起一个优雅的弧度，她的眼中神采奕奕，傲然地说道：“不过你家这个潘少爷与那个潘家少爷可不一样，你家少爷可是堂堂军校的高材生，才不像那个强抢民女、还娶了十八房姨太太的潘家少爷，那一准儿就是个纨绔子弟。”

文四低了头，没有作声。

叶蕴仪又问道：“文四，刚刚他们提到的那个百合会馆是个什么地方？”

文四早有准备似的，恭敬地答道：“回少奶奶，我也不太清楚。”

叶蕴仪皱了皱眉，说道：“你家少爷从广州回来后，在做什么事？为何潘家少爷会与他有公干要谈？”

文四愣了愣，并不直接回答，反而紧走两步，指着楼梯笑道：“少奶奶，您仔细这楼梯，咱这地方潮湿，楼下阴气重，好的房间都在楼上。”说着便侧身一让。

叶蕴仪这次却并未被他的话给岔了开去，她把着扶手，一边上楼，一边说道：“文四，你还没回答我的话呢。”

文四紧跟在她后面，他暗自咬咬牙，答道：“我只知道少爷好像在潘司令的军中做事，至于具体做什么，我也不清楚。”

叶蕴仪的脚步一顿，她转过身来，惊异地问道：“你说的那个潘司令，是那个西南最大的军阀潘烨霖？”

文四的额上细细密密地渗出汗来，也不敢抬手去擦，只低头答道：“潘司令的大名是叫潘烨霖，至于是不是您说的那个什么军阀，我就不知道了。”

叶蕴仪微蹙了眉，转身上楼，一时间，她不由满心疑惑。

当初，他参加北伐，不就是为了打倒军阀、建立一个统一的民主国家吗？

他与她联手在万人集会上共同演讲《论军阀乱国之危害》，令万千学子和民众群情激昂。

他与父亲共同讨论振兴中华之国策，在打倒军阀后如何强国的问题上，争论得面红耳赤，正因为此，父亲才对他赞赏有加，连称“后生可畏”。

可现在，他为什么会为西南最大的军阀潘烨霖做事？

那潘烨霖也姓潘，那潘家少爷如此跋扈嚣张，会不会便是跟这潘司令有关？

而启文会不会是受了那潘家少爷的影响，才会去帮潘烨霖做事？

潘启文沿着回廊缓缓地向后院走去，透过雨帘，他看到那几株桃树在风雨中摇曳生姿。

那一天，在广州桃花涧的那一片旖旎粉色中，他与蕴仪情定终生，他第一次吻了她，那相映成红的人面桃花，令他沉醉不已。

满心欢喜中，他犹豫再三，想要告诉她，他们家其实并不是什么普通的大户人家，他的父亲实际上是西南最大的军阀潘烨霖，为了能报上军校，为了安全起见，他隐瞒了真实身份。

他还想告诉她，家里为他娶了一门亲，他是逃婚出来的。

他对她一见钟情，却怕她因他的身份而瞧不起他。

她是那么的高高在上、追求者甚众，他怕，一旦告诉了她，他便连一丝的机会也不会再有，所以，他对她隐瞒了这一切。

然而，她那一句干脆利落而不容置疑的话，将他所有的坦白堵了回去：“启文，我要你发誓，这一生只爱我、娶我一人，绝不负我、欺骗于我。”

他毫不迟疑地发了誓，却将那些秘密埋进了心底，他告诉自己，反正他也不打算回去，他更不会带她回那个令他喘不过气来的家。

然而，命运的阴错阳差，竟让他们在潘家集重逢。

如果，让她知道了他的身份，知道了他曾经的荒唐，再知道了他从头到尾的欺骗，她，会怎么样？

如果，她的父母真是因他这军阀独子的身份而枉死，她，又会怎么样？

屋檐下的雨淅淅沥沥地下着，天空中的乌云散了开去，潘启文的心里，比先前亮堂了不少：大不了，带她走就是！

下了决心，先前的忐忑不安变成了想要见她的急切，他不由加快了脚步，向后院走去。

正要上楼，却见文四匆匆从楼上下来。

“不是让你在少奶奶跟前伺候着吗？你去哪儿？”潘启文皱眉道。

文四低头垂眸道：“少奶奶的行李已送了过来，她不让人帮忙，非要自个儿整理。我去让人给少奶奶上茶点，顺便要那些个下人们管严他们自个儿的嘴。”

潘启文点点头，说道：“每人多给他们一些工钱，让他们好生伺候！另外，”他的眼中带上了一丝狠色，“警告他们，谁要多嘴多舌，休怪我的枪子儿不长眼！”

文四心里一颤，他想起叶蕴仪的话来，战战兢兢地说道：“先前少奶奶再三问起您在哪儿做事，我避不开，只好说您在潘司令军中做事。”

潘启文眉一拧，点点头：“知道了，她还问了什么？”

文四见潘启文并未怪罪，心里一松，忙道：“她还说，要跟您住一间房！”

潘启文挥挥手：“把我房里的东西搬过去，这边东西也不多，回头你回大宅，把我的东西全搬过来，以后我就住这边了。”

文四急道：“那大宅那边儿，还有司令和夫人那儿，怎么个说法？”

潘启文不由沉吟起来：那林婵凤现在底细不明，日本人在这边势力到底如何，也不清楚，安全起见，眼前倒不宜令蕴仪太过张扬。

他抿了抿唇，说道：“大宅那边儿，就说我新娶了位十九姨太，安置在别处，不许人打扰！”

文四心中疑惑，却也不敢问，只是点头应了。

潘启文突然想起一件事来，他问文四：“当初我去广州，你跟着我，是我爹派你去的吧？我当时连黎昕都没告诉，我爹怎么知道我什么时间走，又是怎么知道我要去哪里的？”

文四笑道：“那段时间混战多，可不像现在这么太平，司令是派了人保护您的，怕您反感，没敢让您知道，所以，您的动静，司令全知道！”

潘启文心里一惊，那如果他现在要带蕴仪走，可还能走得掉？

以前潘烨霖只当他去散心游玩，可现在，他已能在军中独当一面，潘烨霖有心扶他这个独子上位，他按革命军的标准在军中实施的变革已深得人心，军中人都已开始称他为“少帅”，这个时候，潘烨霖怎么可能放他走？

正沉吟间，又听文四说道：“少爷，您要住这边，时间长了，恐怕司令和夫人那里会不好交待！毕竟，那边儿还有一位黛儿小姐呢！”

潘启文点点头：“你先这样说着，爹和娘那里，我明儿抽空回去一趟，亲自跟他们说。”

他又叮嘱文四道：“你派人去上海最好的琴行订一架德国出的贝希斯坦的三角钢琴，要白色的。”

文四应了，又问道：“对了，少爷，今天那个叫小清的丫头？”

潘启文沉吟着道：“让她在蕴仪跟前伺候，让她嘴严实些就好！”

他对文四挥挥手：“你去让人上点茶点上来，晚餐丰盛些，多做些清淡的菜，记住不要有一点辣的东西。回头你想办法请个会做广东菜的厨子来。”

说完，他转身向楼上走去。

叶蕴仪嘴角含笑，正拿着一双男式皮鞋在端详，听到动静，她侧过头来，对潘启文嫣然一笑：“启文，正好，你来试试这双鞋合不合脚。”

她脸上那灿烂的笑容，令潘启文心里的阴霾一扫而空，他走上前去，从身后环住她的腰，把头搁在她的肩上，深深地吸了一口气，笑道：“你还是用的那款法兰西香水？”

叶蕴仪点点头：“那时没敢回家，什么都没带出来，这香水是后来宗尧托人给我买的。”

潘启文心里一紧，他指着床上的皮箱，沉声道：“那这些东西也都是方宗尧给你置办的？”

叶蕴仪看出他的不悦，忙笑道：“他一个男人，哪会这些，这些都是方伯母给我备下的。”

潘启文脸色稍霁，却仍是不高兴地问道：“你住他家去了？”

叶蕴仪摇摇头：“宗尧救了我以后，就将蕴杰从家里也接了出来，把我们送到广州郊外的一家修道院，他说，没查清是谁制造事端前，不敢让我们露面。这些东西，是方伯母悄悄命人送来的。”

潘启文略为紧张地问道：“那他后来有没有查清是谁做的？”

叶蕴仪黯然低下头：“没有。开始，他怀疑跟你参加了青军会有关，但那毕竟是军校内的争斗，我爸在军校两派之间都有很高的威望，应该没人敢动他，而且，出事后，据说校长亲自严令查处！”

潘启文紧追不舍：“后来呢？”

叶蕴仪皱眉道：“后来，军校那边什么也没查出来，有结论说不是军校的人做的，可到底凶手是谁，为什么要这样做，仍然一无所知。”

潘启文心中一凛，知她不愿意再提起那段恶梦般的日子，忙岔开话题，问道：“那蕴杰呢？他没跟你一起来？”

叶蕴仪一下子泪盈于睫，低声道：“这么山长水远的，路上又不太平，蕴杰还小，这边的学校情况我也不了解，我就没敢带他一起走。正好方家要搬去上海，方伯母说上海的学校对蕴杰有利，我就同意让蕴杰跟着方家去了上海。”

说到这里，她的眼泪簌簌直往下掉，她转过身来，趴在潘启文怀中哭道：“我跟蕴杰分开那天，他死死地拉着我的手怎么也不肯走，他一直哭着喊着‘姐姐，求求你带我一起走！不要扔下蕴杰！’”

说到这里，叶蕴仪已是泣不成声：“可是，路上这么乱，路途远又辛苦，蕴杰身体又不好，我自己都不知道能不能找到你，我哪里敢带上他？在上海，起码他可以安安稳稳的。

“启文，父母突然去世，蕴杰还这么小，他就一个人去过寄人篱下的生活，一想起这个，我的心就好痛！是我自私要来找你，不仅不能照顾他，还扔下他一个人，我怎么对得起他，怎么对得起我的父母？”

潘启文心如刀绞，他不知该如何安慰怀中的人儿，只狠狠地一拍桌子：“等我找出凶手，定要将他碎尸万段！”

叶蕴仪抽泣着说道：“幸好我找到了你，启文，幸好，我找到了你！”

潘启文轻轻地抚着叶蕴仪的背，柔声说道：“蕴仪，都过去了。明天我就派人去上海接蕴杰过来。

“我们可以送蕴杰去省城读书，我会派专人照顾他，省城离这里坐船只需要半天，这样，至少你想见的时候，就能见得着。”

叶蕴仪却摇摇头道：“不，我不要再跟蕴杰分开了，不行的话，我跟蕴杰一起去省城。”

潘启文想了想，说道：“也好！我跟你们一起去省城。”

叶蕴仪抬起头来，眼中尽是不安地问道：“你走得了吗？启文，我听文四说你在为潘烨霖做事，为什么？”

潘启文早有准备，见她问起，忙答道：“我家里跟这边军中有些军需方面的生意来往，潘司令知道我是军校毕业，就要我帮他改革军队，我想，以前你爸就说过，改造旧军阀，为国民政府所用，反而是条捷径，所以就答应了他。”

叶蕴仪点点头，又紧张地问道：“那你在他军中做事，能随便走吗？能不能陪我们去省城？”

潘启文心中一动，心道，这倒不失为一个好办法，既可让蕴仪远离潘家，又可不离开军队，让潘烨霖也没有话说。

潘启文牵住叶蕴仪的手，将她带到外面桌边坐下。看到桌上的茶壶，他抱歉地笑道：“我忘记嘱咐文四你是喝惯咖啡的了，回头我叫他们去给你备下，先试试这茶可好？”

叶蕴仪含笑点头：“我来了一个月，天天喝这里的盖碗茶，倒也别有一番风味呢。”

潘启文揭起她面前的茶碗盖，将面上的茶沫拂了拂，笑道：“我们这里喝茶虽不如广东讲究，可是这花茶自有一股子清新香气，你试试。”

说完，他看向叶蕴仪，却见她正怔怔地盯着自己的手腕，他忙放下茶碗，捞起左手的衣袖，将手腕上那串紫檀木的手珠完全露出来，伸到她面前，轻轻说道：“蕴仪，我一直戴着它的。”

叶蕴仪也伸出自己的右手，雪白的手腕上也是一串一模一样的手珠，她一下子红了眼。

那一次在广州，他们一起去黄大仙祠游玩，玩笑着去抽签，结果两人竟然都是抽中的下下签。

潘启文抽中的签文是：“遇不遇，逢不逢，月沉海底，人在梦中。”

而叶蕴仪的却是：“人生百欲终如梦，水中捞月笑空还。”

正值新婚的他们，都抽中这样的签，两人心中都是一紧。

潘启文忙对叶蕴仪笑道：“你不是信耶稣的吗？这里的神仙管不着你，咱不信！”说着，将两张签文一揉，就要扔掉。

叶蕴仪却按住他的手，恼道：“不许胡说！那边有个解签的，咱们看看他怎么说。”

潘启文却深知那解签的定说不出什么好话来，只怕她更难受。

他一把拉住她，抬手拢了拢她额际的发，直直地看向她的眼，正色道："蕴仪，信这些个，不如信我们自己，蕴仪，相信我，咱们的山盟海誓，绝不会成为镜花水月！"

叶蕴仪整个身心都被他眼中的深情所包围，她扑进他的怀中，喃喃地道："启文，我信你，我当然信你！"

再后来，著名的弘一法师到广州弘扬佛法，叶蕴仪的父亲曾与弘一法师有些交情，便带了蕴仪和潘启文，去面见法师。

弘一法师见了二人面相，神色凝重，却什么都没说，只是将这两串开过光的紫檀手珠亲手给二人分别戴上，并嘱咐万不可取下。

蕴仪心中有所牵挂，终忍不住殷殷询问："大师，可否解说我二人姻缘？"

法师面带微笑，垂首低低地答道："一念愚即般若绝，一念智即般若生，乱世之际，'大爱'，方有缘，'信'，方有分。"

两人虽然听得云里雾里，但那两串手珠从此却再未取下。

现在别后重逢，再见这珠串，两人皆有恍若隔世的感觉。

尤其是潘启文，他一度以为叶蕴仪已不在人世，当时真的以为是那签文一语成谶，现在重逢，竟有再世为人之感。

他一把将叶蕴仪扯进怀中，紧紧地抱住，将两人的手腕并在一起，喃喃地道："蕴仪，看来法师的手珠能压得住邪。"

叶蕴仪慢慢平静下来，问道："启文，你们这里可有灵验的庙宇，我曾在心中许愿，如能与你重逢，定要去拜谢神灵的。"

潘启文抓起她的手指，柔柔一吻，笑道："明天我便带你去镇外的元华寺，那里的观音菩萨据说灵得很。"说完，将她的手指含进口中，细细地轻轻地啃咬起来，叶蕴仪想要缩回手，他却不让，她在他腿上几番扭捏磨蹭下来，便感觉到他下身那硬邦邦的东西顶上了她，她红着脸，不敢再动。

他却干脆带着她的手按上了他的硬挺处，邪邪地一笑："这几天，它也好好陪陪你！"

说完，一把横抱起她，径直往里间去了。

第四章

竹林惊幽

这里的人们看惯了柔弱的大家女子和粗俗的农家妇人，当第二天中午，叶蕴仪一身马装，英姿飒爽地一路走到大门外时，这宅子里的下人们全都看呆了眼。

门外，潘启文正爱抚地摸着马头，当听到周围一片赞叹的吸气声时，一抬头便看到了叶蕴仪，那马装下凹凸有致的玲珑身形令他眼前一亮。

他随即对周围牵马的小兵和门口的下人喝道："看什么看？再看，把你们的眼珠挖出来当球踢！"

叶蕴仪看了看一身深蓝丝绸短装、脚底一双布鞋打扮的潘启文，再看看自己一身西洋骑装和马靴，不由抿唇笑道："怎么感觉怪怪的？"

潘启文扬声笑道："呵呵，这就是所谓的中西合璧了！"

叶蕴仪环视四周，奇怪地问道："怎么只有一匹马？"

潘启文笑道："这里的全是军马，性子野，虽然比你以前骑过的马要高大，但纯品的并不多，只有这一匹是我骑惯了的，其他的我可不敢让你骑。"

叶蕴仪一挑眉："不相信我的骑术？"

潘启文举起手上的马鞭，痞痞一笑："好吧，是我想与你共骑一乘。"

说完，双手轻轻一举，便将她稳稳地抱上了马，紧接着他的手一撑，娴熟地翻身上马，马鞭一挥，便疾驰而去，后面的文四赶紧上马追去。

镇外高大清幽的竹林中阳光斑驳，潘启文不由自主地放慢了速度，缓缓地穿过竹林，去感受这宁静中却透着的那盎然生机。

叶蕴仪情不自禁地闭上眼，深深地吸了一口气，叹道：“启文，我还是第一次见到这么大一片竹林，以前国学老师总说，这竹要用一个‘幽’字，才能说出其中韵味，今天，我总算是体会到其中真味了。”

潘启文低头在她脸颊上啄了一口，轻笑道：“你要喜欢，咱们便在这片竹林中盖一座园子又何妨？”

叶蕴仪摇头戏笑：“你这土包子，就是煞风景，要盖上一座奢华的园子，这竹哪还有那清高深幽的风骨？真要住，一间茅屋足矣。”

潘启文唇一弯，笑道：“你这洋包子，什么时候这么附庸风雅起来了，不是说自己国学不好么？”

叶蕴仪回头瞥他一眼，轻声道：“那时想到要来找你，记得你说你家算是大户人家，总怕到了你家被人笑话了去，一直就啃书来着。”

潘启文心里一疼，正要答话，却听竹林里突然响起一阵巨大的“沙沙”声，他警觉地将叶蕴仪护进怀中，却觉马身猛地往前一倾，他机敏地抱起叶蕴仪一跃下了马，稳稳地站到了地上。

他将叶蕴仪紧紧地拥在怀中，惊疑不定地向四周看去，只见四周有七八个黑衣大汉围了上来，远处文四的马也已被绊倒，他几个纵身，跃进了圈中，与潘启文背靠背站在一起。

潘启文和文四的手直觉地向腰间伸去，却听几声喝叱同时响起：“不许动！”只一眨眼间，已有八支枪对准了他们三个。

潘启文见了那枪，心中不由一惊：那是整个西南，只有他潘家军中才有的这种驳壳枪，这些人……

他不由侧头与文四对视了一眼，互相在对方眼中均看到了那丝惊疑。

潘启文与文四缓缓地举起了手。

两个黑衣大汉立即上前，一撂两人的衣摆，将腰上的枪抽了出来，递到为首的人面前，那首领模样的人眼中闪过一丝惊慌，他手上的枪直直地顶上了潘启文的太阳穴，强自镇定地问道：“你们是什么人？为什么有这枪？”

潘启文眼中精光一闪，突然做了一个手势，沉静地答道：“省城避豪而来，这枪么，自然是有钱就买得来的。”

那首领模样的人见了这手势，不由一凛，收起枪，双手抱拳，肃然道：“可是袍哥人家？”

潘启文微微一笑：“有省城义字堂王舵爷所赐公片为证。”说完朝下努努嘴。

那首领叫一声：“得罪！”随即掀开他的衣摆，从裤袋中掏出一张大红柬帖来，他翻开一看，立即一挥手，一时间，所有的枪都撤了回去。

他对潘启文抱拳笑道：“潘三哥，得罪了，请自便！”

潘启文却从上衣里摸出一根金条来，拍到那人掌上，笑道：“耽误了兄弟们打秋风，这点小意思，还请笑纳。不知兄弟在哪个堂口，排行第几？如何称呼？”

那人忙道：“兄弟姓刘，是这潘家集礼字堂的，排行第五，这几个兄弟都是礼字堂的老幺！”

潘启文一抱拳：“原来是刘五哥！”

他故作不解地问道：“五哥，你们这几条枪可不便宜啊！能买得起这枪，用得起这子弹，还用得着来打秋风？”

那刘五哥狠狠地道：“三哥你有所不知，我们本是军中的人，这枪不要钱的，只是军中长官层层克扣，兄弟们都要养家糊口，没有办法，才悄悄干了这营生。”

潘启文愕然道：“难道军中就没有人管么？”

刘五哥冷笑道：“长官们都忙着贩大烟、倒军火，哪有时间管我们！”

潘启文惊道：“不是说这西南几省被潘司令禁了烟吗？”

刘五哥冷笑道：“潘司令军队的装备都全靠洋人送的，尤其是日本人，这洋人要贩烟，潘司令能禁得了吗？”

潘启文皱眉道：“那这军火又是哪儿来的？卖给谁？”

刘五哥笑道：“这军火自然是军中的，至于卖给谁，当然是谁有钱就卖给谁，要不然，兄弟你这枪打哪儿来？”

潘启文故作吃惊地道：“你是说，我这枪是军中卖出来的？”

刘五哥冷哼一声道：“潘司令的儿子为了个女人，白白送了上海来的帮会老大50条枪，下面的人卖个几条枪，算什么？”

潘启文心里一紧，他匆匆与刘五哥等人作别，带着叶蕴仪和文四，策马绕过竹林，向回奔去。

回到德园，潘启文将叶蕴仪抱下马，一边揽着叶蕴仪往里走，一边回头将马鞭一扔，杀气腾腾地对文四说道："你去袍哥会中给我查，查那个刘五哥的大名，以及他在军中是哪个营的，他的上级军官都有哪些，查完了，立即报我！"

文四应声去了。

房中，潘启文双手握住叶蕴仪的肩，细细地打量她，满脸心疼地问道："蕴仪，可有哪里不舒服？先前我抱你翻滚下马时，可有蹭着哪里？"

叶蕴仪拉住他的手，给了他一个安心的笑容："启文，我没事！连皮都没蹭着！"

潘启文见她先前苍白的脸色现在已恢复如常，这才放下心来。

叶蕴仪满足地叹了口气，轻声道："启文，那时在你怀里，虽说有点担心，却一点也不害怕，因为，我知道有你在，放心交给你处理就好，我不出声，是不想给你添乱！"

潘启文听了，心里说不出的受用，他的嘴角往上一弯，脸上尽是得瑟。

这时，叶蕴仪却皱了眉，一脸严肃地说道："启文，你可有考虑过，潘烨霖这样的军阀，可值得你去效力？"

潘启文心里一沉，他抿唇道："蕴仪，我知道你对这种军阀的作风不满意，可我这不是刚刚才开始在军中改革嘛，总会有一个过程的。"

叶蕴仪却摇摇头，直直地看向他："启文，我记得爸爸以前说过，这军阀不仅仅是个人作风的问题，而是整个体制的问题，这一点，你不会不明白。"

潘启文有些底气不足地道："体制也是可以改的！"

叶蕴仪却咄咄逼人地道："怎么改？军阀就是土皇帝，军队也要儿子继承，那潘家少爷整天只知道玩女人，连军中最珍贵的枪支都能拿去换，如此混账，连军心都拢不了，如何能指望他领着军队为国为民？"

潘启文一下子被她噎得说不出话来。

沉吟半晌，他方眼中含着试探，小心翼翼地说道："蕴仪，其实你对潘少爷有些误会。他，他其实是一个有理想有抱负的人，只是因为他心爱的女人死了，前段时间他才混账了些，现在他已经清醒过来了，他很支持军中的改革，也很痛恨国家分裂、列强肆虐，也想为国家做些事的！”

叶蕴仪撇撇嘴，不屑地道：“都是借口！心爱的女人死了，就要娶十九房姨太太？哼，真爱那个女人，又怎么会为了别的女人不惜拿枪来取悦？”

叶蕴仪的话令潘启文的心止不住地直往下沉，一丝慌乱迅速在他心底蔓延开来。

他心烦意乱地说道：“谁没个犯错的时候，你总不能一棍子把人打死！”

叶蕴仪抿了抿唇，吸了口气，说道：“好，启文，咱们不提他！可是，就算他有理想有抱负，能为国为民，但你们的军饷从哪来？军火装备从哪来？这无源之水如何能长流？靠盘剥百姓、拉拢要挟有钱士绅？还是靠洋人捐助？吃人嘴软，拿了洋人钱财，必要为人办事，如何谈得上为国为民？你们的军队还不如袍哥这样的江湖帮会纪律严明有威信，如何能指望他们去打仗？”

叶蕴仪的话字字铿锵有力，直中要害，句句击在潘启文的心上，更是打在他的脸上！

他花费了无数心血去变革的军队，他被军中人所认可，引以为自豪的成就，仅仅因为这一起小小的事件，便被她全盘否定，更被贬得不如江湖帮会！

她满眼的不屑一下子割伤了他！

叶蕴仪拉住他的手，柔声道：“启文，咱们走吧，离开这儿，去上海、去南京，国民革命军中才是你一展抱负的地方！”

潘启文一拍桌子，低吼道：“够了！你懂什么？你以为革命军跟军阀有什么两样？北伐中，还未出广东就开始内讧，争军功、抢地盘，我要是没被文四救出来，说不定已死在自己人手中！”

他这一拍用了十分的力，桌上的茶杯发出清脆的碰撞声，那声音让叶蕴仪全身止不住一颤，拉住他的手不由自主地松了开来。

两人自相识以来，潘启文从未对叶蕴仪说过重话，而这时的潘启文却犹如一头受伤的野兽，红着眼、喘着气对她怒吼着！

叶蕴仪惨白了脸，呆呆地看着他，眼泪在眼眶里直打转，抖着唇，却一句话也说不出来。

潘启文见她这副模样，不由又痛又恼，心慌意乱中，只见门口一个小断在那探头探脑，不由拧了眉，恶狠狠地问：“什么事？”

那小断怯怯地道：“前院儿有人要见您。”

潘启文不耐烦地一挥手：“不见！”

那小断吞吞吐吐地道：“是，是老，不，是司令和夫人。”

第五章

门掩重关

潘启文一惊，他一挥手止住小厮，沉声道：“你先去前院儿说一声，我就来。”

他再看一眼叶蕴仪，只见她兀自红着眼，不知所措地看着他。

潘启文叹口气，上前一步，环抱住她，柔声哄道：“蕴仪，对不起，刚才是我不好。只是这军队的问题，我自有我的想法，我现在先出去一下，等回来再给你细说，好不好？”

叶蕴仪却手一撑，离开他的怀抱，迅速向后退开两步，头偏向一边，并不理他。

潘启文神色一黯，似犹豫了一下，他还是解释道：“我估计是潘司令收到风，知道我们遇险，来探望来了，我先去一下，回头我们再说，好吗？”

叶蕴仪自小接受教育，自是分得清轻重，她勉强压下心中千回百转的念头，抬起手背，抹了抹眼睛，抬起头来，理智地说道：“既然司令夫人也来了，我也换身衣服出去一下吧，要不然多不礼貌！”

潘启文眼神一闪，忙拉住她，笑道：“不用了，你今天累了一天，再说，你现在未必能跟他们说到一起去，到时话不投机，反而不好。你先休息，我让他们给你打水洗漱，我去去就来？”

叶蕴仪心中也正烦乱，能不去自是最好，便不再吭声，也不理他，径直默默地打开衣柜，拿出家居衣服，准备换衣服。

那层薄薄的轻纱一下子仿如将二人隔成了两个世界，潘启文看着那白色纱缦中朦胧的身影，他只觉心里硌得慌。

他却没有时间再来哄她，只好一跺脚，转身快步向外走去。刚走出门口，就听到房内传来隐忍的哭泣声。

前院正厅，正对厅门的方桌上，一条长烟杆大剌剌地横放在上面，一身长衫的潘烨霖，眉头紧蹙，正在厅中不耐烦地踱来踱去。

他的夫人黎芙铮，一边吹着茶碗里的茶沫子，一边轻声说道："你晃得我头晕，能不能消停会儿？"

潘烨霖立即顿住了脚步，有些紧张地看向她，急急地问道："可是心悸的毛病又犯了？"

黎芙铮白了他一眼，把茶碗往桌上一放："只要你们爷俩不给我添堵，我就什么毛病都没有！"

潘烨霖老老实实地坐了下来，黎芙铮也不看他，低下头，瞄了瞄自己身上那件湖绿色的对襟衫，轻轻地掸了掸衣摆，似不经意地问道："昨儿个宿在哪儿了？"

潘烨霖眼中闪过一丝惊慌，黎芙铮轻轻一笑："那百合会馆的巧姐儿，模样很不错？听说那体态，还是个好生养的，要不要给你纳回家来？"

潘烨霖拈着烟丝的手指头一抖，几粒细细的烟丝便掉了下来，他抬头笑道："你还不知道我吗？我也就是跟他们几个听个曲儿啥的，哪有那心思？"

黎芙铮端起茶碗，不置可否地笑笑："是啊，要不是你当初答应过我这母老虎绝不纳妾，现在恐怕跟咱家儿子一样，早娶了十几房姨太太了吧？"

潘烨霖脸上泛起一个苦笑："你这是哪儿跟哪儿啊？这些年，我在外面风光，在家对你怎么样，你会不知道？再说，咱们儿子不是已经回来了吗？还提那陈谷子烂芝麻的事儿做啥？"

黎芙铮抢过他正要放到嘴上的烟杆，往桌上一搁，鼻腔里重重地一哼，说道："儿子人是回来了，这姨太太也一房一房地娶进门来，可他硬是不肯与黛儿圆房！现在倒好，又在外面养一个，连家门也不回了！你让我怎么对得起黛儿死去的父母？”

潘烨霖总算明白了黎芙铮的意思，忙笑道：“我说夫人，你到底要我怎样做，你就明说好不？别搁这儿东打一棍子、西敲一榔头的，整得我一身的冷汗！”

黎芙铮这才正色道：“黛儿老大不小的了，背着个潘家少奶奶的名，却是有名无实，你得想法子让他们两个把房圆了！”

潘烨霖那浓密的眉毛皱在了一起，脸上一副无可奈何的表情，黎芙铮瞪他一眼，正要再说，却听门口传来自家儿子那阴沉沉的声音：“这事儿，你们想都别想！”

见到潘启文，黎芙铮再没了先前拾掇潘烨霖时的淡定，她急急地起身，迎上去，拉住潘启文的手上下打量，见他无恙，这才笑道：“阿弥陀佛，还好你没事！”

潘启文阴沉着脸点头招呼：“爹、娘，我没事！”

潘烨霖皱了眉，沉声道：“怎么回事？谁这么大胆子，敢在这潘家集动你？”

潘启文心中记挂着叶蕴仪，没心情多说，他看了看潘烨霖，说道：“这事说来话长，我已安排人去查，得空我到行辕与你细说。”

黎芙铮转头横了一眼潘烨霖，拉着潘启文的手，不以为然地说道：“儿子，你这十九姨太娶了便娶了呗，干吗要养在外面？不如领回家去住？”

潘启文扶着黎芙铮在主位上坐下，他退后两步，突然便双膝一弯，对着二人“扑通”一声跪了下去。

潘烨霖和黎芙铮都是一惊而起，双双叫道：“天一，你这是做什么？”

潘启文挺直了背，神色坚定刚毅，他直直地看向前方，说道：“爹、娘！我要取消与黛儿的婚约！”

潘烨霖瞄了一眼黎芙铮，一拍桌子，喝斥道：“胡闹！”

黎芙铮一边起身弯腰去扶他，一边急道：“儿子，你先起来，咱有话好好说！”

潘启文轻轻挥开她，神色凝重地说道：“住在这里的不是什么十九姨太，她是我在广州明媒正娶的妻子叶蕴仪！我们结婚是有国民政府颁发的婚书的！当时，我还特意登了报！”

黎芙铮一呆，有点不知所措地向潘烨霖看去。

潘烨霖皱眉道：“不是说那叶家小姐已经没了吗？现在这又是怎么回事？”

潘启文眼中星光闪烁，一丝喜悦在他眼中流转，他说道：“那是误传！她还活着！”

黎芙铮和潘烨霖都有些无措地对望一眼，重新落了座。

他们是眼见过潘启文那一段颓丧、荒唐的日子的，那时，别说只是娶个媳妇儿，就是让他们拿命来换儿子的快活，只怕也是肯的。这时听说是叶蕴仪死而复生，不由都又惊又喜。

黎芙铮先前还要潘烨霖想法子让儿子与黛儿圆房，这时却也没了主意。

潘烨霖自是了解夫人心思，他倾身向前，试探着问潘启文：“不如让这叶家小姐与黛儿同为正妻，不分大小，如何？”

潘启文却一梗脖子，冷冷地道：“潘家就我一根独苗，这么多年，娘可允过爹纳妾？更何况还两个正妻？娘你愿意吗？爹你又敢想吗？”

那潘烨霖在外要风得风要雨得雨，却对黎芙铮这青梅竹马、患难与共的夫人情有独钟。

加之算命的说他离不得黎芙铮，否则不仅一事无成，还会有血光之灾，因此，他对这夫人一直是又爱又怕，偶尔出去偷偷腥还可，但绝不敢闹到夫人面前，否则，那一定是里子面子全失，为这事儿，他也曾头疼不已。

如今被儿子戳中痛处，失了面子，立时脖子上青筋暴绽，他抓起桌上的烟杆，没头没脑地向潘启文敲去：“个龟儿子！老子和你娘的事，是你能说三道四的吗？”

潘启文脸上没有丝毫惧色，他头一偏，一把抓住落下的烟杆，紧盯着黎芙铮，低叫道：“所谓己所不欲，勿施于人，娘，你都不愿意的事，蕴仪怎么可能接受？再说，对黛儿也不公平！”

黎芙铮突然展眉一笑道：“儿子，你这十八房姨太太娶都娶了，现在来说这个，是不是有点晚了？”

潘启文脸上一僵，他摇摇头，定定地说道：“除了林婵凤外，我并未碰过其他女人，这些都不算！”

黎芙铮和潘烨霖齐齐惊呼道："什么？"

黎芙铮跺足道："我说这么多女人，怎么肚子都没动静呢，唉，你这死孩子，你娶这么多回来，都只看不动？你让我说你什么好呢！"

潘烨霖瞟了一眼黎芙铮，沉声道："可是这黛儿的父亲当年为救我而死，你娘当初没奶，是黛儿的娘狠心从昕儿口中省下来喂病中的你，她临终前更是将他兄妹二人托付给你娘，如果就这样休了黛儿，你要她以后怎么嫁人？"

潘启文脸一沉，说道："当初我就不同意这门婚事，我也跟黛儿说得很清楚，我只待她如妹妹一般，那时我之所以逃婚，便是不想误了黛儿终生！

"当初我逃婚，黛儿并未与我圆房，这事人尽皆知，她又是我潘家最尊贵的三小姐，只要她愿嫁，自有大把人愿意娶！"

说到这里，他略顿了一顿，又道："至于黎昕那里，我自会去说！"

整个厅房里一时寂静无声，黎芙铮沉吟半晌方道："这事我得问过黛儿再说，还有昕儿！"

潘启文见娘亲松了口，心里一松，这才站起身来。他不敢让两人在此久留，于是笑道："爹、娘，我送你们回去吧？"

潘烨霖却沉了脸，道："你媳妇儿呢？难道公婆来了都不拜见吗？"

说完，他悄悄向潘启文朝黎芙铮的方向努努嘴，打了个眼色。

潘启文嘴边挂起个苦笑，他如何不知他家老爹是要他趁这个时候让娘亲认下这个媳妇儿来，可现在这种状况，他怎么敢让蕴仪见他们？

他低头想了想，干脆明说道："爹、娘！我在广州时名叫潘启文，蕴仪至今不知我就是潘家少爷潘天一！"

潘烨霖一下子黑了脸，叫道："怎么？难道我潘家还配不上她吗？"

潘启文神情一黯，他低垂了眉眼，直接说道："当初我若不隐瞒身份，根本不可能娶得到她！"

潘烨霖一拍桌子，震得桌上的烟杆"啪"的一声摔到了地上，只听他粗声骂道："混账，为个女人，你怎么不把姓也改了？"

黎芙铮也一脸不满地道："这嫁都嫁了，现在就算知道了，她又能怎么样？"

潘启文轻笑一声："娘，你以为她是那种只以丈夫为天的旧式女子吗？你知道现在有一种东西叫离婚吗？”

黎芙铮完全不能理解地睁大了眼：“难道她还能为了这个，休了你不成？”

潘启文眼神迷蒙起来，他转头直直地看向厅外暮霭沉沉的天空，茫然地说道：“我也不知道她会怎么样。可我就是怕！娘，我真的是怕！我再也死不起一回了！”

他声音中的凄迷，让黎芙铮心中一紧，尤其是听到那个“死”字，更是令她心惊胆战。

她讷讷地道：“她既然嫁了你，解释清楚就是了。”

潘启文冷冷一笑，完全没有底气地说道：“解释？怎么解释？她一来，就看到潘家少爷娶了十八房姨太太，如果再知道潘家大院儿中还有一位少奶奶，以她的性子，怎么可能接受得了？”

“更何况，”说到这里，他的眼中闪过一丝惊慌，“我隐瞒身份娶了她，却为她家带来杀身之祸，很可能她父母便因我这潘家少爷身份而死！”

潘烨霖正弯腰去捡烟杆，听到这话，不由一惊，直起身来，急道：“她的父母是怎么死的？与你的身份又有什么关系？”

潘启文背脊一挺，看向潘烨霖，郑重地说道：“蕴仪父母是被炸死的，这其中牵扯甚多，我已派人去广州查。你现在，一是要小心你身边的人，二是要小心百合会馆！”

潘烨霖一凛，他知事关重大，儿子不肯详说，他也不细问。

黎芙铮一门心思在这没见过面的媳妇儿身上，见儿子如此为难，心疼得紧，她一想到儿子所说“再死一回”的可能，便惊得心肝儿颤。

她这时哪还顾得上黛儿，不由急道：“那你准备怎么办？就算我们这做公婆的不计较，可你这样的身份，潘家集谁人不知，哪个不晓？又能瞒得了她多久？”

潘启文直直地盯着黎芙铮道：“我现也只能走一步看一步了！娘，只要你们肯配合我，我总是有办法的。所以娘，与黛儿的婚约，是一定要解除的！还必须送走那些个女人！”

黎芙铮咬咬牙，点头道：“好！只要你好好儿的，我去跟黛儿说！”

潘启文不由舒展了眉头，上前抱了抱黎芙铮，恳切地道：“娘！谢谢你！”

松开母亲，他又说道："只是目前这事，你们心中有数就好，安全起见，潘家大院儿里那些女人面前，也不要提起蕴仪的身份。"

潘烨霖了然地问道："所以你派人回来只说是娶了第十九房姨太太，是为了你这媳妇儿的安全？"

潘启文转头看向潘烨霖，点点头说道："爹，你不是一直想让我去省城接掌司令府吗？我准备把这边的事处理一下，就带她去省城！让她先远离潘家集这个是非之地，再慢慢让她接受我的身份！"

黎芙铮突然拍拍他的肩，笑道："嗯，这样也好！儿子，我告诉你，管他什么新式旧式，这女人呐，只要有了孩子，便是绑住了一辈子，想走也走不了！"

对于再次失去蕴仪的恐惧，这两天直逼得潘启文要发疯，母亲的话令潘启文眼睛一亮！

他一扫先前的沮丧，哈哈一笑道："好！爹、娘，只要你们肯配合我，暂时稳住她，我一定让你们尽快抱上孙子！"

放下心中的焦虑，思路便一下子清晰起来，潘启文突然想起了先前与蕴仪的争吵，笑道："爹，蕴仪一来就看到了我们军中弊病所在，她说，我们最大的问题是在供给这一块受制于人，靠洋人和士绅资助以及盘剥百姓，不是长久之计，这是需要一个国家机器所提供的，这是我以前没有想到的。"

他略为激动地说道："我们可以改革税收，建立自己的工厂和贸易体系，还可以与洋人通商，只要在经济上强大起来，咱们便谁也不惧！"

说到这里，他抿了抿唇，眼睛晶亮："蕴仪学的是经济，又懂外语，她可以帮我！"

潘烨霖虽然对潘启文所说的有些个名词不太懂，但意思是大致明白了，他以一种激赏的眼光看向潘启文，一拳擂上他的胸口，爽朗地大笑："好小子！虽然你说的我没完全整明白，但只要能解决咱们的军需，你尽管去做！"

潘启文闻言不由会心一笑，那一口白牙晃花了黎芙铮的眼，这一年来，黎芙铮头一次见到儿子如此开心的笑容，不由一下子红了眼，拉着他的手，哽了声音道："儿子，只要你好好儿的，娘怎么样都愿意！"

第六章

命运前奏

送走爹娘，潘启文心中犹如一块大石落了地，整个人都轻松起来。

他看向厅外天井中那几株在暮霭中若隐若现的桃树，唇角略往上一勾，泛起一个得意的笑来。

他的眼睛微微一眯：只要她怀了孕？

他突然一迭连声地叫起来："文四、文四！"

门外一个声音怯怯地响起："少爷，文管家在后院儿呢，要叫他吗？"

潘启文这才想起文四被自己派了在后院看着，他自嘲地摇摇头，温声道："不用了，我自己去吧！"

他往厅外走去，突然收回正跨过门槛的脚，叫道："来个人，去大宅中，将我书房里的那个猪八戒面具拿过来，跑一趟，要快些！"

潘启文刚走到楼下，便听到一阵重重的、沉沉的"梆、梆、梆、梆！"的琴键敲击声——那是《命运》的前奏，那悲怆而沉重的节奏，生生地敲在了潘启文的心上，令他不由一颤！

潘启文靠在卧室门外的木栏上，静静的听着那如暴风骤雨般的旋律，心里如针扎般，细细密密地疼！

一曲终了，潘启文闭上眼，一直等到空气中那最后一丝忧伤沉闷都散了开去，才深深地吸口气，将那个笑眯眯的猪八戒面具戴到脸上，推门进去。

《命运》的弹奏，叶蕴仪脑中浮现的全是过去种种：父母的珍爱呵护，学生时期的飞扬激昂，夫妻之间的恩爱重重。突然之间便又天翻地覆，血肉横飞中父母双亡的惨象，军中传来的丈夫临阵脱逃的消息，年幼的蕴杰声嘶力竭的哭喊声……一曲弹完，叶蕴仪仿似全身精气被抽走，只觉瘫软无力。

她轻轻地盖上琴盖，胸口的那郁闷之气似乎舒解了不少，整个人通泰了许多。

她深深地吸了口气，正待转身，突然听到潘启文那夸张而变调的声音：“媳妇儿、媳妇儿，老猪知道错了，罚老猪背你跑三圈如何？”

一侧头，一个大大的憨笑着的猪头便出现在眼前。叶蕴仪心里不由一暖。

那一年过年，两人去看皮影戏，其中有一出戏说的《高老庄》，便有这样的说词和桥段，看得两人哈哈大笑，潘启文在她耳边笑道：“媳妇儿，以后我做错了事，你也不要生气，只罚我背你跑三圈如何？”

不承想，第二天，两人在逛花市时，竟看到了这样的面具，叶蕴仪凤眼一勾，掩嘴笑：“背媳妇儿，没个道具怎么行？买吧！”

那以后，叶蕴仪便想着法儿的要他戴着面具背她，他背着她故意笑：“哟，这媳妇儿怎么这么沉呐？该不是猴哥变的吧？要是这泼皮赖猴，我可不背！”

她将手伸到前面挠他，竟将那猪头的脸颊上挠出两道白印来，令那猪头脸上的憨笑竟生出一丝委屈来，令她捧腹不已。

叶蕴仪不曾想到，他竟将这面具带到了军中，又带回了老家。如今这面具，除了那两条挠痕，竟再无其他印迹，想必是保养得极细极好的。

她眼中不由一热，那是怎样的一份念想呵！

她将小脸一板：“三圈不够！要五圈，中间不准停，而且，这前院后院所有的地儿都必须跑到！”

潘启文那面具下的眼中霎时绽出满满的笑意来，他故意苦着嗓子叫：“媳妇儿，这也忒狠了吧？”

叶蕴仪终是“扑哧”一下笑出声来，潘启文心中那沉沉的阴霾一下子全散了开去，他在面具里嗡声嗡气地笑：“还不上来？”

园子里，潘启文故意跑得一颠一颠的，她在他的背上“咯咯咯”地笑得花枝乱颤，听着她那拨云见日般的清快的笑声，他便越发地疯颠起来，一边跑一边用手上下抖着她，同时大叫道：“够不够快？够不够快？”

潘启文听到背后的她没了声音，知她想起了蕴杰，那时，他每每背着她跑，蕴杰便会在后面跟着叫：“猪八戒，背媳妇儿！猪八戒，背媳妇儿！”

他忙回过头来，体贴地笑道：“我已经派人去接蕴杰了，估计最快半个月就可以到了。”

叶蕴仪听了，心里一热，把头搁在潘启文的肩上，略为有些哽咽地笑道：“启文，谢谢你！”

潘启文一边跑一边拽着戏文，调笑道：“请问娘子，打算怎么谢老猪哇？”

叶蕴仪咯咯直笑，却并不答话，潘启文又道：“给老猪生一窝小猪如何？”

叶蕴仪红了脸，一拳擂在他肩上，他微微一笑，转头道：“文四，明儿个你去把给司令夫人瞧病的那个华大夫给请来，让他给少奶奶调理身子。”

两人回到房内，叶蕴仪咯咯笑着去抓他脸上的面具。

潘启文自己一扬手掀掉了面具，他深深地凝视她，她也痴痴地回望着他，终于，他轻叹一声，重重地吻了下去。

叶蕴仪这两天委实被他折腾得有点惨了，这时不由哼哼地叫道：“你们这儿的规矩不是夫妻分房的吗？你回你自己房间睡去！”

潘启文一下子黑了脸，把手中的碗往桌上重重一搁，阴沉沉地叫：“叶蕴仪！”

叶蕴仪手指头一戳他的胸口，半是娇嗔半是怒地道：“又凶我！是不是看我人离乡贱，好欺负是不？”

那“人离乡贱”几个字，像一把钢针扎在潘启文心上，细细密密地疼。他一把将她的头拢到自己胸口，紧紧地箍住她，把下巴搁在她的头顶，哑声道：“蕴仪，我不许你说这样的话！”

叶蕴仪一时默然，两人胸膛相接处，互相感觉到对方的呼吸起伏。

潘启文轻轻捧起她的脸，直直地看进她的眼睛深处去：“蕴仪，对不起，是我不好！我今天下午的时候只是、只是因为事出突然，有点烦躁。”

叶蕴仪摇摇头，艰涩地笑笑：“启文，不要再提了，我都明白！其实我也不好，并不清楚你的想法，便胡乱地指责你。”说到这里，她掉开头，望向门外迷蒙的天空，幽幽地说道：“你是男人，自有你的主意，我不应该随意地去指手画脚！”

潘启文慌张地扳过她的头来，深深地探视她，似要辨别她语中的真假。

见叶蕴仪眼中满是惶惑与不安，潘启文心口不由一痛。他急急地说道：“不！蕴仪，你忘记了？你说过，女人也能做出一番事业来的！你不记得我们在广州联合演讲、共同组织游行、一起编辑报纸了吗？你不是说过，我们是志同道合才走到一起的吗？更何况，你今天说的都对，哪里是胡乱指责？哪里是指手画脚？”

他深深吸了口气，脸上泛起一个鼓励的笑来：“蕴仪，你一来就看到了我们军中弊病的关键所在，虽说话难听点，可却是一针见血！这是我以前没有想到的，你的话，对我犹如是醍醐灌顶呢！”

叶蕴仪眼中一亮，却迟疑着问道：“真的？”

她眼中一下子恢复的活力，令潘启文精神一振，他重重地点头，放下她，自己站起身来，兴奋地说道：“蕴仪，你说，我们最大的问题是在供给这一块受制于人，靠洋人和士绅资助以及盘剥百姓，不是长久之计，这是需要一个国家机器所提供的。那么……”

说到这里，他稍作停顿，头高高地昂起：“那么，我们便建立一套国家体系又如何？”

潘启文说这句话时，身上所显示出来的自信和霸气，令叶蕴仪心里一跳，曾经，就是这样激情飞扬的他，才让她怦然心动的呵！

潘启文的脸上泛起一阵潮红，他扶住她的双肩，郑重地看向她：“蕴仪，谁说你不能指手画脚？你是学政治经济学的，正好可以帮助我规划，我们改税制、建立自己的工厂和贸易体系，你还可以协助我们与洋人通商，不至于被人欺了去！”

与其说叶蕴仪被他所规划的蓝图所打动，不如说是受了他激昂情绪的影响，她迅速地进入到他的思路中去，犹豫着说道：“启文，好是好，可这却首先需要绝对的权力和实力。”

潘启文笑着点点头：“嗯，我刚刚已经把这些跟潘司令大致说了一下，他说，会将省城的司令府全权交我执掌，所有资源任我调用！”

叶蕴仪一凛抬头，她迟疑了一下，终是笑道：“启文，你这算不算割据一方？”

潘启文心疼她的温婉，叹口气道：“蕴仪，你为什么不直说这跟军阀割据没有区别？你为什么不说这不仅违背总理遗愿，更与我们当初的理想相去甚远？”

叶蕴仪凤眼中闪过一丝笑意，她撇撇嘴：“我只是提醒你，我在等你的解释。”

潘启文踱到窗户边，望了眼窗外的繁星点点，沉吟片刻方道：“蕴仪，我参加过北伐就知道，革命军不是我们想象的那么完美，光有理想，没有实力，手上没有军队，连一场战争指挥权都统一不了，想要统一中国，谈何容易！”

他转过身来，不闪不避地看向叶蕴仪，郑重地说道：“蕴仪，我想过了，既然我现在有这个机会掌握这样一支军队并能统治一方，我们为什么不先按照中山先生的理想，在这一方先行起来？至于以后，无论是哪党哪派，只要能按总理遗愿行事，有能力统一中国，我便将这一支军队和这一片土地交出去又如何？

“再退一步说，目前潘家军中问题不少，你也看到了，如果不尽快改革，只会为害一方，令百姓受罪。”

说到这里，他跨前两步，双目炯炯地对叶蕴仪说道：“蕴仪，你看着，不出两年，我定能打造出一支铁血军队来！你我再联手，咱们让这西南几省富庶起来，令百姓安居乐业，如何？”

尽管叶蕴仪心知这中间理想与现实的差距恐怕不止十万八千里，但她却仍被潘启文的激情所感染，她爽快地一笑，竖起左手掌，笑道：“好！启文，我爸以前常说，革命前路如何，谁也不知！但总要按心中理想去做，才不枉来这人世走一遭！”

潘启文哈哈一笑，像以前他们无数次的约定一般，举起右手击上她的左手掌，再将她的手紧紧地攥在掌中，顺势一扯，便将她拉进自己怀中。

叶蕴仪一偏头，想要躲开他的侵扰，咯咯笑道：“你刚刚说到的那些要我帮你做的事情，我还真没敢想过，你这几天忙你的，我可以在家里静下心来理清下思路，我想等你去了省城，我就可以帮得上你的忙了。”

潘启文面上一喜，捧起她的脸，狠狠地啄了一口，叹道：“有妻如此，夫复何求！”

却听叶蕴仪说道：“明天要文四陪我去给宗尧发个电报，我再写封信给他。”

听到方宗尧的名字，潘启文脸一沉：“有什么事，需要给他发电报？还要写信？”

叶蕴仪又好气又好笑地道：“你就这样平白无故地派了个人去上海接蕴杰，没有我的信，人家怎么敢随随便便把蕴杰交给别人带走？”

潘启文挠挠头，讪讪地道：“呵呵，这我倒是没想到。”

叶蕴仪又说道：“何况，我答应过宗尧，如果一有你的消息就拍电报给他，省得他担心。他曾跟我有过约定，如果过了三个月我还没找到你，他就来接我去上海。”

潘启文一下子黑了脸，阴沉沉地叫道：“你凭什么跟他去上海？”

叶蕴仪叹口气，双脚撑地，整个人离开他的腿，站了起来，她走到钢琴边，转过身来，双手往后撑在钢琴上，她低下头，眼睛看着地板，悠悠地道：“启文，如果没找到你，我跟蕴杰孤苦伶仃的，广州又不能回，你要我们去哪里？”

潘启文的视线一直跟随着她，听了她这句话，原本想去拉她还伸在半空的手，蓦然垂了下去，看向她的眼中尽是懊恼与心疼。

叶蕴仪的左脚脚尖无意识地在地板上来回地蹭着，她愣愣地看着自己脚上那双翠绿的缎面布拖鞋，突然将左脚稍稍抬起，往前一伸。

她的脚尖转了转，轻声道：“这双拖鞋，就是出事那天妈妈给我选的。”

潘启文觉得自己的呼吸被什么给卡住了，喉咙里直发紧。

说到这里，叶蕴仪的声音里带上了一丝凄迷：“那时，我们一起从百货公司出来，本来是我跟妈妈坐一辆黄包车的，可临上车，发现这双鞋被我落在店里了，我让蕴杰陪我去拿，爸爸就陪妈妈上了第一辆车。”

这是叶蕴仪第一次对潘启文主动提到父母的惨死，此前潘启文一直不敢问，这时听她说起，他的眼睛紧紧地盯着她，胸膛沉沉地起伏着。

突然，她将左脚狠狠一甩，那只鞋就飞了出去，她又抬起右脚，将那只鞋也甩了出去，她赤着脚，声音哽咽，恨恨地嘶叫道：“就是这双鞋，要不然，死的就该是我，而不是爸爸！”

潘启文霍地站起，两步跨到她面前，将她颤动的身子紧紧地按进怀里，他的手来回地抚着她的发，连声唤道：“蕴仪、蕴仪，都过去了，都过去了！”

被潘启文这样一搂一安抚，叶蕴仪在心底压迫了她一年的情绪似乎终于找到了出口，一下子喷薄而出。

她将头重重地往潘启文怀里一插，大声痛哭起来：“启文！你知道吗？爸爸是替我而死的，本来，他应该是跟蕴杰坐后面一辆车的！”

“他们就在我面前，就那样，就那样……”叶蕴仪哽咽着说不出话来。

潘启文闭了闭眼，更死死地搂紧了她，却听她泣不成声地哭道：“妈妈那么爱美的人，可是，她的脸，她的脸……

“爸爸是那样一个帅气整洁有条理的人，可是，可是，在装殓他们时，我甚至没有办法将他们的身体拼凑完整！”

潘启文眼前浮现出那惨烈的场景，一想到蕴仪所承受的那份残忍，他便心痛难当。

潘启文的手轻抚上了叶蕴仪的背脊，缓缓地来回抚摸着，他强抑下心中的痛楚，吻上了她的发顶，越来越轻柔、越来越缓慢地说道：“都过去了，蕴仪，都过去了！”

在他如催眠般的安抚声中，叶蕴仪原本颤动的身体慢慢地平静下来，她伸出双手，环住了他的腰，嘤嘤抽泣起来。

过了好一会儿，她将脸往他胸口一揩，声音逐渐清明起来：“家里出事后，爷爷和姑姑都从美国赶了过来，要接我和蕴杰去美国，可是，父母死因不明、大仇未报，你又杳无音讯，我怎么能、又怎么敢离开？”

听到“父母死因不明、大仇未报”这句充满了无奈和幽深恨意的话从叶蕴仪的口中说出来，潘启文的手轻轻一颤，一股寒意从脚底升起，迅速蹿遍他的全身。

叶蕴仪双手握拳，重重地捶向他的胸口：“爸妈刚出事，军中就传来你临阵脱逃的消息，我怎么都打听不到你的消息，最后无奈之下，才想起到老家来找你，如果那天不是碰巧遇到你，如果，我找不到你，你要我怎么办？你说，你要我怎么办？”

潘启文红了眼，直直地挺立着，任她发泄。

过了好一会儿，叶蕴仪才终于抬起头来，看向潘启文，眼中带上了一丝的责怪：“宗尧一直在查找令我父母出事的原因和凶手，你自己不闻不问，还不问青红皂白，只知道吃醋！”

潘启文呼吸一重，他的心里突地升起一股强烈的酸涩和痛意，那也是他的父母和恩师呵，他怎么能承受得起这样的责难？

而更让他承受不住的是她将他与方宗尧的比较！他是她的丈夫，她却要依靠别的男人来查父母的死因！

他双手紧紧地抓住了她的肩，不自觉地用上了力度，急急地道：“蕴仪，与你重逢的当天，我就安排情报处派专人去广州查这件案子去了！”

他的眼中闪过一丝浓烈的情绪，随即双眸一黯：“蕴仪，我怎么可能不闻不问？他们也是我的父母啊！我只是怕你伤心，不敢在你面前提起罢了！”

第二天，叶蕴仪睁开眼来，手随意一伸，身侧那抹温热不在，心里不由一空。

她坐起身来，这才觉全身都疼。

昨晚他变着花样地折腾她，在她耳边咬牙轻叹：“妞，我绝不会再让你离开我！”明明轻缓的语气中，却带上如宣誓般的决绝，令她止不住一颤。

他要她一遍遍地叫他“阿文”，每叫一声，他眼中的灼热便更深一分。然而，不管用什么姿势，那样的激狂中，他却总记得在她下面垫上一个枕头，将他的火热深深地埋在她的体内，久久不肯出来。

每次，她推他，他却邪笑着喝斥她：“妞，别动！别把我儿子给漏了出来！”

想到这里，叶蕴仪的唇角止不住往上一扬：也好！他家就他这一个儿子，如能在公婆回来前怀上了，倒好见面些。

叶蕴仪起身，她趿了鞋站起来，不禁苦笑一声，只觉浑身酸软，一站双腿就直打战，她不由恨恨地想：活该他饿了一年多，这么如狼似虎的，一点不知怜惜！

早餐时，文四领着两个小厮，抬了一口不小的木箱子来，对叶蕴仪笑道：“少奶奶，这些书都是少爷让给您拿过来的，全都是少爷刚刚亲自上书局挑的呢。”

叶蕴仪眉眼向上一弯，睨了文四一眼，嗔笑道：“他也不忙他自己的事去，我自己就不会上书局看书去么？”

这样的眼神和笑容，令文四心里莫名一跳，他定了定神，赶紧翻开刚才的木箱，从里面拿出纸和笔来放到桌上，略低了头道：“少爷说，您有电报和信要发，不如您把电报内容和信都交给我，我去发。”

叶蕴仪写好电文，文四接过那张纸，笑道：“少奶奶，您还有什么需要的，让小清跟我说一声就好。”

叶蕴仪想了想，笑道：“文四，得空了，你给我讲讲老宅那边都有些什么规矩，还有老爷太太喜欢什么、不喜欢什么，家中都有些什么人，除了你家老爷这一支，可还有其他叔伯兄弟都住在一起？他们各自的喜好如何？”

文四手心里暗暗捏了把汗，对叶蕴仪赔着笑道：“少奶奶，这事儿，不如您直接问少爷？我们这身份，要去说东家的家长里短的，好像也不太合适？”

叶蕴仪挥挥手，爽快地道：“嗯，这事儿不急，有空再说，你先去忙吧。”

第七章

庭院深深

潘家大宅，小丫头玲儿急匆匆地走进四姨太林婵凤所居住的桃花苑，她挑开帘子进了屋，对正坐在梳妆台前的林婵凤笑道：“四姨太，您要的西街那家丽人行的腮粉，我给您取回来了。”

林婵凤正拿着一支眉笔描着眉，她瞟了一眼玲儿手上的东西，没精打采地说：“搁这儿吧。”

玲儿把胭脂放在桌上，垂手立于一旁，她神色犹豫了一下，终是放低了声音，对林婵凤说道：“四姨太，我听说，少爷这大半个月都是住在德园，没回过大宅。”

林婵凤眉一扬，轻嗤一声道：“不就是个十九姨太嘛，他前边儿娶了那么多个进门，都能新鲜几天？最后不都得回到这桃花苑来？”

玲儿沉默片刻，又咬咬牙说道：“可是，我今天听到那天搬钢琴的那个柱子跟别人闲话，说那琴是直接搬去了德园。”

林婵凤正在描眉的手一顿，淡淡地说道：“我知道了，你先下去吧，记得打点一下门房，如果少爷回了大宅，让他们吱一声儿。”

看着玲儿出了门，林婵凤才拿过桌上的粉盒，打开外面包的一层油纸，揭开盒盖，再将中间的粉盒轻轻往上一提，她小心地拈出夹层里的那张小纸条，在掌心摊开来，只见上面写着：“速探潘军南北归向。”

林婵凤将纸条揉成一小团，紧紧地捏在掌中，皱起了眉，嘴角不由泛起一丝苦笑。

探？怎么探？她已经快一个月没见到他人了，早前只听说他在忙着军中之事，可半个多月前，突然就派了文四回大宅来搬他的东西，说是新纳了个十九姨太。

她本不以为意，可这钢琴之事不由让她心生不安起来，难道这个十九姨太也会弹钢琴？

再联想到以前那些个姨太太，从未说单独养在外边儿的，这个十九姨太……

想到这里，她不由摇摇头，她太清楚自己是因为什么而吸引到他的，当初为了模仿那个人，她足足准备了一年的时间，甚至还去日本做过两次整容手术。

她自信，这世上不可能再有比她更像那个人的了。所以，这一年以来，他才会如此宠着她。

他带她回到潘家大宅那一晚，他在半醉中与她彻夜欢爱，那本是她的第一次，在他的疯狂占有中，她疼痛而愉悦。

第二天，她醒来，却见他支着头，愣愣地看着她发呆，那眼神温柔而迷茫。

见她睁开眼，他满含期待地直直地看向她的眼睛深处，像是在寻找什么般，很快，他眼中闪过一丝失望，迅速地起了身，只留给她一个冷漠的背影。

他常常听她弹琴、教她下棋，他为她吟诗、教她写毛笔字，带她骑马。

他要她唤他“阿文”，闺房中，他时常半醉半醒地叫她“妞”、“小妞”。

他要求她，每次早上出门前，要走到门边踮起脚尖，亲吻他的左右面颊，跟他说洋文的“拜拜”。

他为她买来昂贵的法兰西香水，要她每天喷在身上。

他为她做各式各样的浅紫色的旗袍，还为她定制了一套西洋马装。

虽然，他时常会突然面带绝望、一脸哀伤地摔门而去，也只有在酒后才会与她欢爱，但他对她的宠溺却是有目共睹的。

尽管她不过是他的四姨太，可这大宅中，谁敢拿她当小妾打发？便是那既是小姐又是少奶奶的黛儿，也对她要礼让三分。

她原本也是大家小姐，可因家中变故沦落风尘，也算是历尽人间冷暖。

是他让她在父母之外，再次尝到了被人捧在手心的温情，他把她幻想成那个女人，她自己何尝不是把自己幻想成那个女人？

只有那样，她才能令自己相信，他真的是爱着她，呵护着她。

然而，那个将她从百花楼赎出来，安排了这一切的，叫做王志泽的男人却告诉她，那个女人是因她而死，所以，她不要妄想跟他之间会有什么好结果。

林婵凤嘴里泛起一丝苦涩，尽管王志泽从未告诉过她，他们是什么人，也未告诉过她，他们的目的是什么，但从他们找上她那天起，她便知道，这是一条不归路。

她心里清楚，只有听他们的话照做，她才有活路。而现在，如果她连他的面都见不上，怎么去完成他们的任务？

林婵凤换了一身旗袍，拿起一瓶香水，向外走去。

转过回廊，远远却见一个熟悉的男子身影，她心里一惊，下意识地将身子往柱子后一避，只见那男人从黎黛院中出来，沿着另一边回廊，向外院去了。

“四姨太！”

一声恭敬的称呼令林婵凤警醒过来，侧头一看，却是黎芙铮的贴身丫头小娟，她脸上急忙堆起一个笑来，问道：“小娟，可是夫人在三小姐院里？”

小娟笑道：“是啊，夫人刚陪着小姐一起看先生呢。”

林婵凤下意识地向刚才那男子的方向看过去，疑惑地道：“先生？可是刚才过去那位？”

小娟点点头：“是啊，小姐吵着要学洋文，大少爷便让人从省城找来这位王先生教她。”

林婵凤眉头轻蹙，喃喃地道：“省城来的？”

小娟笑道：“听说这位先生还在镇上的学堂里教书，每天只来给小姐上一个时辰的课的。”

林婵凤忙摄住心神，扬了扬手中的香水瓶，淡淡地笑道：“嗯，你先去忙吧，我给你家小姐送瓶香水去。”

林婵凤挑帘进了黎黛的房，低了头，对着正与黛儿在小圆桌旁相对而坐的黎芙铮，恭敬地叫了一声：“夫人！”

黛儿刚要起身招呼，黎芙铮却一翻手按住她，指了指身边的凳子，热络地笑道：“凤姐儿，快过来这边儿坐，来尝尝曾副官从省城带来的蜜饯。”

林婵凤眼角余光扫过桌上那两人交叠的手，笑道：“不坐了，前儿个黛儿说要一瓶香水，我给她送过来，这就走了，不耽误你们娘俩说私房话。”

黛儿接过香水，笑笑说：“你叫玲儿跑一趟不就得了，还自己亲自送过来干吗？”

林婵凤笑道：“那玲儿毛手毛脚的，这玩意儿可金贵，还是自己走一趟放心。”

却听黎芙铮半真半假地叹道：“要说这天一可真是够偏心眼儿的，这香水，总共来了五瓶，倒有三瓶都去了你那里，黛儿想再要一瓶吧，还得去你那儿借去。”

林婵凤听黎芙铮那意思是暗指自己显摆，忙赔着笑脸道：“这什么借不借的？您跟黛儿是什么身份？黛儿说要，我不就巴巴地送过来了？”

她语气里的谦卑，倒让黛儿心里过意不去，急急地道：“什么身份不身份的，这宅子里，谁不知道二哥对你最好？”

林婵凤等的就是她这句话，立刻换上了一副悲戚的表情，叹口气，不无幽怨地道：“现在少爷有了十九姨太，哪儿还记得我？”

黛儿脸色一黯，却听黎芙铮笑道：“嗨，天一那新鲜劲儿，不定能管几天呢，你瞎操那心做啥？”

黛儿眉一皱，叫道：“娘！这一次……”

话未说完，便被黎芙铮截下了话头，话中有话地笑道：“这一次，我倒想看看，这个十九姨太的肚皮是不是个争气的，这女人哪，有了儿子才算是真正有了靠山。”

林婵凤脸色一白，很快告辞走了出去，黛儿抿了抿唇，迟疑了一下，仍是对黎芙铮说道：“娘，这次德园那个真的不一样！”

黎芙铮叹了口气，放下手中的蜜饯，扯过胸前的丝帕，擦擦嘴角，这才拉起黛儿的手，轻声道："我听说你见过她了？"

黛儿见黎芙铮眼神闪烁，欲语还休的模样，心里不由一凉，她咬咬牙，定定地看向黎芙铮道："娘，您有话就直说吧。"

黎芙铮再次深深叹了口气，柔声道："黛儿，是娘对不起你，当初是我硬要将你跟你二哥拉作堆，现在却搞成这样。"

黛儿眼中闪着泪光，低声说道："娘，您别说了，我心里都明白。这一年，二哥过的是什么日子，我也看在眼里。如今，这叶家姐姐回来了，二哥一下子又有了人气儿，我们应该替二哥高兴才是。"

黎芙铮也一下子红了眼圈，拍拍她的手道："你二哥说，你永远是我潘家最尊贵的三小姐，大把的好男人任你挑，娘一定为你选一门好的亲事。"

黛儿却不愿提这茬，她拈着手帕撸了撸鼻子，笑道："娘，您现在赶紧把嫂子接进门来是正经，老住在外边儿，也不是个事儿！"

黎芙铮叹口气，不无烦恼地道："我看你二哥的意思，暂时不想让你嫂子知道这宅子里这些个女人的事儿，过段时间再说吧。"

见黛儿没有吭声，黎芙铮又半开玩笑地道："我看今天这王先生仪表不凡，倒是一个人才，还是留过洋的，昕儿把他请过来，只怕是别有用意呢。"

黛儿眼前闪过那清逸的身影，不由小脸一红。黎芙铮看在眼里，心里也自是高兴。

就在这时，只听外间杜婶儿的声音传来："大少爷！"

黎芙铮笑道："这可真是说曹操这曹操就到。"她转头向门外朗声喊道，"昕儿，快进来！"

黎昕一挑帘子进了来，先是对黎芙铮尊敬地叫了声："夫人！"

黎芙铮脱口而出道："昕儿，以后，还是跟黛儿一样，叫娘吧！"

虽说黎昕一直是这潘家的大少爷，但所有人都清楚，这潘家的少爷就只有潘天一一个。

这仅从称呼上便能看出端倪：潘家的下人和军中的人均称他为"大少爷"，却称潘天一为"少爷"，而非"二少爷"，其中含义自不必说。

比潘天一只大了两个月的他，从小便有这个意识，因此，他从小便已习惯性地成为了潘天一的跟班，现在军中，也自觉地成为了潘天一的左右手。

对于潘烨霖和黎芙铮，他其实是感激的，他们真正是待他和黛儿犹如亲生，所以，他才会心甘情愿地成为潘天一的左右手。

然而，在黛儿这件事上，他却有一种任人摆布的感觉，心里十分地不舒服。

他不卑不亢地笑了笑：“习惯了，就这样吧。”

黎芙铮心里暗自叹息，终究是欠了他们兄妹的，便也不再强求。她站起身来，笑道：“你们兄妹俩说些体己话，我去前头账房看看。”

一直到黎芙铮出了门，黎昕才坐下来，他看了看心不在焉的黛儿一眼，笑道：“那位王先生你感觉怎么样？”

黛儿打起精神笑了笑：“人倒是挺有趣的一个人，这学问如何，我就不懂了。”

黎昕敏锐地捕捉到她眼中一闪而过的羞涩，心里不由一松。

从小到大，从未想过要与潘天一争过什么的他，在那天第一次见了叶蕴仪后，心里竟突地升起一股强烈的嫉妒之心！

所以，明知会惹怒潘天一，也明知对黛儿并无好处，他竟会莫名其妙地让黛儿前去拦马车试探，徒惹黛儿伤心以后，又不由暗自后悔歉疚。

同时，这事也令他明白，潘天一所说不错，如果他娶了黛儿，只会害了她。

那时起，他便想着要为黛儿另觅良人。

潘天一回来后做的第一件事，就是要在镇上办一所公学，参照洋学堂的模式，王先生本是他重金聘来任公学校长的。

前几天，黎昕第一次见他，便起了心思。他派人了解过，这位王先生，家里也是省城的大户人家，留过洋，还未娶亲，他奉行的是洋派的自由恋爱和一夫一妻制。

从小到大，黛儿便作为潘家的媳妇儿被养着，她也一门心思只在潘天一身上，从未见识过其他的男子。

这王先生长得是一表人才，那风度翩翩的模样，很容易便让女子动心。黎昕暗中探过这位王先生的心意，也曾带他“不经意”地看过黛儿，知他有意结交，这才将他带至家中，让他教黛儿洋文，却也并不说破。

刚刚看黛儿的神情，他的心里不由一宽。尽管知道多余，他还是忍不住叹口气道：“黛儿，以后这天一，你就当他跟大哥一样罢！”

黛儿咬着唇，轻声道："大哥，强扭的瓜不甜，这理儿我懂。"

林婵凤从黛儿院中出来，便见玲儿面带喜色，兴冲冲地碎步小跑过来，笑道："四姨太，门房的老李头就跟我说，少爷刚刚进了府，说是去了书房。"

林婵凤心中一动，赞许地对玲儿点点头，笑道："嗯，玲儿，你把我床头那几本书拿上，咱们去南苑少爷书房换几本书去。"

去书房拿书看，是潘天一给林婵凤的特权。他甚至让人在书房中做了一个木吊椅，有时他在书房中做事时，就命她在吊椅上看书。

书房中有两排从地到房顶的大书柜，他指着左边一排告诉她："这排是你的，这些书你可以随便看，其他的东西都不许动。"

她满心欢喜地上前，却发现那书架上大部分竟是她完全看不懂的洋文，许是发现了她的尴尬，他走过来，从上面一层抽出一本《七侠五义》和一本《拍案惊奇》来，眼神游离地对她笑："你不是总说那些个国学典籍都枯燥乏味的？这一层的书保你都喜欢。"

她知道，他这书这话都是对另一个女人的，她却仍然高高兴兴地接过来，并按他的意思去看那书架上的书，尽管她毫无兴趣。

第八章

悬空大石

潘烨霖书房内，烟雾缭绕。

坐在宽大书桌后的潘烨霖，眉头紧蹙，对着烟嘴“吧嗒吧嗒”猛吸了几口，这才抬起头来，对坐在对面的潘启文与黎昕道：“这倒卖枪支，咱不都是有数的吗？这一人一枪是配好了的，怎么能倒得出来？”

潘启文一脸嫌恶地挥了挥眼前呛人的烟雾，冷笑一声道：“一人一枪是没错，可要是这人数上错了呢？”

潘烨霖一惊，把烟杆往桌上重重一放，双手撑桌而起，一双眼瞪得老大，愕然道：“你是说，他们，虚报人数？”

黎昕点点头，沉声道：“目前查实的是这样，那刘五原名刘大安，他所在的团，向军需报的人头是一千二百人，可实际只不到八百人，咱们排以上的军官都配得有手枪，其余士兵都是步枪，他连建制都多报了，这样下来，便余下约五十把手枪和三百多条步枪。

“不仅这多的枪他们拿出去卖了，每个月这多出的军饷，恐怕也是进了他们几个的腰包。

“棘手的是，不仅这一个团这样，据我们了解，潘家集驻军三个团，都有这个问题！”

潘烨霖不由惊道：“如果每个团都是这样虚报的人头，要是打起仗来，我这号称的二十万大军，实际只有十五万人不到，这……”

一股恶寒透过肌肤直渗到心里去，潘烨霖一时间背上已是冷汗涔涔。

他一拍桌子，狠戾地道：“给我查！查到一个杀一个！”

他想起什么，眉毛胡子皱成一团地道：“那曾副官和百合会馆到底怎么回事？”

潘启文沉声道：“我怀疑，那些个军官都是曾副官在负责联络，毕竟日本人未必敢这么大张旗鼓地接触这么多军官。”

他看了看潘烨霖：“那百合会馆你是绝对不能再去了，不安全！”

潘启文脸上泛起一个戏谑的表情：“你要实在惦记那百合会馆中的巧姐儿，又够胆的话，就把她给接回家里来。”

潘烨霖一把揪下烟枪上的烟丝袋扔了过去，暴跳如雷地道：“接个屁！连你老子也敢戏弄！”

一旁的黎昕忍住笑，手拢成拳，放到嘴边，轻咳一声道：“那曾副官成天撺掇着你去百合会馆，这突然间不去了，倒易引起怀疑。”

潘启文眉一挑，唇角一勾：“这好办，让我娘去闹一场不就得了！反正所有人都知道潘大帅惧内，她这一闹，不去也就名正言顺了！”

就在这时，文四匆匆走了进来，俯身在潘启文耳边说了几句话，潘启文挥挥手，冷笑道：“继续派人盯着她，还有她那丫头玲儿！”

文四应声走了出去，潘启文哼道：“我刚一进府，这林婵凤就往书房来了，被拦了下来。”

黎昕皱了眉：“虽然广州那边现在还没有消息，但这林婵凤的出现实在太过蹊跷，只是这日本人派个女人来，又能起什么作用？他们的目的到底是什么？”

潘启文眼中泛起一抹狠色，恨声道：“管他什么目的，我已派人严密监视她，娘和黛儿那边都已有专人保护。现在虽说我们在安排好一切前，不想惊了日本人，但一旦有证据表明林婵凤和这些日本人跟蕴仪父母的死有关，我定要他们血债血偿！”

晚上，潘烨霖与黎芙铮卧室中，潘烨霖接过黎芙铮递过来的茶，惬意地笑道：“咱这儿子算是出息啦！这些个贩大烟和枪支的事儿，他拎得比老子清！”

他眼中精光一闪：“趁着这事儿，就让他全盘接管过去，他今儿可是自己说了，改制以后，这司令他来当！”

傍晚，德园门口，文四手中拿着一个褐色的信封，正要跨进门槛，一阵急促的马蹄声传来，他抬起的脚不由放下，静静地候在门口。

晃眼间，一身戎装的潘启文已翻身下马，棱角分明的脸上显示出一丝兴奋和急迫，他将马鞭随手扔给门边的马伕，疾步上了台阶，向大门而来。

一边走，一边急急地问道："少奶奶在哪里？"

文四急忙双手将信递过去，笑道："少奶奶刚在园子里看书来着，这会子只怕已回到楼上了。这是少奶奶的信。"

潘启文接过信，脚下未停，他看了看信封上的落款，不由皱眉道："昨天上海不是才来了信嘛，怎么今天又来一封？"

文四笑道："这信并非邮差送来，是上海派专人送到德园的，许是忘记什么重要的事了，又再补一封。"

潘启文的眉心莫名地一跳，会有什么重要的事，要专人送信来？

昨天那信，蕴仪后来给他也看了，大致是说在上海找到一个老中医，可为蕴杰根治哮喘，只是还有一个半月的药程，那老中医道，如果这哮喘不在九岁之前彻底治好，便再难根治，方家的意思是等蕴杰彻底治好了，再送他过来，正好两个月后，方宗尧会到这边出趟公差，就一起送他过来。

蕴仪听说蕴杰的病还能治好，兴奋非常，对方家的安排自是感激不已。

潘启文想到这里，双眼微眯，那方宗尧为南边政府做事，到潘家集来出公差，只怕跟潘家军有关？如果方宗尧真为这事过来，他这潘家少爷的身份只怕……

想到这里，他脚下一顿，本是往后院而去的脚步却是改变了方向，径直向书房疾步而去，一边走，一边对文四吩咐道："先不要跟少奶奶说这信的事。"

他走进书房，在书桌边坐下，拿起信封上下翻看几遍，几番犹疑，终是将信按在桌上，拿起小刀，小心翼翼地挑开封口，抽出其中白色的信笺来。

摊开一看，不由心中一惊！

蕴仪如晤，昨日得知有关伯父伯母案件之消息，因事关重大，不敢发电报，即修书一封，并派专人送出。

据吾父言，近日上海一起暗杀案件，系日本浪人所为，军方秘密逮捕此等日本浪人，方知广州伯父伯母之案件亦是此几人所为，细拷问之，只知与西南军阀潘烨霖之子有关，具体事宜，一概不知。

吾等百思不得其解，伯父伯母何曾与日本人有仇，又何故与潘烨霖有牵涉？后思之你所到之处即启文家乡之潘家集，正是潘烨霖行辕所在，不知这其中有何关联？

由是，家父家母甚为担忧，叮嘱再三，你与启文切切注意自身安全。又及，家父时常言道，启文乃人中龙凤，蕴仪亦是女中翘楚，何故双双屈身于西南偏隅之地？

家父之意，如你二人愿来沪上或金陵发展，家父可代为安排，万不至于屈了启文之才。

潘启文将信放下，有些不知所措地左右口袋摸摸，掏出一个香烟盒子来，他抽出一支烟，叼在嘴上，那支烟随着他的唇不停地轻颤着，他终是费力地点上了烟，狠吸了一口，往座椅上一靠，闭上了眼。

一丝带着绝望的寒意，就那样爬上了心头。

他派去广州的人迟迟没有消息，一年前的无头旧案，要查出来，谈何容易？

虽然明知林婵凤的出现太过蹊跷，他心底却隐隐抱着希望，最少，没有证据说明岳父岳母是因他而死，也许，林婵凤的出现，不过纯粹是巧合。

他知道，自己的身份迟早瞒不住，但是他仍想着只要与黛儿解除婚约，将那些女人全部送走，让她知道他曾经的隐瞒、曾经的荒唐，全部的出发点都是基于爱她，总有希望能与她说得通，总有希望能得到她的谅解。

可是，如果她的父母却因他隐瞒的身份而死，还是那样的惨烈，对于她来说，那一切便是翻了天覆了地的不同！更何况，她一直内疚着，她的父亲是替她而死！

没有消息，他便可以自欺欺人地继续隐瞒下去，他甚至可以心安理得地想着，即使林婵凤是日本人的奸细，却也很可能与她的父母之死无关！

然而，方宗尧的信却打破了他所有的幻想和心安理得！这个证实了的消息直压得他喘不过气来！

他可以压下这封信不给蕴仪看，如果单只方宗尧一人前来，他也可想法不让他们见面，可方宗尧要送蕴杰过来，这如何能瞒得住蕴仪？

即使瞒住了她，他又如何能再心安理得地面对她和蕴杰？

不期然间，当初那两句签文“人生百欲终如梦，水中捞月笑空还”一下子浮上脑海，令他心中一颤。

他怕，怕自己犹如困兽般，无论他怎样左冲右突，哪怕使尽了全身的力气，却也冲不出命运的樊笼。

潘启文将信往书桌的抽屉里一塞，急急地站起身走出书房。

刚跨进后院，远远地，便听见楼上的琴声传来，是那首著名的《波兰舞曲》。她曾经在军校北伐军的誓师大会上为所有人演奏过。那豪宕的旋律、雄壮的气魄、旷达的襟怀、深入而悦耳的虔敬，激扬了所有人的热情。

他离家那天早上，在门口与她吻别，刚跨出大门，便听到这首曲子响起，那富丽光耀的琴音，冲淡了离别的忧伤，让他轩昂地踏上了旅程，并在艰苦的战争中，支撑着他整整半年的相思和那虔诚的强国信念。

再听到这首洪亮而坚毅的曲子，潘启文一下子振奋起来，心底的那份不安突然间便淡了下去，内心深处，竟升起一丝感恩的情绪来。

他知道，这一个多月以来，她从未出过德园的大门，她在专心研究他给她的那些地方志的书，她说过，她要助他建立一套国家体系，打造一支铁血军队，令这一方百姓安居乐业。

听小清说，她一边看书一边写东西，已经写了厚厚一大本。那么，她现在亦是雄心勃勃，要与他共同开疆拓土了？

一曲终了，在那激荡的余音中，潘启文跨过门槛，爽朗地笑道：“蕴仪，你这一曲，可是胸中已有丘壑？”

叶蕴仪从钢琴前转过身，站起来，夕阳的余晕映在她的脸上，令本就散发着自信光芒的她，更显光彩照人。

她迎上前去，习惯性地掸了掸他肩上的灰。

这个动作是在广州养成的，那时，他整天在军校里摸爬滚打的，回到家，这便成了她迎接他的一个仪式，如今，他的身上并无尘埃，他却直挺挺地站在那里，静静地享受着她脸上那看似嫌弃、实则娇嗔的表情。每当这时，他那回家的急迫之心便逐步地安定下来，仿似一天的期盼便是为了这一刻。

叶蕴仪接过他手上的帽子，笑道：“我现在只是照本宣科，有了一些大致想法，很多农作物及水利、工商业情况和税制实际情况，还需实地考察。我想明天开始，出去走走。”

潘启文眼神一闪，他稍作沉吟，随即笑道：“也好！我让文四跟着你，他的身手好，安全些。这里的地头他也熟，可以先为你打点。”

他一边解着军装上的扣子一边笑道：“蕴仪，这么长时间，我也没有好好陪你出去走走。正好，省城来了个俄罗斯的芭蕾舞团，我特意请了他们过几天专门来趟潘家集，到时我陪你去看！”

叶蕴仪眼中一亮，脸上闪着兴奋的光芒，她用力地点点头：“好！”

这一刹那，潘启文似乎又看到广州时那个简单、易满足的女大学生，下一刻，一丝阴影又笼上了他的心头，她的单纯快乐又能维持多长时间？

一餐饭在这样轻快的气氛中结束，潘启文却想要延续这份快乐，拉着叶蕴仪到楼下散步。

他想与她十指相交，她却挽上了他的胳膊，笑道：“这样，让我有一种可以依靠的感觉。”那一瞬，他满心的感动，只为她想要的依靠。

星光下，缓缓前行中，她终是想起来问了一句：“启文，为什么你都不说话的？”

他停下脚步，在她眼皮上轻轻一啄，一本正经地道：“我脑子笨，反应慢，你说了那么多，总得要给我时间慢慢消化。”

她怀疑的目光在他脸上逡巡，脸上泛起一个促狭的笑：“那倒也是，你国际象棋从未下赢过我，你那猪八戒的脑子，是笨了一点。”

他伸出双手，作凶恶状，重重地哼出两个长音：“是吗？”

说着，一把抓起她，双手紧紧地箍在她的肋下，将她整个人抱了起来，他飞快地转着圈，将她甩成一条直线，嚷道：“说，谁是猪脑子？”

他越转越快，她高声地惊叫，伴着咯咯咯的笑声，嘴上却不肯求饶，喘息着道：“有本事咱们杀一把，谁输谁是猪脑子！”

他手一顿，眼中闪过一丝狡黠，把她往地上重重一放：“好！老规矩，输的贴胡子、钻桌子！”

刚落地的她一阵眩晕，身子一晃，他赶紧一把扶住她，一脸紧张和懊恼地问：“怎么样？”

叶蕴仪脸色发白，她一把推开他，走到一边，扶着廊柱，呕吐了起来。他赶紧上前，搀住了她，一边轻轻拍着她的背，一边急慌慌地叫：“快来人，打热水来！”

她轻轻喘着气，却也并没有吐出什么东西来，只是干呕着。见她不再吐，他伸手摸摸身上，却没摸到手绢，干脆直接伸出袖口去，快到她嘴边又停下，随即挽起外衣袖子，用里面雪白的干净衣袖为她轻轻擦拭。

他扶着她坐下，又觉那石凳凉，遂将她抱到自己腿上，一只手搂住她，另一只手轻轻揉着她的胸口，一脸心疼地问：“感觉怎么样？”

她摇摇头，哑声道：“没事了。”听到她出声，他的心里稍定。

两个丫头飞快地打来热水和漱口水，他接过热毛巾，细细地为她擦拭了手和脸，又喂她漱了口，他吩咐丫头去熬点小米粥送到房中，这才一把打横抱起她，直往楼上而去。

弯腰将她放到床上，刚直起身，他突然想起什么似的，又倾下身去，喜滋滋地道：“蕴仪，你，是不是有了？”

叶蕴仪一怔，随即失笑地看着他：“昨天才来的月事，哪就有了？”

潘启文长长地“哦”了一声，脸上是掩饰不住的失望。

叶蕴仪嗔怪地道：“刚吃过饭，你就那样甩，又吹了风，不吐才怪呢！”

潘启文懊悔地扒扒头发，坐下来，拉起她的手，眼中满是心疼。

他看看她的眼，又忍不住戳上她的额头，脸色一沉道：“你明明不舒服，叫一声，讨个饶，有那么难？非要死倔着？”

叶蕴仪撇撇嘴：“你自己没轻没重的，还怪到我头上来？要是真有了孩子，还不得给你甩没了？”

潘启文一把按住她的嘴，眼神凌厉地看着她，不悦地道：“你怎么什么话都敢说？”

叶蕴仪缩了缩脖子，吐吐舌头，笑道：“好啦，是我错了，好不？”

潘启文眼中闪过一丝阴霾，他俯下头去，吻上她的唇，在她耳边喃喃道：“嗯，你的药要坚持吃，明天我也让大夫看看，一定要让你早点怀上。”

听到他一个大男人也要为这事去看大夫，叶蕴仪总觉得心里怪怪的，她捧起他的头，深深地凝视他，轻声道：“启文，你在担心什么？我们才重逢一个多月，哪那么快就有了孩子？你到底在急什么？”

说到这里，她的心里滑过一丝不安，不由轻皱了眉，问道：“是不是公公婆婆说了什么？才让你这么着急？”

潘启文眼神一闪，笑道：“你想到哪去了？我是今天行辕中有两个副官都争着请满月酒，看他们那得瑟样，我受他们刺激了！”

叶蕴仪偏头打量他一会儿，松了口气，笑道：“你真是，这事也跟别人去比！”

潘启文将头埋在她的肩窝里，眼前却浮现起方宗尧送来的那个褐色信封，只觉得那便如一块悬空的大石，不知什么时候便冷不丁地压上他的心头，令他在本来的平和快乐中，时不时地便喘不过气来。

第九章

行辕交锋

一大早，潘启文便见叶蕴仪一身的蓝花布衫短衣，黑色长裤，不由皱眉道：“你这是什么打扮？昨天才不舒服，今天就不要出去了！”

叶蕴仪上前搂住他的脖子道：“我哪有那么娇气？你忘记以前我爸还安排我跟你们一起军训，还练枪来着？”

清晨的阳光挥洒进来，映得她的脸颊更显酡红，见她难得的娇俏模样，潘启文眼中一热，他一把掌住她的脑后，俯头往她的唇上压了下去。

她喘息着回应他，她的柔软在他唇边轻点试探，更令他心痒难忍，他重重地压向她，占据她的每一寸地方，灵活的舌狂热地扫荡着她。

就在他快要无法掌控自己，将她压倒在床上时，却猛然想起，她刚刚来了月事。

懊恼中，他深深地喘着气，似为了将自己从那份情动中解脱出来，他在她耳边笑道：“你这身打扮哪来的？活脱脱一俏村姑，可惜这皮肤白了点。”

她其实亦动了情，这时不由又羞又恼，推开他，撑起身来，嗔道：“看把人家的新衣服都搞皱了！”

她跳到地上，在他面前转了两个圈，笑道：“这是我前几天让小清去给我做的。怎么样，好看不好看？”

他双手往后撑在床上，看着她在一圈金色的光晕中快乐地转着圈，他眼中灼热地看着她，那一刻，一个声音在他心中叫嚣：哪怕倾尽所有，他都不会让她再离开他！谁也不能！

下一秒，那一个褐色的信封又在他眼前飘过，他微眯了眼：上海？那冯啸天不就在上海？

今天的潘家集，正好是十天一次的赶集，镇中的主街上人头攒动，热闹非凡。

叶蕴仪与小清左看看，右逛逛，文四紧紧地跟在左右。

小清不解地问道："少奶奶，我觉着您还是穿旗袍好看，说不出的韵味，那可是学都学不来的。干吗非穿成跟我一样？"

叶蕴仪抿唇一笑道："穿成跟你一样有何不可？更何况，今天咱们要走很多路，也许还要去田间地头的，穿着旗袍高跟鞋，那真会累死人！这样多轻松自在！"

路过一个打铁铺，叶蕴仪若有所思地驻足观察起来，她弯下腰，柔声问道："老板，你这生铁是从哪里来的？"

就在这时，只听街面上一阵不同寻常的喧闹声，叶蕴仪本不待理会，却听见有人高声在用英语说着什么，不由直起身，好奇地看了过去。

只见一个瘦高个的西洋人，鹤立鸡群般地立于人群之中，挥舞着双手，满脸焦急地对周围的人大喊大叫着什么。

叶蕴仪皱了皱眉，说道："小清，咱们过去帮帮他！"

文四急忙走到前面开道，他满头大汗地扒开人群，让叶蕴仪和小清进到圈子中间去。

当那个西洋人听到一声纯正的英语"Can I help you"时，他一脸惊喜地低下头来，激动地抓上了眼前这个小女人的双肩，用英文嚷道："你会英文？"

然而，他的手刚搭上叶蕴仪的肩，却被文四一巴掌拍开手，同时下盘被一腿扫过，只听"啪"的一声，他一下子便摔了个四脚朝天！

周围一阵哄笑过后，随即是寂静无声。

叶蕴仪忙轻叱道："文四，不得无礼！"文四垂手立于一旁，恭敬地应了声："是！"

叶蕴仪低头伸出手去，用英文对那洋人说道："对不起，我的人以为你冒犯了我，所以才对你无礼。”

那个洋人却不敢拉她的手，自己一撑地，站了起来，叶蕴仪与那洋人沟通了几句，得知他叫杰森，是美国人，他刚到潘家集，被人抢了手提包，他的所有证件、通关文书都在里面，想要找回，却又语言不通。

叶蕴仪招手让文四过来，问道：“这里的地方上的失窃案件什么的，归哪里管？”

文四忙道：“咱们这里没有专门的衙门，司令行辕有个政务处，是专管这些个事的，不过，要是涉及洋人，最好还是报与少爷那里知道。”

叶蕴仪点点头：“也好！我就陪他去一趟。”

杰森暗暗打量这个东方小女人，他觉得她与他见过的其他中国女子太过不同，她既有着中国女人特有的含蓄、温婉，却又有着其他中国女子所没有的大方与自信。

而她身上所散发出来的美丽与活力，竟让他不敢直视，只低了头，轻声唤着叶蕴仪的英文名，说道：“Lisa，我是一个地质学家，我前几年来过这里，这里往东约四十英里的地方，有一个优质的铁矿，可是，那时这里在打仗，没有办法开采。现在战争停止了，我希望能够得到这里地方政府的许可，开采铁矿。”

叶蕴仪听了，心里不由一喜，她急急地问道：“这铁矿的质地可能炼成钢？可否达到做火车轨道和武器的要求？”

杰森笑道：“我上次采集过这里的铁矿石回美国去做分析，它的铁含量达到50%以上，是非常高的，而且，它的各项成分指标，完全可以达到炼钢的要求。”

叶蕴仪掩饰住心中的兴奋，轻声问道：“那你要我帮你做什么？”

杰森皱了皱眉，道：“我想要在这里开矿场，但不知道是否需要地方政府许可什么的，因为语言问题，我想请你帮我一起跟他们商谈。”

叶蕴仪笑问：“你既然想来开矿，为何不找好翻译过来？”

杰森懊恼地道：“本来是有一个翻译的，他临时家中出了事，把我扔在这里自己就跑掉了。”

她想了想，对杰森笑道：“我的丈夫就在这里的军政府中做事，也许他能帮得上忙，我带你去找他。”

一行人来到行辕，门口站着荷枪实弹的士兵，文四领着他们一路向里走去，倒也畅通无阻，叶蕴仪不由半开玩笑地道："文四，看来你这张脸比通行证管用呢！"

文四嘿嘿一笑："我是跟少爷在这儿混熟了。"

他招手叫人将叶蕴仪几人带去偏厅，并叮嘱上好茶，这才急匆匆地向潘启文的议事厅走去。

议事厅内，潘烨霖坐于正中，他的副官曾佑余立于他的身后，左侧的一排椅子上依次坐着潘启文、黎昕和几个军需处及政务处的军官。几个人均是神色凝重。

右侧第一位，坐着一个身着黑色中山装、态度倨傲的中年男人，他嘴上那一撮小胡子，显示着他日本人的特征。这是日本驻省城的领事井上村一，他的身后，立着两个身着和服、身板笔挺的日本人。

井上村一的下首，坐着一个同样神态倨傲的穿着和服的日本人，这是三友株式会社的社长小田和二，再往下，是一位个子瘦小、戴着眼镜的翻译。

那个翻译正对潘烨霖说道："潘司令，井上先生不明白，明明是我们已取得贵国中央政府的采矿许可证，为何到了你们这里，却迟迟不能跟我们签订合作协议？"

潘烨霖将烟杆从嘴中抽出来，缓缓地吐出一缕烟雾，轻笑道："哦？中央政府？哪个中央政府？你说的这个政府是给我粮饷了还是给我发枪了？"

说着，他微微瞟了一眼潘启文，潘启文会意地一哂："是啊，这北边、南边都说自己是中央，我们该听谁的呢？"

井上突然站起身来，小田和二与那小个子翻译也赶紧站起来，只见那翻译对潘烨霖弯腰说道："井上先生说，他已经来了三天了，他没有时间在这里多呆，他就先走一步了！希望潘司令能就云顶铁矿开采的事宜与三友株式会社尽快达成协议，只要合约一签，我们无偿援助贵军的三千条毛瑟步枪，一个月内就可运达潘家集！"

说完，井上向潘烨霖略一弯腰致意，转身率着两个随从向外走去。潘烨霖犹自坐着未动，潘启文一挥手，政务处的军官便上前相送井上。

小田和二重新落座，又叽里呱啦说了几句话，只听翻译说道："小田先生说，如果潘司令今天能将合约定下，三友株式会社将额外赠送一千把驳壳手枪，同时，以后所有经三友销售给贵军的军备物资，一律在原来的价格基础上让利一成。”

这话一落，潘烨霖这方的人眼中都不由一亮，但却谁也没有吭声。

这时，那小个子翻译双手递上了一叠合约，潘烨霖身后的副官上前接过。

不待潘烨霖说话，潘启文一下子站了起来，眼神凌厉，他冷笑一声道：“这矿长在我们的地界儿上，可由不得你们说什么时候签就什么时候签！”

潘烨霖也皱眉道：“这一天时间太紧了，我们大的条件都未谈妥，更何况合约细则？”

那翻译与小田交换几句后，对潘启文笑道：“小田先生说，他明天一大早就必须要回省城，如果今天定不下来，那么他只好另派他的助理前来，不过，他的助理可就没那么大权限作出这么多的让步了。”

潘启文挑眉一笑，不动声色地道：“这倒无妨，反正那铁矿埋在地下，也不怕它跑了，这早点、迟点没关系，如果小田先生的助理权限不够，我们大可等到小田先生下次来时再谈，当然，这铁矿开采的技术，也不仅仅是你们日本国才有的吧？”

那小田还未回话，军需处的长官李大鹏却急了，他一脸焦灼地看向潘烨霖，又连连向潘烨霖身后的曾副官递着眼色，那曾副官俯身在潘烨霖耳边道：“司令，不如让他们先等会儿，咱们自己先商量商量？”

见潘烨霖犹豫不定，又低声说道：“这可是马上就有三千条步枪和一千把手枪到手啊！”

潘烨霖眼中精光一闪，他磕了磕手上的烟杆，笑道：“先请小田先生到偏厅奉茶。”

文四一直在议事厅外候着，也不敢进去，这时见日本人都走了出来，这才见缝插针地闪进去。

厅内，潘启文沉声道：“爹！你明知道日本人急，我们就不能急！”

潘烨霖却双目炯炯地看着他，话中有话地道：“天一，这采矿不急，可这四千条枪我却急啊！”

潘启文一凛，是啊，潘家军号称二十万大军一人一枪，实际来路五花八门，正规枪支不到十万条，真打起仗来，真正可用的枪支很少，而这四千条枪对于他们来说，的确不是小数！

他一时脑中微微混乱，一抬头却见文四悄悄走到他身边，他一下子厉了神色，压低嗓音道：“你怎么在这里？”

文四急忙在他耳边道：“少奶奶遇上一个丢了包的洋鬼子，带他来报案找包。”

潘启文心里稍安，他对文四道：“我这里走不开，你去找政务处的人先处理一下，完事了你赶紧送少奶奶先回去！”

叶蕴仪与杰森在偏厅喝着茶、聊着天，当杰森知道她曾在美国生活过时，不由倍感亲切。叶蕴仪趁机问起了杰森对采矿的想法，以及他在技术、资金方面的能力和打算。

过不多久，只见一个军官模样的人领着几个日本人走了进来，奉了茶便退下了。

一进来，那个为首的日本人便惊疑不定地打量着杰森，他转头用日文吩咐那个翻译：“你去问问刚才那个军官，这个西洋人是来做什么的？”

不一会儿，那翻译回来回话道：“听说，只是一个丢了包的美国人，应该跟铁矿无关。”

叶蕴仪本不在意这几个日本人，可听到他们说到“铁矿”，立即敏感地抬起头来，看了他们一眼。

小田先前只是注意到那格外引人注目的杰森，这时听说与铁矿无关，便不再看向他们这边，自顾自地用日语肆无忌惮地谈起铁矿的事来。

殊不知叶蕴仪却能听懂日语，她听到他们的交谈内容，越听越是心惊，心里不由暗自着急，只盼着文四赶紧过来，带她去找潘启文。

叶蕴仪来到偏厅门口，却找不到文四，无奈只好坐下来等，她想起刚才日本人所说的几个问题，立即将心中疑问与杰森交谈起来。

不一会儿，黎昕亲自过来，他诧异地瞟了一眼叶蕴仪，却并未说什么，只是对那几个日本人说道：“小田先生，司令有请！”

叶蕴仪一见黎昕，面上一喜，再顾不得对那“潘少爷”的喜恶，上前叫道：“潘少爷，请等一等！”

说着，快步走到黎昕跟前，一把抓住他的手，将他拉到一边，凑近了他，低声说道：“日本人有诈！”

黎昕不意叶蕴仪竟会来拉他，手上那温软的触感，加上她近身来那熟悉的法国香水味道，混合着她特有的馨香，不由心中一震。

他慌不迭地甩开叶蕴仪的手，凛然道："什么意思？"

叶蕴仪正待再说，却听那翻译催促道："长官，请前面带路！"

叶蕴仪急急地对黎昕说道："你相信我，这合约签不得！"见黎昕面色凝重，她忙指指杰森，"如你现在做不得主，我们跟你一起去！"

黎昕惊疑不定地看看她，再看看杰森，莫名地，他便相信了她，稍作迟疑，点点头道："好！"说完，便领着几个日本人向外走去。

潘启文见叶蕴仪与日本人一起进来，面色不由一沉！

他微厉了神色，轻叱道："洋人丢包的事，自有政务处的人处理，我们这里另有要事要谈，来人，带他们两位去政务处！"

叶蕴仪只当他不方便在人前认自己，也不说破。她环视一眼厅内，暗自掂量了一下厅中各人的身份，随即头一扬，指了指杰森，对主位上的潘烨霖笑道："潘司令，我是这位杰森先生的翻译，我们是来跟潘司令谈有关铁矿开采事宜的。"

说完，她嘴角一扬，眼光若有若无地扫过了潘启文一眼。

一时间，厅中各人将先前集中在日本人和杰森身上的目光都转向了叶蕴仪，不由都觉眼前一亮。

这个年轻女子虽着布衣，但却掩不住一身风华，美丽之外，更有一种独特的韵味。而她身上所显示出的那份大气和自信，令每个人心里震动不已。

潘烨霖眼角扫过自家儿子，只见潘启文阴鸷的眼惊疑不定地紧盯着叶蕴仪，黑眸中那一片沉沉的炙热，似要将那女子吸进去一般。

他以前虽然见过叶蕴仪的照片，却也并不敢肯定这女人的身份，现下看到儿子的神色，瞬时明白了眼前女子确是心中所想之人，尽管心里已有数，却仍是为叶蕴仪那气度所惊住，也终于有些明白，为何大宅中那十几个女人，仍是无法拢住儿子的心。

叶蕴仪的话一出，潘烨霖等人都是又惊又喜。

潘烨霖瞟了潘启文一眼，见他对自己暗暗点了点头，遂半眯了眼，对叶蕴仪道："哦？你们有什么道道，说来听听？"

小田和二的翻译这时上前一步，沉声道："潘司令，我们已经谈到合约了，现在你们这是什么意思？可别忘了我们所做出的诚意让利。"

潘烨霖眼中精光一闪，故作为难地道：“哎呀，这做生意嘛，我们自然是看哪家的条件好，就跟哪家做，听听也无妨嘛，是不是？”

小田冷笑一声，对翻译说了几句话，然后径自大剌剌地走到左侧坐下。

那翻译说道：“小田先生说，我们倒要看看这美国人能开出什么好的条件来，不过我们先前说过的，过了今天，前面的让利便全部作废！”

这威胁的语气令一众人等均是不爽，却也无可奈何。

叶蕴仪转头对杰森说了两句话，径直引杰森坐下来，她才走到中间，挑眉笑道：“既然时间如此紧张，不如将日本人的合约拿出来给我们看看，如果我们能做到，我们再提，如果做不到，我们转身便走，如何？”

其实叶蕴仪在偏厅中听几个日本人谈话后，心里早已有了数，只不过不愿在日本人面前先露了自己懂日语的底，这才向潘烨霖要合约来看。

潘家军的人听叶蕴仪这样一说，都认为这倒不失为一个办法，既多给了自己一个机会，也不耽误日本人的时限。

潘烨霖一挥手，曾副官立即将合约递到叶蕴仪手上。一时间，整个厅里鸦雀无声，所有人的视线都集中在叶蕴仪身上。

叶蕴仪大致一翻合约，随即冷冷地一笑道：“潘司令，这个合约一签，你便不怕背上一个卖国贼的骂名吗？”

潘烨霖一凛，他不由有些恼怒地向潘启文看去，只见潘启文正嘴角噙着一丝不易察觉的笑，目光灼灼地看着叶蕴仪。

潘烨霖无奈地转过头来，他双手一握木椅扶手，沉声问道：“哦？此话怎讲？”

叶蕴仪“啪”的一声合上合约，那声音不大，却令所有人心里一跳。

只见叶蕴仪眼中一片凛然之气，正色道：“这与外国人合作开矿，一为得到这生铁为我所用，二为学习技术，第三才是利润！

“而这个合约中，日本人获得二十年的开采权，我们一不得过问开采出来的铁矿石的去向，二不得干涉他们如何开采，而日本人每年只象征性地固定向军政府交纳五万两白银，这不是生生将我们宝贵的资源贱卖与日本人，是什么？”

只听一个军需官道：“我们什么都不做，一年便收了五万两白银，何来贱卖之说？”

叶蕴仪冷冷一笑道："咱们这个矿，铁含量高达50%以上，全世界都罕有，仅仅开采出来的铁矿石，便可卖到千两白银一吨，按目前日本人的开采技术，他们每年至少可开采二十万吨，仅卖铁矿石，便可至少每年有两亿两，而你们只收这区区五万两，不是贱卖是什么？"

听了这个数字，所有人不由倒吸一口冷气。

"不干涉他们如何开采，不限制开采量，不用二十年，他们便可将这矿山搬空！"

叶蕴仪来回踱了两步，这时不由拔高了音量，直视着潘烨霖："咱们最缺的是钢铁，修铁路要钢铁，造武器要钢铁，发展工业要钢铁，而这铁矿挖完了就没有了，我们有这样好的资源，却任由日本人搬走，这不是卖国是什么？"

她目中的气势竟让潘烨霖有不能逼视之感，他有些恼火地偏了头，却见潘启文正与黎昕兴奋地交换着眼神。

潘启文等人原本对铁矿市场和技术并不了解，先前只是考虑到自己没有技术，有人开采就行，加上那四千条枪的诱惑，却根本没有考虑这么深远，而叶蕴仪的一番话却犹如醍醐灌顶，一下子惊醒了所有人。

尤其是叶蕴仪最后那段话，令潘启文父子以及黎昕立时想到，如果这铁能成钢，再能自己造枪，那……几个人不由同时交换了一个兴奋的眼神。

此时潘启文心中起伏，再也掩饰不了眼中的热切，对叶蕴仪说道："那么美国人又是怎么个说法？"

叶蕴仪这时放松了表情，微微缓和了语气，笑道："杰森先生愿意以技术和设备入股，与军政府合作采矿，同时，他可以帮助找到冶炼技术、人才和设备，就近炼钢！所得利润分成比例可以再谈。"

"就近炼钢"几个字，让潘家父子眼中一亮。

这时，小田和二气急败坏地说了一席话，那翻译道："这说起来容易，做起来可难！这采矿和冶炼，需要大量资金投入，你们有吗？"

叶蕴仪笑道："这就不劳小田先生费心了，我们自有办法！"她转头对潘烨霖笑道，"至于资金问题，我们已有解决办法，请司令放心！"

潘家父子知她不愿在日本人面前多说，便也不再追问。

这时，日本翻译又冷冷地说道："我想那四千条枪是你们目前急需的吧？美国人搞得来吗？”

潘烨霖一边的人一时尽皆沉默。

却听叶蕴仪轻轻一笑：“难道大家不觉得奇怪吗？日本人自己会造枪，为何却舍近求远，不送自己生产的三八式，却要送德国造的驳壳手枪和毛瑟步枪给潘司令呢？”

听了这话，所有人心中都是一凛，心道只怕这其中还有蹊跷。

叶蕴仪这时面色一冷，缓慢而沉重地说道：“我听说，有日本的商社，大量收集各国作废的枪支，稍将外表翻新，便当新枪卖出去，利润可是不小呢！只不知这样的枪，真打起仗来，能不能用呢？”

潘家军中的人闻言不由惊怒交集，对叶蕴仪的话深信不疑，而那军需官更是怒道：“难怪上次日本人卖给我们的那批毛瑟步枪时常卡壳，我们还道是士兵不会用！”

叶蕴仪走到杰森旁边的座位坐下，轻轻一哂道：“这小田先生可真是会做生意啊，恐怕后续让利一成的枪，也是这样来的吧？只怕他的成本连这一成都不到呢！真当潘司令您是冤大头呢！”

这时，只听小田和二傲慢地说道：“各国政府与我们大日本国有协议，不得出售军火给中国军人，你们要想买好枪，只能通过我们，潘司令，你不想以后断了这条路吧？”

潘家军的人一时惊疑不定。他们的枪大多是中国自己小作坊仿造的，最好的也不过是汉阳造，而这汉阳造也不是说买就买得到的，如果再断了这洋人的枪这条路……

所有人都不由自主地将目光转向叶蕴仪，这一刻，俨然她倒成了他们的主心骨。

叶蕴仪左手端起桌上的茶碗，右手揭开盖子，轻轻拂了拂水面，抿了一口，这才不屑地一笑：“哦？且不说各国政府与日本这协议能维持多久，有没有阳奉阴违的事，至少我所知道的，这手枪便不在协议之列，这驳壳枪嘛，上海和广州都有德国的商行在卖。至于其他的，我想，只要有钱，还怕没人做生意么？”

她眼中的轻视，令所有人都对日本人似乎不那么在意起来。

她将茶碗往桌上不轻不重地一放，那茶碗与底碟之间发出一声清冷的碰撞声，在这安静的气息中显得异常的突兀。她面色一冷，笑道：“便是小田先生，做这枪的生意，只怕也是瞒着贵国政府的吧？”

小田和二不由脸色一白。

叶蕴仪神色一正，她站起身来，转向潘烨霖，双目炯炯，掷地有声地说道：“潘司令，有铁有钢了您还怕造不来枪吗？您真甘愿做这杀鸡取卵之事，永远受制于人吗？”

一席话令所有人心中一震。

潘烨霖敲了敲手中的烟杆，对小田和二笑眯眯地说道：“小田先生，我看今天这合约是签不成了，要不你先回去，容我们再商量商量？”

小田和二领着一干日本人，硬邦邦地甩下一句“你们会后悔的”便怒气冲冲地拂袖而去。小田一边走，一边对身旁的人狠狠地说道：“去查查那个女人是什么人！绝不止翻译那么简单！”

潘启文见叶蕴仪刚才精力高度集中，这时已是累极，不由心疼不已。同时又暗自思忖，如要再继续谈下去，恐怕自己身份立时就要戳穿，正踌躇间，却听潘烨霖唤着他的字号说道：“德众啊，既然这日本人谈不了了，今天就先到这里吧，回头你全权负责，跟这位杰森先生谈合作的事。”说完转头对其他人说道，“唉，今儿个真他妈的累，没想到这些个小日本这么多的弯弯绕，曾副官，咱们走！”

其他人一边奇怪这司令怎么突然唤起了这少爷的字号来，一边跟着向外走去。

潘启文会意地一笑，对着杰森伸出手去，说道：“杰森先生，你先住下，我们回头再谈。”

潘启文招手叫过早就战战兢兢候在一旁的文四道：“你去找人安排杰森先生在行辕中住下，照顾好他的衣食住行，另外，派几个人保护他的安全。”

说完，他似笑非笑地瞟了叶蕴仪一眼，叶蕴仪忙用英文跟杰森说了，杰森伸出手与潘启文握了握，又拉过叶蕴仪的左手，在她手背上轻轻一吻，转身随文四出去了。

潘启文一下子沉了脸，对叶蕴仪叫道：“你跟我来！”

叶蕴仪莫名其妙地跟着他进了里间书房，潘启文将门别上，一把抓起她的手，将她拉到一个洗脸架前，将她的左手按进盆里，恨恨地揉搓起来。

叶蕴仪有些哭笑不得地道："人家那是礼貌！"

潘启文却阴着脸："那也要洗！"

叶蕴仪看着他仔细地洗着手，再拿了毛巾给她擦干，不由皱眉道："哎哎，这谁的毛巾啊，干净不干净的？"

潘启文鼻子一哼："这里就我一人办公，你说谁的毛巾？"他抬起眼皮横她一眼："难不成，你连我也嫌？"

叶蕴仪抽回手，仔细打量起这个房间来，只见这书房足有外面议室厅一半那么大，书桌、书架，就连那洗手架，都是花梨木制成，架子上还有精致的雕花。

她不由笑道："哎，你这办公室可比当初广州军校校长的都气派。"说着，回过头来看向他，却不由一愣，只见他直勾勾地盯着她，脸上那复杂的表情让她心里沉沉的。

她伸出手，戳戳他的胸口，笑道："哎，好歹我今天也算是帮了你吧，老黑着个脸做什么？"

他却一把抱住了她，低沉地问道："日本人有诈，是你听到他们说的吧？那么那些有关铁矿的事，你是问过杰森了？"

叶蕴仪点点头笑道："他们定想不到居然有人能听懂他们的话，很多问题，我也是临时抱佛脚现问的杰森。"

潘启文又道："那关于那些枪支贸易的事呢，以前我怎么不知道你懂这些？"

叶蕴仪笑道："你去北伐后，我就去了广州军政府的军需处帮忙，这些都是了解的。你们现在的问题，广州军政府也都遇到过。没想到今天居然也用上了。我这些天看地方志，脑袋里总想着怎么才能做到武器自给自足，可巧就碰到了杰森。"

潘启文点点头，保持着前面的语气问道："小田临走前对那翻译说的那句话是什么意思？"

叶蕴仪笑道："他让那翻译……"她一怔，略停了下，继续说道，"他让那翻译回头再找日本领事。"

潘启文猛地挑起她的下巴，眼神犀利地盯着她，厉声说道："编！你再编！那小田虽是对着翻译说话，可他的眼神却是恶狠狠地盯着你！"

叶蕴仪一惊，心中却是一暖，知他紧张自己，此时却也不敢隐瞒，老老实实地道："他让那翻译查我的身份来着。"

潘启文点点头，冷笑一声道："明儿个我便派人告诉他们，你是我的人，这里是我的地盘，谅日本人也不敢明目张胆地乱来！"

顿了一顿，又对叶蕴仪凶巴巴地说道："你以后出门，切不可脱离文四的视线！"

叶蕴仪将头轻轻地埋在他胸口，柔柔地说道："启文，我会保护好自己，哪怕是为了你，为了蕴杰，我也会好好地保护自己。"

潘启文在她头顶沉沉地说："蕴仪，那样的失去，经历一次就够了，我不会让自己再经历一次！"那轻而坚定的话语，让叶蕴仪心里酸酸胀胀的。

送走叶蕴仪，潘启文急急地在书桌上翻找起来，当他抓起一个白色信封时，不由长长吐出一口气，他坐下来，眼睛盯着那信封上的落款地址，右手食指轻轻敲打着桌面。

那是上海武义社老大冯啸天前两天寄来的信。

他的唇角勾起一抹冷笑，别人都道他是为了林婵凤，用五十条枪换了一条披肩，但这冯啸天却清楚，那披肩只不过是个要他收下这五十条枪的借口，同时也收下了潘启文送他的这个天大的人情。

他一见冯啸天，便知他是个人物，上海是个举足轻重之地，如若能布下一个有用之人，只有好处。更何况还有省城袍哥龙头老大的介绍。

因此，当冯啸天提出要向他买二十条枪，让他开价时，他却只说四姨太看上了那条披肩，又道有钱难买心头好，这条披肩既然是四姨太看上的，可值得五十条枪。

冯啸天也不矫情，当即收下。临走之时，潘启文又送了他五千两黄金做盘缠，实际是资助他东山再起，并以袍哥会之礼，与他结拜为异姓兄弟。

那冯啸天正是走难之时，得他如此相待，怎不感激涕零？他却叮嘱他为以后方便起见，不可暴露二人关系。

冯啸天凭着那五十条枪，很快在上海打开了局面，写这封信来的意思，便是说当初走难之时得潘启文以诚相待，以前说话没有底气，便什么也不说。如今硬气了，只要有任何差遣，武义社万死不辞云云。

潘启文皱着眉，犹豫再三，几次提笔，却又搁下。他往后一仰，闭上眼，眼前赫然竟是叶蕴仪一个决绝而冷漠的背影。他猛地张开双眼，咬咬牙，再不迟疑，“刷刷刷”地写下一封信，装进信封，封好口，再叫道：“来人！给我把刀疤叫来！”

刀疤垂手而立，潘启文将手上的信递给他：“你亲自跑一趟上海送这封信。记住，要亲手送到冯老大手上！”

“另外，你带两队身手好的人，分头去办两件事……”他对刀疤吩咐完这番话后，又叮嘱道，“切切记住，时间上不可出一点差错！且要绝对保证安全！”

刀疤应下，正要离去，却听背后潘启文戾声道：“这事要是出了一点差错，或是走漏了一丝风声，你自己提头来见！再想想你家老娘和妹子！”刀疤一凛，忙回头再次躬身应下，方才离去。

刀疤离开之后，潘启文别上门，回到房间正中，站直了，突然间双膝一弯，“扑通”一声，朝着南方一跪，重重地叩下首去，口中喃喃叫道：“爸、妈！启文不孝！启文定当手刃凶手，为你们报仇！”

第十章

戏院中戏

几天后，盛世大戏院。

叶蕴仪挽着潘启文走进最中间的豪华包厢里，她看着面前红木茶几上那一堆瓜子儿、花生和水果旁，不伦不类地并立着一套茶具和咖啡用具，不由挑眉笑道："你还真把咖啡也煮到这儿来了？"

潘启文翻过一只咖啡杯，放到叶蕴仪面前，一边往里倒着咖啡，一边笑道："我让小清到这戏院的茶水间弄的。"

叶蕴仪夹起两块方糖，轻轻放进杯中，一边搅着一边笑道："小清现在的手艺是越来越好了。"

她放下手中的小勺，揭开他面前的茶碗盖子，拎起茶壶，往里续了水，笑道："嗯，我喝我的咖啡，你喝你的盖碗茶，咱们各不相干！"

潘启文伸出的手一滞，不悦地道："什么叫各不相干？这叫中西合璧！"

这时，文四推门进来，看了看潘启文，欲言又止，潘启文轻蹙了眉，他松开叶蕴仪的手，又安抚地拍了拍，笑道："我马上回来。"

包间门口几步远的地方，文四悄声道："夫人和黛儿小姐来了，就在隔壁包厢。"

潘启文脸一沉，道："前儿个不是让你专门问过她们，不是说不来的吗？"

文四声音里带上了一丝笑意，轻声道："听说是公学的王校长邀了黛儿小姐来的，夫人和大少爷也就送黛儿小姐过来，说是一会儿就走，倒有点要挑明了的意思。"

潘启文心里一动，他嘴唇一勾，不由泛起一个欣慰的笑来，他点点头："嗯，那王校长我见过，倒也配得上我家黛儿。这个场子，我也得去撑一撑，让他不敢委屈了黛儿。你看着点少奶奶这边，我去隔壁坐坐就来。"

文四忙拦住他道："少爷！两边包厢互相看得见，少奶奶又见过黛儿小姐，这……"

他皱了皱眉，看了看两边包厢的门，稍作沉吟，对文四道："这样，你先过去跟夫人和大少爷那边打声招呼，就说我们一会儿过来，他们应该知道怎么应对。"

叶蕴仪姿态优雅地喝着咖啡，却总觉得似有一道若有若无的目光在窥视着她，让她有如芒在背的感觉。

她侧头看去，却见隔壁包厢里坐了两男两女，心中不由有丝惊讶。其中两人她倒认识，一是启文的妹妹黛儿，一是潘家少爷。另外一个中年女子，与黛儿在说笑着，而另一个男人，看上去温文尔雅，正面带微笑，专注地听那潘家少爷说着什么。

她心里突然一惊，黛儿与那中年妇人状态亲昵，会不会那是黛儿的母亲？那岂不是启文的母亲，她的婆婆？

似感觉到她的视线，几个人都转头向她看来，她按下心里的不安，忙挂上一个得体的微笑，向那几人点头致意，那几人也均向她微笑点头，只是，似有一道目光中划过一闪而逝的凌厉，令她心中一惊。仔细一看，所有人却都温文有礼。

她下意识地回头，见潘启文刚刚推门进来，她忙道："你妹妹在那边呢，还有潘家少爷，我们要不要过去打个招呼？"

潘启文一早想好了说辞，笑道："那边是潘司令的夫人，黛儿是她的干女儿，看到旁边那男人没？那是咱们这里公学的王校长，这会子司令夫人带着黛儿相亲呢，你要过去了，我怕她不好意思。"

叶蕴仪笑道："这么多人呢，有什么不好意思的？人家潘少爷都在那儿，自家妹妹相亲，你这当哥哥的倒不去看一看，哪说得过去？再说，司令夫人在那里，不去似乎也不太好？”

潘启文想了想，笑道：“也好，我们就过去打个招呼就走，我估摸着夫人他们等会儿也是要给他们两个人单独相处呢。”

两人进了隔壁包厢，黛儿立即迎上来，拉住叶蕴仪的手，开心地唤了一声：“嫂子！”

潘启文不意黛儿的态度与上次大相径庭，他眉一挑，若有所思地看了看黛儿旁边的男子，嘴角不由噙上了笑，与黎昕交换了一个了然的眼神。

叶蕴仪见黛儿如此，心下也自高兴，她回过头来，看着潘启文，等他介绍。

潘启文忙将她带到黎芙铮面前，笑道：“这是司令夫人。”他这句话刚落，黛儿身旁的男子眼中闪过一丝诧异之色。

叶蕴仪含笑点头致意：“夫人！”

黎芙铮这是第一次见到叶蕴仪，却早听潘烨霖说过她上次在行辕应对日本人的事，潘烨霖对她是赞赏不已，直称儿子有她相助，必能成大事。

如今黛儿这块心病搁下，她对这媳妇儿自是越看越顺了眼，只是想着她堂堂司令夫人，却要隐瞒儿子身份，心里怎么都不是滋味，遂又矜持起来，只是淡笑点头。

潘启文早想好，准备介绍黎昕为司令府中的大少爷，黛儿却抢上来，指着黎昕道：“嫂子，这是我大哥。”

叶蕴仪只当她是因着司令夫人的关系，认了“潘少爷”为大哥，也不以为意，礼貌地对黎昕点头招呼：“你好！”

黎昕也笑道：“我们见过两次了！”

潘启文锐利的目光扫过黛儿身旁的男子，似笑非笑地看向黛儿，道：“黛儿，这一位，你不介绍下？”

黛儿一下子红了脸，却随即大大方方地说道：“这位是公学的王校长，这是我二哥和嫂子。”

那王校长伸出手去，不温不火地笑道：“说来我还是因着潘少爷诚意相邀，才到这公学来的，不想今天才见到本尊。”

叶蕴仪听到“潘少爷”几个字，心中有丝异样，随即又暗自失笑，她的启文可不也是“潘少爷”吗？

她不由笑道：“启文，王校长这是怪你不够诚意呢。”

潘启文眉一挑："哦？这如花似玉的妹子都介绍给你了，还说不够诚意？这可是我们全家最宝贝的三小姐！"

黛儿听了这打趣的话，嗔道："二哥，你说什么呢？"

就在这时，台上音乐缓缓响起，大幕徐徐拉开，潘启文忙带叶蕴仪告辞出来，临走前，叶蕴仪拉着黛儿的手笑道："黛儿，没事的时候，你也到德园来陪陪我吧！咱们也可一起出去走走。"

黛儿含笑点头应下。

舞台上，四只小天鹅轻快地旋转飞舞着，叶蕴仪聚精会神地看着台上，潘启文却在昏暗的光线中，目光灼灼地看着她。

她的背脊挺直，双手随意地叠放在膝上，侧面看去，头颈到腰形成一个优雅的弧线，那一瞬，他竟心生傲然：这样一个美到让大多男人只敢远观不敢亲近的女子，却是他的妻！

文四悄无声息地进来，潘启文按一按她的肩，在她耳边说了一句："我去去就来。"她点点头，也不说话，只目不转睛地盯着台上。

潘启文轻轻地走出去，刚带上门，便见黎昕迎了上来，将他拉过一边，小声说道："刚跟踪林婵凤的人来报，她进了百合会馆旁边的胭脂铺，已经快大半个时辰了，还没出来。我怀疑那胭脂铺跟百合会馆是有暗道相连的。"

潘启文勾唇一笑："哦？跟了她这么久，终于还是进了百合会馆了？我娘不是要去大闹百合会馆的？今儿个不就是好日子？"

黎昕一怔，随即会意地笑道："嗯，如果能一不小心搜出林婵凤和她背后之人，那也算是不小的收获了。"

潘启文眼中戾色渐起，冷笑道："在百合会馆那种地方，跟她在一起的只要是个男人，便是奸夫淫妇，即使是日本人，我就抓了杀了，别人也说不出个'不'字来！"

戏院内，叶蕴仪隔壁包厢中，只余下了黛儿和王校长两人。然而两个人显然心思都不在芭蕾舞剧上。

黛儿坐在正中间的双人长椅上，眼睛直直地看着舞台上，一双手反复无声地绞着手中的帕子。

一阵明显的男人气息向她逼了过来，她悄眼看去，只见原本坐在后面单人扶手椅中的那个儒雅男子，悄无声息地紧挨着她坐了下来。她能感觉到他那中山装的上衣下摆硬挺挺地轻扫过她的大腿。

黛儿只觉心里“怦怦”直跳，除了大哥黎昕，她从未与别的年轻男子如此接近过。而二哥潘天一，自从订下二人婚约以后，他便不再像小时那样与她亲近，反多了一层疏离。

潘天一离家那年，她才十四岁，那天，他立在她房中，远远地看着她，对她说道：“黛儿，二哥不能娶你，娶了你，只会害了你。以后，你会知道，二哥是为你好。”

那时的她，似懂非懂，除了不知所措外，什么也不敢做，但潜意识中，她把自己当成了二哥的妻子，即使眼看着二哥对她疏远而冷漠，还将一个又一个的女人娶进门，她也从未与其他男子有过接触。

直到娘将这位王校长带到她面前。

他教了她一个多月的书，从来都是温文有礼。她总在心中将他与二哥比较，他的学识、谈吐，甚至举手投足间，没有二哥的霸道和冷冽，却比二哥显得儒雅而温暖。

上课之外，他们也会聊聊天，有时，他也会邀她在园子里走走。

今天是他第一次邀她出来，他对她说：“这芭蕾是西洋文化的一部分，难得有这机会，便去见识一下。”深邃的眼中那一抹温柔，令她心里突地一跳。

而这时，他就紧挨着她，那沉沉的男儿气息，令她心慌不已。

黛儿听得耳旁一声轻笑，一只手伸过来，轻轻扯出被她绞扭成麻花的帕子，将她的左手包裹在了那厚实的大掌中。

她心里一慌，只觉双颊滚烫，她想抽出手来，却被他紧紧地握住，哪里扯得出来？

却听他轻叹一声，低声道：“黛儿，我只是忍不住，想跟你亲近一些而已。”

见黛儿不再挣扎，他又说道：“你娘亲和两个哥哥今天都来过了，你应该知道什么意思，现在时代不同了，在外面牵牵手没什么不妥的。”

黛儿一僵，心里微微有些尴尬，却也不敢看他，只好任他抓着自己的手去。

又听他笑道：“你那嫂子一看就知道是见过世面的，你要不信，可以去问问她，现在省城大街上可到处都是手挽着手的青年男女。”

黛儿心中掠过一丝酸涩，不由恼道：“我嫂子自是见过世面的，哪儿像我这样小家子气。”

男子轻咳一声，笑道：“再怎么见过世面，还不是做潘家少爷姨太太的命？如果我没猜错的话，你叫她一声嫂子，实际只是潘少爷的那位第十九姨太吧？你看她称你娘都只敢称‘夫人’，这哪是一个当家主母的叫法？”

黛儿下意识地反驳道：“我二哥当她是正妻的。”

却听男人轻嗤道：“哦？正妻？那怎么要养在外面？”

黛儿看向他，迷惑地道：“我也不明白我二哥是怎么想的，明明紧张得不得了，为什么又不把嫂子接进门来，连公婆都不拜见！”

男人抓住黛儿的手一紧，喃喃地重复了一句：“连公婆都没拜见？”

黛儿心里突地升起一丝不安来，却听他在耳边轻笑道：“不管别人如何，黛儿，我可是发过誓，这一生只与一人相守，绝不纳妾的。”

听他这半似表白的话，黛儿心里一甜，慌乱地转过头去，不敢看他。

舞台上，大幕缓缓拉上，中场休息。

叶蕴仪下意识地向隔壁包厢看去，果见包厢内只剩下了黛儿和那王校长两人，两个人紧挨着坐在一起，椅子下方，两只手悄然地十指相扣，她只以为这二人是第一次见面，不由心中暗自笑道，这进展倒也快。

突地便对上了隔壁那男人探究的视线，叶蕴仪赶紧回过头来，却发现潘启文竟已靠在椅子上睡着了。

她眼中不由泛起一丝心疼，昨天晚上，吃过晚饭，他便去书房忙，很晚才回房。早上文四告诉她：“少爷昨儿个晚上把公事都处理完了，说是今儿个歇一天，陪少奶奶您呢。”

叶蕴仪悄悄打开门，对守在门外的小清轻声道：“小清，你去帮我找条薄毯子来。”

她突然想起壶中的水早凉了，于是，拎了茶壶，往下走去。

茶水间里这时竟空无一人。

叶蕴仪走了进去，她将茶壶放在桌上，环视了一眼这个房间，寻摸着在哪里有开水。

突然，只听见背后一声轻响，她转过头去一看，不由心中一惊！

背后那原本的一堵墙竟霍然开了口！

紧接着一个女人略弯了腰，从那墙里钻了出来，她直起腰，两人一打照面，都不由一震！

那个女人更是惊叫出声来："你、你、你……"

这个女人正是林婵凤。

胭脂铺那边传来消息，要她今天去一趟百合会馆，她想着也许可以让他们打探一下这位十九姨太的来历。不料今天跟她会面的人并不是以前的那个叫王志泽的男人，她还没来得及提起这事，就被黎芙铮打断，只好匆匆进了那个小胡子男人指给她的另一条秘道。

一出秘道，便见着了那个她在广州时暗中窥视、模仿了千百遍，本应该已经死了的女人，她心中的震骇无法用言语描述，终是忍不住惊叫出声来。

叶蕴仪乍一见到林婵凤，心里也是震撼不已：世上竟有如此相似之人！要不是因为知道绝无可能，她几乎都要认为她会是自己一母同胞的姐妹！

许是因为那一双眼睛与她母亲一模一样，叶蕴仪莫名地便对这个女人心生亲近之意，见对面的人一脸惊骇，叶蕴仪只道她与自己一样，见了容貌如此相似之人而震惊。

惊疑过后，叶蕴仪不由放柔了声音，笑道："吓着了吧？我也吓了一跳呢！没想到，咱们两个陌生人居然会长得如此相像！"

一瞬间，林婵凤脑中转过千百个念头，此时便顺着叶蕴仪的话，弱弱地问道："你是谁？"

叶蕴仪温和地笑了笑："我叫叶蕴仪，你呢？你又是谁？"

林婵凤一边打量着叶蕴仪，一边怯怯地说道："我叫林婵凤。"一双凤眼紧紧地盯着叶蕴仪，不敢错过她任何一个表情。

叶蕴仪只当她是吓着了，走到桌边，拿起一个茶杯，倒了一杯水，递给林婵凤，引开话题，好奇地问道："你怎么会从那墙里出来？乍一看，还真不知道这里有个门呢！"

林婵凤脸色一白，低了头正想着如何回答，却听叶蕴仪轻笑一声道："我倒是糊涂了！你当我没问！"

叶蕴仪拎起茶壶，走到灶台边，揭开灶上大茶壶盖子看了看，一边将大壶里的水向小壶里灌，一边轻声说道："你放心，我只是来加水的，我会当什么也没看见，更不会说给第三人知道。"

林婵凤心里一动，她只怕是将自己当成了偷会情郎的女子了。

看到她第一眼，林婵凤便终于明白那个神秘的十九姨太是何许人。

她已经报上了自己的名字，潘家少爷独宠四姨太，在潘家集是无人不知，而看来这个女人却似乎并不知道他的男人有个四姨太。

再联想到这个女人从来没有到过潘家大宅，心中隐隐有些明白，是因为那潘天一怕她知道他有那么多的女人吧？所以才不敢带她回家？

一股强烈的嫉妒和恨意涌上了心头，林婵凤不由暗自冷笑。

她略一沉吟，便慌慌张张地跑到门口，关上了门，带着哭腔，紧张地哀求道："求求你不要告诉别人，要是被潘家人知道了，我会被打死的！"

叶蕴仪一怔，不由问道："跟潘家有什么关系？"

林婵凤低了头，轻声说道："我是潘家少爷潘天一的四姨太。"

叶蕴仪一凛，这里对于女人出轨惩处有多野蛮和残忍，她多多少少是知道一点的，这时不由皱了眉、叹了口气道："你既然有了意中人，为何还要嫁给那潘家少爷？他又是那样一个滥情的人，竟然娶了十几房姨太太，你这日子可怎么过？"

林婵凤一愣，她说潘家少爷？难道……她并不知道自己男人便是那潘家少爷！

这个认知让林婵凤莫名地有些兴奋起来。她几乎就要脱口而出，告诉叶蕴仪潘启文的真实身份，然而，她眼前却闪现出潘天一那狠戾的黑眸，唇角轻颤，终是拼命压下到嘴的话。

她转过身去，手扶着门把，掩住脸上的神色，用一种悲伤的语气说道："哪里是我要嫁他！只是他用我父母家人的性命逼迫于我，在这里，潘家势大，谁能拗得过他去？"

叶蕴仪不由想起当初小清的遭遇来，不由恨恨地道："这个潘家少爷着实可恶！"

林婵凤抽了抽鼻子，扯出胸前的帕子，假意抹了抹眼角，这才转过身来，凄然道："我刚嫁给他时，他倒也对我很好，可是好景不长，不过一个多月，他便一个又一个姨太太娶进门来，听说，最近他又娶了位十九姨太，养在外面，我已经有两个月没见着他的人了。”

叶蕴仪越发对她同情起来，她想了想，对她说道：“你这样下去也不是办法，我家先生跟那潘家少爷有些交情，既然那潘少爷已不在乎你，不如让我家先生跟那潘少爷说说，让他放你回家，成全你与你的心上人，如何？”

听了这话，林婵凤立时一惊抬头：“不要！”

她上前一步，抓住了叶蕴仪的手，慌乱地说道：“求求你，不要告诉你家先生！”

她随即垂下头，低声道：“我心中那人，早便嫌弃了我，今天他就是来告诉我他要成亲了！再说，像我这样的人，即使回去了又能怎么样呢？又有谁会再要我？只会看父母兄嫂的脸色！在潘家，至少不会缺衣少食！”

叶蕴仪知她说的全是现实问题，便也不再强求，只叹口气道：“好，我不说便是！”

林婵凤松了口气，心里却害怕自己会越搞越砸，急急地对叶蕴仪说道：“谢谢你！这里不能久呆，我要走了！”

叶蕴仪只觉心里沉沉的，她提着水壶，缓步上了楼，轻轻推开门，却见潘启文已经醒了，见了她，忙迎上去，接过水壶道：“这些事让小清去就好了，何必要自己跑一趟？”

叶蕴仪笑了笑，她突然轻轻地把头往潘启文怀里一靠，双手环住了他的腰，轻声道：“启文，能嫁给你，是我的幸运！”

潘启文心里莫名地一紧，忙放下手中的茶壶，一只手抬起她的下巴，深深地凝向她，柔声笑问：“你这是怎么了？”

叶蕴仪摇摇头笑道：“没什么，只是刚才在楼下听到有两个女人在互相诉苦，说自家男人又娶了姨太太，心里替她们难过，又为自己庆幸。”

潘启文心里一颤，却什么都没说，只是轻轻地抚上了她的背。

看完芭蕾舞剧，两人刚回到德园的房中，文四便匆匆而来，潘启文见他一脸的忐忑不安，心里不由一沉。

叶蕴仪忙推推他，笑道：“你有公事先去忙吧！”

潘启文犹豫了一下，终是向文四挥挥手，让他离开。他上前两步，从后面揽住叶蕴仪的腰，头搭在她的肩上，深深地吸了口气，轻笑道：“天大的事也不去！说好了今天陪你一天的！等下陪你去打靶？”

深夜，叶蕴仪枕着潘启文的胳膊沉沉睡去，潘启文轻轻扒开搭在她额前的发，静静凝视着这张令他怎样都看不够的俏脸，半晌，他才轻轻抽出胳膊，将她的头放在枕头上，过了一会儿，见她仍是熟睡，这才在她唇上悄悄印上一吻，然后起身穿衣，匆匆离去。

潘家大宅，书房中，潘烨霖坐在椅子上，抽着烟，潘启文一脸铁青站在书房中央，文四惙惙地垂手立在一旁，黎昕也是沉着脸。

潘烨霖吐出一个烟圈，淡淡地道：“实在不行，就直接把林婵凤给我抓起来审，我就不信审不出她背后之人！”

黎昕忙道：“不可！她这样一个放在面上的人，能知道多少？不过是按指令行事罢了。如果她与他们断了联系，便会打草惊蛇！只抓了她，恐怕我们什么都问不出来！”

潘启文冷冷一笑道：“便再留她一段时间，爹、黎昕，你们不要以为我单纯只是为了给蕴仪父母报仇，这事没那么简单！”

黎昕点点头道：“原先我们只道是日本人想要渗透进来，想要掌控我们这一股势力，从铁矿的事来看，只怕北边也是参与了进来，他们还为日本人开出了采矿许可证，难道日本人真的支持北边？”

潘启文轻哼一声道：“日本人绝不会把宝押在北边政府上，这次北边掺和进来，不过是想试探我们的方向，同时搅浑水而已！

“虽说我不知道日本人到底要干什么，但是蕴仪那天最后那一番话，却让我想明白了一些。”

潘启文站起身来，看了看身后墙上的地图，指着西南这一方，锐利地扫了一眼潘烨霖和黎昕，沉声说道：“日本人在东北扶持傀儡，其目的已是人尽皆知，一旦打起仗来，日本人从东面海上而来，再从东北沿铁路线而下，如若我国节节失利，而我们这西南腹地，易守难攻，便是我中华最后驻守的屏障和反攻的基地！”

听了这话，黎昕不由倒吸了一口冷气：“如果日本人掌握了铁矿，再就地炼钢和制造武器，要是再逐步渗透、掌控了我们这一支军队，而我们这西南之地向来粮食也可自给自足，如果真被日本人达成目的，那么我们这最后的屏障，反成了日本人的大本营！”

潘启文点点头，冷冷地说道：“日本人真是打的好算盘！北边、南边还有东北这几方，虽说争地盘、抢势力，却都知道日本人狼子野心，绝不敢要日本人的钱和枪，便是怕留下这千古骂名！”

潘烨霖土匪出身，从未想过那么全局和长远的问题，却也知其中利害，这时听了儿子一席话，不由背上起了一身冷汗。他重重地一拍桌子：“妈的！这种要被挖祖坟的事，老潘家绝不能干！”

潘启文睨他一眼，冷哼一声道：“那天要不是蕴仪拦着，你就已经干了第一步了！”

潘烨霖讪讪地摸了摸已谢顶的头，嘿嘿一笑道：“便是跟日本人签了约，老子不干了，他又能怎样？他东洋人的炮又打不过来，怕他个逑！”

潘启文站起身来，沉声道：“我们的目标现在应该明确了，就是一定要将日本人的势力赶出这西南之地，明的暗的全都要连根拔除！既然咱们生在了这一方，一旦真有那么一天，咱们总得要守住，才能对得起老祖宗！所以，这第一步，也是最要紧的，一定要先肃清咱们的军队！”

黎昕点点头：“只要军队牢牢掌握住，日本人在这边便起不了浪，咱们这腹地，也不怕他打得过来！”

潘启文看向黎昕，问道：“这段时间，你摸底摸得怎么样了？”

黎昕微微一笑：“还好我们发觉得早，除了潘家集这几个团，其他的虽说多多少少都有些问题，但却没与这贩卖军火以及日本人沾上边儿。省城驻军和其他驻军该换的人我都换过了，应该没有任何问题！”

潘启文点点头：“好，你现在抓紧时间换防，先将这几个团逐步调离潘家集，等咱们这里安全了，便开始清算这些个军官。那时如果还抓不到林婵凤背后的人和日本人的把柄……”

说到这里，他眼中闪过一丝狠色：“咱们便制造一些把柄！不管他们什么目的，总之，要将日本人统统赶出去！”

黎昕眼皮一跳，皱了皱眉，没有说什么。

潘启文接着说道：“这里的信息还是太过闭塞，等这边的事一了，司令部的运作指挥中心还是要搬到省城去。”

潘烨霖点点头：“这一年，你在军中已有了相当的基础，这次，你们尽管借此机会提拔你们可用之人，这件事完了，这军权我就全都交给你们兄弟了。”说完，他一脸期待地看向潘启文。

潘启文却并未接话，只是带着一种审视的目光看着他。潘烨霖皱皱鼻子，苦笑道："你不用这么看着我，你娘是知道我早年受过多少伤，我这身子骨这几年都是在硬撑着，不敢让外人知道罢了！"

他摆摆手，一脸疲态地说道："即使我这身子还行，可目前这形势我是真跟不上了，刚才你说那些个事，我压根儿就从未想过，不交给你们，迟早完蛋！"

潘启文皱了皱眉，说道："看看再说吧！"

潘烨霖急急地把烟杆往桌上一搁，暴躁地低叫道："你不会到现在还在想着带着你那媳妇儿远走高飞吧？"

潘启文却走到那幅地图前，他的目光深沉，语气中带着一种虚无缥缈的味道："这幅地图，是蕴仪的父亲送给我的，他总是告诫军校的学生，我们与东洋人迟早还有一场恶仗要打！

"这一次，蕴仪却真真是赶了巧，才坏了日本人的事，这冥冥之中，也许真有定数也未可知！"

潘烨霖看看黎昕，再看看文四，见这二人都是一脸莫名，这才小心地问道："你到底什么意思？"

潘启文眼中闪过一丝阴霾，咬牙道："谋事在人，成事在天！我尽过力了，看天意吧！"

说完，转身向外走去。只留下潘烨霖三人面面相觑。

半晌，黎昕叹了口气，说道："天一这身份想要瞒住，本就是不可能的事！从那天跟日本人交锋来看，那叶蕴仪不是一般女子，如果再掺上她父母的死……他们这段姻缘，恐怕真的只能看天意了！"

第十一章

山雨欲来

上海，方公馆。

客厅中，一脸清秀的小男孩坐在高高的椅子上，吊在半空的两只脚轻轻地晃悠着，胳膊却老老实实地平放在桌子上，让对面的老中医把着脉。一位姿态优雅、雍容华贵的中年美妇，静静地坐在一旁。

半晌，老中医皱了皱眉，终于收回手。中年妇人这才缓缓问道：“欧阳大夫，这孩子的病可是痊愈了？”语气虽然不急不徐，但声音里却尽是关切。

老中医微微一笑道：“方夫人不必担心，虽说与我预想的差了一些，但蕴杰少爷这病根治是没有问题的。”

只听一把低沉的男声响起：“欧阳大夫，您说的跟您预想的差一些，是指的什么？”

几个人齐齐向门口看去，蕴杰更是跳下椅子，向那气宇轩昂的年轻男子跑去，扑向他，叫道：“宗尧哥哥！”

刚刚进门的方宗尧将手中的包递给迎上来的丫头，弯下腰，一把抱起蕴杰，一只手从中山装口袋中摸出一本小人书来，放到蕴杰手上，宠溺地笑道：“呐，上次答应你的，《三英战吕布》。”

蕴杰一声欢呼，抓过书，“嗖”地滑下地，径直跑到沙发上，看书去了。

方宗尧这才看向老中医，询问道：“欧阳大夫？”

欧阳大夫忙道：“方少爷，本来按我的预计，蕴杰少爷吃完上次我开的药后，应该就痊愈了的，可是，因为前几天又染了风寒，恐怕还得再多吃五天的药。”

方宗尧暗自松了口气，笑道：“这倒不妨事，只是，这次可否完全根治了？”

欧阳大夫捋了捋白花花的山羊胡，自信地一昂头，笑道：“只需按我说的注意了，五天以后，蕴杰少爷若再犯哮喘，您尽管拆了我的医馆！”

方宗尧走到桌边坐下，接过丫头端上来的茶，笑道：“老先生言重了！只是您刚才所说，需要注意些什么？”

欧阳大夫点点头：“这最后几剂药，一定要按时吃，若是染了风寒，或是发了病，切切马上找我，不可耽误了时间！否则便再难根治！”

深夜，上海五义社总堂口，大厅内灯火通明。

刀疤满脸焦虑，在厅内来回不安地踱着步。当他听到内堂传来一阵沉稳的脚步声，赶紧迎上前去，双手抱拳，对着当先一位黑衣男子急急地问道：“冯老大，怎么样？”

来人正是五义社老大冯啸天，他黑衣飘飘，疾步走进大厅，往正中椅上一坐，爽朗地笑道：“招了！”

刀疤长长吐出一口气，双手一抱拳道：“多亏了冯老大相助！这个情我们少爷一定铭记在心！”

冯啸天摆摆手，不以为意地道：“我不过是借了个地方，帮你审了一下人而已！”

他接着竖起大拇指，一脸赞赏地道：“真是强将手下无弱兵啊！刀疤，你就领了十个人，就将这三个东洋人神不知鬼不觉地从牢中劫了出来，牛！”

刀疤笑道：“要是没有冯老大打探来的准确消息，我们可什么都做不了！再说，这人劫回来，还全靠了您的手段，才能审得出来！”

冯啸天脸上浮起一个自得的笑，一招手，对身边一个戴眼镜的人说道：“你来说！”

那人是冯啸天找来的翻译，他擦了擦汗，结结巴巴地道：“那三个东洋人说，广州的事，是一个叫山本敬助的日本人让他们干的。”

刀疤忙问道："可有问过，那个山本现在人在哪里？"

那翻译说道："问过了，他们也不知道，不过，他们说，那个山本有个中文名字，叫王志泽。"

刀疤口中喃喃念道："王志泽、王志泽……"他突然想起了什么，一惊抬头，低叫了一声："王志泽！"

刀疤脸色发白，匆匆写了几个字，封好交给手下，叮嘱道："你连夜赶路，怎么快怎么走，不要省钱！一定要亲自送到少爷手中！"

安排好这一切，刀疤才定下神来，走到桌边，端起茶，急急地喝了一口，一抹嘴，对冯啸天说道："冯老大，我家少爷吩咐的第二件事，明天就是时间了，咱们这场戏可不能演砸了！"

德园，明明已是初秋，这一日的清早却还是显得有些潮热。

潘启文在园中练了一趟拳，觉得有些气闷，便挥挥手，对准备与他对练的文四说道："今儿个不练了！"

他接过一旁小丫头递过来的毛巾，抹了一把脸，问道："少奶奶今天还要出去吗？"

文四轻声道："少奶奶昨儿个就吩咐了，今天一大早要备好马车，好像她跟上次那个洋人约好了要在盛世茶楼见面。"

潘启文点点头，随手将毛巾扔回给丫头，说道："今儿起，你这边再加一倍的人手，跟近些也不要紧，一定要保证少奶奶的安全！"

见文四应下，他又缓缓地、沉沉地道："文四，你记住，少奶奶就是我的命！她少了一根头发，我都会难受！我要难受了，谁都没好日子过！"

他眼中的那一份阴鸷和狂热，令文四一凛，急忙点头道："我记下了。"

潘启文回到后院，上了楼。叶蕴仪已换好了衣服，见他进来，迎上去笑道："等你吃早餐呢。"

潘启文上下打量了她一番，转头对门外的小清吩咐道："回头你陪少奶奶去盛世的绸缎庄选下料子，再让那李裁缝来一趟，该给少奶奶做夹袍了，虽说现在天气还不凉，但也说变就变了。"

小清低头应下，潘启文脸一沉，皱了眉，对文四道："那张妈和你这德园的管家是怎么做事的？这些个事儿，难道还要等到我或少奶奶吩咐吗？”

文四身上一寒，正要答话，却见叶蕴仪急急地拉住了潘启文的手，笑道：“这一大早的，置什么气？你真是冤枉文四和张妈了！早半个月，他们就来回过这事儿了，是我说天还热着，不急的，昨儿个张妈又来问了，我都说了安排在明天，跟黛儿一起去选料子呢。”

自从那次戏院碰面之后，黛儿便得了许可，可在德园自由进出。当然，哪些话该说，哪些不该说，潘启文自然少不得叮嘱一番。

听了叶蕴仪的话，潘启文终是缓了脸色，拉了叶蕴仪坐下，笑道：“吃早餐。”

文四这才悄悄抹了一把汗，心中稍定。

叶蕴仪探究地看看他的神色，伸出手去，盖在他的手背上，柔声道：“启文，是不是军中之事令你心烦？”

潘启文微微一惊，心中暗自苦笑，他心底的不安有这么明显吗？

他翻掌抓住她的小手，安抚地拍了拍，说道：“嗯，就是上次贩卖军火之事，军中有人与日本人勾结，不过我们都已经安排好了，你不用担心。”

他突然握紧她的手，略有些急促地道：“蕴仪，要不我先送你去省城吧？”

叶蕴仪一怔，随即摇摇头，定定地看向他，轻柔而坚定地道：“启文，你在哪儿我在哪儿！与其远远地为你担着心，不如与你共同面对！”

潘启文知她只以为自己是为她安全计，听她如此说，眼中不由一热。又见她嘴角泛起一个轻松的笑来：“再说，蕴杰马上就要来了，我还要给他准备好多东西呢，他这小少爷，可麻烦着！”

潘启文轻笑一声：“看你说起蕴杰，眼中的温柔能滴出水来，真让我嫉妒呢！”

他定定地看向她，粗着嗓子道：“好！你记住你说过的话，我在哪儿你在哪儿！”

他又放柔了声音道：“我不送你走，但你也答应我，不要瞎操心，军中之事，虽说有些心烦，但总在可掌控之内。”

说到这里，他的唇角一勾，凑近她耳边，痞痞地道：“你要那么有闲，不如操心下怎么怀上小宝宝？”

叶蕴仪脸上一热，拿起桌上的筷子，轻敲他的手，嗔道：“吃饭！”

潘启文轻咳一声，坐正了，端起面前的粥，随意地问道：“今天准备去哪儿？”

叶蕴仪笑道：“杰森要回美国一趟，找些技术人员，我跟他碰个面，让他带封信给我爷爷，顺便跟他们商量下从我爷爷银行贷款的事宜。”

潘启文眉一挑：“你爷爷还在美国有银行？敢情上次你说资金的事不用操心，是打的这个算盘？我还只当是杰森有办法。”

叶蕴仪笑了笑：“杰森的办法也不过是从银行贷款。但这资本逐利，恐怕条件苛刻，同时，如果用了外国人的钱，我担心咱们话事权便小了。”

潘启文笑道：“你爷爷的钱就不逐利了？”

叶蕴仪正色道：“爷爷的银行是一些个旅居美国的华人共同办起来的，他们其实比我们这些在国内的人更盼着咱国家强大，这件事，他们绝对会支持。单只利息低一些，咱们便可省下不少钱。”

潘启文心里一喜，想的却是，她把自家银行的钱投了进来，真有一日，即便她心生去意，也不能丢下这一摊不管，否则，怎么向她爷爷和其他股东交代？只要她不离开，他总是有机会。

正盘算间，叶蕴仪头一摆，嘻嘻一笑：“下午你不用那么早回，见了杰森，跟他吃个中饭，我还要去趟学校看看，蕴杰马上就要到了，我看咱们也没那么快搬到省城，我得去看看学校才好。”

潘启文笑道：“嗯，让黛儿跟你一起去，保管她乐意！”

叶蕴仪也笑道：“那倒是，反正明天约了黛儿看布料，那我明天去学校好了。”

她偏过头来，略为担忧地道：“启文，你爹娘去走亲戚，这么长时间也不回来？会不会有什么事？”

潘启文一怔，随即笑道：“出了省呢，前儿个来了信，说是在那边看看有没有什么可做的生意，短时间回不来，让我们照顾好黛儿就行。”

叶蕴仪皱了眉道：“爹娘不在家，黛儿不在大宅住，应该跟我们住才好，总在司令夫人那儿，也不是个事儿。”

潘启文正要回话，却听门口传来一个清脆的声音：“大清早的，说我啥呢？”

两人向门口看去，却不正是黛儿？

从来都是一身学生装的黛儿，今天居然穿上了一袭淡粉色的低领旗袍，令她发育良好的身材凹凸有致，一改原来少女的天真，竟有了一些个典雅的味道。

叶蕴仪急忙站起来，迎上去，拉起她的手，上下打量了一番，调侃地笑道：“哟，咱家黛儿今天打扮得这么漂亮，不会是只来看哥哥嫂子的吧？”

黛儿面上一红，偷偷看了潘启文一眼，低了头，轻声说道：“嫂子，你上次不是说要去学校看看的？我陪你去。”

叶蕴仪对门口的小清吩咐道：“再添一副碗筷来！”

又转头对黛儿柔声道：“我正说今天去看学校呢，可巧你就来了，来，再陪嫂子喝点粥，等下跟我一起出去，我们先去办点事，吃了中饭，就去学校可好？”

司令行辕，潘启文一进办公厅，便急急地问道：“上海那边可有信来？”

他的副官罗力航忙迎上前去道：“送信的人刚到，在您书房里等着呢。”

潘启文疾步走进书房，罗力航小心地将门关上，亲自守在门外。

房内，一脸疲态的黑衣人将信双手呈上，说道：“刀疤说事态紧急，令我一定要亲自交到少爷手上。”

潘启文心里一沉，接过信，挥挥手道：“辛苦了，你先下去吧。”

他急急地撕开信封，摊开一看，手不由轻轻颤了起来，随即对外大吼一声道：“罗副官，快，快去请大少爷来！”

罗副官应声而去，潘启文重重地一拳擂在桌上，愤怒地叫了一声：“混蛋！”

黎昕急匆匆地走进来，皱眉道：“什么事这么急？”

潘启文将手中早已捏得皱巴巴的信纸递给他，黎昕一脸迷惑地接过来一看，瞬间惨白了脸，颤了声，不敢置信地看向潘启文：“那个王志泽、王校长是日本人？那他接近黛儿……”

潘启文一脸阴沉地点点头："当然是别有用心！只希望他们还没有做出什么事来！"

黎昕只觉眼前一黑，他迅速将左手撑在桌上，右手已拔出了腰间的枪，一贯温文的脸上这时却一片狰狞，狠声道："我要杀了他！"说着，就往外冲去。

潘启文一把拉住他，黎昕回过头来，黑着脸道："你别跟我说什么打草惊蛇之类的话，黛儿是我亲妹子，你不心疼，我心疼！"

潘启文心知，如若不是他要退婚，黎昕也不会急急地将那王志泽带到黛儿面前，现在搞成这样，当然对自己有怨气。

潘启文也不与他计较，只沉声道："好！咱们先过去抓他，先不要弄死了，我命人去将林婵凤一起带过去，今儿个，这两人一起解决了，就做一个他们奸夫淫妇的假象，让谁也说不出道道来！"

叶蕴仪与黛儿刚出了德园大门，正要上马车，却见盛世茶楼的小二匆匆送了一封信来，她打开信一看，不由对黛儿笑道："杰森上午有事，约我下午再见，走，咱们先去学校！"

马车在学校门口停下，叶蕴仪抬头一看，不由一愣。

这大门的样式、门内宽阔的广场，广场中央的中山先生雕像，令她仿佛回到了广州的军校，一时间，不由百感交集，回头对黛儿问道："这学校，是你二哥回来后才建的？"

黛儿笑笑："这学校倒是以前就有的，不过是我二哥回来后又扩大了，改建了些。"

叶蕴仪点点头，却听黛儿诧异地"咦"了一声，顺着她的视线看去，却见前方一个女人，低了头，匆匆往门外走来。

定睛一看，却正是那日在戏院见过的林婵凤。

文四身形一闪，挡在了叶蕴仪面前，指着旁边一条林阴小道，笑道："少奶奶、三小姐，走这条道，不晒太阳。"

叶蕴仪心里想起戏院之事，心道那林婵凤也未必愿意再见她，便顺水推舟地笑道："嗯，这都立了秋了，这日头可还热着。"说完，率先往小路走去。

敲开校长办公室的门，那王校长眼中闪过一丝惊惶，急急地站起身，迎上前来，他瞟了一眼叶蕴仪和文四，再看向黛儿，笑道："黛儿，你怎么来了？”

黛儿略低了头，轻声道：“是我嫂子要来看看学校。”

王校长眼中精光一闪，直直地看向叶蕴仪，笑道：“哦？十九姨太这是为您弟弟看学校来了？”

这声“十九姨太”一下子让黛儿与文四措手不及！

文四心中一慌，立时喝道：“这是我家少奶奶！”

王校长挑眉一笑，眼中尽是不屑，嘴上却客气地道：“哦？是我失言了！对不住！”

叶蕴仪正在云里雾里，突然想起那与她长相相似的林婵凤来，心中不由纳闷，难道那潘少爷还有个姨太太也与她长得相像？

正要出声询问，只听“哐！”的一声巨响，却是有人一脚踢开了门，当先杀气腾腾冲进来的人，不正是那“潘家少爷”？

黎昕乍一见黛儿和叶蕴仪，猛地愣住，不由向后看去。

潘启文带着人紧跟在黎昕后面，见了叶蕴仪和黛儿，心中一沉，立即对文四叫道：“文四，你先带少奶奶和三小姐回去！”

见潘启文阴沉着的脸色和那“潘家少爷”一脸的杀气，再一看他们身后全副武装的士兵，叶蕴仪只道是这王校长恐与军中之事有牵扯，她心里一紧，急忙拉了黛儿的手道：“黛儿，你哥哥有公事要办，我们先走！”

黛儿却甩开叶蕴仪的手，闪身拦在王志泽面前，慌乱地叫道：“哥、二哥，你们要做什么？志泽他犯了什么事？”

黎昕跨前一步，将她拽到自己怀中，轻声道：“黛儿，听话，你先回去，哥回去给你解释！”

说完，将她扔进罗副官怀中，厉声道：“带她走！”罗副官紧紧地箍住她，令她挣扎不动，并强行将她往外带。

叶蕴仪心下不忍，再次上前拉起黛儿的手，柔声道：“黛儿，我们先回去！”

黛儿却挣扎着哭喊出声道：“哥，你们到底要干什么？不让我嫁给二哥，难道连别的人都不许我喜欢么？”

潘启文猛地一声大喝：“黛儿！”眼中那道狠戾的目光直刺黛儿，令黛儿一下子噤了声。

叶蕴仪身子一僵，转身直直地向潘启文看去，却见潘启文小心翼翼地看向她，神色慌张地说道：“蕴仪，你先回去，回头我给你解释！”

叶蕴仪脑中一片混乱，却也知他现在有公事要办，只机械地点点头，僵直地往外走去。

却听背后潘启文沉声吩咐道：“罗副官，你将黛儿送回司令府，文四，你将少奶奶送回德园去！”

黛儿被潘启文先前一声大吼和他眼中似要吃人的怒气给镇住，竟不敢再闹，也不敢看叶蕴仪，被罗副官半拖半抱地迅速拉走了。

叶蕴仪昏昏沉沉地向外走去，文四紧跟在她身后，刚走到雕像下，却见一队士兵竟是绑了那林婵凤向学校内疾步走来。

她联想到林婵凤上次与人私会之事，刹那间明白了什么，她心里一惊，突然转身，往回走去。

文四慌忙往前一拦，低叫道：“少奶奶，请回吧！”

叶蕴仪定定地看向文四，正色道：“不！文四，那潘家少爷的四姨太即便真是与那王校长二人有私，就算那王校长真是欺骗了黛儿，但他们也罪不至死！”

她叹了口气：“终归是两个可怜的有情人罢了！”

文四心中惊疑不定，这少奶奶怎么知道林婵凤的事？

虽不敢出声相问，文四却心知事情必不像她所说般简单，他身形不动，面无表情地道：“少奶奶，请您不要为难我！”

叶蕴仪瞟眼看去，发现那队押着林婵凤的士兵竟已不见了踪影，心中一急，不由捏紧了手袋，却摸到那支勃朗宁手枪，她眼前晃过林婵凤那双楚楚可怜的凤眼，一咬牙，从包里拔出手枪，“哗啦”一声拉开栓，指上了文四的头，沉声道：“让开！”

文四却一挥手，七八个黑衣人立即在他身后站了一排，将整条路堵得死死的，只见文四面不改色地道：“少奶奶，您今天就是打死我，我也不能让您进去！”

叶蕴仪低低一笑，一反手将枪顶上了自己的头，叫道：“让开！”

办公室内，潘启文将随从都关在门外，只留下他与黎昕两人。

黎昕一脚将王志泽踹翻在地，再上前弯腰揪住他的衣领，恨声低叫道：“说！你有没有对黛儿做过什么？”

王志泽故作不明所以地问道：“你在说什么？黛儿不是你介绍给我的

么？这男欢女爱有何不可？我娶她便是！”

听了这话，黎昕和潘启文都是又惊又怒。潘启文更是一脚踹了上去，怒道：“混蛋！”

黎昕双目血红，已是拔出枪来，顶上了王志泽的脑袋。就在这时，门被推开，林婵凤被扔了进来。

王志泽与林婵凤一打照面，均是心中一凉，二人都心知现下已是再无活路！

王志泽心一横，只求死个痛快，他强制镇定下来，看了看黎昕，再看看潘启文，眼神一闪，轻笑一声道：“那天，黛儿被林婵凤下了药，你可知她意乱情迷中，叫的是谁？她叫的是——‘二哥’！”

一股寒气直爬上潘启文心头，只听那王志泽哑声笑道：“黛儿那滋味可好得紧，潘少爷，杀了我，你还可以将她收入……”

不等他说完，只听“砰”的一声，潘启文已一枪直中了他的头，鲜血混着脑浆直往外迸。

潘启文颤着手收回枪，不由自主地看了黎昕一眼，只见黎昕脸色铁青，一声不吭，心里不由一沉。

随着枪响，林婵凤不由惊叫起来：“少爷！一日夫妻百日恩，你真的忍心杀我？”

见潘启文沉着脸不语，林婵凤心中凉透，不由低笑起来，叫道：“呵呵，我怎么忘记了，我是非死不可的，你不杀我灭口，怎么向你那十九姨太交代？”

就在这时，门突然再次被推开，潘启文蓦地回头，却见叶蕴仪一只手拿着手枪，顶在自己头上，站在门口，怔忡地看着门内的一切，双手和身子止不住地发颤。

潘启文目光森寒地扫过站在叶蕴仪身后的文四，他眼中闪过一丝决绝与狠戾，左手一挥，一把打掉了叶蕴仪手上的枪，同时右手一抬，“砰”的一枪，准确地击中了林婵凤的心脏，令她再无说话的机会！

他将手上的枪一扔，一把打横抱起摇摇欲坠的叶蕴仪，一边向外走，一边冷声对文四道：“你们明天通通去军法处领四十皮鞭！”

第十二章

步步谎言

一路上，叶蕴仪任由潘启文抱着，一声不吭，手脚冰凉。

潘启文心中慌乱，脑袋急速地思索着，却是一片空白，什么也想不出来，便也不敢说话。

马车中死一般的寂静，令坐在外面驾位上的文四心惊胆战，不一会，汗水便湿透了衣衫。

潘启文将叶蕴仪一直抱回了德园的房中，他轻轻地将她放到床上，叶蕴仪身子一翻，面向床内侧，一动不动。

潘启文咬咬牙，站起身来，走到门外，悄悄将文四叫到楼下，细细地问起当时的情况来！

房中，叶蕴仪见潘启文一声不吭出了去，顿时不由气苦。

她的脑中总是闪现出潘启文对着林婵凤开枪时，眼中的那股令人不寒而栗的狠绝，眼见着两个活生生的人就那样没了，心中不由感到一阵恐慌。那是她从未见过的潘启文！

而黛儿的话，更令她心中烦乱至极。

听黛儿那话，她曾想要嫁给启文！那么，她便不是潘启文的亲妹妹！

再想到早上黛儿说要去学校时，潘启文那难看的脸色，她的心里便更加慌乱。

到底他还有多少面、多少事，是她所不知道的？

还有那个王校长的那一声令她迷惑不已的“十九姨太”！

所有这些，她在等着他的解释，可他却一声不吭地走了！

胡思乱想中，却听到门帘轻响，很快便感觉到他的气息向她逼近，她的身体不由自主地紧绷了起来。

潘启文在床边坐下，轻轻地叹了一口气，伸手去扳她的肩膀，她却拗着不肯转身。

他索性脱了鞋，坐到床上，胳膊一使力，将她扳过来面向自己，再将她揽进自己怀中，柔和的语气，却是命令的话语：“蕴仪，跟我说说话！”

叶蕴仪霍地坐起身来，冷冷地看着他：“你要我说什么？说你草菅人命？还是说你跟黛儿到底什么关系？”

潘启文伸手抬起她的下巴，深深地凝视她，半晌，终于叹口气，垂下眼睑，说道：“蕴仪，你想知道的，我都告诉你！现在，你告诉我，你要我先说哪个？”

叶蕴仪毫不犹豫地说道：“黛儿！”

潘启文猛地一抬眼，一丝笑意划破了他眼中沉沉的阴霾，他一把揽过她，在她头顶轻笑道：“蕴仪，你最在意的还是我！而不是那些不相干的人！”

叶蕴仪用手一撑他的胸口，将自己与他拉开一点距离，冷声道：“再不相干的人，也是两条活生生的人命！”

潘启文轻叹一声道：“如果是他们该死呢？”

叶蕴仪一愣，不由冷笑道：“原以为你好歹上了军校，也接受了新式教育，没想到还是跟那些个愚昧的山野村夫没什么两样！

“即便那林婵凤与王校长私通，即便那王校长欺骗了黛儿，他们也都罪不致死！要怪，也只能怪那潘少爷强占人妻，可他却凭什么偏偏以执法者的面目出现？”

潘启文听她如是说，心中大致明了，一把将她拉回自己怀中，笑道：“看你急的！连山野村夫也出了来！”

见她又要挣扎，潘启文忙按住她，一口气说道：“那王志泽是日本人，原名叫山本敬助！”

叶蕴仪一愣，她本便聪明，只听得这一句，心中立时便画出整件事的轮廓来。

随即便为自己可能胡乱错怪了他而忐忑起来，一时间竟怔怔地说不出话来。

潘启文接着说道："我不知道你怎么知道林婵凤的，也不知道她跟你说过什么，可是，她的确是被山本收买，在司令府打探消息！"

他眼角瞟到叶蕴仪的神色越发地不安起来，嘴角微微一勾，继续沉了声说道："事到如今，我也不瞒你，黛儿实际是潘司令家的小姐，她随了潘夫人的姓，全名叫黎黛。她也就是那潘少爷的亲妹子，与我也算是青梅竹马，两家从小便订了娃娃亲，但我从来只将黛儿当妹妹，当初到广州，我便是逃婚去的。"

说到这里，他停了下来，看向叶蕴仪，见她面无表情，并不吭声，心里不由微微有些发慌，只好继续说道："我回到潘家集后，潘家又重提婚事，我一直未允。直到与你重逢，潘家才死了心，这才介绍别的男人给黛儿认识。却没想到，被日本人钻了空子！"

叶蕴仪脸上闪过一丝担忧的神色，嘴上却道："即便那山本该死，可林婵凤也罪不致死！"

潘启文咬咬牙，说道："那山本接近黛儿定是别有居心，更可恶的是，为达目的，那林婵凤竟在黛儿茶中下了春药！"

叶蕴仪终于惊呼出声："什么？"

她急急地问道："那黛儿……"

潘启文心里微微一松，忙道："幸好早先潘少爷发现林婵凤有问题，命人悄悄监视她，及时发现了春药，黛儿并没有吃下去。"

叶蕴仪这才松了口气，潘启文接着叹口气道："这两人本就该死，再因事关黛儿名声，所以只能尽快处理！你今天回来时，看到门是关上的，门内只有我与潘少爷两个人，便是这个道理！

"我之所以立时将那林婵凤打死，便是怕她像王志泽那样，临死还要利用黛儿之事，挑拨我与潘家的关系！你那时打开了门，我更怕会将黛儿之事闹得人尽皆知，不利于黛儿的名声！"

听了潘启文这一席半真半假的话，叶蕴仪首先竟是内疚和后怕。她一把抓住潘启文的胳膊，手指紧紧地掐得他生疼，她颤了声问道："如果、如果黛儿真被那日本人毁了清白，你会怎么样？"

潘启文黯然的眼中掠过一缕欣喜，直直地看向她道："蕴仪，没有如果！即便真是那样，或许我会内疚，但我却仍只能将她当妹妹般照顾！"

叶蕴仪沉默片刻后，挣扎着脱离了他的怀抱，背向他躺下，声音里不带一丝喜怒地说道："潘启文，当初结婚之前，你发过誓，这一生，绝不负我、欺骗于我！"

当她连名带姓地叫他名字的时候，潘启文心中便是一凉。就在这时，只听文四在门外轻声唤道："少爷，有上海来的急电。"

听到有人打岔，潘启文心里竟是一松，随即又一凛：上海？

叶蕴仪突地一下坐了起来，问道："是不是宗尧的电报？"

明明刚刚还对他一脸清冷，这时眼中却尽是热切的期盼，这样的对比，一下子刺痛了潘启文。

他的面色一冷："方宗尧的电报不都是发给你的吗？这却是给我的！"

她脸上的失望是如此明显，却还记着自己在生气，又立即背过身去，不再理他。

看着她那瘦削却傲然的背影，潘启文心中疼痛，不由冷笑一声，径直转身出了去。

叶蕴仪安安静静地躺在床上，却是心绪难平。

那王志泽和林婵凤的事，她知道是自己错怪了潘启文。至于他与黛儿曾有过婚约之事，她其实并不是他以为的那么在意。在广州，她见过很多这样不满家里的包办婚姻而逃婚出来的青年男女，她也能理解他之所以隐瞒她，是因为他心里的怯，正因为这样，她反而生了一丝心疼，只为他的小心翼翼。

更何况，她亲眼见司令夫人张罗着为黛儿的相亲，可见所谓父母之命已不是问题，那么她也没有必要再去在意。

她可以不在意他曾与黛儿有过婚约，可她在意他的隐瞒！更怕他还有什么事是她所不知道的！

比如，那一刻，他打掉她的枪、同时枪杀林婵凤时，他眼中除了狠戾、果决，还有她清楚感觉到的一丝——恐慌。

他在怕什么？难道真是因为黛儿？他甚至比黛儿的亲大哥还担心林婵凤毁了黛儿的清誉？

这段时间以来，他眼中时不时浮现的沉沉阴霾，令她感觉不仅仅是公事的原因，直觉与她有关。这更让她心里莫名地不安。

他，到底还隐瞒了她什么？

正胡思乱想中，却听到潘启文的脚步声匆匆走近，随之而来的是他那急迫而略为惊慌的声音："蕴仪，蕴杰出事了！"

叶蕴仪眼前一黑，猛然坐起身来，双手死死地撑在床上，紧紧地盯着潘启文，颤声道："你说什么？什么意思？"

见她那紧张害怕的模样，潘启文心里一疼，可事已至此，他必须得咬牙走下去！

他急急地一把将她搂进怀中，紧紧地将她按在自己胸口，一只手将方宗尧的电文递给她，叶蕴仪刚一看电文，便颤声惊叫道："什么？蕴杰被人绑架？"

潘启文忙搂紧了她，低声道："蕴仪，你先别急，我们在上海有人，我这就给他们发电报，安排他们去查！"

叶蕴仪却不理他，细细地往下看去，看完电文，眼泪已是簌簌而下，浑身颤抖着说："我不该丢下蕴杰的！我怎么能丢下蕴杰！"

见她如此，潘启文立时便后悔让她看了这封电报！他垂在身侧的那只手死死地攥成拳头，死死地咬住下唇，直到一丝血腥在嘴里苦涩地蔓延。

他哑声说道："蕴仪，这不是你的错！怎么能怪你？"又急急地道，"方宗尧都说了，对方不过是为财，方家在军政两方都势大，只要给了赎金，谅对方也不敢轻易动蕴杰。"

叶蕴仪软软地靠在他怀中，哭道："可是，可是蕴杰有哮喘啊！怎么能经得起这样的惊吓？万一病发，这后果、这后果……"

潘启文心里"咯噔"一下，勉强说道："算日子，蕴杰的病不是说已经好了吗？你不用担心。"

叶蕴仪却一推他，大声哭叫道："可是，还有最后四天的药没吃！大夫说千万不能病发，如果要再发作，那些人哪知道怎么救？即便救了过来，可如果没有按时吃药，蕴杰这辈子、这辈子都好不了了！"

一股寒气从脚底直爬上潘启文的背，一下子令他背上冷汗涔涔，他低叫道："什么？"

潘启文近乎粗暴地一把扯过叶蕴仪手中的电报纸，仔细地看起来，这才看到最后的一段关于蕴杰用药的话，他的手止不住地颤起来，蕴杰被绑时，还差四天的药没吃，而方宗尧是被绑两天后才发的电报！现在，恐怕他无论做什么，都已来不及！

一股绝望在潘启文心中升起，他口中喃喃地叫道："怎么会这样？怎么会这样？"

他攥紧了拳，深深地吸了口气，强令自己镇静下来，柔声道："上次我派去接蕴杰的人也还在上海，我现在就发电报让他们去查，你相信我，蕴杰一定会没事的！你相信我，好不好？"

叶蕴仪立即紧紧地掐住他的胳膊，泪眼朦胧地看向他："启文，要是蕴杰有了什么事，我怎么向死去的爸妈交代？你一定要救他！"

潘启文心中却越发地沉重，他轻轻吻了吻她的额头，低声道："相信我，我会让蕴杰没事！"

因他的话和这一个安心的吻，叶蕴仪奇迹般地冷静下来，她轻轻推开他，说道："启文，你赶紧去发电报！"

见她那样依赖的眼神，潘启文的心里一热，又是一疼！

潘启文快马来到行辕，在门口翻身下马，扔下马鞭，完全顾不上周围向他行礼的人们，直接疾步走进了情报处的电报室，一把推开电报室的门，叫道："快！给我发电报！"

第二天上午，上海方家。

客厅中，方宗尧和方淮之夫妇都是黑沉着脸，面无表情地坐在电话机旁边。

门铃突兀地响起，一家人突地站了起来，都直勾勾地盯着大门口，外面花园大门开启的声音过后，便是一声清脆的童音："方大哥！我回来了！"

方宗尧等三人先是一愣，随后便齐齐又惊又喜地、急急地向厅外走去，只见那跑过来的小人儿，不正是蕴杰是谁？

方夫人急步上前，一把抱住了蕴杰，哭道："蕴杰，你可吓死伯母了！你要真有个三长两短，可让我怎么跟你爸妈和姐姐交代！"

方宗尧拉过蕴杰，上下打量他，见他没有任何受伤的痕迹，这才放下心来。向蕴杰身后看去，却见两个男人跟着蕴杰，其中一个他们见过，叫刘印龙，是潘启文派来接蕴杰的，可因为蕴杰的病的原因，方家就打发他先离开，没想到他一直在上海，并没有走。刘印龙身旁站着一个身材矮小却精壮的男人，脸上一道斜长的刀疤，令人害怕。

方宗尧忙迎上去，问道："刘先生，你怎么在这儿？为什么蕴杰会跟你们在一起？"

刘印龙忙道："方先生，其他的可否容后再说？蕴杰少爷曾经有病在身，这次受了惊吓，可否先请大夫为他诊一诊脉？"

方淮之精明的眼中闪过一丝狐疑，他一抱拳，将二人往里面让："二位请进来，那欧阳大夫这几天一直住在我们家中，就是为的这个事，我们这就请大夫为蕴杰诊脉。"

客厅中，所有人都紧张地盯着欧阳大夫，半晌，只见他叹口气，以一种肯定的语气问蕴杰："蕴杰少爷，前两天可是发了病？"

一听这话，所有人都不由大惊失色，刀疤与刘印龙更是交换了一个恐惧的眼神，颤了声，结结巴巴地问道："蕴杰少爷，你、你发了病？我们都不知道的？"

蕴杰点点头，满不在乎地笑道："是啊，不过我吃了药，没事了。"

欧阳大夫神情凝重地对方夫人道："这次发病虽然及时吃了急救的药，可前几天没有吃治本的中药，以后，恐怕都难了！"

刀疤脸色一白，顾不上规矩，急急地问道："那怎么办？"

欧阳大夫叹口气道："以后只有尽量不要让他受凉、感染风寒，不要受惊吓，只要不发病，还是可以保他一生无忧的。"

众人都听出，大夫言下之意，他是没有办法根治了，一时尽皆默然。

这时又听刘印龙说道："大夫，如果我们蕴杰少爷要赶远路，路上要注意些什么，请您示下。"

大夫诧异地看了他一眼，稍作沉吟，说道："这样，我给你们一些膏药，一路上贴在他肚脐之下，尽量要保暖，不要让他受凉就好。"

刘印龙躬身道："谢谢大夫，我记下了。"

尽管方淮之请他们坐下，可刘印龙与刀疤却始终站在蕴杰身后，一副不敢逾越主仆身份的模样。

送走欧阳大夫，刘印龙才抱拳对方宗尧和方淮之说道："方先生，是这样的，少爷命我待在上海，暗中保护蕴杰少爷，没想到，前天蕴杰少爷放学时，我在暗中看到有人持枪在学校门口绑架了少爷，来不及与你们打招呼，我跟这位刀疤兄弟就跟了上去，一直跟着那绑匪，到了郊外一个废弃的仓库。因为怕他们对蕴杰少爷不利，这两天我们一直没敢离开，一直等到今天，才瞅准机会，趁其中一个绑匪外出买饭，才打晕了看守的人，救出了蕴杰少爷！”

方家人并不知道蕴杰被绑架的具体过程，只是听方家每天负责接送蕴杰上学的黄包车夫说过，与刘印龙说的基本一致，但方家人动用了一切力量，甚至用到了军方的人，都寻找未果，却被刘印龙如此容易就救了蕴杰出来，一家人仍是有些不敢置信。

方淮之锐利的眼光直视着刘印龙，问道：“可知绑匪是什么人？”

刘印龙摇摇头：“不知道！我们不知绑匪到底有多少人，所以救了蕴杰少爷我们就赶紧离开了，因为对上海不熟，怕其他地方不安全，又担心蕴杰少爷的身体，所以一救出蕴杰少爷，我们就直接送他过来了！”

方宗尧一拍桌子，恨声道：“现在就算我们带人赶去那里，只怕也是没人了！哼，不过，有人看到绑匪是手持的驳壳手枪，我就从军方开始，一个个排查，我总能找得到他们！”

听了这话，刀疤眼皮一跳，沉声道：“不知蕴杰少爷被绑之事，方少爷有没有通知我家少爷和少奶奶？”

方宗尧点点头：“我昨天发过电报。”

刘印龙忙道：“还请方少爷再发份电报给我家少爷，以免我家少爷着急。”

方宗尧面有愧色道：“应该的！”

潘家集，德园。

叶蕴仪从昨天晚上起就没有吃下饭，早饭在桌上凉了热，热了凉，她却仍是没有吃下去。

潘启文一把抱住她，柔声道：“蕴仪，你这样不吃饭也不是办法！你好歹吃一点，好不好？”

叶蕴仪摇摇头，双眼红肿，一脸的凄惶：“启文，你告诉我，蕴杰会没事的，对不对？”

潘启文将她的头按在自己胸前，抱紧了她，坚定地说道：“蕴仪，你相信我，蕴杰会没事！我保证！”

叶蕴仪稍稍撑开他，深深地凝视他，低声呢喃："启文，我可以相信你的，是不是？"

潘启文心中一痛，却毫不回避地看向她，给她一个安定的眼神："蕴仪，相信我！"仿佛为了加深给她的信心，也为了让气氛轻松些，他咬咬牙，半开玩笑地说道，"蕴仪，如果蕴杰能够平安逃过这一劫，你就不再追究我隐瞒黛儿身份这事，可好？"

叶蕴仪仿佛得到了支撑似的，抬起头来，勉强地笑道："好！启文，我信你！如果蕴杰能够平安归来，我就不再提这件事！"

在潘启文半哄半喂中，叶蕴仪勉强地喝下一碗粥，潘启文松口气，刚放下碗，就听到急促地跑步上楼的声音。两个人不约而同地站起身来，紧张地看向门口。

只见文四手中拿着一张电报纸，一脸喜色地叫道："少爷、少奶奶！好消息！"

叶蕴仪急急地迎上去，脚底却一绊，潘启文一只手及时扶住了她。

叶蕴仪一把抢过文四手上的电报，慌张地看了起来。

看完电报，她又哭又笑地对潘启文道："启文，蕴杰救出来了！"

她一把抓上了他的手，却感觉到他的手心已是汗湿一片，不由感激地说道："启文，谢谢你！幸好你派去的人救了蕴杰！原来你上次派去的人一直在暗中保护蕴杰！"

听到这声"谢"字，潘启文只觉心中又酸又涩，他急急地问道："给我看看，方宗尧有没有说蕴杰的身体怎么样？"

叶蕴仪眼神一黯："蕴杰的哮喘恐怕这一辈子都治不好了。"

潘启文背上一僵，眼中的阴影一闪即逝，他拉住她的手，小心翼翼地笑："蕴仪，你答应过我，不再追究我的隐瞒的！"

叶蕴仪反握住他的手，另一只手掏出胸前的手巾，细细地为他抹去掌心的汗水，抬起头来看向他，郑重地说道："启文，在蕴杰的生死面前，我真的没法再去计较那些了！"

她顿了一顿，目光炯炯地看向他，说道："可是，你得答应我，以后，不可以再隐瞒我任何事，只要是与我相关的，哪怕是善意的隐瞒，也不要！我选择了相信你，那么，你也要相信我，我既然能嫁与你为妻，就能与你共历风雨！"

潘启文一把将她搂进怀中，挺直了背，在她头顶生硬地答了一声：“好！”

就在这时，文四轻咳一声，小心地说道：“少爷！行辕那边请您赶紧过去一趟！”

第十三章

只是二哥

潘启文出了门，文四一直跟着他出了德园大门，方递给他另两份电报，低声道："这是刀疤和冯老大分别发过来的电报！"

潘启文接过电报，匆匆看了一遍，脸色不由一沉！

文四硬着头皮接着说道："大宅那边，跟刀疤去上海的人在等您！"

潘启文翻身上马，狠狠地一挥鞭子，向大宅疾驰而去。

潘家大宅，潘启文书房内，三个黑衣人毕恭毕敬地呈上三个方木盒子，其中一人说道："少爷，这是三个东洋人的人头！"

他一挥手，让几个黑衣人退下，随即走到门边，关上书房的门。然后走到书桌前，按下桌下一个机关，只听一声轻微的响动，东面墙上便缓缓开启了一个暗门。

潘启文抱起三个方盒子，一弯腰进了矮小的暗门，并从里面关上了门。

暗门内，是一个与外间书房一般大的暗室。昏暗的光线中，室内正中，高高的案桌上，赫然供着叶翔宇夫妇的牌位！

案桌上，已有两个同样的方木盒子，潘启文将刚搬进来的三个木头盒子放在案桌上，将所有的盒盖一一打开，除了刚送来的三个日本浪人的头以外，另两个，竟然是林婵凤和山本的人头！

潘启文恭恭敬敬地上了一炷香，然后在案桌前跪下，对着牌位规规矩矩地磕了三个响头，这才抬起头来，哑声说道："爸、妈！直接参与暗杀的仇人，我都已经杀了。我知道，这背后，一定不止一个日本人作祟，启文在你们灵前发誓，以后与日本人不共戴天，一定会将东洋人赶出西南！"

潘启文跪了一会儿，站起身，不经意间碰到衣服口袋，他突然便想起口袋中那两份电报，心中一紧：蕴杰不仅仅是哮喘终身不能根治，他还在被绑的当天发了病，差点死去！

潘启文双腿一软，不由自主地又跪了下来，重重地磕下一个头去，直起身来，口中喃喃说道："爸、妈！启文不孝！可是一步错、步步错，我没有办法，我真的停不下来！因为，我爱蕴仪，我绝不能失去她！"

潘启文低着头想事，一路走着，不知不觉中竟来到了黛儿的院子前，他呆呆地看着前方那拱形的石门，耳边响起山本那讥讽而挑衅的声音："你知道黛儿在意乱情迷中，叫的是谁的名字吗？她叫的是'二哥'！"

一片黄叶飘落在潘启文的肩上，他怔怔地抬头，那石门上原本爬满的藤蔓，现在，藤蔓上的叶子竟已全都黄了，有些已是摇摇欲坠，令他感觉心中一片涩然。

他叹口气，转身要走，却听见身后一声急急的轻唤："天一！"

回头一看，却是母亲黎芙铮。黎芙铮疾步追上他，眼中尽是责怪："来了怎么也不进去？"

潘启文侧头轻声问道："黛儿怎么样了？"

黎芙铮眉头紧蹙，满脸的心疼："还是不肯说话，吃了睡，睡了吃，不动，连房门都不出。黛儿虽说不是我身上掉下的肉，可打小也是我当亲闺女娇养着的，现在她那模样，让人没法不心疼！"

黎芙铮的手攀上了潘启文的胳膊，抓紧了他："大夫说，哪怕让她哭出来也是好的，可她却是一点表情都没有！刚刚听丫头说你来了，她那眼里才有了一丝活泛气儿，就当是娘求你，你就去看看她，跟她说说话行不？"

潘启文转过身来，背脊僵硬，他低头看了看母亲抓住他胳膊的那只手，哑声而涩然地说道："娘，这个时候你要我说什么呢？不是我狠心，不是我不关心黛儿，而是我怕会害了她！"

黎芙铮一下子沉了脸，猛地甩开儿子的手，冷声道："天一，你再怎么任性妄为，娘始终认为你是个有担当的男人！可现在，你看看你，为了那个叶蕴仪，竟然撒下弥天大谎，还要所有人为你圆着！当面连爹娘都不敢认！哪有媳妇儿来了好几个月，连公婆都不见的？

“我跟你爹看在你以前是死过一回的分上，这些我们都忍了，可如今，你却是连自家妹子的死活也不顾了！”

黎芙铮积郁在心中的不满，终于在这时发作了出来。

她冷笑着说道：“说什么怕会害了黛儿！这件事始终是因你而起，我看你不过是不敢面对黛儿吧？”

潘启文扯了扯唇角，欲言又止，终是闭上了嘴，沉了脸，一言不发地向院内走去。

看到黛儿那张了无生气的脸，潘启文终于明白母亲所说那句：“现在她那模样，让人没法不心疼！”现在他的心里便揪得慌，竟有一种转身想逃的冲动！

那样一个活泼健康的人，仅仅两天时间，便瘦得没了形！原本圆润的脸上，竟看见了高高的颧骨，一贯红润的双颊，再无一丝血色。原本如精灵般的眼中，竟没了一丝的神采，仅余一双大眼空洞地、直直地看着前方。

潘启文喉中发紧，在床前的椅上坐下，轻轻地唤了一声：“黛儿！”

黛儿就那样靠坐在床头，仍是直视着前方，不动，也不答应，只有在听到那一声呼唤时，眼中闪过了一丝的波澜。然而，潘启文坐在她的侧面，并未察觉到这一丝细微的动静。

潘启文抿着唇，等了好一会儿，见她仍是没有反应，只好站起身来，坐到床尾，与她面对面。

他身侧的双手紧紧地捏了捏，终是迟疑着抬起来，扶上了她的双肩，直视着她，柔声说道：“黛儿！小的时候，你总说大哥太忙，又太严肃，所以你有什么开心的不开心的事，总是会找二哥。现在，二哥就在这里，你还当小时候那样，有不开心的就跟二哥说说！或者大哭一场也好！”

黛儿原本看向虚空中的眼神，终于看向了他，忽闪的睫毛后，满满的是怀疑与不敢置信。

潘启文心中一紧，现在的他只想找回那个整天跟在他屁股后面，“二哥、二哥”叫着的烦人的小丫头！再也顾不了许多，终于忍不住一把将她搂进怀中，手轻抚着她的背，柔声说道："黛儿，记得你6岁那年，你被狗咬了一口，哭得死去活来，二哥笑话你，你却说，哭得越大声，伤口就越不痛！现在也一样，你就当又被狗咬了一口，哭出来，你会好受很多！"

他眨眨眼，逼回眼角的那一丝温热，喉头哽着痛，脸上却在笑："乖，这次你哭，二哥绝不笑你！你就算把眼泪鼻涕都抹在二哥衣服上，二哥也绝不骂你！"

话音刚落，便听得黛儿"哇"的一声哭出声来。

就在这时，黎昕大步走了进来，对潘启文急声道："天一，一团哗变！我们必须要走了！"

深夜，德园，叶蕴仪心神不宁，坐卧不安。

潘启文到现在还未回来，难道是军中有事？可是，以前，不管多重要的事，他总会派人回来说一声。而今天，他一直没回来，也没派人回来说一声，她有心想让文四去问一声，终是又忍住。

叶蕴仪不睡，小清也不敢去睡，文四也一直在房门外候着。

文四命人送过夜宵，赔着笑道："少奶奶，要不您先歇着，别等了，没准今儿个少爷在司令府那边有事回不来。"

叶蕴仪微微一愣：出门时不是说去行辕吗？怎么会是去了司令府？

终是不忍心让他们这样陪着，叶蕴仪只好上床躺着，让小清和文四去休息。

她躺在床上，却翻来覆去的睡不着：他今天去的是潘家大宅，并不是司令行辕，真是公事吗？他今天可会去见黛儿？

迷糊蒙眬中，叶蕴仪脑中一会儿出现林婵凤那死不瞑目的大眼，一会儿是潘启文与黛儿深情相拥的情形，最终却是蕴杰被绑架，哮喘病发作，方宗尧为救蕴杰，血肉模糊的模样，而她却眼睁睁地看着，丝毫动弹不得，终是忍不住惊叫出声："蕴杰、宗尧！"她只觉心头怦怦直跳，猛地翻身坐起。

睁开眼来，却见潘启文一只手紧紧地搂着她，另一只手轻抚着她的背，目不转睛地盯着她的眼，焦灼的黑眸中带着丝深沉的阴郁，却一迭连声地哄慰道："没事了，蕴仪，没事了！"

叶蕴仪一见潘启文，一下子双手环上了他的腰，头埋在他胸口，心有余悸地道：“好在只是梦！好在蕴杰已经救出来了！”

潘启文心里一紧：“没事了！蕴仪，蕴杰已经救出来了，过半个月，你就可以见到他了！”

叶蕴仪长长舒口气，抬起头来，看了一眼窗外，天色已然大亮，竟已是清晨。再回头看向潘启文，他身上仍是昨天的衣衫，刚刚解开了领口的扣子，显然是刚回到家，还没来得及换衣服。

那么，他是在潘家大宅呆了一整个白天和晚上？

看他一脸疲惫的样子，叶蕴仪跪坐起身来，一边为他解着外衣的扣子，一边皱眉道：“有很紧急的事吗？一整夜都没回来，你连着几个晚上没怎么睡了，赶紧休息一下！”

潘启文昨天一直在处理一团哗变之事，幸好反应调度得快，事件很快平息下来，但为首的一团长却在他手下警卫连的保护下跑掉了，不知所踪。他安排了后续的事宜，又回到潘家大宅亲自重新安排了潘家最亲信的卫队对大宅以及德园的安全守卫，他带人回到德园时，天已亮了。

他这时微微闭了眼，很享受地张开双臂，任由叶蕴仪为他除掉外套，嘴角向上轻扬，笑道：“没事了，都处理好了，今儿个我可得要好好睡一觉。”

说着，便满足地往床上一倒。

叶蕴仪赶紧拉住他：“洗洗再睡，脏死了！”

潘启文却顺势将她往下一拉，紧紧地搂在怀中，在她脸上狠狠地啄了一口：“一天没见，想死我了！”

她急急地捶他，他放开她，四肢一摊，赖皮地道：“没劲了，你给我擦擦就好了！”

叶蕴仪又好气又好笑地下了床，抓起他换下的外套，习惯性地嫌弃地闻了闻，却闻到一股自己惯用的香水的味道，一丝不安滑过心头：这几天她心情不好，根本就没有心思喷香水！但这香水味……她摇摇头，将那丝不安摔出去，这香水这里都没有卖的，哪会有别人会用？

她出声唤小清打盆热水来，同时去柜里给他拿睡衣，一边笑道：“一个大男人，还偷喷人家的香水，也不怕人笑话！”

见没有回应，拿了衣服到床边一看，他竟是已经睡着了！

叶蕴仪拧了热毛巾，细细地为他抹起脸来，她修长的手指轻轻地抚过他眼下的那一小片青黑，心里不由一疼：这两天发生的事，一件接一件，为了蕴杰，他都没有怎么休息！

她一粒粒解开他的衬衣扣子，准备给他抹身子时，潘启文却突然睁开眼，一骨碌地坐了起来，他看了眼叶蕴仪，歉然地说道："蕴仪，我突然想起来还有点事没处理，我出去一下，马上回来。"说着，急匆匆地扣上扣子，起身就往外走。

潘启文急匆匆地来到潘家大宅，刚睡下的潘烨霖和黎昕又被请到了书房，潘烨霖一脸倦色地道："一团的事，不是都处理了吗？那一团长辛长安的老娘、老婆跟儿子不都抓起来了吗？那辛长安是个孝子，不会不管他老娘的，迟早能抓到他的！"

潘启文没有理他，直接说道："你们想想，那辛长安并不是个轻率毛躁的人，为什么会选在这个时候兵变？在我们两个团的包围下，他那么一连的人怎么可能逃得出去？"

潘烨霖一下子醒了神，睁大了眼："你是说，咱们还有人放水？"

潘启文点点头，转头看向黎昕："你不是一直派人盯着曾副官的？这段时间他跟辛长安和百合会馆那边可有接触？"

黎昕摇摇头："没有，自从我们调防开始，都是避开他的，也没发现他跟这些军官有什么特别的私下的交往。"他的眼中迷惑，"你是怀疑日本人？"

潘启文神色凝重："是不是日本人在后面捣鬼倒在其次，我是担心你新调来的这两个团还是靠不住啊！要是这里面还有内奸，再要被日本人一利用，咱们可是麻烦大了！"

黎昕一凛："这两个团我是从省城调过来的，算是我们最亲卫的了，现在没有怀疑对象，还不好大面积查，刚刚一团才哗变，这会动摇军心啊！"

潘烨霖一拍桌子："妈的，要不再换另两个团来！"

潘启文踱到地图前，稍作沉吟，方挥挥手道："不可，且不说这频繁调防，会军心不稳，再说，如果这两个团我们都靠不住，其他的更难说啊！"

他抬起头来，看向黎昕，眼神狠厉："继续盯着曾副官和百合会馆那边，密切关注他们跟这两个团的哪些军官有接触！另外，黛儿被下药那天是谁负责盯林婵凤的，这个人给我抓起来审！

“另外，从咱们潘家的黑衣卫队中再抽出人来，暗中盯着这两个团排以上军官，他们不是军中的人，会好查一些。总要找出蛛丝马迹来！”

黎昕迟疑着道：“咱们黑衣卫队本就人不多，刀疤带了人被你派出去没回来，又分出人手去德园，现在再抽人出来，这……”

潘启文想了想，咬咬牙：“德园那边就文四跟他手下的那十几个人就够了，他们的身手都是最好的，我今天带过去的人就撤回来，重点保护娘和黛儿的安全！”

潘烨霖皱眉道：“你在德园住着，我不放心！要不你搬回来？”

潘启文断然道：“不行！我最多再选上军中的一个可靠的连，让罗副官亲自带着守在德园外围。”

潘烨霖不由骂骂咧咧地道：“你个臭小子，主意大得很，老子说什么都不听！你什么都安排好了，叫老子起来做啥？”

潘启文唇角微微一勾：“那曾副官是你的人，等我们把这些个关系查清了，我们还有一些消息，当然要通过你的嘴放给他，到时才方便一网打尽啊！”

从书房出来，潘烨霖直接回房睡觉。黎昕瞟了一眼潘启文，淡淡地道：“没吃早饭吧？我准备去黛儿院里陪她一起吃，你要不要来？”

潘启文这时也实在是饿了，也想着昨天答应黛儿再去看她，便应道：“好！吃完早餐我再回德园。”

一边走，潘启文一边问道：“黛儿怎么样了？”

黎昕轻声道：“听说昨天中午开始下床吃饭了，下午还在院子里走了走，昨儿晚上还跟夫人说了会儿话。”

潘启文叹道：“那就好！”

黎昕神色不明地笑了笑：“看来还是你这二哥比我这大哥亲啊！”

潘启文眼神一冷，抿紧了唇，半晌方沉声道：“黎昕，我只能是黛儿的二哥！”

第十四章

天赐礼物

黎昕脸上是不置可否的神情，正要答话，却见厅外文四匆匆而来。

潘启文沉声道：“文四，你不在德园护着少奶奶，跑到这里来做什么？”

文四忙低头道：“少奶奶不舒服，我来请华大夫去看下！”

潘启文脸色一变，厉声道：“怎么回事？明明我早上走的时候还好好儿的！”

文四一个激灵，忙道：“少奶奶吃了早餐就吐了，说是头晕，听小清说，昨儿中午和晚上也是这样，只不过少奶奶说没什么事，没让叫大夫！早上厉害了，小清吓着了，才赶紧叫的我。”

潘启文眼神一沉，迅速地向外走去。文四赶紧领着华大夫跟上前去。

德园，潘启文一脸戾色地上了楼，那完全不知轻重的“咚、咚、咚”的脚步声，直敲在人心上，令文四和跟在后面的华大夫只觉心惊胆战。

门口，小清迎上来，低眉轻唤了一声：“少爷！”不料却被潘启文一脚踹上了膝盖，不由自主“扑通”一声跪了下来，却听潘启文压低了嗓音，沉声说了一句：“下次少奶奶再有事，还这样拖着不报的话，就不是一脚这么简单了！”嘴上说着，脚下未停地径直进了房间。

小清颤声应了：“是！”

潘启文疾走到床边，见叶蕴仪脸色惨白，恹恹地靠坐在床头，心里一紧，忙坐了上去，一把将她揽进怀中，满眼焦灼地直问道："这是怎么了？早上不是还好好的吗？昨天就不舒服了？为什么不告诉我？"

叶蕴仪脸上泛起一丝羞涩，眼中却带着笑，头往他怀中一偎，轻声道："你不要小题大做，许是好事呢！"

潘启文一愣，怔怔地看了看她脸上难得的娇羞模样，随即脸上一阵狂喜，忙迭声叫道："华大夫，快过来给少奶奶诊脉。"

华大夫第一次见这位少爷如此紧张的神情，也是熟悉了，不由半开玩笑道："我要是敢说少奶奶这不是怀了身子，只怕少爷不得把我给盯出个洞来？"

潘启文心内狂喜，却仍是不敢相信这样的好运，执拗地要一个肯定的答案，不由恼怒地道："到底有还是没有？"

华大夫忙正色道："恭喜少爷，恭喜少奶奶！少奶奶这身孕已经两个月了！"

潘启文这时满怀欢喜，心中一下子似有了底气，爽朗地笑道："嗯，华大夫，你去书房开方子，顺带将注意事项写下来，交待给文四和园里的妈子！"

又笑着吩咐文四道："文四，你将我书房中那方墨绿色的缅玉镇纸给华大夫包好带走，华大夫可是想了好几年了！"

华大夫又惊又喜，却忙摇手道："少爷，这怎么敢当？"

潘启文眉梢眼角都是笑地看向叶蕴仪，缓缓地对华大夫道："少奶奶的母子平安，我可就交给你了，该什么时间诊脉，有哪些注意事项，你自己把握着吩咐文四便是！等到少奶奶平安生下孩子，我书房里的宝贝任你挑，另外，我还送套跟咱这德园一般大的宅子给你！"

说到这里，他转过头来，眼睛微眯，放低了声音，眼中一丝厉色直直地射向华大夫："我只有两个要求，一是母子健康平安，二是少奶奶少受罪！你可明白？"

华大夫一凛，都说这少爷治军有方，却没想到便连这么一件事，他竟也恩威并用！

这母子平安倒还好说，可这要少受罪？生孩子哪有不受罪的？说是九死一生都不为过！不过这时，他却不敢说出来，只正色道："少爷请放心，老夫一定尽心尽力，少奶奶身子没有大碍，呕吐只是正常反应，想是前两天似受了惊吓，反应才过了些，开个方子，调理一下就应该没这么难受了！”

潘启文心中暗自懊恼，她前两天因蕴杰的事担惊受怕，才会有如此不适。

他点点头说道：“嗯，小清，你也去华大夫跟前听着，哪些注意事项仔细着了，可别出了岔子！”

当所有人都退了出去，潘启文再难抑制心中的情绪，一低头，轻轻地吻上了叶蕴仪的唇，叶蕴仪忙一侧头避开，叫道：“我刚吐过，还没漱口，脏！”

潘启文却扳过她的脸，喜滋滋地道：“我又不嫌你！”说着，便又要压下去。叶蕴仪却挣扎着娇笑：“我自己都嫌！我要漱口！”

潘启文见她那娇俏模样，一时心痒难忍，却也不敢对她用强，只好老老实实下了床，让丫头端来水，亲手喂她漱了口。

眼见着丫头端着水出了去，他立时便蹬掉鞋上了床，心满意足地将她搂在怀中，细细柔柔地吻遍她额头、眼睑、双颊、耳垂，最后才落在那软软的唇上。

潘启文是猴急惯了的，前所未有的绵绵密密的柔情，让叶蕴仪早已情动，不由自主地搂上了他的脖子。

他越发地得意起来，手不自觉地向下探去，却被叶蕴仪一把抓住，只听她娇嗔一声道：“你两天没睡了，也不累吗？”

潘启文眼眉一挑，痞痞地笑：“我有儿子了，高兴，睡不着！”说到这里，自己一愣，不由懊恼地收回了手，讪讪地道，“是哦，有儿子了，不能乱来！”

他有些不甘心地盯了眼自己下身早已支起的小帐篷，可怜巴巴地看向叶蕴仪，一把抓起她的手，苦着脸叫：“妞儿，帮帮我！”

叶蕴仪也是被他撮弄得心浮气躁，这时没好气地甩开他的手，轻哼道：“自作孽，活该！”

潘启文看她脸上没有血色的样子，不由暗自懊恼。他按捺住身体的悸动，搂住了她，柔声道：“是我不好！妞，可有哪里不舒服？”

叶蕴仪笑笑：“吐完了就没事了。”

潘启文急急地道："那怎么行？还是要吃点东西的。"说着，就要起身唤人。

叶蕴仪忙拉住他，笑道："小清已经让厨房备着了，我要想吃，他们随时端上来就是。"她的手轻轻地滑过他的眉眼，心疼地道，"倒是你，赶紧吃点东西睡吧。"

潘启文抓住她的手，眼里都是孩子气的笑："那你陪我吃点？你吃多少我吃多少！"

叶蕴仪其实有些吐怕了，可想着肚子里那个，又见他这样说，便笑着点了头。

潘启文欢喜地叫人端早餐上来，又对伺候的妈子说道："什么酸的、辣的、甜的、清淡的小菜都一样来一点，看少奶奶喜欢吃什么！"

餐桌上，叶蕴仪就着泡椒炒的酸豇豆，勉强喝下一碗小米南瓜粥，潘启文一边吃，一边紧张地盯着她，见她没有吐，这才大大地松了一口气。

潘家大宅，黎黛往黎芙铮院中走去。沿着回廊，刚走到正厅外，便听到一个老妈子的声音："少奶奶这两日已经没吐了，也能吃些东西了，只是每餐只能吃些清淡的，一点油星都不能沾。华大夫每天都为少奶奶诊脉，开了些保胎的方子，说是没有大碍。"

黎黛蓦然顿住了脚，不明所以地笑了笑，一脚跨进厅房，轻轻唤了一声："娘！"

黎芙铮忙站起身，迎上来，拉了她手，在自己身边坐下，慈爱地拍着她的手，满意地笑："今天这气色比昨儿个又好些了！你不是一直吵着要去学骑马的？哪天让你大哥陪你去！"

黎黛掩了嘴，半撒娇地笑道："娘！你现在还有时间管我？我嫂子是不是怀孕了？你也不去看看？你不是整天吵着闹着要抱孙子的吗？这会儿真有了，你倒不急了？"

黎芙铮锐利的眼神小心探究地看了看黛儿，见她并无异样，暗自松了口气，又叹口气道："我哪能不急？可你嫂子的情况你是知道的，现在又怀了身子，华大夫说，万不可情绪起伏太大，你二哥便更不许我们上德园去了！他从小就是那混世魔王的脾气，你又不是不晓得，谁敢真惹恼了他？"

黛儿指着一旁的妈子，笑道："所以您就只能每天将这德园的张妈叫过来，听听信儿了？”

黎芙铮不无气恼地道：“有什么办法，谁叫我养了个这么混账的儿子！”

黛儿笑道：“娘，我嫂子上次还答应跟我一起去看衣服料子的，不如今儿个咱们一起去？”

黎芙铮迟疑着道：“这样行吗？你二哥那里？”

黛儿摇摇她的胳膊，笑道：“您放心，这德园我去过好多次了，哪些话该说哪些不该说，我这心里有数着呢！”她又凑到黎芙铮耳边，悄声道，“再说，我二哥这会儿应该在行辕里办公，肯定不在家，咱们去了，谁敢拦着？只要这一次不出问题，以后再去看嫂子，二哥也不会再反对啦！”

黎芙铮轻拍她一下，眼中尽是笑意：“你这鬼丫头！也好，不去看看啊，我这心里总是不踏实，这可是怀娃娃，是大事儿呢！嗯，这天一不懂事，我做婆婆的不能不懂事，是不？”

德园，潘启文用完早餐，站起身来，拿起衣帽架上的外套套上。叶蕴仪走上前去，潘启文习惯性地垂下双臂，让叶蕴仪为他系扣子，眼角眉梢都带着满足而得意的笑。

叶蕴仪为他系好最后一粒扣子，抬起头来，看到他专注地看她的表情，不由轻轻一拍他，嗔道：“有什么好看的？有什么好笑的？”

潘启文掐掐她的脸，笑道：“嗯，这几天总算回来点肉了，刚才你又没吃多少，歇一会儿，记得把那燕窝给吃了。吃完了，在园子里到处走走，活动活动，华大夫说了，以后即便肚子大了，这适量的走动也是要的，要不然生的时候可疼着！”

叶蕴仪走到床头，拿过公事包递给他，开心地笑：“知道啦！我算着日子，蕴杰就这两天该到了，正好我今天精神还好，我就去看看给蕴杰备下的房中还缺些什么，好让文四去置办。”

接过公事包，潘启文揽着她往外走，走到房门口，潘启文顿住脚，松开她，转过身来，面对着她，微微弯了腰，低下头，将左边脸向她伸过去，叶蕴仪笑着在他脸上一啄退开，潘启文捉住她的手，再将右边脸伸过去，不依地嚷：“要带响儿的！”

叶蕴仪好笑地飞快地在他脸上"啵"的一亲，潘启文却仍是低了头，孩子气地嘟着嘴，用手指指唇："还有这里呢？"

叶蕴仪无奈地横了他一眼，贴上了他的唇，刚一碰上，他的大掌就一把扶住了她的后脑勺，他的唇便压了下来，深深吻了下去，荷叶粥的清香在两个口中交缠、弥漫，直到叶蕴仪快要透不过气来，才依依不舍地松开她，还意犹未尽地伸出舌头在唇边打了个圈。

叶蕴仪又羞又恼，潘启文却迅速地在她额上印下一吻，扬起头来，哈哈一笑，这才转身快步向楼下走去。

蕴杰的房间就在隔壁，叶蕴仪细细地查看了房中的物什，不由对跟在身后的文四展颜一笑，由衷地说道："文四，你已经很周到啦，连小人儿书都准备了这么多，蕴杰肯定喜欢！谢谢你！"

文四忙道："这些都是少爷吩咐的，那几套书都是少爷亲自去选的呢！还有那边那一箱子的木头枪啊、剑啊什么的，也是少爷吩咐的，其中有一把木头枪，跟您那把勃朗宁的小手枪一模一样，那可是少爷亲手做的！"

叶蕴仪心中一暖，点点头笑道："蕴杰一直可羡慕我那把枪来着，这下他姐夫可算是给了他一个惊喜！"

文四看了看叶蕴仪，笑道："真正的惊喜可不是这个！少爷还备下了一匹纯蒙古种的小白马，配上了整套的皮鞍，命人驯好了，那马可神气！蕴杰少爷保管喜欢！"

叶蕴仪心中感动，不自觉地红了眼眶，却笑着说："嗯，蕴杰七岁生日时，启文问他想要什么做生日礼物，蕴杰说，他做梦都想要一匹属于自己的小白马。没想到，启文都还记得！"

就在这时，小清进来，轻声说道："文管家，外头找您，说是少爷有什么重要的东西拉下了，要您亲自给送过去呢。"

叶蕴仪忙对文四道："你赶紧去吧，既是要你亲自送的，必定是重要的东西，小心些。"

文四点点头，急匆匆地走了。

行辕，潘启文办公的议事厅外面，文四见潘启文正与几个军官议事，他忙走进去，将手上的文件双手呈上，潘启文看到他，脸色一沉："你来做什么？"

一听这话，文四心里“咯噔”一下，冷汗瞬间而下，吃吃地问道：“罗副官不是说、不是说，您要我亲自送文件过来的吗？”

就在这时，只听一声惊呼：“文四，你要我送文件，你怎么又在这儿？”一抬头，却不正是罗副官，手上也是拿着一份文件急急地走来。

两人对视一眼，一个可怕念头瞬间涌上心头，两人脸色均是一白，不约而同地看向潘启文。

潘启文赫地一下站起身来，眼中骤然聚积的暴戾，令所有人心中惊惧不已。

他强自按下心中的战栗和恐慌，对身边的人咆哮道：“林团长，你亲自带队，马上给我调人到德园去！文四、罗副官，我们走！”说完，人已如风般卷了出去，迅速地上了马，向德园疾驰而去！

第十五章

无计留春

德园门口，黎芙铮与黛儿下了马车，正准备往里走，突然，原本跟在她身后的文管家一声呼哨，闪身拦在她们前面，十几个黑衣大汉迅速上前，将黎芙铮与黛儿团团围在中间，个个均是拔枪在手，面朝圈外，神情紧张。

黎芙铮一惊，沉声问道："文叔，这是怎么回事？"

文管家警惕地向四周看看，这才回头，弓身对黎芙铮道："夫人，不对劲！照理说德园应该是明哨暗哨层层把守，可现在这里却静得不寻常，我们这么大动静，门房却连一个前来迎接或盘问的人都没有！"

说完，他向马车驾驶位上的黑衣人道："赶紧掉头，我们送夫人和小姐回去！"又转头对另一个黑衣人道，"你，赶紧去行辕找少爷！"

文管家走上前来，要搀黎芙铮上马车，黎芙铮却一摆手，急急地道："不！文管家，咱们先进去看少奶奶！"

文管家却一弯腰，恭敬却坚决地道："夫人，少爷有过严令，我们这一拨人，任何情况下，必得以您和小姐的安全为第一要务，其他的便是天塌下来，也不能管！"

黎芙铮心中焦躁，这时不由冷笑一声，厉声道："救人如救火，德园里那位主儿，就是你家少爷的命！更何况她现在肚子里还有了我潘家的金孙！要是她出了事，谁也别想活得安生！天一第一个饶不了的，就是你家文四！你现在还要跟我啰嗦吗？闪开！”

文管家一凛，他咬咬牙，无奈地一挥手，指挥着一群人严严实实地护了黎芙铮和黛儿，井然有序地迅速进了德园，自己却始终护在黎芙铮左右，寸步不离。

刚走到后院门口，便听见一个男人的声音狠戾地叫道：“十九姨太，只要你乖乖跟我走，我们不会伤你性命！”

几个黑衣人纵身一跃，迅速进了院门，黎芙铮紧紧跟上前去，只见院子里，小清刚被一脚踢翻在地，一头撞在旁边的石凳上，已是晕了过去。而正坐在石桌旁的叶蕴仪，头上却被一把手枪顶着，脸色惨白，一动不动。

用枪顶着叶蕴仪头的是个一身军装的军官，他的周围站了十几个持枪的军人，看到黎芙铮一行人，那军官吃了一惊，却迅速镇定下来，手上的枪往前再顶了顶，笑道：“夫人，您来得正好，麻烦您告诉潘少爷一声，放了我的家人，只要他们平安离开了，我绝不会伤到潘少最心爱的十九姨太一根毫毛！现在，麻烦您让条道！”

他另一只手一挥：“我们走！”接着又对叶蕴仪笑道，“十九姨太，跟我们走吧？”

叶蕴仪所有的感观认知都跌落在那声“十九姨太”上！

这是她第二次听到这个称呼，第一次，她只当是那王志泽认错了人，或是他别有用心，故意而为，加上后来发生了太多事，她便没再问。而现在，再次听到这样的称呼，她心里不安至极：这些人既然是有心要换家人平安，又怎么会搞错？

一想到这一层，她心里的那份惊疑如开水滚过，热烘烘地到处乱窜，烫得她全身发软。她并不站起来，只冷冷清清地道：“什么十九姨太，你们认错人了吧？我家先生叫潘启文，不是潘司令家的少爷！”

只听那军官轻嗤一声道：“十九姨太，这个谎并不高明！全潘家集，谁人不知，这德园中被潘家少爷金屋藏娇的便是天仙般美貌的十九姨太，今日一见，果不其然，竟比那以前最受宠的四姨太还美上三分！”

叶蕴仪身子一晃，脸上血色全无，她手撑着石桌，站起身来，全然不顾头顶上的那把枪，也似没听到那军官的话，只看向黎芙铮，颤声道：“夫人，您告诉我，这是怎么回事？启文怎么会成了潘家少爷？我怎么会成了十九姨太？”

却见黎芙铮一挥手，身边的人迅速让出一条道来，只听她冷笑一声，缓缓地道：“辛长安，你尽管将这个女人带走，你看换不换得回你家老娘和老婆儿子！”

那军官正是前几天反水的一团长辛长安。他本是抓了德园中张妈的儿子，逼着张妈假传消息，将文四和罗副官支开，又在守卫的早餐中下了药，本拟趁这一机会将叶蕴仪抓走，以换回狱中的家人，不意却碰到了黎芙铮一行人。

他暗自掂量，两边人数实力相当，但他有叶蕴仪在手，倒也不怕，听了黎芙铮的这句话，不由一怔，两眼有些发愣地看向黎芙铮，沉了脸道：“你什么意思？”

黎芙铮不紧不慢地在旁边的石凳上坐了下来，看也不看辛长安，双手抚着指甲，半晌方笑道：“我能有什么意思，只是感谢你帮我解决了这个大麻烦呗，这个女人你尽管抓走，要杀要剐都由你，不过想要换回你家老娘和老婆儿子嘛……”

说到这里，她故意拖长了声音：“可是门儿都没有！”

辛长安愣了愣，随即冷笑道：“如果夫人想以此来拖延时间，可是打错了算盘，既然夫人不在乎这个女人，那辛某就告辞了！”说着，架着叶蕴仪就往外走。

黎芙铮并不拦他，等他们走出两步，方缓沉地说道：“叶蕴仪，我告诉你怎么回事！没错，潘启文就是我的儿子潘天一，呵呵，这潘家集的人都知道，咱家天一家里是有一位未过门的少奶奶的，喏，就是我身旁的黛儿，想必你也认识。另外，天一还有十八房姨太太，你呢，他也就新鲜几天而已，过不久，你也就跟那四姨太林婵凤一样，没什么好下场！”

听了这话，叶蕴仪疯了一般挣扎着停下脚步，转过头来，眼睛死死地盯着黎芙铮，哑声道：“不，我不相信！”

黎芙铮并不理她，又对辛长安笑道：“这个女人，撺掇着我家天一连家也不回，爹娘也不认，早就该死了！你抓就抓了，不过我劝你，如果不想你的家人死得太惨的话，千万不要用这个来威胁我家天一！告都不要告诉他！”

那辛长安冷笑道：“既然这个女人能让潘家少爷连爹娘都不认，可见她的重要，我为什么不能用她来交换我的家人？”

黎芙铮讥讽地笑道：“辛长安，你别忘记了，这潘司令还是潘烨霖，不是潘天一！这个女人，我跟司令早就不待见了，只不过碍于天一的面子，如今你下手除了她，当然是再好不过，你说这司令会同意用她来换你的家人？再说了，现在掌实权的是这一师的师长黎昕，他却是黛儿的亲哥哥，你说他是会愿意这个女人死呢，还是愿意用你这叛军的家人来换呢？”

辛长安脸上不再如先前般笃定，却仍是外强中干地叫道：“难道你们便一点不顾忌潘少爷吗？”

黎芙铮轻笑一声道：“不顾忌，这个女人能活到今天？知道那个四姨太林婵凤怎么死的吗？跟别的男人私会，被我家天一一枪打死的！呵呵，你真以为她有那胆子跟别的男人？那不过是黎昕做的一个套罢了！

“如今有你出手，我们连套也省了，呵呵，很简单，在天一那里，我们当然是答应换人的，不过呢，这换人的过程中，黎昕安排下出了什么事，可怪不得我们！你说，到时候，我家天一这气，是往哪里撒呢？”

一想到潘启文那阴狠的眼神，辛长安忍不住打了个寒战，他脸上挣扎着叫道：“你们便不怕潘少知道真相吗？”

黎芙铮一脸好笑的神情看向他，嗤之以鼻地道：“知道了又怎样？那时候他早有了新的女人！这个十九姨太不过是过眼云烟，他还真能为了这么个女人，就跟爹娘翻脸，跟自己青梅竹马的未过门的媳妇儿翻脸，跟与他情同手足的大哥黎昕翻脸？”

这番话合情合理，有理有据，那辛长安原本是打算去潘家大宅抓人的，却发现那边戒备森严，而这德园反而守卫的人并不多，可见黎芙铮说的恐怕多半不假。

辛长安一时间突然发现手上这女人竟成了烫手的山芋，脑中转了好几个念头，揪住叶蕴仪的胳膊，半架着她往外拉，同时叫道：“好！我就如你所愿！我们走！”

叶蕴仪一时间心中异常混乱，整个脑袋中来来回回的就那一句如响雷般的话：“潘启文就是潘天一！潘启文就是潘天一！”辛长安拉她，她竟也不挣扎，迷迷糊糊地由他拉着走。

黎芙铮面上不动声色，心里却紧张不已。

潘家卫队的人这时都散开了一条道，护在黎芙铮和黛儿身后，所有人的目光都放在了叶蕴仪和辛长安身上，谁也没料到，辛长安这边外围一个个子不高，并不起眼的士兵，竟从侧面纵身一跃进了潘家护卫圈中，伸手迎面向黎芙铮抓去！

因为事起突然，又实在隔得太近，潘家卫队的人都不敢开枪，还是文管家反应迅速，下意识纵身去挡，就在这一瞬间，那人却一把将黎芙铮身旁的黛儿扯进了自己怀中，手上的枪已是顶上了她的头！

这一变化，令所有人都惊呆了，潘家卫队的人自是不敢动，那人竟已挟持了黛儿，从从容容地回到辛长安那一边。

只见辛长安哈哈一笑道："好！小林子，有你的！"他将手上的叶蕴仪往地上一推，哼道，"这个鸡肋，不要也罢！"

文管家知道叶蕴仪身子金贵，无奈之下，一挥手，两个黑衣人迅速上前，将叶蕴仪架到了黎芙铮身边，护在了中间。

黎芙铮心中暗暗叫苦，知道现在如再用刚才的招数已是无法奏效，只好沉声道："你想怎么样？"

辛长安哈哈一笑："看来夫人果然没有骗我，这潘家三小姐兼正牌少奶奶，的确比那十九姨太有分量啊！"

他目中一狠，左手箍紧了黛儿的脖子，右手的枪往前顶了顶："赶紧闪开，让我们走！否则，别怪我枪子儿不长眼！"

黎芙铮厉声道："辛长安，我可以让你走，也可以跟你换人，甚至放你们走！可是，黛儿的身份你是知道的，你如果敢伤了黛儿一根毫毛，即便追到天涯海角，潘家也定不饶你！"

说完，她一挥手："文叔，让他们走！"

辛长安一凛，箍住黛儿脖子的手不由自主地松了松，对黎芙铮色厉内荏地说道："只要我家人平安无事，我自不会动三小姐一分！夫人，我们后会有期，换人的时间地点，我自会派人送信过来！"

就在这时，便听见一阵急促的脚步声由远而近传来，众人抬头看去，潘启文已是一脸戾气地疾步而来，身后却是没有一个人！

潘启文见辛长安手上胁持着的黛儿，先是一愣，眼睛便忍不住焦灼地向人群中搜去，直到看到在潘家护卫中的叶蕴仪，心中竟是一松，看到她惨白的脸色，又是一紧。

然而，他却来不及心疼，知道现在救黛儿要紧，只好强迫自己将视线转移到辛长安身上，沉声道："辛长安，只要你放了黛儿，我这便让人放了你的家人！"

辛长安叫道："潘少爷，黛儿小姐我自会放，不过，却要在我说的时间地点换人！"

这声"潘少爷"一出，令原本一直浑浑噩噩的叶蕴仪全身一震，她抬起头来，直直地看向潘启文。似感应到叶蕴仪的目光，潘启文心中一慌，背脊不由自主地挺直僵硬，却并不敢看她！

他暗自咬咬牙，强迫自己摄住心神，对辛长安缓缓地道："若我现在就要留下黛儿呢？"淡淡的语气中却透着一丝狠戾。

那辛长安冷笑一声道："我知道潘少是神枪手，可你的枪再快，能快得过我顶在黛儿小姐头上这支吗？"

这时，只听一声喝叱远远传来："辛长安，你敢动黛儿一下试试？"

却是黎昕赶到了！他身后是随潘启文赶回、却因马不够快被甩在了后面的文四和罗副官。

见到黎昕，被胁持许久的黛儿终于哭出声来，唤了一声："哥！"

黎昕放柔了神色，对黛儿轻声道："黛儿不怕，大哥一定会救你！"说完，他竟不由自主地向叶蕴仪看了一眼，见她看似无恙，心里竟是松了一口气。

黎昕随即一凛，暗暗地死命掐了一下自己：他这是怎么了？他本在行辕办公，一听说德园出了事，竟疯了般往这里跑，不承想叶蕴仪没有事，却是黛儿被胁持，自己亲妹子出了事，他却还在关心着别的女人的死活！何况那还是潘天一的女人！

辛长安见黎昕与潘启文并未带人前来，心下稍安，却也不敢再久留，只狠声道："黎昕，不想让你妹子受伤，就赶紧让道！潘少，不要让我说第二遍！"

黎昕看了一眼黛儿，默默地侧开身，退到了一旁，潘启文咬咬牙，手一挥，与文四、罗副官一起，闪到一边，让出一条道来。

辛长安也不打话，一声呼哨，他手下的人迅速护在他四周，胁持着黛儿就要向外走去。

死一般的沉寂中，突然传来叶蕴仪低沉的笑声，那笑声显得如此突兀，让人毛骨悚然："呵呵呵，原来你才是黛儿的亲哥哥！说来真是可怜可笑，一个堂堂的师长，兄妹二人竟然被迫连自己身份都不敢承认！你又怎么能指望潘家为了救黛儿而以叛军的家人作交换？"

黎昕脸上一白，他瞟了眼潘启文，并未吭声。

一线恐慌在潘启文眼中蔓延，隔着两拨人群，他远远地向叶蕴仪看去，乌黑的眸中尽是惊疑不安。

辛长安脚下却是一滞，只听叶蕴仪在背后叹口气道："辛长安，你怎么这么容易上当呢？本来你抓了我，还有一线生机，如今，却是难说了！"

辛长安脸上一哂，回过头来，不屑地说道："你不过是个姨太太，我手上的可是潘少的正妻，黎昕的亲妹妹，你凭什么跟她比？"

叶蕴仪"咯咯咯"地笑得越发大声，她似不经意地瞟了一眼辛长安脚下，又直直地看向潘启文："不错，我不过是个姨太太，可是，我肚子里的这个，却是潘家的长孙！你说，我凭什么跟她比？"

听到叶蕴仪口中重重地吐出"姨太太"几个字，潘启文心里狠狠一抽，他眼神慌乱，想要逃避，又终是忍不住闪烁着看向她。

她的眼中，激愤外，竟还有一层他读不懂的含义，思疑中，他眼角余光不由顺着她视线瞟过去，却见辛长安脚边，原本昏迷过去的小清，紧闭的双眼上睫毛轻颤，他心中一凛，连忙别开视线，收摄心神，右手已紧紧扶上了腰间的枪。

只听叶蕴仪朗声说道："这潘家军始终是姓潘的，你抓住一个姓黎的有什么用？叛逆不除，何以治军？潘司令可会为了一个自己儿子不要的女人放了你和你的家人，动摇了军队的根本？而我肚子里的这个，可是姓潘的，你说，哪个管用？"

她凤眼斜睨了睨黎昕，冷声笑道："夫人刚才那说法，摆明了就是祸水东引，她既能把祸水引到黛儿那里去，你说，你手上的人地位能有多高？你又能得到什么？"

叶蕴仪的话，一时间镇住了所有的人：这个女人，她那些话语，听起来似要动摇辛长安，可话里话外，偏是句句带刺，尖锐异常，竟要刺得所有人都鲜血淋淋！她到底是要干什么？

辛长安一时愣住，箍住黛儿脖子的手不由自主地松了松。就在这时，原本倒在地上的小清，突然翻身坐起，用尽全身的力量向辛长安双腿撞去，辛长安猛然被撞，下盘不稳，向后一个趔趄，顶住黛儿脑袋的枪不由自主地往后一晃，便在这电光火石之间，只听“砰”的一声，潘启文已一枪击中辛长安的右手，辛长安一声惨叫，手上的枪脱手飞出，他箍住黛儿的左手不由自主地松了开来。

几乎同一时间，一直紧紧盯着黛儿，早有准备的文管家一个纵身，跃进辛长安这边圈中，向前一扑，抱过黛儿，就地一滚，自己身体覆在黛儿身上，将她死死地护在自己身下。

便在这时，黎昕和文四同时出手，接连几声枪响，已是撂倒了辛长安身边几人，等辛长安这边的人反应过来，潘家卫队几个黑衣人，早已纵身向前，背靠背拦在文管家身前，向对方射击。

文管家立即将黛儿扶起，弯腰架着她回到黎芙铮这边护卫圈中，并迅速护着三个女人退到回廊的柱子后面。潘启文领着黎昕、文四和罗副官，一边射击，一边迅速向黑衣卫队这边靠拢。

骤变之下，辛长安这边的人已是急红了眼，只盼着在潘启文增援的人到来前能冲出德园，因此，个个都是拼死激战。

枪战中，潘启文不无担忧地向叶蕴仪望去，只见她被动地被人扯着走，直着上身，也不肯弯腰低头做出安全的姿势，眼睛却死死地盯着他。

潘启文心中一痛，竟再顾不上身边呼啸的子弹，挺直了身子，大步穿行上前，身边的文四大惊，伸手拉他不住，只得护在他身前，且战且走。

潘启文一纵跃进护在黎芙铮和叶蕴仪的黑衣卫队圈中，左手一伸，一把将叶蕴仪扯进自己怀中。

叶蕴仪扭着身子，使力想要挣脱，潘启文一震，左手只觉一阵剧痛，竟是轻颤着松了开来，怔怔地看着她，一时间，竟不知身置何处。

林团长带着大队人马赶来，将辛长安一行人全数制住，他来到潘启文身前，轻声询问道：“少帅，这些人如何处置？”

潘启文却紧紧地盯着身边的女人，一挥手，头也不回地冷声道：“杀！”

林团长背上一寒，颤声问道：“那他们的家人……”

潘启文缓缓回头，冷冷地看了全身是伤的辛长安一眼，垂下眼帘，声音轻而冷酷地吐出一个字：“杀！”

却听身旁的叶蕴仪一声冷笑：“潘少爷好威风！好气魄！”

潘启文一震，他猛地转过头来，双手扶上了叶蕴仪的肩，眼中满是希冀地柔声道：“蕴仪，你不许我杀，我就不杀！可好？”

叶蕴仪伸手像掸灰一样，掸开他的手指，一侧身闪开，淡淡地道：“你潘天一、潘少爷，要做什么事，与我何干？”她眼中的那一丝憎恨与嫌恶，令潘启文那刚刚闪亮起来的眼神迅速地黯淡下去。

一直未吭声的黎昕深深地看了看明明摇摇欲坠、却又强自淡然支撑的叶蕴仪，一股前所未有的强烈的情绪激荡在心间：这，究竟是一个什么样的女人？

他甩甩头，转过身来，一把打横抱起脸色惨白、仍未回过神来的黛儿，大步向外走去。

第十六章

翻天覆地

沉寂中，潘启文终是小心翼翼地开了口：“蕴仪，刚才受了惊吓，你可是有哪里不适？我扶你上楼去休息可好？”

叶蕴仪别过头，冷冷地道：“潘少爷，您未过门的妻子刚刚也受了惊吓，您还是去看她吧！”

潘启文一把抱住她，紧紧地箍住，叫道：“蕴仪，你才是我的妻子！我是你一个人的丈夫，没有别人！没有！”

叶蕴仪挣扎不开，恨声叫道：“潘少爷！请您自重！我的丈夫叫潘启文，不是什么潘天一、潘少爷！”

潘启文心里一慌，哑了声，语无伦次地道：“没有潘天一，这里只有潘启文！我只是潘启文！蕴仪，你听我解释好不好？”

他慌乱地将脸贴上她冰凉的脸颊，他又急急地伸手抚向她的眼角，那干涩冰冷的肌肤更是令他心惊：如此急逢大变，她竟没有泪水，没有惊慌失措！刚刚她甚至还冷静地与他配合救了黛儿！

他越发地箍紧了她，生怕一松手，她便会消失不见！

叶蕴仪不再挣扎，却声寒似冰：“潘天一，放开我！”

潘启文红了眼，喃喃地叫道：“没有潘天一！蕴仪，我是你的启文，是你的阿文！你听我解释好不好？”

叶蕴仪冷冷一笑道：“潘少爷！你要解释什么？解释你隐瞒军阀独子

的身份，欺骗我和我的父母，将我嫁给你？还是解释我这十九姨太比你前面十八位姨太太的身份高贵？抑或解释你的正妻黛儿，有多么懂事，有多么爱你，甚至不惜联合自己亲哥哥来隐瞒你和她的身份，只为了讨好你的姨太太？”

她一口一个“姨太太”，听得潘启文心惊肉跳，一时之间，他完全慌了神，竟不知从何说起！

只听她呵呵笑道：“哦，听说你的四姨太得你独宠近一年，那么我呢，我这十九姨太能得潘少多长时间宠幸？呵呵，就在那天，你刚刚为四姨太当街杀人，一转眼，却又与我上了床！四姨太临死前还被扣了一顶与人通奸的帽子，哦，不对，你跟我说的是与日本人勾结！那么我呢？我这十九姨太你什么时候厌倦了，又准备以什么方式什么罪名让我消失呢？”

听她如此贬低自己，潘启文又急又怒，他一把捂上她的嘴，急急地低喊道：“蕴仪，你见过林婵凤的，我娶她，只是因为她长得太像你！”

叶蕴仪身体一僵，她一脸震惊地看向潘启文，原本被他捂得吱唔不清的声音蓦然消失，眼中的那一股激愤瞬间消褪得无影无踪，取而代之的是一种深刻的怀疑和悲哀。

潘启文见她不再说话，这才放开捂着她嘴的手，见她虚弱到站立不稳的样子，心中抽痛，却又更加惶恐，他咬咬牙，抱着她在回廊的栏杆边坐下，见她并未挣扎，心中紧绷的那条线微微松动了一下。

凝眸看向她，深邃的眼神逐渐凄迷起来，他低沉地说道：“那时，我以为你没了，我完全不知道自己活着是为了什么，整天醉生梦死，直到遇了林婵凤。她与你长得那么的像，我让她穿紫色旗袍，听她弹钢琴，教她下国际象棋，令她抹你惯用的法兰西香水，我宠她惯她，都只因为，我将她当作了你！

“可是，长得再像，终究也不是你！蕴仪，我那时发疯般地想你，我没有办法！我控制不了自己，但凡看到与你有一点相似的女人，我就搜罗进来，那二姨太和三姨太，也是我爹娘见我那段时间生不如死，偷偷地拿了我钱夹子里你的照片，照着你的模子选出来的！

“便是小清，你那时不也说她眉眼跟你有相似的？她也是被我娘看到了，才要买她过来的！”

潘启文停了下来，因着她眼中的惊疑、悲伤，还有一种说不清道不明的虚无的绝望。恍然间，一丝尖锐的痛楚，生生地滑刻过他的心底，那样的痛，让他全身止不住地轻颤起来。

他咬咬牙，挺直了背，眼中有痛有悔，有试探、有小心，更有一丝心虚。良久，他方下定决心般说道："可是，除了林婵凤，那些女人，我都没有碰过！"

叶蕴仪怔怔地看向他，早就体力不支的她，全靠心中的那一股随时要喷涌而出的激怒支撑着，而现在，心中的悲愤，仿似一下子失去了原本的发泄方向，突然便找不到出口了，在她心里火烧火燎地灼痛着她的心。

同时，一股横空而来的悲凉和绝望，又令她从身到心冻如寒冰：他终是从头到尾地欺她骗她！虽说有命运作梗，可他却终是有了那么多的女人！

她心中混乱已极，抬眼看去，他左臂上血红的一片，让她心里猛然一悸，一口气提不上来，人已软软地倒了下去。

潘启文又惊又痛，连声高叫："来人，赶紧去请华大夫来！"

说着，他伸手想要打横抱起叶蕴仪，突然一阵剧痛传来，他的左臂竟是无力地垂了下来，只听匆匆而来的文四一声惊呼："少爷！您受伤了？！"

潘启文怔忡地看向左臂上渗出的那一片殷红，如果不是猛然使力，他竟浑然不觉自己受了伤。

他一把挥开要上来接过叶蕴仪的文四，咬牙站起，稳稳地抱起叶蕴仪，向楼上走去，豆大的汗珠顺着额角涔涔而下，手臂上的伤痛竟让他心里生了一丝快意，似要惩罚自己，更似替代了几分心里的那股急痛和悔怒！

德园外，马车上，黎昕将脸色惨白的黛儿放在软座上，让她靠在自己肩上，一只手已搭上了她的右手腕脉。只一瞬，他眼中便是怀疑中带上了一丝惊恐，他不敢置信地抓起黛儿的左手，再次扣上了她的脉博，一会儿，又换上她的右手诊起脉来。

他的眼睛死死地盯着黛儿毫无血色的脸庞，脸上神色已是变了几变。

一旁的黎芙铮见了，暗自心惊，急急地问道："黛儿可是有何不适？回到大宅，就叫华大夫来给她看看！"

黎昕惶急地脱口而出："不用！"语气中的急切和惊慌令黎芙铮一

怔。

这时，黛儿勉强睁开眼，无力地笑笑：“娘，我没事！”

似意识到自己的反常，黎昕强制按下心中汹涌的波涛，微微笑道：“只是受了惊吓，没事！回头吩咐丫头熬点参汤给她补补气便好了。”

德园，潘启文将叶蕴仪小心地放到床上，华大夫惊道：“少爷，您的胳膊？！”

潘启文不耐地挥挥手，一脸暴躁地道：“先看少奶奶！”

潘启文紧紧地盯着那枚在叶蕴仪腕上轻轻转动的银针，文四上前，想要为他包扎，却被他一把推开。文四焦灼中却灵光起来，侧身一旁，不让自己挡住他的视线，在他身侧撕开他的衣袖，用干净的纱布为他紧紧地包扎起来。潘启文一动不动，也不为意，文四见终算是止住了血，这才稍稍松了口气。

而床上的叶蕴仪悠悠醒来，她睁开眼，怔怔地扫过眼前的几人，最后停留在潘启文胳膊上泛红的纱布上，仿佛不胜疲惫，毫不留恋地又缓缓地闭上了双眼。

潘启文愣怔地立在床边，就那样痴痴地看着床上的人儿，整个房内只听到他沉沉的呼吸声。床上紧闭双眼的叶蕴仪似忍受不了这样的视线，翻了个身，背对着他，弓着的身形却仍然紧绷着。

潘启文回过神来，看看手上刚刚文四离去前塞给他的毛巾，想要上前，触手又觉一阵湿凉，忙将毛巾浸入热水中，再拧了一把，方坐到床上，伸手去扳她，被叶蕴仪一挣甩开。他也不敢用力，索性脱了鞋，上了床，跨过她，跪坐到床里面去，面对着她，伸出毛巾，轻轻往她脸上抹去。

叶蕴仪却一个翻身，又给了他一个线条生硬的背脊。潘启文又从背后将手往前伸，再次向她脸上抹去，叶蕴仪一把扯下毛巾，霍地一下坐起，手一举，似要将毛巾扔过去，半途却又停住，终是将那温软的毛巾在脸上抹了一把，这才掷给他。

潘启文接住毛巾，嘴一咧，讨好地道：“这样抹一下，哪能舒服？我让他们准备热水，你沐浴一下可好？”

叶蕴仪却看也不看他，倒头又翻身背对着他睡下。

潘启文抿了抿唇，跪坐在床上，弯下腰来，在背后凑到她耳边，柔声恳求道："都中午了，你先吃点东西好不好？"

叶蕴仪仍是不动，也不理他，潘启文伸出手想去扳她的肩，又怯怯地收了回来，垂下的手握成拳，死死地捏紧了，方缓缓地道："蕴仪，你不为自己考虑，也要想想肚子里的孩子！"

叶蕴仪终于睁开了眼，面无表情，幽幽地开了口："潘少爷，你回你的潘家大宅去吧，我现在很乱，麻烦你让我静一静！"

潘启文猛地抓住她的肩，将她扳过来，面向自己，他急急地看向她的眼底，她眼中除了一丝淡漠，竟什么也看不出！

这更让他心慌，哑声道："蕴仪！我知道，是我错了！可我这一切都是因为爱你啊！"

叶蕴仪却仿似没听到他的话，突地坐起身来，冷冷地看了他一眼，恨恨地道："你不走是不是？好！你不走，我走！"说完便下了床，径直向柜子走去。

潘启文心里一慌，急急地跟着下了床，从身后抱住了她，死死地箍紧了，叫道："蕴仪！你怀着我的孩子，你要走到哪里去？"

叶蕴仪身子一僵，突然疯狂地挣扎起来，厉声叫道："放开！"

潘启文整个胸膛更紧地贴上她的背，竟将下巴搁在了她的头上，咬牙道："不放！你休想我放开你，这一辈子都休想！"

叶蕴仪怒然回手，只听"啪"的一声，竟是一巴掌打在了他的脸上！

那清脆的响声，回荡在寂静的室内，令两个人都是呼吸一窒，潘启文转到叶蕴仪面前去，一把抓起她的右手，扯到自己脸颊上，急急地道："蕴仪，你打！你怎么打都行，只要你能解气！"

叶蕴仪用力想要甩开，却怎么也挣不掉，又伸出左手去掰，却哪里掰得动？

她不由又急又恼，一拳擂上了他的胳膊，只听潘启文一声低叫，呲牙咧嘴地抽着气，叶蕴仪一呆，见他受伤的胳膊上竟在两人的纠缠中又渗出血来，脸色一白，不由自主地、软软地跌坐在旁边的凳子上，恨恨地扭过头去。

潘启文蹲下身去，抱住了她的腰，将头埋在她的膝上，喃喃地道："蕴仪，你就算打死我也不要紧，我只求你看在孩子的分上，不要折磨你自己，好不好？"

没听到她吭声，他抬起头来，看到她冷漠的眼中带过一丝柔软，他立即又拉过她的手，低下头，蹭在她的手心上，委委屈屈地道："蕴仪，我中了一枪，受伤了，好痛！"

一滴温热掉落在他的脖子里，潘启文猛地抬起头来，只见叶蕴仪上身僵硬地坐着，神情呆滞，眼中已是怔怔地流下泪来。

像有什么在心里狠狠地扎过，他突地站起身来，一把将她揉进怀中，叶蕴仪下意识地用手抵着他，他清晰地感觉到紧绷的胳膊上，伤口在迸裂，但那种疼痛，怎比得上她小手的推拒所带来的痛？他甚至能感觉到，她是用了全身的力气！

潘启文声音中满含痛楚，在她头顶喃喃地道："蕴仪，别推开我！"

叶蕴仪突然失去了全部的力气，她紧紧地揪着他的衣服，拼命地摇着头，嘶哑着嗓子，哀哀地叫道："你走开！你让我一个人静一静，行不行？啊？"

潘启文心中酸涩，仍是环紧了她，摇摇头道："蕴仪，你怀着孩子，我不能让你一个人！"

叶蕴仪爆发般地连连捶着他的胸口，哭叫道："你这个混蛋！如果不是有了孩子，我还需要静什么静？"

潘启文浑身一震，猛然抬起她的下巴，眉宇间蕴藏着一股阴沉，深深地看向她，明知她话中的含义，他却不肯相信，仍是颤了声，重重地问道："你的意思是，如果没有孩子，你根本就会毫不犹豫地离开我，是不是？"

叶蕴仪头一摆，扭过一边，胸口剧烈地起伏着。那些决绝的话，到了嘴边，却又生生抑下，面对这样的他，她竟不敢正面回答！

潘启文心底悲凉，见她扭过头去，她竟厌恶到不肯多看他一眼么？一股愤怒涌上心头，他突然大吼一声："你说啊！"

他这一声吼，令叶蕴仪心底的悲愤一下子喷涌而出！

她一把挥开他的手，直直地看向他，哭叫道："你还要我怎么样？你还想我怎么样？"

她深深地吸了一口气，想要压下浑身的战栗，再开口，却扔是抖着声音："我认识了三年多的丈夫，我深爱着的丈夫，我原以为是一腔热血、与我志同道合的丈夫，突然之间，变成了一个陌生人，还是一个恶名昭著、在我心中厌恶已极的人！

“我们在广州，天天激昂地喊着口号要打倒军阀，而我的丈夫，却是大军阀的独子！

“我历经千辛万苦，苦苦追寻的丈夫，竟是别的女人的男人，还是十八个女人！你不要跟我说什么理由，我只知道，即便是我死了，可我尸骨未寒，你已娶了十几个女人！你也不要跟我说什么没碰她们的话，那个林婵凤呢？我只知道，如果不爱，怎么能忍受这样的肌肤之亲？我想想就觉得恶心！”

叶蕴仪字字如刀，一笔笔地刻划在潘启文的心上，生生地拉过一道道口子，令他的痛是那么的鲜明而淋漓尽致！

只听叶蕴仪颤声说道：“我一想到，在广州的三年，我全然生活在谎言中，到了这里，你又编织了一个又一个的谎言，甚至让你周围所有的人配合着你在演戏，我就觉得恐惧、心寒！黛儿的事，本已被揭穿，你竟然又用另一个谎言来欺骗我！”

说到这里，叶蕴仪的眼泪簌簌而下，她不停地摇着头，声音惊惶而凄楚：“甚至，甚至不知道你哪句是真，哪句是假，我无法理解你的目的是什么，你为什么要这样做？我也不知道，我们过去种种到底算什么？你说你爱我，可你这谎言一个接着一个，你要我怎么去相信你？”

潘启文猛地将她紧紧抱进怀中，涩然地叫道：“蕴仪，不管我说过什么，做过什么，我爱你，这是千真万确的！”

叶蕴仪一把推开他，用手抹了抹眼角，她低下头，幽幽地说道：“启文，我的世界突然翻了天覆了地，我只是需要一个人静一静，你也不允么？”

今天她一直都唤他“潘天一”，这时突如其来的一声“启文”和她突然低柔下来的声音，竟让潘启文一下子不知所措而狼狈起来。

半晌，潘启文才蹲下身去，拉起她的手，覆在自己脸上，声音嘶哑而压抑地道：“好！蕴仪，我给你时间，但是，你答应我，你要好好吃饭，好好睡觉，哪怕，”说到这里，他只觉嘴里一片苦涩，“哪怕，只是为了孩子！”

叶蕴仪垂下眼帘，并不看他，却缓缓地点了点头。

潘启文站起身来，步履沉沉地向外走去，他掀开帘子，又回过头来，见她一动不动地坐在那里，眼神涣散，周身散发出一股迷茫之气，他心中不由大恸，一把甩下帘子，猛地冲到她身前，低头看她，深吸了一口气，方哽着嗓子道："蕴仪，你讨厌潘天一，这世上便再无潘天一！我带你离开这里，我们去上海、去南京，我还是军校那个热血男儿潘启文，那个唯一爱着你的潘启文，一切都没有变，好不好？"

叶蕴仪浑身一震，她抬眼看他，眼中散过一丝光亮，却又迅即黯淡下去，终是皱了眉，不无烦恼地道："你让我静一静，好好想想！"

潘启文心中一片苦涩，临出门前，他又轻声说道："蕴仪，我随时都在的，你要是想见我了，随便差谁找我就行。"那卑微的语气，竟令叶蕴仪鼻子一酸。

第十七章

为你重生

上海码头，一身西装的方宗尧回身抱了抱前来送行的母亲，笑道：“妈，我得走了，爸爸可能是有什么事耽搁了，我就不等他了！”

话音刚落，便听见一声呼唤：“宗尧！”抬头一看，不正是父亲方淮之？

方淮之身后还跟了十几个便衣劲装打扮的人，为首的一人，方宗尧认识，那是方淮之手下特勤连的连长古天舒。

方淮之拍拍他的肩，拿出两张纸来，递给方宗尧，神色凝重地道：“你先看看这个！这一份是美国大使馆发文请求我们保护一个叫杰森的美国人，送他顺利出境去美国，另一份是我们刚截获的日本人的电报内容，我只怕，这一路不太平啊！”

方宗尧急忙接过那两张纸看起来，刚看了几行，就不由惊呼起来：“怎么回事？蕴仪怎么会成了潘烨霖儿子的十九姨太？”

只见方宗尧抬起头来，直直地看向方淮之，眼中尽是担忧：“爸，到底怎么回事？我还是不明白！”

方淮之点点头：“我到现在也没搞明白！刚开始，我只以为这是同名同姓，也许只是巧合，可是，昨晚我越想越是心惊！潘家集，蕴仪不正在那里吗？在那样偏僻的地方，怎么可能有两个叫叶蕴仪的女子，还都懂英文！可她怎么又成了潘烨霖儿子的姨太太？今天早上，我见到了杰森，特意将蕴杰手上他们姐弟的照片拿去给他看，杰森说，帮他的人就是蕴仪！

“我问他，可认识潘天一？他说不认识。只说那潘天一花名在外，他的翻译也告诉了他很多有关潘天一的传闻，他其中说了一件事，让我猛然心生警惕！”

方宗尧脑中一片混乱，这时紧紧地盯着父亲：“什么事？”

方淮之皱眉道：“他说，那潘天一曾经为了给她的四姨太换条披肩，竟然送了上海的一个帮会头子五十条驳壳枪！”

方宗尧双手紧握成拳，手心里都是汗，他抿唇道：“您是说，上次劫持蕴杰的人……”

方淮之点点头：“嗯，上次的事件，我们从驳壳枪入手，只道是军中有人作梗，却一直查不出眉目，没想到，还有这样一拨人在！还有，蕴仪父母的死，也是日本人做的，而且，也跟潘烨霖的儿子潘天一有关！”

方夫人听他们说来说去，也没听明白，她只关心蕴仪的安危，急道：“蕴仪到底怎么回事？她怎么会成了潘天一的姨太太？那启文呢？”

方宗尧一凛，额上冷汗已是涔涔而下，他不愿意想，可这时却不得不说出自己的猜测：“蕴仪长得太美，会不会是那潘天一见色起意，强占了蕴仪，如果是这样，启文那性子怎能忍得下？整个西南都是潘烨霖的天下，启文只怕是凶多吉少！”

听了这种猜测，方夫人一下子捂住了嘴，已是红了眼圈。

方宗尧将事情串起来，接着说道：“他找人胁持蕴杰，恐怕是为了要挟蕴仪从他！”

方夫人一把抓住了方淮之的胳膊，紧张地道：“那蕴杰现在已去了潘家集，岂不是羊入虎口？”

方淮之拍了拍儿子的肩，正色道：“宗尧，你要记住，你这次去主要目的是说服潘烨霖归向南京，切不可与他的儿子起正面冲突！”

“你听我说完！”他摆手止住方宗尧就要冲出口的话，接着说道，“我知道，蕴仪和蕴杰的事，你不可能不管，我们也不可能不管！我将天舒他们派给你，但他们只是暗中保护你，不要将他们放到明处。明面上，还是只有你跟小路子两人！有些事，你可命他们暗中行事！”

方宗尧眼中一亮，这才明白父亲派人给他的用意。他郑重地说道：“您放心！我知道该怎么做！”

方淮之点点头，有些不忍，却还是叹口气，声色俱厉地说道："宗尧，你要记住，事有可为与不可为，万事以大局为重，切不可因小失大！"

方宗尧自然明白父亲话中的含义，他心里一沉，却仍是点点头道："我记下了！"

一想到心中猜测，虽然仍是迷雾重重，却也觉得八九不离十，一想到蕴仪可能正在受的苦，方宗尧的心中便犹如有一块大石，压得他喘不过气来！

潘家集，行辕，刑讯室。

被五花大绑的辛长安，浑身是伤地跪在地上，潘启文坐在正中，手中拿着一把雪亮的匕首，在手心比划着，似漫不经心地问道："辛长安，说吧，除了张妈，还有谁是你的内应？"

辛长安咬着牙道："没有了！"

潘启文走过去，将匕首横着拍在他的脸上，那冰凉的触感令辛长安一颤。

只听潘启文冷冷地道："知道这匕首是哪来的吗？这是我岳父从美国带过来送我的，说是瑞士出的，削铁如泥！"

辛长安不知他要干什么，却身子一挺，咬牙道："成王败寇，要杀便杀！"

潘启文眉一挑，邪笑着道："辛长安，你说，他送我的匕首要是划在你闺女那娇嫩的肌肤上，是什么感觉？"

辛长安的身子一颤，只见潘启文在他脸前一边比划着，一边说道："我可以在她的脸上，就这样一刀，再这样划一刀！当然，我也还可以轻一点，挑开她的衣服，好像她才十四岁吧？不知道这胸脯有没有发育好，够不够勾人？那下面……"

潘启文的话未说完，辛长安便一脸惊恐地叫道："不要！"

潘启文轻轻一哂："不要？由得了你吗？虽说我潘家军不许奸淫，可你这叛逆之女，我们便只当是窑子里的女人，兄弟们饿得久了，即便是没发育完全的，我想他们也不会太挑，起码，你家闺女，还算细皮嫩肉不是？"

辛长安大粒的汗珠沿着脸颊淌下，他大声哀求道："潘少爷，一切都是我的罪孽，我只求你，放过我的家人！”

说到这里，他不由跪坐起来，叫道：“再说，十九姨太也毫发无伤，不是吗？”

话音刚落，便听他一声惨叫，却是潘启文手上的匕首已在他脸上划了下去，血流如注，一下子迷了他的眼。

只听潘启文阴森寒凉地道：“知道我现在最讨厌听到的几个字是什么吗？就是‘姨太太’这三个字，你却偏要说出来！”

潘启文将匕首一收，大步走回去坐下，沉声道：“说吧！”

辛长安闭了闭眼，惨笑着说了起来，最后嘶叫道：“潘少爷，我知道的我都说了，求你放过我的家人！”

潘启文一脸冷酷地看向辛长安，恨恨地道：“我为什么要放过你的家人？辛长安，我告诉你，我不但会杀了你，还会杀了你的老娘，杀了你的儿子，将他们拖去喂狗，让他们尸骨无存！我还要将你的大小老婆，还有你最心爱的女儿卖去窑子里，我要让她生不如死！”

辛长安身形一晃，脸色惨白，目眦欲裂地看向潘启文：“你，你……”他激怒之下，一口气提不上来，竟是昏死了过去！

等士兵将辛长安拖了下去，一旁的黎昕皱了眉，终于忍不住问道：“你真的不打算放过他一家老小？”

潘启文冷冷地道：“我只是要让辛长安死都不能安心！他不让我好过，我便让他不得好死！”他眼中的狠绝，令黎昕背上一寒。

只见潘启文面带苦涩地道：“处死辛长安后，就放了他的家人！”

潘启文眼中是沉沉的阴霾，他一把拉开刑讯室的门，外面的阳光明晃晃地射到他的脸上，他伸出手，挡在眼前，适应了一下，方放下手，嘴角泛起一个苦笑道：“她讨厌潘天一，我只希望她不要连潘启文也一并讨厌了！那样，我以后还可以只做潘启文，世上再不会有潘天一这个人！”

身旁的黎昕一惊抬头，只做潘启文？他的意思是？

德园，房门外，潘启文抬起的脚步猛然一顿，跟在身后的文四差点一头撞了上去，赶紧脚下一刹，抬头却见自家少爷眼睛死死地盯着那深褐色的门槛，仿佛那是一条令他深恶痛绝却又跨越不了的沟壑。

文四心中暗自叹了口气。这两天，少爷无数次地在这门前无声地徘徊，这样的眼神，他并不少见。

可是今天，他明明是兴冲冲而来，甚至没有像这两天那样放轻脚步。可现在？

潘启文勾唇自嘲地一笑：蕴杰一会儿就到码头，他有正经的理由见她，不是吗？可是现在，他又在怕什么呢？怕她冷漠的眼神？怕她说出什么他绝对无法接受的话语？

可是，蕴杰来了不是吗？她那么迫不及待地想要见蕴杰，她应该高兴的吧？蕴杰来了，她还怎么冷漠得起来？

两天了，他发疯般地想她！想她过得好不好？想她有没有开心一点？可是，一想到，他不在，也许她才开心一点，他又憋得慌！

这两天，犹如以为她不在了那一年那样漫长，却比那一年更难熬！那种近在咫尺却远在天涯的感觉，更逼得人要发疯！

他抬眼向门内看去，钢琴旁那瘦削的背影，令他心中一痛：两天不见，她是不是又瘦了？她可怀着孩子！

潘启文长长地吸了一口气，在脸上挂起一个微笑，这才抬脚跨过门槛，同时语速极快地说道："蕴仪，走，我们去码头接蕴杰去！"那语气里的兴奋和轻松显得有些夸张，眼睛却紧紧地盯着她。

叶蕴仪霍地转过身来，一脸惊喜地看向他："蕴杰到了？"

潘启文心下一松，随即又泛起一阵酸涩，如果不是因为蕴杰，她还会对他有这样的笑脸吗？

叶蕴仪急急地起身，径直一掀门帘，往内房走去，小清赶紧为她找出衣服，伺候她换上。

潘启文有些恍惚地盯着晃动的门帘，看着帘内若隐若现的她的身影，有些昏昏然的感觉。

他甩了甩头，一转头，却看见桌上放着的那碗燕窝，他走过去，用手摸了摸，感觉还是温的，立即端起来，走到叶蕴仪面前，柔声道："先把这个喝了咱们再走，时间还早着！"

正扣着胸前纽扣的叶蕴仪，抬起头来，深深地看了他一眼，微微一笑，接过碗来一饮而尽。

潘启文浑身上下竟飘飘然起来，他不敢置信般地向叶蕴仪看去，却见她将手上的碗往他手上重重一放，嗔道："走吧？"说完，径直向外走去。

那双凤眼似嗔似喜的一睨，令潘启文一呆，直到外面的文四恭敬的一声低唤“少奶奶”，他才如梦初醒般，将碗往小清怀里一扔，乐颠颠地追了上去，走到门边，又回过身来，一把抓过小清手上的薄羊绒披肩，几个大步追了上去，手扶上了叶蕴仪的腰，喜滋滋地道：“下楼小心些！”

叶蕴仪柔顺地往他肩上一靠，潘启文一颗心早飞了起来，心里的欢喜难以抑制，竟一嗓子吼道：“少奶奶起驾喽！”一旁的小清早已忍不住“扑哧”一下笑出声来。

潘家大宅，黛儿房外，黎昕手上端了一碗药，眼中闪过一丝犹豫，终是咬咬牙，进到房中，对黛儿微微一笑道：“黛儿，你把这药喝了，咱们就去竹林那边的园子住上几天，马车我都准备好了，就在门外。”

黛儿看那碗中还冒着烟，嘴一撇道：“还烫着呢，先放会儿吧。”

黎昕点点头，将碗放到桌上，揭开桌上的蜜饯罐子，拈出一粒小果子，递给黛儿，柔声哄道：“这药不苦的，你可以含着这蜜饯喝。大哥看着你喝，喝完了咱们马上就走！”

黛儿接过果子含在口中，含糊地笑道：“大哥，你天天给我把脉，到今天才给我喝药，真是奇怪了！我觉得我什么毛病都没有啊，你看，我还比以前能吃能睡了呢！”

黎昕眼中闪过一丝不忍，端起药碗走上前去，一只手抚了抚黛儿的发，轻声道：“是大哥没照顾好你！黛儿，是大哥对你不起！”

黛儿只当他还在为介绍了山本给她认识懊恼，她忙接过碗，皱眉道：“大哥！过去了的事，不要再提了！我喝药还不行吗？”说完，举起碗就要喝。

只听“当”的一声脆响，一枚铜钱迎面而来，直直地打上了药碗，黛儿手上的碗突然便裂了开来，药一下子洒了黛儿满手，她急急地扔掉手上的碎片，一边甩着手上的药水，一边向前方看去。

只见黎芙铮一脸急色地立在门口，刚刚扔出铜钱的手还未收回，她的背后，站着神色莫名的华大夫。

黎昕脸色一白，忙迎了上去，心虚地笑道：“夫人！您这一手可是好久没露过了，今儿怎么倒使起来了？”

话音未落，只听“啪”的一声脆响，黎芙铮已是重重的一巴掌打上了他的脸！

黛儿顾不得手上的药水和湿了的衣衫，慌张地叫道：“娘！您这是怎么了？”

黎芙铮对房内的下人们厉声道：“你们全都出去，门关上，都给我退得远远的！”一堆的丫头妈子们，从未见过夫人对着大少爷发过火，这时全都战战兢兢地一窝蜂地出了去，关上门，站得远远的。

房间内，好一会儿，黎芙铮才按了按起伏的胸口，沉痛地看向黎昕：“昕儿，你不当我是亲娘，可我从来当你是我的儿子，更将黛儿当我的亲女儿！如今，这么大的事，你却要瞒着我们，你想害死黛儿吗？如果黛儿出了什么事，你让我怎么向你娘、你爹交代？”

黎昕惊慌地偏头看了一眼黛儿，回过头来对黎芙铮急道：“夫人，我们出去说！”

黎芙铮一愣，马上醒悟过来，她随即一声冷笑：“黎昕，这药喝下去，你以为只是肚子痛一下就没事了吗？这是生死大劫！你以为你能瞒得过黛儿吗？”

一旁的华大夫眉头紧蹙，叹口气道：“大少爷，您是学过医没错，可您毕竟没有行医的经验，更没有这打胎的经验！这虎狼之药，不是人人吃得，各人体质不同，更何况黛儿小姐前段时间刚大病一场，稍有不慎，便是性命之忧啊！”

说着，他向黛儿走去，轻声道：“黛儿小姐，请让老夫为您把一把脉！”

黛儿身形一晃，一下子脸色惨白，她惊疑地看看黎昕，再看看黎芙铮，低声叫道：“大哥、娘，你们在说什么？什么打胎？谁要打胎！”

黎芙铮走上前去，一把将黛儿搂进怀中，抚着她的头，柔声道：“黛儿，不怕！万事有娘在！先让华大夫为你把下脉再说吧！”

黛儿却重重地推开她，急急地把手伸向华大夫，脸上是一个比哭还难看的笑：“华大夫，你把脉，你赶快把脉，一定是大哥弄错了！我都没有跟男人有过肌肤之亲，怎么可能……”

话未说完，她突然一惊抬头，脸上尽是惊恐之色：“难道是那天……”

那天，林婵凤来她房中，然后，她就昏昏沉沉的，好像做了一个梦，梦见了二哥，又好像是志泽，梦见他与她做了亲密之事，很难受，又似很快乐，醒来发现自己穿着里衣躺在床上，浑身都痛，房中只有她一人，她谁也没敢说，难道、难道那不是梦？！

黎昕再忍不住，上前将她揽进怀中，轻抚着她的背，哽咽着说："黛儿，那不怪你！你是被那林婵凤下了药，才让山本有了可乘之机！"

黎芙铮满脸心疼地看向黛儿，轻声哄道："黛儿，让华大夫帮你把下脉！"

黛儿从黎昕怀中抬起头来，脸上眼泪已是簌簌而下，她死死地抓住黎昕的胳膊，像是抓住一根救命稻草般，哭道："不，不可能，大哥，我自己的身体我怎么会不知道，要是真的，真的有了，我怎么会一点反应都没有？"

见黎昕木然地不吭声，她又转向黎芙铮，结结巴巴地叫道："娘，不是说，不是说嫂子怀孕了，又吐又难受的？我、我一点反应都没有，能吃能喝能睡，怎么可能是有了？"

华大夫不由插嘴道："黛儿小姐，让老夫为你诊下脉吧？或许真是大少爷诊错了，也未可知！"

见黛儿一脸希冀地伸出手去，黎昕一把拉回她的手，一脸不忍地道："不用诊了，这个把握我还是有的，我不会诊错！"

他双手扶上了黛儿的双肩，定定地看向她，脸上是坚韧的神色："黛儿，这个孩子不能留！哥知道，你不会想让太多人知道，我原本是打算接你到别院住几天，那边伺候的人我都安排好了，你乖，那个药吃下去，就没事了！咱们就当这事没有发生过！"

华大夫跺足道："大少爷，你糊涂！这个药方子，风险太大，稍有不慎，轻则终生不育，重则大出血而亡！"

黎芙铮狠狠地瞪了黎昕一眼："好在今天我们赶得及时！"说着，一把拉过黛儿，将她按在凳子上坐下，轻声而坚定地道："黛儿不怕！一切先让华大夫诊过脉再说！"

黛儿昏昏沉沉地伸出手去，华大夫诊了脉，半晌不语。黎昕急道："怎么样？"

华大夫叹口气，摇摇头："绝对不能用这药，风险太大！最好是将孩子生下来！"

黛儿和黎昕同时叫了起来："不！"

黎芙铮尽管心中已有准备，听了这话，心里仍是一沉，她一把将黛儿搂进怀中，咬牙道："为今之计，只能让天一娶了黛儿，先把孩子生下来再说！他们早便有婚约，这才能堵住众人之口！"

黛儿摇头哭道："不！嫂子刚有了孩子，二哥怎么能娶我？更何况，前天刚发生的事，恐怕他们已是生了大大的嫌隙，现在也未必好了，二哥怎么能在这时候娶我？"

黎芙铮轻轻地拍着黛儿的背，说道："要在以前，或许不能。但现在既然天一的身份也说开了，多这一件事也不多！"

黎昕感激地看了一眼黎芙铮，上前说道："黛儿，现在也并不是要将你与天一强扭在一起，只是你需要这样一个身份，那叶蕴仪是一个明白事理之人，我想如果她能接受天一的身份，这件事，自也能想得通。等孩子生下来，如果你愿意，我们便送你去省城，或者出国留洋去，走得远远的，重新开始生活。"

德园，等蕴杰梳洗上了床，叶蕴仪弯腰掖了掖他的被角，看着潘启文道："我有话要跟你说！"那郑重其事的模样，令潘启文不由心中一跳！

回到房间，潘启文轻声道："你饿不饿？要不要再吃点什么东西？"

叶蕴仪摇摇头，在床边坐下，拍拍床沿道："你也过来坐吧！"

潘启文心里莫名一慌，急急地道："浴房里，丫头们已经备下了沐浴的水，那可是华大夫专门开的给你泡浴的方子，我陪你先去泡浴可好？"

叶蕴仪见他如此，心里只觉生生地扯着疼，她不由缓和了神色，柔声玩笑道："好！不过，我允了你一起，你可不许想歪了去！"

潘启文松了口气，乐滋滋地去扶她，却苦着脸道："只能看不能吃，我真是自讨苦吃！"

叶蕴仪斜睨他一眼："那你不要去了！"

潘启文急慌慌地道："去！怎么不去？有得看也是好的！"

浴房里，潘启文伺候着叶蕴仪宽了衣，双眼发直地扶着她浸入浴桶坐好，为她捏起肩来，不一会儿，实在忍不住，大着胆子在她脸上啄了一口，见她并无不悦，心中一喜，手便不老实地向她胸前探去，却被她一把抓住，明明不是很大力，他却觉得被她捏得生疼。

只听她幽幽地开了口："你先告诉我，你是我的启文，还是那潘家少爷潘天一？”

潘启文心中“咯噔”一下，却毫不犹豫地答道：“蕴仪，我当然是你的启文！我永远都只是你的启文！”

看不见她的神色，他心里便有些抓心挠肺的慌，只能死死地盯着她那光滑的颈背，像是要从那里看出一丝端倪，一颗心似罩进了那热腾腾的蒸气中，乱哄哄的，找不到方向。

只听叶蕴仪迟疑着问道：“你那天说，你带我离开这里，从此以后，只做我的潘启文，这话，可还作数？”

一阵狂喜掠过潘启文的心头，也不管她是否看得到，他连连点头：“当然作数！”随即又颤声道，“蕴仪，你、你终于肯原谅我了吗？”

叶蕴仪深深地叹了口气，声音清明却悠远：“启文，过去种种，我便当是造化弄人！我知道，你也有生你养你的父母，于理于情，我都不应该就这样带走你！可是、可是，我实在接受不了这样一个潘天一！

“而在这里，处处是潘天一的影子，欺我骗我的潘天一、狠戾跋扈的潘少帅、有十八房姨太太的潘家少爷，都是在这里出现，也倾覆了我的世界，我还怎么敢留？

“这样一个人，势力庞大，能联合所有人，将我玩弄于股掌之间，我根本不敢再相信他说的任何一句话，我要怎么再跟他做夫妻？”

说到这里，她的声音中带上了无边的苦涩和软弱：“明知道做这些事的都是同一个人，我却硬要将潘天一和潘启文分开！可我没有办法！不这样，我便没有办法去原谅！你当我自欺欺人也好，谁叫我只能找到这样一个理由来欺骗和安慰自己？谁叫我爱上那个叫潘启文的人？谁叫我无论如何也舍不下他？何况，我还怀上了他的孩子。”

潘启文心中又是心疼又是感动，他反握住她的手，紧紧地贴在自己脸上，哽着嗓子道：“蕴仪，我带你离开这里，从此以后，我只是潘启文！”

却听叶蕴仪以紧逼的语气反问道：“爱我护我，绝不再欺骗于我的潘启文？”

一股寒气从头到脚贯穿了潘启文的全身。

不再欺骗？

如果，她知道了父母的死因。

如果，她知道了蕴杰的事。

她，会怎么样？

可是，他好不容易才求得她的原谅，这个时候，他怎么敢说？何况，即便她父母之死还情有可原，可蕴杰的事，他怎么能说？又怎么敢说？

似感觉到他的迟疑，叶蕴仪一下子浑身冰凉，她向外就要抽手，却被潘启文死死地抓住，急急地叫道："我发誓，爱你护你，绝不再欺骗于你！"

叶蕴仪猛地回过头来，直直地看向他眼睛深处，半晌，方悠悠地道："启文，你已经破过誓言了！这一次，我便当是潘天一做的，但你记住，再没有下次！没有了！"

她语气中的决绝，令潘启文背上的冷汗涔涔而下，他却挺直了背脊，再不敢有丝毫迟疑地点头应道："好！"

叶蕴仪回过头去，背对着他，叹口气道："明天，我们去潘家大宅拜见公公婆婆吧！"

潘启文一惊，继而迷惑地道："蕴仪，你这是……"

叶蕴仪嘴角泛起一个苦笑："不管你是什么身份，你的父母是什么身份，你总是身为人子！想来，前段时间，你演的这出大戏，两位老人心里也是颇有怨言的吧？再说，又是我这媳妇儿撺掇着你要离开，我想，我们要明目张胆地走，是不可能的吧？与公婆之间的关系，我是不敢指望的了，可是，基本的礼数总是要做到！"

潘启文一时默然。

见他半天不作声，叶蕴仪突然想起，她刚到潘家集时，他曾斗志昂扬地与她谈起过他的治军大计，她清楚记得他那神采飞扬的眼神中所流露出的自信与霸气。

如今，要他放弃这现成的基业，到另一个地方从头做起，他，可会甘心？

她太了解他是那样一个心高气傲之人，在这里，他已是人上人，换一个地方，必定要屈居人下，他，怎能忍受？

她全身止不住轻轻一颤：他是有抱负之人，如若他因此以后事业无成，那么，他，可会怨她一生？

潘启文清楚感受到了她的战栗，心中一紧，他双手攀上了她的肩，笑道："这样也好，先见过我爹娘，让他们不会提防着我们，我们到时才方便行事。"

叶蕴仪一把按住了他的手，迟疑着轻声道："启文，你，真舍得下这里的一切吗？"

潘启文紧紧反握住她的手，没有一丝犹豫地道："蕴仪，为了你，我什么都舍得下！"

听了这话，叶蕴仪并未见欢喜，反而心中却是沉甸甸的，她的手指在他的手背上轻轻摩娑着，声音低沉而无力："你刚才不吭声，我以为……"

潘启文的手指一下子竖到了她的唇边，急急地分辩道："蕴仪，我没有舍不下！我只是在想，如今你有孕在身，我们需要时间好好谋划一下，怎么走，去哪里。"

叶蕴仪心里一松，忙道："自是去上海或去南京，启文，你有才华、有能力，如若再加上方伯伯的引荐，你必定能成就一番事业的！"

潘启文的手微微僵硬，他不知不觉地冷了声："蕴仪，我能为你放弃西南为王，却要利用到方宗尧的关系，只为了在上海或南京政府中谋得一官半职么？"

叶蕴仪心中刺痛，他有他的骄傲，仅仅为了他的身份，她便要逼他如此？她不由柔了声，问道："启文，那你可有何打算？"

潘启文松开了她，将手中的毛巾往水里轻轻一扔，站起身来，几粒水花溅在了叶蕴仪的面上，令她眼皮一跳，她捞起毛巾，拧干了，抹了抹脸，转过头来。

潘启文看着她那泛着潮红的脸庞，眼中闪过一丝迷茫。

叶蕴仪叹口气，不愿再逼他，轻声叫道："启文，水有点凉了，扶我起来吧！"

潘启文见她站起身来，忙拿过浴袍为她裹上，一颗晶亮的水珠从她的发梢滴下，沿着她泛红的脸颊，直向颈项下游走，潘启文顺着水珠向下看去，见她胸前那一片红嫩嫩的肌肤上，一条沟壑若隐若现，他不由心中一荡。

他暗自摇头苦笑，忙收摄心神，小心地扶她出了浴桶，拉着她在旁边的小榻上坐了，又用毛巾为她细细地擦干了头发，他拿过睡衣，笑道："便在这里换上睡衣吧，这里蒸汽未散，暖和些。"

说着，便伸手去扯她的浴袍。

叶蕴仪一把抓住他的手，略为羞涩地道：“我自己来！”

自从诊出叶蕴仪有孕以来，潘启文便一直克制着自己，最多是过过嘴瘾，晚上都是规规矩矩地，即便搂着她睡觉，也是衣衫整齐，连她的衣服也没敢掀过，便是生怕自己熬不住，这两天又睡在书房，着实想她得紧，现在见了她这般模样，哪还忍得住？

他轻轻拉开她的手，一把抱过她，分开她的腿，使她跨坐在自己腿上，双手紧紧地托住她的背，唇已向她胸口吻了下去。

叶蕴仪一惊，忙在他头顶叫道：“启文！”

潘启文却已扒开她的浴袍，一口含上了胸前的茱萸，引得叶蕴仪一阵战栗。

他从她胸前微微抬起头来，眼中满是情欲，嘶哑着低叫：“妞、妞儿，我想你！”

叶蕴仪清晰地感觉到下面顶着自己的那硬邦邦的物事，知他饿了这许久，恐怕停不下来，只得柔声道：“阿文，你轻些，别伤着孩子！”

潘启文微微一僵，心中苦涩：这样的时候，这孩子，他经不起一点闪失！

他直起头来，迅速地将她的浴袍拉上，再将头埋在她的胸口，低低地喘着粗气，努力地压抑着自己那就要喷涌而出的欲念。

叶蕴仪心中感动，他是那种从不肯在房事上委屈自己的人呵！

她轻轻一笑，一只手已向下伸去，娇声道：“阿文，我帮你！”

以前，偶尔她来月事，他想要又忍不了时，她也曾这样帮过他。可如今她有孕在身，两人又刚刚才和好，潘启文哪敢提这一出？

见她主动这样，潘启文猛地抬起头来，眼中满是惊喜，嘴上胡乱地叫道：“妞！我的好妞儿！哥哥爱死你了！”

叶蕴仪在他下面一掐，轻笑出声：“德性！又不是没帮过你！”

潘启文哪还管得这许多？猴急地再次扯开她的浴袍，整个人紧紧地贴了上去，原本热气氤氲的室内，在一片旖旎中更快地升了温。

第十八章

纳妾仪式

潘家大宅，书房内。

黎昕站在书桌前，微微一笑道："那曾佑余竟是个贪生怕死之人，刚一抓进去，他便将那些参与了虚报人头、贩卖枪支，以及与他和日本人有牵涉的军官名单供了出来，这个名单，只有我跟天一知道。对方以为杀了曾佑余便万事大吉，我们正好也利用这事，让他们以为我们断了线索，且找个机会，我们再将他们一网打尽。"

潘烨霖微微眯了眼，斜睨向黎昕："昕儿，这事既然你跟天一都有了数，你来找我，不仅仅是因这件事吧？"

黎昕点点头，他的眼神有些游离，声轻而淡地说道："也没什么大不了的事，就是前几天，天一跟我说过一句话，我没太明白什么意思，我觉着，也许应该让您知道。"

潘烨霖狠狠地吸了口烟，将烟杆拿开，挥开眼前的雾气，紧紧地盯着黎昕："什么话？"

黎昕低了头，轻声道："他说，他以后可以只做潘启文，世上，再不会有潘天一这个人！"

潘烨霖浑身一震，眼中闪过一丝狠戾，随即冷冷一笑道："那个女人就值得他这样？"

他鼻子里重重地一哼："不做潘天一？那也得问问我老潘家愿意不愿

意，也得问问潘家军答不答应！”

黎昕背上一寒，眼中闪过一丝不安，他当然清楚潘天一这句话什么意思，可现在形势复杂，这军中离不了他潘天一，加上黛儿的事……他暗暗挺直了背脊，终是什么也没说。

却听潘烨霖冷笑道：“他以前是没有领过军，不知其中滋味！如今他在这西南之地说一不二，颐指气使，离了这片土地，离了潘家军，不做潘天一，他潘启文便屁都不是！我就不信他还能过得惯那种屈居人下，被人呼来喝去的日子！他是有抱负之人，任何一个男人，都不会为了个女人，舍得下这样一片基业！”

黎昕唇角滑过一丝苦笑，任何一个男人？如若是他，如若是为了那个女人，恐怕他也什么都舍得下的！

他淡淡地道：“也许他只是说说而已，您自己看着办吧，我去看看黛儿！”说完，转身向外走去。

就在这时，书房门被一把推开，却是黎芙铮正提裙跨过门槛，一脸笑意地走了进来。

黎芙铮见了黎昕，笑道：“嗯，正好昕儿也在，这事儿啊，你也得在！”

潘烨霖忙站起身来，脸上不悦之色一扫而空，一边迎上去，一边对黎芙铮讨好地开玩笑道：“哟，夫人，您可是好久没上我这书房来了，什么事把你高兴得？”

黎芙铮喜气洋洋地道：“刚天一派人过来说，让咱们准备准备，他要领着媳妇儿过来正式拜见公婆！”

潘烨霖眉一挑：“哦？”

他若有所思地看了一眼黎昕，稍作沉吟，对黎芙铮笑道：“你让老文安排下去，这新媳妇儿第一次上门，咱们该做的仪式和过场，都要做足了！”

又转头对黎昕道：“昕儿，你是大哥，这新媳妇儿应该也要跪着向你敬茶的。”

黎昕背上一凛，明白潘烨霖这是要给叶蕴仪一个下马威，心中登时后悔自己刚才多了嘴。

他正要说话，却听黎芙铮犹豫着道：“媳妇儿怀着身子，这能免的就免了吧？再说，咱媳妇儿是个洋派的人，这些个规矩，只怕她也受不了，别惹得天一那泼皮到时又发起脾气来！”

潘烨霖一下子沉了脸，说道：“就你儿子有脾气，难道咱们这做公婆的便没有脾气了？他为了那个女人，连爹娘都不认，现下你不立下规矩，只怕到时儿子都丢了，你还不知道怎么回事！”

黎芙铮听了，心下暗惊，这潘烨霖极少如此语气跟她说话，而他之前还在她面前极力替那叶蕴仪说好话，现在他这模样，只怕是另有隐情。

她睥了一眼潘烨霖，也不再争辩，点点头自顾要离开。

却听黎昕皱眉道：“黛儿身子不舒服，她就不要去了吧？”

黎芙铮一愣，她与黎昕对视一眼，几个念头迅速闪过。

如若今天大张旗鼓地将叶蕴仪以少奶奶的身份迎进门，那当黛儿需要这名分时，可又如何是好？

可如果敷衍了事，即便这潘烨霖答应了，只怕那潘天一也不答应！

况且，过段时间要给黛儿这名分，只怕那叶蕴仪的性子也未必会答应，倒不如顺了潘烨霖的意，先探她一探？可她怀着身子，却又不能做得太过，这个度，可不好把握！

黎昕见黎芙铮如此，立时也想到了这一层，一时间心绪纷杂，眉头不自觉地紧蹙起来。

潘家大宅，大门前，叶蕴仪一身大红高领旗袍，在潘启文的搀扶下，下了马车。

她的眼神掠过门口那一对凛冽的石狮，仰头看了看台阶上方，高高的门楣和宽阔的屋檐，目光向下，移到了同样是高高的门槛上，侧头向一旁的潘启文笑道：“这门槛上都雕刻了如此精致的花纹，还用碧玉镶嵌那对麒麟的眼，你家这宅子也真够气派的！”

潘启文听不出她语气中的喜怒，不由暗暗握紧了她的手。

两人携手刚上了两级台阶，便听“吱呀”一声，只见两扇大门缓缓向后拉开，紧接着一阵脚步声，两排蓝衫下人整齐地站在了大门口，左边是年轻男仆，右边是清一色的小丫头，每一排便连个头都是一般高。

文管家已是迎出了门来，高声唱道：“少爷回府！”

只这一句，便令潘启文额上青筋暴跳，他目光寒冽地一扫，冷声道：

"都见过少奶奶！"

那文管家早得过吩咐，绝不主动称呼少奶奶，却也不得拗着少爷，这时手一挥，所有人一弯腰，一低头，恭声叫道："少奶奶好！"

叶蕴仪上前两步，虚扶一下文管家，点头笑道："文叔，不用这么多礼！"

又回头唤了一声："小清！"

小清脆生生地应了，立即拿出一把红包，挨个地派了过去。

潘启文一愣，上前揽上了她的腰，在她耳边轻笑道："你倒是准备得仔细！我还担心那些个敬茶啥的，你不高兴呢！"

叶蕴仪捏了捏他的手，轻声道："启文，等下如若公公婆婆立下规矩来，我听话照做便是，你不许添乱！"

潘启文不悦地皱眉道："蕴仪，有我在，看谁敢给你脸色看！"

叶蕴仪掐了他的腰一把，止住了他的话，目视前方，轻声道："以前相见也不相认，这么迟才来拜见，便是普通人家，父母被你如此为难，心中有气，也属正常，更何况你家如此地位和身份？"

潘启文心中一紧，艰难地道："蕴仪，这不怪你！"

叶蕴仪意味深长地道："天下没有不是的父母，也没有不是的儿子，只有不是的媳妇儿！这个道理，你不会不懂！"

她握上了他的手，正色道："何况，作为晚辈，我本便心存内疚！所以，即便有人为难我，你也不可以替我出头！"

说到这里，她微微一笑，一只手轻抚小腹，眼神自信却温柔："再说了，即便你不信我能应对自如，我这里还有一面最好的挡箭牌呢，只怕比你乱发脾气还管用！"

前厅正中，潘烨霖与黎芙铮正襟危坐，黎昕坐在一旁。潘启文牵着叶蕴仪的手，跨过门槛，直直地来到潘烨霖与黎芙铮面前，潘启文低头叫了一声："爹、娘！"叶蕴仪也紧跟着叫了人。

潘烨霖轻轻"嗯"了一声，一指黎昕旁边的椅子，笑道："天一，你去那边坐！"

立时便有丫头拿了一个圆圆的蒲团上来，往叶蕴仪脚下一放，又迅即退了下去。另有一个丫头端了一杯茶上来，递给叶蕴仪，有妈子在一旁唱道："新人为老爷、夫人敬茶！"

潘启文立时黑了脸。

在潘家集，如若是正房媳妇儿进门，是需要新婚夫妻共同向父母跪拜敬茶的，而这只放一个蒲团，摆明了是只要媳妇儿一人跪，这，却是纳妾的规矩！

潘启文万没想到，爹娘竟会不承认她的身份！

他看出了蕴仪的不安，却也不好在这时发作，就在这时，只听一旁的黎昕笑着提醒道："弟妹，要敬过茶，才正式算是潘家人呢！"

叶蕴仪立即微笑着接过茶碗，毫不犹豫地双膝一跪，双手将茶碗举过头顶，声音清脆而恭敬地叫道："爹，请喝茶！"

便在这时，潘启文一把抓过旁边丫头准备下一个递上的茶碗，"扑通"一声，也直直跪了下去，高声叫道："爹，请喝茶！"

一时间，整个厅里寂静无声，潘烨霖和黎芙铮面色复杂，文管家一双眼瞪得老圆，黎昕原本不无担忧的眼中竟泛起了一丝笑意。

潘启文跪下的声音，因没有蒲团，格外的沉重而响亮，黎芙铮只觉眼皮一跳，不由自主地看了潘烨霖一眼，只见潘烨霖不动声色地接过潘启文手上的茶，抿了一口，放下，再接过叶蕴仪手上的茶碗，轻轻应了一声："好！"

机灵的文管家立即安排丫头再捧上茶来，二人又分别敬了黎芙铮。

黎芙铮接了茶，笑眯眯地拿出两个红包，递给两人，叶蕴仪也恭敬地接过道了谢。

早有丫头按事先吩咐的，在黎昕面前也摆上了一个蒲团，潘启文脸色一沉，眼中的怒气已是掩饰不住。

叶蕴仪这时也看出了些许端倪，但她只道是这公婆心中有气，让他们出出倒也无妨，她暗暗扯了扯潘启文的衣袖，不让他当场发作出来。

文管家这时十分为难地看向黎芙铮，下一个轮到向黎昕敬茶，若是娶正房，这弟弟和弟媳须一同向大哥奉茶，却只需弯腰不用下跪，若是按这纳妾的规矩，这新娘子是需要跪着向大伯敬茶的。可现在少爷这样……

黎芙铮一时之间也犯了难，正犹豫间，却见潘启文嘴角挑过一抹冷笑，搀起叶蕴仪，轻声道："走，我们去给大哥奉茶！"

潘启文牵着叶蕴仪的手，来到黎昕面前，黎昕一脸玩味地挑眉看向他。

众目睽睽之下，潘启文拉着叶蕴仪直直地向着黎昕跪了下去，黎昕脸上一惊，长身而起，潘烨霖脸色十分难看地向文管家挥挥手，文管家让丫头递上茶水，叶蕴仪只道规矩如此，便大大方方地随着潘启文一道高声叫道："大哥，请喝茶！"

黎昕急急地接过茶，放到几上，弯腰搀起二人，勉强笑道："天一、弟妹，快快请起！"

潘启文又牵着叶蕴仪，再次来到潘烨霖和黎芙铮面前跪下，冷冷地道："请爹、娘训示！"

潘烨霖将手上的烟杆重重地往桌上一放，就要发作，却被一旁的黎芙铮一把按住了他的手，黎芙铮对他摇摇头。

潘烨霖闭了闭眼，略一沉吟，拢拳轻咳一声，郑重地道："我年纪也大了，这军队已逐步交到天一和昕儿手中，天一是个心高的，从小便有大志向，现在天时地利人和，正是你一展身手的时候！蕴仪的本事我也是领教过的，如今有她帮衬着你，我更是放心，这一方百姓的现世安稳可就要靠你们了！"

他语气中罕见的萧瑟，令叶蕴仪和潘启文心中都是一拧，两人对视一眼，均在对方眼中看到了一丝对父母的歉疚，而叶蕴仪却更多了一份对潘启文的歉意。

黎昕心中暗笑，潘天一如此作为，再往下的仪式和过场只怕是走不下去了，老爷子干脆变换了策略，这番话自有深意啊。

只听潘烨霖接着说道："如今国内到处混战，不太平，日本人也虎视眈眈，若这军队治理不好，一旦失了势，别说保一方百姓，便是要护妻儿老小平安，也是不能！你们身上责任重大啊！"

这句话令潘启文一凛，是啊，日本人视蕴仪为眼中钉，他若没了这潘天一的名头和势力，仅一人之力，在这乱世之中，他凭什么护蕴仪母子平安？

这时，黎芙铮嗔笑道："今儿是大喜的日子，说你那些个做什么？要我说啊，蕴仪现在最重要的是好好调理身子，到时平平安安地给我生个大胖孙子才是正经！"

潘烨霖察言观色，见目的已达到，便呵呵一笑，也不再多说。

黎芙铮眼见这下马威是立不了了，见儿子这架势，只怕以后黛儿之事，还要着落在这叶蕴仪身上，想到这里，她站起身来，亲自扶了叶蕴仪起身，笑道：“好了，这礼也见过了，你跟天一坐下来，咱们好好说会儿话。”

她回头对文管家吩咐道：“文叔，吩咐开饭，今天就咱们一家人，吃个团圆饭。”

叶蕴仪坐了一下，便有些不好意思地起身告退，要去方便。

小清领着叶蕴仪向茅厕走去，叶蕴仪若有所思地看向她道：“小清，你来过这里？”

小清一惊，期期艾艾地道：“来过几次。”

叶蕴仪心中那股被自己强压下去的被欺瞒的不快，一下子又涌了上来，她扭紧了手上的帕子，自嘲地一笑：“呵呵，我只当你新来的，也是被蒙在鼓里，不承想，连你与我如此亲近的人，也是一样天天在我跟前演戏骗我！”

小清脸色一白，惊惧地唤了一声：“少奶奶，我……”

叶蕴仪却一抬手，止住了她，轻轻一笑道：“这也不怪你，潘家少爷在这里如此势大，你进进出出的，又要跟那些个下人打交道，岂有不知之理，原是我自己蠢，没想到这一层！”

小清毕竟来潘家大宅次数不多，回去时，竟是走岔了路，正迟疑间，看到前面有一个厅房，小清忙道：“这里好像是饭厅，我来过一次，再往前走，拐个弯应该就回到前厅了。”

叶蕴仪点点头，跟着小清急急地往前走去，路过饭厅门口时，里面文管家的声音飘了出来：“赶紧的，加个座！还有，多来个丫头，等会儿帮着新奶奶那个丫头伺候着！”

叶蕴仪脚下一滞，只见一个看似等级不低的妈子上前，对文管家犹豫着道：“以前便是四姨太，过年过节吃饭时，她也是在夫人一旁伺候的，这十九姨太?”

文管家眼一瞪：“谁跟你说这是十九姨太了？要被少爷听见了，仔细你的皮！”

那妈子被他一吓，嘴上却嘟囔着：“明明是按姨太太的规矩准备的。”见文管家脸色一沉，她忙道，“是，我这就叫人给少奶奶添座！”

文管家却又一跺脚道：“谁跟你说是少奶奶了？”说完，自己已是一愣，摇摇头，叹口气道：“唉！这个乱哟！”

听了这一番话，叶蕴仪心下登时一凉，聪慧如她，联系今天种种，怎么会不明白这番话的含义？

原来，在他父母眼中，自己不过是一个小妾而已！心中不由对潘启文咬牙恨起来，如若不是他行事荒唐，她怎会受如此羞辱？

她低了头，拉了小清快步离开。

到得前厅门口，小清悄悄看向她，只见她却已是神色自如，状似比先前更多了一份轻松，仿佛卸下了一块心中大石似的。

席间，潘烨霖对潘启文皱眉道：“既然现在都说开了，那就搬回家来住！一来蕴仪怀了身子，有你娘照看着也放心些，二来这安全也好保障些！”

叶蕴仪并不出声，只淡淡地瞟了一眼潘启文。

只见潘启文随意地说道：“等蕴仪生完孩子吧，现在换个环境，我怕她不习惯。”

德园，沐浴过后的叶蕴仪，安静地坐在梳妆台前，细细地抹着雪花膏。潘启文走到她身后，双手绕到她的颈前，一把环住了她。他在她的头顶深吸了一口气，轻声而忐忑地道：“蕴仪，你在想什么？”

叶蕴仪抬头，对着镜中的那一对人笑笑：“启文，我什么都没想，我只是在等你的结论，你说，你不想去上海、南京，那么，你说去哪，我就跟你去哪！”

潘启文眼中闪过一丝犹豫，终是忐忑着问出心中所想：“蕴仪，你看，有没有可能、有没有可能，就留在这里？”见镜中的女人微蹙了眉，他心中一紧，急急地叫道，“即便在这里，我也可以只做潘启文，你一个人的潘启文，我保证！”

叶蕴仪心中发冷，她的心被一股悲哀和绝望淹没，他终是舍不下这里的一切！

她一把抓过桌上的梳子，紧紧地攥在手心里，借着那木齿刺得她手心的生疼，总算压下心底那一阵战栗。

她面无表情，只淡淡地问了一句：“启文，你今天在潘家大宅，为何会生气？”

潘启文心里一沉，竟是低垂了眼帘，不敢回答。

叶蕴仪死死地攥着木梳，冷冷一笑："你是不是打算明天再回到大宅，大发一通脾气，告诉所有人，我不是你纳的小妾之一，而是你明媒正娶的夫人？"

潘启文一惊，搭在她肩上的手不自觉地紧了，抓得她生疼，他低叫出声："蕴仪，我……"

叶蕴仪看向镜中，右手食指向上一伸，准确地竖在了他的唇边，止住了他要说的话。

她轻声说道："我只知道，我的丈夫只能是潘启文，绝不是潘天一！"

潘启文浑身一震，没有吭声。

却听叶蕴仪轻笑出声："在这里，你要怎么做潘启文？继续做你的子承父业的少帅？人人惊惧服从的潘家少爷？那是潘天一，不是我的潘启文！在这里，我又算什么？金屋藏娇的十九姨太？那林婵凤曾跟我说过，她们那些个姨太太进门，连个仪式都没有，呵呵，我是不是应该庆幸，我不仅有了仪式，还有潘家少爷为了我陪跪！"

潘启文心里一慌，他一把抱紧了她，在她头顶低叫道："蕴仪，你别说了，我带你走！我带你走就是了！"

叶蕴仪转过头来，将头埋进他的怀中，双手环住了他的腰，声音哽咽而悲凉："启文，我知道，要你舍下这一片基业，有多难！可是，我真的没有办法，没有办法接受那样一个谎话连篇、有众多女人、残暴狠戾的潘天一！

"你知道吗，当我得知今天潘家大宅是按照纳妾的仪式来迎我时，我心里先是凉透，随之而来的，竟是一阵轻松，我终于可以有个理由，不用对你的父母再那么内疚！因为是他们不认我在先！"

潘启文心中大恸，他喃喃地说道："蕴仪，不要说了！我知道，我都知道！"

他深吸一口气，抬起她的下巴，深深地凝视她，眼神坚毅而绝然："蕴仪，你放心，我不会再动摇了！我想过了，我们经广州去香港，我也不想再从军政，咱们经商或者去教书，都好，你说呢？"

他见她眼中星光流转，一刹那，便觉什么都值了。

第十九章

高飞折翼

10天后，清晨，天刚微微亮，省城司令府大门口，一辆马车静静地停在门外。

文四坐在马车前方驾位上，略微有些紧张地看向洞开的大门。

不一会儿，小清扶着肚子已微微隆起的叶蕴仪出来，身后，是手上抱着睡眼惺忪的蕴杰的潘启文。潘启文身侧，一位军官模样的人恭敬地对潘启文笑道："少帅，您真的不需要咱卫队的保护？"

潘启文摆摆手，不耐烦地道："我们就去城外踏个青、散散心，你那一队人，没的吓着少夫人和孩子！再说了，在这西南地界儿，敢动我的人还没生出来呢！"

那军官赔着笑道："那是！那是！"

一行人上了马车，迅速地向西门方向驰去。

马车上，潘启文向车内看了看，皱了皱眉，挑帘向文四问道："文四，东西你都带齐了吗？"

文四回头嘻嘻一笑道："少爷，您就放心吧！我昨天晚上就放好了，都在我这座位下面呢！"

潘启文点点头，说道："到了西边马场外，再转向南，从南门出城！"文四忙应下了。

潘启文放下帘子，转头对叶蕴仪柔声道："今天咱们辛苦点赶路，等出了这驻军的地界，咱就可以一边游山玩水一边走了。”

叶蕴仪轻轻地将头靠上他的肩头，笑道：“和你在一起，怎么样都是好的！”

潘启文心中一暖，右手紧紧地环住了她的肩，左手握住了她的手放在自己腿上。

一阵急促的马蹄声由远及近而来，只听文四一声惊呼：“爹！”紧接着，他们的马车便停了下来。

潘启文心中疑惑，脑子里迅速转过好几个念头，他按了按叶蕴仪的手，安慰道：“就他一人，不会有事，我去看看。”说完，一掀帘，跳下了车。

只见文管家单人匹马拦在车前，见了潘启文，他立时跳下马来，迎上去，一脸急色地道：“少爷，司令遇刺！大少爷和夫人命我来请您火速回去！”

潘启文脸色一白，他一把揪住文管家的胳膊：“我爹他怎么样？是谁干的？”

文管家咬咬牙道：“少爷，请赶快回去，迟了，恐怕来不及……”

潘启文身形一晃，大吼一声道：“是谁干的？”

文管家结结巴巴地道：“还、还不清楚，大少爷怀疑是日、日本人干的！”

一听这话，潘启文忍不住回头与叶蕴仪对视一眼，一丝惊慌在二人眼中闪过，两人都同时想起来昨天报上关于东北张大帅被日本人炸死的消息，叶蕴仪眼中更满是惊恐，若是日本人干的，必定与铁矿有关，而这与她也脱不了干系！若他的父亲因此而死，那她要如何面对？

潘启文还待再问，只听叶蕴仪颤声叫道：“启文，快上车！文四，掉头，也不用回司令府了，直接去潘家集！”

潘启文来不及多想，转身跳上马车，狠狠地对着文四吼了一声：“走！”

没过一会儿，叶蕴仪抓住潘启文的衣服，对他叫道：“启文，你骑文叔的马先走一步，我们随后就来！”

潘启文看了被颠簸的马车整得面无人色的叶蕴仪一眼，默默地点点头，吩咐文四停车，他下了车，上了文管家的马，回头深深地看了叶蕴仪一眼，对文管家道："照顾好少奶奶！"

说完，一打马，头也不回地疾驰而去。

潘启文一路马不停蹄地赶回潘家集，等他到了潘家大宅门口，已是下午。

他跳下了马，将马鞭一扔，一眼便见黎昕阴沉着脸等在门口。他走上前去，一把抓住黎昕的胳膊问道："我爹怎么样？"

黎昕甩开他的手，沉声道："跟我来！"

潘启文更是心慌，昏沉沉地跟着黎昕一路往里走。黎昕一直将他带到潘烨霖的书房门口，面无表情地道："你自己进去吧！"

潘启文脸色一沉："怎么带我来书房？"

见黎昕似笑非笑地看着他，潘启文一下子醒悟过来，心里立时凉透，他低吼一声："你们骗我！"

他转身就要往外走，只见黎昕手一挥，立刻有四个黑衣大汉往他面前一拦，齐齐弯腰，将手往书房方向一摊，叫道："少爷，司令有请！"

潘启文大怒，猛然伸手拔出枪来，顶上了黎昕的头，狂躁地叫道："你们滚开！"

只听黎昕一声轻嗤："就算让你走了，你又能怎样？你别忘记了，叶蕴仪和你那小舅子，可还在黑衣卫队的保护下呢！"

潘启文一愣，手已无力地垂了下来，心中转过千百个念头，瞬间背上已是冷汗涔涔！

这时只听书房内传来潘烨霖一声怒吼："你个混蛋小子，还不给老子滚进来！"

潘启文打起精神，收起枪，推门进去，直直地走到潘烨霖面前，冷冷地道："你想怎样？"

马车缓缓停下，叶蕴仪掀开门帘一看，不由皱眉道："文叔，司令和少爷在哪里？我们先去看他们！"

文管家忙道："少奶奶，夫人在德园等您！"

叶蕴仪满脸迷惑，婆婆为什么会在德园？难道……她一惊，难道公公已经不治？！

她急急地下了车，刚刚转过回廊，便听见一把热情的声音："蕴仪，你可算回来了！”却是黎芙铮领着几个丫头妈子迎了出来。

只见黎芙铮满脸笑意，哪有半点悲伤的模样？叶蕴仪心里一寒，却仍是不死心地问道：“娘，爹他怎么样了？”

黎芙铮摆摆手：“他能怎么样？能吃能喝能睡，嗨！管他做什么，你这一路可辛苦？有没有吃过饭？我让他们煲了鱼片粥给你备着呢！”

叶蕴仪身后，牵着蕴杰的小清和文四目瞪口呆地看着黎芙铮，文四却不敢置信地问道：“夫人，我爹不是说司令遇刺了吗？”

随之而来的文管家又是一巴掌拍上了文四的头：“瞎胡说什么呢！这话也能乱说的吗？还不快把少奶奶和舅少爷的行李搬上楼去！”

黎芙铮亲热地挽上了叶蕴仪的手，笑道：“走，咱娘俩到厅里说话！”

前厅内，叶蕴仪自顾自地坐了下来，端起茶碗，揭开盖子拂了拂，抿了一口茶，这才平静地道：“夫人，有话请讲吧！”

黎芙铮皱了皱眉，笑道：“蕴仪，你怎么去了趟省城，连娘都忘记叫了，夫人、夫人的，多生分！”

叶蕴仪淡淡一笑：“蕴仪怎么敢？在潘家人眼里，蕴仪不过是一个小妾而已，叫‘娘’么？那是少奶奶才能有的吧？”

黎芙铮被她两句话噎得也来了气，不由冷了声道：“蕴仪，你凭良心说，若是我们以少奶奶之礼风光迎你进门，你便不会撺掇着天一远走高飞了么？”

叶蕴仪微微一怔，是啊，作为父母，只是想要留儿子在身边，他们有什么错？

她不由低了头，再无刚才的意气，歉然地说了一声：“夫人，对不起！”

黎芙铮见叶蕴仪已完全没了先前的气势，语气一转：“蕴仪啊，我知道你是因为天一受了委屈，可我跟你爹并没对你怎么样啊？我们就天一这一个儿子，你就忍心让我们孤独终老？天一虽说做错过事，可他对你可是一心一意，难道你就忍心让他舍下这现成的大好基业，再去看人脸色？”

她站起身，坐到叶蕴仪身边，拉起她的手，轻轻抚了抚，语重心长地道：“既然回了来，就好好过日子，你这身子，哪能经得起这样的奔波辛苦！”

叶蕴仪站起身，在黎芙铮迷惑的眼神中，直直地跪了下去，声音轻却坚决："对不起，夫人！我原先所嫁的丈夫是潘启文，不是这样的潘天一！"

黎芙铮气得一拍桌子："你这是什么道理！明明是一个人，你却非要把他们分开！你怎么分得开？"

一丝悲哀在叶蕴仪眼中闪过：是啊，她怎么可能分得开？她这样强求，到底是对还是不对？

然而，她却抬起头，看向黎芙铮，眼中满是决绝地说道："夫人，对不起！若他选择继续留在这里做潘天一，我会一个人离开！"

黎芙铮不想她竟是如此倔强，气得冲口而出："你若不是怀了我潘家的骨肉，我真是巴不得你有多远走多远！"

叶蕴仪心中一冷，却见黎芙铮低下头，弯腰扶她，口中已是变换了语气："你这是做什么？快起来！地上这么凉，不顾着自己也顾着孩子！"

叶蕴仪默默地站起身来，在椅上坐下。

大厅里一时寂静无声，黎芙铮想了想，换了个话题，缓缓地说道："你们这次去省城，舅少爷的学校看得怎么样了？可有中意的？"

一股凉气直袭上了叶蕴仪的背脊，她挺直了身子，冷冷地道："夫人，有话就请直说吧！"

黎芙铮这次来，为两件事，一为劝她留下潘天一，二为黛儿之事，这时见她已明白自己话里的意思，她又有孕在身，倒也不想太过逼她。

只是先前叶蕴仪如此介意少奶奶的名分，黎芙铮又已领教过她的倔强，而黛儿的事，若与叶蕴仪关系没有闹僵，倒也能直说，可现在？事关黛儿名声，便不能说得太过清楚！

黎芙铮深深吸了口气，压下心底的烦乱，语重心长地道："蕴仪，我知你怪天一娶了那么多的女人，可是，那些个女人，都只是名义上的，天一根本没有碰过她们！只有那林婵凤，原因不说你也知道，她长得太像你！再说，她也已经死了不是？那些个女人也都被送走了不是？"

她顿了顿，试探地说道："再说了，以天一的身份，即便多娶几个，也是理所当然。但天一心里只有你一个，他想要安心过日子的也只有你一个，其他的，那些名义上的女人，你何必计较那么多？"

叶蕴仪心中凉透，心底里，她最无法接受的便是这一点，她一直觉得跟黎芙铮完全是两个世界的人，不可能讲得通道理，所以便默不作声，可现在听她如此说，终于忍无可忍，断然说道："夫人，在蕴仪心中，自己的丈夫绝不可能三妻四妾，哪怕名义上的也不行！"

黎芙铮心里一沉，冷冷地道："你现在嫁也嫁了，孩子也有了，若他非要再娶呢？你能怎样？"

叶蕴仪头一昂，决然地说道："若真如此，我便是死，也要离开他！"

黎芙铮不由在心底倒吸了一口凉气。她知道，话到这一步，已是不能再逼叶蕴仪，为了儿子，她无论如何不能让叶蕴仪有事，更何况她肚子里还有孩子！

黎芙铮字斟句酌地说道："蕴仪，你现在只需要静心养胎，即便不为自己考虑，也要为肚子里的孩子和你弟弟考虑！只要你跟天一安安稳稳地，好好过日子，等到孩子生下来，天一自是对你一心一意，这潘家少奶奶的名分自然是你的！"

叶蕴仪听了，止不住浑身发抖，她当然听得出来黎芙铮暗含的意思。

黎芙铮先是拿亲情和内疚在压她，现在却是拿着她和孩子的自由、蕴杰的安危、还有那可笑的潘家少奶奶的名分在逼她！

叶蕴仪现在最后悔的便是让蕴杰来了潘家集，让潘家拿住了她的软肋，她若舍不得蕴杰受一丝委屈，便得听任他们的摆布！

叶蕴仪从省城赶回潘家集，一路惊慌、担忧之下，基本没有吃过什么东西，现在惊怒交加之下，只感觉浑身冰凉，一阵头晕心慌，她强撑着去端桌上的热茶，想要稳住心神，刚刚端起，手却无力地垂了下去，人也软软地倒了下去。

潘家大宅，书房内。

潘烨霖抓起桌上的砚台朝着潘启文直直地砸了过去，潘启文轻轻一闪，那砚台便掉到地上，发出沉闷的响声，竟是没有破裂。

只听潘烨霖暴怒地叫道："我想怎么样？现在军中一团乱麻，你却要为了个女人一走了之？"

潘启文眼中闪过一丝愧疚，却仍挺直了背，生硬而傲慢地说道："不是还有黎昕吗！再说了，你这军中乱又不是一天两天了，一年以前，没有我，你们不一样过来了？”

潘烨霖一拍桌子，对着门外大叫一声：“黎昕，你来告诉他，现在是个什么情况！”

黎昕神色复杂地看了看潘启文，沉声开口：“南、北两方的代表，就在这两天都要到了，我跟司令拿不定主意，到底是向北还是向南，或是继续维持现状。”

潘启文眉一挑：“我以前不是说过的，当然是向南，这北边迟早玩完！”

黎昕冷冷一笑：“若是如此简单，我们便不会死活要找你回来了！”

潘启文皱了皱眉，突然唇角一勾，邪邪一笑，道：“黎昕，你是潘家的大少爷，难道你就从没想过，我走了，这西南以后便是你的天下？你这么急着帮老爷子诓我回来，对你可没半点好处！”

原本冷然站立的黎昕，听了他这话，脸一沉，突然走上前去，左手一把扳住了潘启文的右肩，同时右手一拳狠狠地打在了潘启文的下巴上，紧跟着膝盖向上一顶，直直地顶上了潘启文的小腹。

潘启文毫无防备之下，只来得及伸手往下，挡住黎昕往小腹上那一下重击，下巴上却是扎实地挨了一拳，头不由自主地向后偏去。

他又惊又怒，挡住黎昕膝盖的手顺势往上一抬，伸手就要去抓黎昕的小腿，谁知黎昕一个轻巧的转身，竟是避了开去。

潘启文揉身就要上前，却被潘烨霖一声大喝：“够了！”只好生生地止住，恨恨地瞪了黎昕一眼。

黎昕脸色一沉：“潘天一，打小你便要风得风，要雨得雨，因为得来太容易，所以你放弃得也轻巧！但你不能把所有人对你的宠溺和忍让当成理所当然！”

黎昕第一次以大哥教训的口吻对潘启文说话，令他一时之间有点蒙。

只听黎昕的声音越发地严厉：“是！我是潘家大少爷，你走了，这西南便是我的天下！可是，我不会像你那么自私，只顾着自己快活，而不顾父母家人的安危，不顾这二十万大军的死活，更不顾这一方百姓的安稳！

“这个担子，但凡我能担得起来，我也绝不会推诿半分！可是，你呢？你明知道现在什么情势，却仍是不管不顾，甩手就走！

“这南北方的情势，我跟司令都是听你说的，我们自己怎么也分析不清！而现在，我们却发现，那些个犯事的军官与北方一边过从甚密！这些军官有些现在调了防，我们还没有把握能将他们一网打尽，而南北双方代表就要到了！若我们听了你的，顺了南方，一旦北边的人调唆着军队造反，我们怎么办？

“即便我们打压了下来，可归向南方，总得是要有条件的，可我们对南边内部运作根本不了解，我们要怎么提条件？他们会不会将我们改编？会不会削减我们的军队，会不会调防？听说那姓蒋的生性多疑，一旦我们归了过去，司令会不会有危险？那边军中该如何周旋？”

听了黎昕这一番义正严辞的话，潘启文的眉头越蹙越紧，心底那一丝愧疚便发了酵，一点点地膨胀起来。他慢慢放松了紧绷的身体，走到椅子前，坐了下来，从口袋中掏出香烟，又四处摸摸，却没找到惯常用的打火机。

黎昕叹口气，将一盒火柴扔到他的面前，潘启文点着了烟，狠狠地吸了一口，这才点点头，缓缓地说道：“好！我帮着你们把目前的危机解决了，将南北之事落了地，我才走！”说着这话，眼前却出现叶蕴仪那苍白的小脸和那双充满愤恨和绝望的凤眼，一阵不安在心中躁动，蕴仪可会愿意等？她会不会以为他在敷衍她？

他的话音刚落，一支毛笔已从潘烨霖那边砸了过来，潘烨霖怒气冲冲地道：“为了一个女人，连爹娘都不要了，也只有你潘天一做得出！”

潘启文不由顶了一句：“我又不是不要你们，现在儿子离家在外的多的是！等我们安定了，只要你们愿意，随时可以接你们，我们也可以回来看你们！”

黎昕一声讥讽的笑：“司令什么身份？离了这西南地界儿，说不定命都没了，还安享什么天伦？”

又听潘烨霖说道：“为了一个女人，放弃掉你的责任和事业，值得吗？那个女人，若是真心对你，便不该如此逼你！女人，就应该以夫为天，方是正道！”说到这里，他干脆挥挥手，“我看那个女人也不是个省油的灯，早早地另娶好了！”

潘启文一拍桌子，眼睛向天一翻，叫了一声：“真是鸡同鸭讲！”

潘烨霖眼中闪过一丝狠戾和决绝，冷冷地道：“天一，我给你两条路选择，第一，留在这里，好好做你的少帅，不久，你便是这里的大帅！对于叶蕴仪，我们潘家可以风风光光地将她以少奶奶的身份迎进门，我会说服你娘，家中的一切都由她来掌控，她可安安心心做潘家的当家主母！”

潘启文不由自主地摇摇头，看了看潘烨霖：“你以为她是在乎这些？”他眼中的悲哀一闪而逝，接着说道：“说说你的第二条路吧！”

潘烨霖看了一眼黎昕，说道：“第二条路，按你先前所说，解决完目前危机，等南北之事落地，我放你离开。不过，我另有一个条件，那就是，在你离开前，你必须得与黛儿成亲，给她一个名分！”

潘启文一惊，立时拍桌而起，对潘烨霖怒目相向：“不可能！”他又转向黎昕，叫道：“你们就忍心让黛儿守活寡吗？”

黎昕直直地看向潘启文：“黛儿怀孕了，华大夫说孩子不能打掉，否则，黛儿有性命之忧！她现在需要一个名分！”

潘启文一脸震惊，他一拳狠打在桌面，咬牙问道：“是那个狗日本人的？”

黎昕阴着的脸点点头，轻声道：“反正你也是要走的，你若担心叶蕴仪知道，瞒着她就是，你们走了，这里的一切就与你们无关了！”

潘启文一凛，他冷冷地看了潘烨霖一眼：“你们又在打什么主意？”

潘烨霖怒道：“我打什么主意？黛儿是你妹妹，你反正要走，走之前帮她这一下，有何不可？”

黎昕叹口气道，语气中满是担忧：“等孩子生下来，我就送黛儿去省城或去留洋，华大夫说黛儿这身子，出不得一点问题，否则，随时可能一尸两命！所以，我们不敢现在送她走！”

一股强烈的不安在潘启文心头躁动，不由自主地摇摇头：“你让我好好想想！”

潘烨霖眼中再次闪过一丝狠绝，他双手一撑书桌，站起来，身体略向前倾，直直地盯着潘启文，冷笑着道：“你那小舅子，有哮喘吧？听说在上海，你安排的一场好戏，差点令他没了命？”

潘启文抬手一指潘烨霖，愤怒地叫了一声：“你，你们！”随即又无力地垂下，他双手紧攥成拳，拼命压下心中那一团怒火。

他千防万防，费尽心机想要瞒着蕴仪的事，没想到却成了自己父亲要挟自己的利器！

他不由冷冷一笑，转身就往外走，黎昕身形一闪，往他面前一拦，皱眉道："天一，有话好好说！"

潘启文鼻子里重重地一哼，语气中带着种不屑和傲然："有本事你就尽管绑着我，蕴仪若真跟我翻了脸，我倒也就什么也不惧了！只怕到那时，儿子、孙子，你一个都没有！"说完，径直拉开房门，向外就走。

门外几个黑衣大汉面面相觑，想拦又不敢拦，只好傻傻地堵在潘启文面前，潘启文冷眼一扫，那冰寒的目光令几个人齐齐打了个寒战，不由都看向随之而来的黎昕，黎昕向他们挥挥手："由他去！"

潘启文硬邦邦地扔下一句："军中的危机，我会帮你们渡过，其他的，想都不要再想！"说完便扬长而去。

德园，叶蕴仪缓缓睁开眼来，却见自己躺在卧室的床上，而潘启文却坐床头，紧紧地握住她的手，一双黑眸，正痴痴地凝视着她。

见她醒来，潘启文长长地松了口气，柔声道："蕴仪，你感觉怎么样？起来吃点东西可好？我让他们备了荷叶粥，给你温着。"

叶蕴仪却紧紧地盯着他的脸庞，眼中已是泛上了泪光，她伸出手，轻轻地抚上他青肿的嘴角，满脸的心疼："是不是你爹打的？痛不痛？"

潘启文夸张地呲着牙，咧着嘴，咝咝地吸气，故作委屈地点头："痛！"

又扯着她的手抚上自己心口，皱着眉笑："这里更痛！华大夫说，我老婆居然是饿昏的！你还不快起来吃东西，我可就要痛死了！"

叶蕴仪勉力地笑了笑，缓缓坐起来，一双眼深深沉沉地看向他，轻声道："启文，对不起，是我让你为难了！"

潘启文在她的额头轻啄一口，将她的头拢在自己胸口，在她头顶低低地笑："傻瓜！今天我娘做的、说的，我都知道了！或许以前我还有小小的埋怨，但今天，我爹还有我娘所做的，才真正让我意识到，蕴仪，这里，真的不是适合你呆的地方，真的让你要融进他们去生活，你会窒息而死！"

叶蕴仪再次抬起头来，声音中充满了悲凉和迷惑："启文，我们，还能走吗？"

潘启文重重地点头，给她一个安心的微笑："能！当然能！"

顿了一顿，他又郑重地道："我已跟我爹谈好，只要我帮他们渡过目前军中的危机，将南北之事落了地，他就放我们走！”

叶蕴仪眼中一亮，手不由自主地抓紧了他的胳膊：“真的？”

潘启文伸出手握住她的，一脸歉疚地说道：“蕴仪，这段时间恐怕要委屈你了！”他顿了顿，又说道，“时间不会太长，我保证！”

叶蕴仪静静地依在他怀中，半晌才抬起头来，轻声问道：“启文，你刚说南北之事，我才想起，宗尧不是说要来公干的？会不会就是为的这事？”

潘启文神情一僵，他轻轻地放开她，坐回桌边，默默地低头喝了口汤，这才看向叶蕴仪：“我只知道这南北双方的代表这几天都要到了，至于是不是方宗尧代表南边前来，我还不知道！”

叶蕴仪小心地看了看他的神色，问道：“启文，你爹既然答应了这事处理完后就放我们走，这之前，他们不会阻止我见宗尧吧？”

潘启文并未看她，只是摇摇头，声音闷闷的：“应该不会。”

叶蕴仪站起身来，再为他添了一碗饭，坐下来，低了头，轻声道：“启文，若是这次宗尧来，我想、我想……”

潘启文猛地抬起头来，紧紧地盯着她，声音粗嘎：“你想怎样？”

叶蕴仪的头更低了，怯怯地道：“我想、我想让你想办法，让宗尧将蕴杰带走！”

潘启文伸出手，抬起她的下巴，他的两根手指捏得她下巴生疼，他深深地看向她的眼底，眼中蓄满了风暴，他厉声道：“蕴仪，你看着我！”

叶蕴仪被迫看向他，他眼中是从未对她有过的严厉，他狠狠地道：“你是不是觉得你的丈夫特无能，所以你需要别的男人来保护你最在意的人？”

叶蕴仪压下心中的惊惧，她闭上眼，无力地说道：“启文，我只是、只是怕你爹娘将蕴杰作为要挟我们的筹码，如果那样，我、我便毫无反抗之力！”

潘启文一把甩开她，冷冷地道：“我已经很肯定地答复过你了，我们能走，可你却不信我！而宁愿去相信那个方宗尧！”

叶蕴仪呆呆地看着他离去的背影，听着那带着急怒的下楼的“咚咚咚”的脚步声，心中抽痛，身上却越发地冷起来。

她抬眼看向门外，门口昏暗的灯光下，木制的走廊栏杆以外，便是沉沉的黑暗，她心里一慌，急急地起身，抬脚走出门外，来到走廊上，倚着栏杆向下望去，楼下天井中，那个挺拔的身影，在黯淡的月光下，显得是那么的孤单和无助。

叶蕴仪眼睛死死地看着楼下的人，不由怔怔地流下泪来。

似有感应般，楼下的男人抬起头来，一眼便看到她那瘦削的身影，他心中一痛：她都已经三个多月身孕了，却仍不见胖一些。

他看不清她的表情，但一想到她那样地气他，便又恨恨地转过头去，眼角余光却扫到她抬手似在抹眼角，心底便慌了起来，再看过去，她竟侧转了身，就要离开，他原本带着丝希冀的心中不由一凉。

一阵急促的下楼的脚步声传来，潘启文猛地一抬头，却发现叶蕴仪已以一种极快的速度向楼下奔来！他大惊，急急地迎上去，嘴里惊慌地叱道："你慢点！这黑灯瞎火的，你到底跟谁急呢？"

刚迎到楼梯口，那个软香的身体已经向他扑来，他忙张开双臂接着，她的双手已环上了他的腰，脸埋在他胸口，他胸前的衣服迅速被泪水打湿，他心底慌张地想要看到她的表情，于是，他微微将她往外一拉，她却用力一挣，又将头紧紧地埋进他怀里，口中胡乱地叫："启文，别推开我！我冷！"整个人都贴了上去。

潘启文却来不及回味心底里那份欣喜和满足，他只感觉到紧贴着他的那个柔软的身体一片冰凉，他忙将她裹进怀里，将她的双手也从身后抓过来，揣进自己怀中。

然而，她将他身上的热气一点点带走，却没有很快地暖和起来，反而越来越凉，潘启文一惊，下意识地伸手探向她的额头，果见她的额头微微发烫，显然在发烧！

他懊恼地咬了咬唇，赶紧一把打横抱起她，一边往楼上走，一边大声唤着："小清，小清，赶紧的，给少奶奶准备沐浴的水，要比平时热些！"

叶蕴仪紧紧地搂上了他的脖子，有些开心地笑了起来。

那声轻笑，令潘启文心中的阴霾瞬间散去，随即一阵担忧涌上心头，他恼怒地叫道："你还笑！这么冷的天，你就敢穿着单衣在外面晃！也不知道自己什么状况！"

叶蕴仪却收敛了笑容，轻声道："启文，对不起！"

潘启文浑身一震，嘴里却压低了嗓音，恶狠狠地道："对不起什么？你自己不知道自己事，要是我儿子有什么事，你才是对不起我！"

叶蕴仪借着手上的力，撑起身体，在他唇上轻轻地啄了一口，便将脸埋在了他的怀里。潘启文心底的那一片柔软便满满地荡了开去。

第二十章

横生突变

三日后，傍晚，一乘滑竿在德园大门外停下，一身黑色中山装的方宗尧走下来，抬头看了看那朱红色的大门，眼中闪过一丝疑虑，深深吸了口气，举步向那高高的台阶跨去。

刚刚迈出一步，便不知从哪里闪出两个壮实的黑衣大汉，厉声喝问："什么人！"

方宗尧心下暗惊，这两人身形一闪间，已显出训练有素，一看便知不是普通大户人家的看家护院，更令他心惊的是，刚刚一晃眼间，他已知这里明哨暗哨影影绰绰、虚虚实实，分明是戒备森严！

方宗尧面上却不动声色，他一挥手，身后的小路子已笑嘻嘻地递上一张名帖："我家少爷是上海过来的方宗尧，与你家少爷曾是广州的同学，这次来潘家集公干，特来拜会！"

两个黑衣人对视一眼，其中一人接下名帖微一点头："请稍等！"说完，转身轻叩大门，闪身进去。

不过一会儿工夫，大门开启，一个短衣蓝衫的年轻人走了出来，将方宗尧的名片往小路子面前一递，客气地道："对不住，我家少爷从未去过广州，也不认识什么方少爷，二位请回吧！"

两天后，深夜，盛世客栈"天"字号客房，方宗尧坐在里间的床头，眼睛直直地看着手上的书，却一个字也没看进去。

闭上眼，那一双如泣如诉的丹凤眼便浮现在他脑中，令他心中不由一痛！他来了两天了，虽想尽办法，却也见不到蕴仪一面，也得不到有关她的任何消息！

侧面窗边传来“笃、笃、笃”的轻轻的敲击声。小路子赶紧上前打开窗，古天舒迅速地跳了进来。

方宗尧亲自从桌上倒了一杯水，迎上去，将手中的水杯递给古天舒，方缓缓地问道：“怎么样？”

古天舒也不客气，坐了下来，看向方宗尧：“打听清楚了，那德园是潘烨霖儿子潘天一的别园，这镇上的人都知道，那里养着潘天一的十九姨太。”

方宗尧眼中闪过一抹痛楚，他闭了闭眼，再睁开眼来，却没有出声。

古天舒继续说道：“十九姨太的名字虽说没人知道，可是，这十九姨太长得很美，说得一口京腔，却又不完全是京腔，会洋文，还跟一个洋人一起去了司令行辕，却也在潘家集是家喻户晓。”

方宗尧一拍桌子，站起身来：“一定是蕴仪！因她父亲的原因，蕴仪的国语中总带有一点点广东腔！”

突然，他右手一抬，眼睛紧紧地盯着古天舒：“等等！你是说，她跟那个美国人一起去行辕时，就已经是潘天一的十九姨太了？”

他摇摇头：“这怎么可能？那时蕴仪明明跟启文在一起，怎么会住在潘天一的别院中？”

他猛然抬头看向古天舒：“可有打听到潘启文的下落？”

古天舒沉重地摇摇头：“非常奇怪，没有人知道有潘启文这个人！”

第二天，行辕，议事厅。

潘烨霖举着烟杆，哈哈笑道：“呵呵，上将、少将，有点意思！”

方宗尧端起桌上的茶，微微一笑道：“刚才司令提的那几个条件，完全可以理解，当会如实上报，还请司令给我一点时间。”

就在这时，一个军官模样的人匆匆走进来，在黎昕耳边悄声说了句什么。黎昕抬眼看了一眼方宗尧，对潘烨霖笑道：“司令，北方代表段兴德现在外面求见。”

方宗尧放下茶，站起身来，笑道：“该谈的已经谈得差不多了，方某就先告辞了！这大势归向何方，我想司令心里自然清楚，何去何从，还望司令慎重考虑。”

潘烨霖打着哈哈道：“一定！一定！”他也站了起来，叫道：“黎昕，送客！”

方宗尧却并未挪步，将手向后一伸，小路子赶紧递上一个深褐色的木盒。

方宗尧伸手接过，将那做工精致的小方盒稍稍举高，略为为难地道：“这枪其实是委员长特意命我带来，说是赠与少帅，里面还有委员长亲自题写的励志诗，若不能当面转交，这……”

话到这分上，潘烨霖便不好再推，不由讪讪一笑，道：“哎呀，这委员长亲赠，若天一不亲自受领，实在是不敬，我这就安排，待我抓到那小子，一定让他登门拜访受领，如何？”

方宗尧将那小方盒一收，交给小路子，一拱手，淡淡地道：“如此，就有劳司令了！方某告辞！”

黎昕赶紧亲自上前引路：“方先生，请！”

当黎昕匆匆赶回议事厅时，却见潘启文正与段兴德相谈甚欢，他若有所思地看了一眼站在潘烨霖身后的罗副官一眼，静静地坐了下来。

过不多久，段兴德起身告辞，潘启文亲自送了他出去，黎昕没有忽略罗副官眼中闪过的一丝冷厉。

潘启文将段兴德送到行辕门口，拱手与他道别，转过身，刚要迈过门槛，却听见一声轻唤：“二哥！”

转头一看，却是黛儿，带着她的丫头，站在台阶下。

潘启文赶紧快步走下台阶，柔声道：“黛儿，你来这里做什么？”

黛儿有些茫然地摇摇头：“华大夫说要我出来走动走动，不知怎么，我就走到这里来了。”

潘启文鼻子一酸，他不由自主地抓上了黛儿的胳膊，冲动地说道：“黛儿，你放宽心，没什么大不了的，二哥这回一定帮你！”

黛儿顿时瞪大了眼，一把甩开他的手，低叫道：“二哥，你、你知道了？”

潘启文一怔，她转过身，背对着他，幽幽地道：“二哥，我不要你帮，你跟嫂子的事，我都知道，你也不容易，不要为了我，再起任何波澜了！”

潘启文心里一痛，忍不住拉过她，一把将她拥入怀中，轻拍着她的背，神色坚毅地道："黛儿，你什么都不要想，万事有大哥、二哥！"

黛儿的眼泪再也忍不住簌簌直下，原本一直紧绷着的身体，竟是放松了下来，她在潘启文怀中哭得一塌糊涂，最后哽咽着喊了声："二哥！"

潘启文喉中哽痛，轻轻地应了，一下一下地轻抚着她的背，柔声安慰着她。

转角处，叶蕴仪怔怔地看着这一幕，半晌，方对身旁的小清和文四道："我们走吧！"说完，转身便走。

小清举了举手中的罐子，讷讷地道："那这汤……"

叶蕴仪淡淡地道："我们自己喝！"

黄昏时分，潘启文父子二人缓缓地走出行辕，刚走两步，潘启文突然觉得身上一寒，直觉周身的汗毛都倒竖了起来，他一把扯住潘烨霖，急急地叫道："快！撤回行辕！"

话音未落，却觉身形一晃，被人扑倒在地，同时听到"砰"的一声巨响，他清楚地听到趴在自己身上的潘烨霖一声闷叫，脑袋里不由轰然一响。

潘启文咬牙撑着坐起身来，颤声叫道："爹？"他小心地将潘烨霖抱进怀里，抖着手查看他伤在何处，却在他的颈部摸到满手鲜血，潘启文一下子骇了眸，高叫道："快！叫军医！"

同时，他一把撕下自己上衣下摆，想要为他止血。却被潘烨霖一把抓住手，声音痛苦而急切："天一，你有没有事？"

潘启文一下子红了眼，叫道："我没事！"潘烨霖手一松，潘启文一边为他包扎止血，一边一脸恐慌地急叫："爹，你别睡过去！你撑住！"

潘烨霖微微睁开眼，勉强地笑道："妈的，这报应来得真快！前几天刚诓你我遇了刺，这就给老子来真格的了！"

这时军医拨开人群走了进来，简单查看了一下潘烨霖的伤势，神色凝重地道："少帅，需要马上动手术！"

潘启文一把揪住了他的衣领，恶狠狠地道："你告诉我，他不会有事？"

那军医一脸难色，结结巴巴地道："少帅，我现在需要确认子弹有没有伤到动脉，若是伤到动脉，这……"

潘启文脸上一沉，放开军医，叫道："赶紧抬走！"

儿近昏迷的潘烨霖在担架上突然醒了过来，他一把抓住跟着担架后跑的潘启文，眼睛死死地盯着潘启文，声音中带上了一丝恳求，虚弱而断断续续地道："天一，当初，黛儿的父亲，就是这样为我挡的子弹！"

潘启文红着眼叫道："你别说了，黛儿的事，我答应你就是！但是，你得给我挺过来，你要是死了，我答应过的话，也不算数！"

潘烨霖眼中闪过一丝欣慰，手一松，已是昏迷过去。

当晚，盛世客栈，方宗尧房内。

"有没有看错？"方宗尧又惊又喜地问道。

对面的古天舒点点头："就在行辕门口，你离开不过一个时辰的时候。我们的人因为都看过叶小姐的照片，所以一眼就认了出来。"

方宗尧双手紧攥成拳，死死地捏住了，他似想起什么，皱了眉，沉声问道："她可还自由？她去行辕做什么？"

古天舒一脸迷惑地道："看情形，她身边跟着一男一女两个下人，态度都十分恭敬，那些保护她的黑衣人也都隐散在四周，恐怕连她都未必能发现。"

方宗尧一把抓住古天舒的手，缓缓地道："现在至少确认了，在德园里的的确是蕴仪，古大哥，你一定要想办法，让我潜进德园，无论如何，我要见上她一面！"

古天舒这时却沉下脸来，正色道："宗尧，你现在恐怕精力不能放在叶蕴仪身上，从目前情况来看，叶蕴仪至少没有任何危险！可今天在行辕门口还发生了一件大事！"

方宗尧背上一僵，沉声问道："什么事？"

"有人刺杀潘天一，潘烨霖为他挡了子弹，以致身受重伤，生死不明！凶手目前还未抓住，我们负责跟踪潘天一行踪的人回来说，看情形，像是专业狙击手所为！"

古天舒正色道："宗尧，我们临走之时，你父亲一再叮嘱，要我时刻提醒你以大局为重，如今形势复杂，整个潘家集都戒备森严，这个时候，我们绝不能再生事端！"

古天舒的话，如一盆冷水，当头淋下，方宗尧知事关重大，他颓然跌坐下来。

德园中的叶蕴仪晚饭几乎没有吃什么东西，只坐在钢琴前，一遍又一遍地弹着不同的曲子。小清急得什么似的，有心要劝，却又无从说起，只能眼巴巴地盼着少爷赶紧回来。

然而，直到天完全黑了，潘启文也没有回来。

门口传来匆匆的脚步声，叶蕴仪的琴声不由一滞，她停下来，头也不回地对门外的人平静地说道："说吧，什么事？"

文四一脸惊慌地站在门外，急急地道："少奶奶，我刚刚去了大宅那边，司令遇刺！少爷今天恐怕回不来了！"

叶蕴仪霍然站起身来，一回头，脸上却已是平静无波，她嘴角泛起一个冷笑："是吗？又遇刺了？"

文四一怔，愣愣地说道："这次是真的！"

行辕，议室厅内，潘启文、黎昕坐在正中，下首十几个军官分排而坐。

一个军官站起身来，情绪激动地挥舞着手："从埋伏的位置、射击点和射击时间的选择来看，那是一个专业狙击手，绝不可能是潘家集的人，到底是谁要置少帅于死地？"

本是满脸疲色的潘启文，听到这话，却挺直了背，双眼微眯看向那名军官，眼中满是警惕之色。

这人是已经掌握的名单中，参与了贩卖枪支、虚报人头的军官之一，他不过是靠着军功步步爬升到如今这样一个团长的位置，从未接受过军事方面的专业训练，大字也不识一个，以他的经历，只怕"狙击手"这个名词他都未必知道，现在却说出这样一番话来，是何用意？

另一个军官点点头，附和着："是啊，好在司令福大命大，挺了过来！"他停下来，看了看潘启文，站了起来，走到厅中央，沉声道："少帅，时值南北两方代表都过了来，现在发生这事，只怕与他们脱不了干系！"

见潘启文若有所思地看向他，他带上一种疑虑的口吻道："少帅，昨天那南边的方宗尧来时，您避而不见，而随后来的北边的段兴德，您却出了面，还亲自送了他，会不会，这方宗尧得到了消息，认为您是向着北边的？所以……"

他话未说完，却意味深长地向四周看了一圈，这才退回自己位置上。

黎昕睨了潘启文一眼，沉声说道："没有证据的话，不要乱说！"

一直站在潘启文身后的罗副官，这时眼神一闪，他俯身对潘启文低声说道："少帅，我们负责监视南北两方的人回报说，那方宗尧明面上只有他与他那个随从两人，实际暗中还另有一拨人，具体有多少人不得而知，但却个个身手了得，明显是训练有素，我们的人几次要跟，都没能跟得上。我们派去跟踪的人，还莫名其妙死了两人！"

罗副官虽是小声对潘启文说的这番话，但那声音却足够在场的人听得清清楚楚。

这话一出，一时间群情激愤，矛头直指方宗尧。

潘启文不动声色地听着他们的说辞，半晌，方一掌拍在桌上："够了！"

厅中立时寂静无声。

潘启文沉稳地说道："罗副官，你带人配合黑衣卫队，全力缉拿凶手，那人的模样和身形，黑衣卫队的好几个人都是看到了的，我们现在已经封锁了潘家集，他也飞不出天去！一切，等人抓到了再下定论！"

说到这里，他换上了一副沉痛的表情："倒是我爹，虽说脱离了危险，现在却还昏迷不醒！现在最重要的是我爹能醒过来！"

黎昕眼中闪过一丝诧异，这个潘天一，这时在众人面前又说这话，是何用意？他不由自主地看向潘启文。

只见潘启文说道："刚刚文管家来报，说是我娘请星云大师看过了，大师说，最好是冲一冲喜！这样，保管我爹能醒过来！"

说完，他淡淡地瞟了黎昕一眼。

一丝了然与欣慰在黎昕眼中滑过。

"冲喜？"众人怔忡中，却听黎昕缓缓说道："这倒是个办法！昨天省城来的西医也说，司令这情况，继续昏迷下去，只怕还是有性命之忧，若是有什么事刺激一下，或许他就醒过来了。"

潘启文沉声接过话道："嗯，我爹那天昏迷前，还念叨着我跟黛儿的婚事，我也答应了他，不如这几天就办了吧！"说完，他郑重地看向黎昕，问道："黎昕，你说呢？"

待众人散去，潘启文与黎昕也匆匆离开，两人一同回到了潘家大宅的书房。

“好生守在门口，不许任何人靠近！”黎昕吩咐着门口的黑衣卫队的人。

刚跨进书房，潘启文直直地盯着黎昕，直截了当地对他说道：“你暗中布置好一切人手，需要多长时间？”

黎昕迟疑着道：“你为什么这么急？为什么不等南北的事落定后，再来将他们一网打尽？”

潘启文冷笑一声道：“难道你没看出来，现在的情势，若不将他们灭掉，这南北之事，只怕等不到我们做主了！”

黎昕眉头轻蹙，有些担心地说道：“你与黛儿之事，可要与叶蕴仪明说？”

潘启文眼中闪过一丝不安，这两天，他一直守着父亲，没能回德园，不知她怎么样了？会不会胡思乱想？

潘启文沉沉地摇摇头：“咱们就5天后办事！这事越快越好，好多事要处理，我没有那个精力再去跟她细说！再说，德园中我们不是怀疑还有对方的人吗？若是泄露了任何消息，我们担不起这个风险！”

说到这里，他眼中闪过一丝无奈：“等这一切完了，我只要带她走，她自然明白我的心意！”

黎昕一听，微微一愣之后，不由怒道：“你还是要走？事到如今，你还心心念念的是带着叶蕴仪远走高飞吗？司令如此为你，你于心何忍？”

潘启文眼中却满是坚毅之色：“我爹昨天已清醒过来，是我要文管家瞒着所有人，连我娘都瞒着！”

黎昕又惊又喜，这时不由展颜笑道：“难怪你这么急，司令清醒过来的事，也瞒不了多长时间！”

潘启文点点头：“这一次，咱们就借着这个机会，将他们一网打尽！”

第二十一章

潘府喜宴

五日后，清晨，德园。

潘启文如往常去办公般穿戴整齐，他立在床边，看着叶蕴仪微微起伏的背脊，一股躁怒在胸口乱窜。

自从父亲醒来后，他每天都忙到深夜，不管多晚，他都一定回到德园，而这三天来，他却没能跟她说上一句话！而现在，她跟前两天早晨一样，明明醒了，却不愿意转过身、睁开眼来看他一眼！

潘启文抿了抿唇，双手紧紧地捏了捏，终于轻声开了口：“蕴仪，我知道你没有睡着！”

叶蕴仪背脊一僵，却仍是一动不动。

潘启文闭了闭眼，再睁开来，眼中蕴藏着一丝焦灼和不耐，他沉声道：“蕴仪，我让文四告诉过你，这次爹是真的遇刺了，而且，他是为我挡的子弹！”

叶蕴仪浑身一震，却仍是背对着他，淡淡地开口：“那你忙去吧，反正有这么多人‘守卫’着我，我也跑不到哪去！”

潘启文心里一沉，他蹬掉脚上的鞋，坐上了床，粗暴地将她一把扯进怀中，只见她随他动作，双眼却仍是紧闭着不肯睁开，他胸口重重地起伏着，焦躁地开口：“蕴仪，你到底在别扭什么？”

叶蕴仪突然睁来眼来，悠悠地说道："我在等你带我离开！"

一股怒火从潘启文心底往上直蹿，他狠狠地甩开她，低吼道："我答应过你的事，自会办到！我爹为了我，身受重伤，我有多忙多累，你一句话不问也就罢了，可你却一定要在这时候逼我吗？"

叶蕴仪直直地看向他，脑中闪过那日黛儿在他怀中伤心哭泣，他温柔安抚的情景，而如今，他的父亲又为了他身受重伤，此事若真，他又要怎么走？

她看向他的眼中是前所未有的悲哀："启文，我不是不信你，只是，我不再相信自己！就连我亲耳听到的、亲眼看到的，我甚至都不知该不该去相信！"

潘启文大恸，他再次将她搂进怀中，却听她轻声道："你告诉我，你还愿意做我的潘启文，而不是潘天一吗？"

潘启文伸手抬起她的头，焦灼地看向她的眼底，他咬咬牙，哑声道："蕴仪，再相信我一次好不好？最多不出十天，等我爹完全恢复了，这南北之事落了地，我就带你走！"

叶蕴仪审视地看向他，他不敢有丝毫躲闪地回视着她，终于，叶蕴仪点点头，眼中闪过一丝愧怍，她撑起来，搂住了他的脖子，主动吻上他的唇，一啄而过，声音变得稍稍轻快："启文，我信你！"

潘启文哪肯放过她，一把将她揪了回来，唇重重地压了下去，灵活的舌粗鲁地在她檀口中追逐搅动。她热情地回应着他，两人在反复的激烈纠缠中，强自压下各自心底深切的恐慌与不安。

直到两人都气喘吁吁，他才放过她，抬起头来，他的眼中晶亮，粗声哼道："先放过你，等我忙过这两天，看我怎么收拾你！"

那"收拾"二字，说得重而暧昧，叶蕴仪如往常一般一拳擂向他胸口。

潘启文一把抓住她的手，柔声道："蕴仪，你好好吃饭，不要胡思乱想，等这些事忙完，我就带你走！"

叶蕴仪点点头，摸上了他胡子拉碴的下巴，垂下了眼帘，愧疚地说道："你去忙吧！"

潘启文不舍地在她额上亲了亲，这才翻身下床。却听叶蕴仪在背后问道："对了，不是说南方有代表来的，是不是宗尧？"

潘启文穿鞋的手一僵，他迅速地压下心中的不安，轻快地答道：“不是，是另一个，姓姚的，他说，本来是方宗尧要来的，临时另有要事，所以换他来了。”

话音刚落，便听到叶蕴仪毫不掩饰的失望：“也就是说，宗尧不会来了？”

潘启文穿好鞋，回身抱了抱她，故做凶恶状地道：“不要老在我面前提别的男人！”

叶蕴仪见他又是一副无赖而孩子气的样子，反似高兴起来，笑着推他一把：“知道了，快去忙你的吧！”

潘启文刚走出屋，听着他远去的脚步声，叶蕴仪脸上强作的欢笑立即消失不见。她双手抱膝，弯下腰，将头埋在臂弯里，呆呆地坐在床上，一动不动。

一个时辰后，楼下，文四死死地拦在楼梯口，沉声道：“爹，您今天就是打死我，我也不能让您进去！”

小清也扑通一声跪了下来，哀求道：“文管家，求求你，少奶奶怀着身子，若是有什么事，我们怎么对少爷交待？你又怎么向少爷交待？”

文管家阴沉着脸，一挥手：“拉开他们！”

他身后的黑衣卫队一拥而上，只三两下便制住了文四，文管家一抬头，却见叶蕴仪只穿着睡衣，站在楼上走道中，静静地看着这一幕，那冰冷的目光，令他身上一寒。

文管家脸上堆起一个笑来，在楼下恭声道：“十九姨太，今天少爷迎娶黛儿小姐，我是奉司令之命，请您去大宅赴宴的！”

叶蕴仪死死地抓住栏杆，心中悲愤如波涛汹涌。

呵呵，十九姨太？司令有请？

他果然是骗了她！

什么他爹为他挡了子弹，什么十天后带她走！

他要瞒着她，他爹却偏要让她去观礼，呵呵，这是怎生的一出好戏啊！

潘家大宅内一派喜气洋洋。

书房内，潘启文一身大红长衫，向黎昕正色道：“这喜宴就快开始了，名单上的人，一个不能漏！只要人一到齐，立刻便动手！”

黎昕点点头："我刚刚已经核对过了，只除了丁长和，其余的人，全都到齐了。我一会儿就亲自去门口迎人，只等丁长和一到，我就立即通知你！"

潘启文神色凝重地道："咱们以我的枪声为号，内院里，由黑衣卫队负责抓人，一定要速战速决，让他们没有反应的时间！"

大宅门口，张灯结彩，门外是车水马龙，人潮涌动。

方宗尧拍拍身上的中山装，整了整领口，跨上台阶，早有黑衣卫队的人伸手一拦，礼貌地道："请出示您的请柬！"

方宗尧微微一笑，大大方方地指了指一旁正与人寒暄的黎昕道："我是南京中央政府代表方宗尧，你们黎师长亲自请我过来的，因临时走得匆忙，请柬落在了客栈，你们若是不信，可请黎师长过来一问！"

黎昕其实早看见了他二人，本当装作没看见，不料方宗尧竟如此一说，他只得硬着头皮走过去，对方宗尧笑道："哎呀，方先生，您人来了就是天大的面子，哪还需要什么请柬，快快请进！"

方宗尧被安排在前排贵宾席上，当他清清楚楚地看到那一身大红喜袍，手牵着红带的新郎时，他手中的茶杯底盘一倾，杯子"哐当"一声落了地。

这碎杯声，在一片喜庆的乐声中，显得那么的突兀，以至于所有的人的目光都看向了他。

在看到潘启文那一瞬间，方宗尧脑中如电光火石般，前前后后，所有事便在那一刻全都串了起来。

原来，原来潘启文就是潘天一！

难怪，这潘家集遍寻不获潘启文其人！

难怪，蕴仪一直住在德园！

难怪，蕴仪父母之死，会因这潘天一而起！

原来，自编自演绑架案，令蕴杰九死一生的，也是这个潘天一！

那一刹，方宗尧心里哪还记得"国事为重"，他只觉得胸中那一把怒火，恨不能毁了天、灭了地！

军阀之子！十九姨太！

一想到他爱慕了十几年的，那样一个高贵、美丽、有才华的女子，在军校中令众人仰视当女神般膜拜的女子，竟是被这样一个人生生欺骗、亵渎！他的心就像要裂开般，疼得不能自已！

若不是、若不是潘天一，欺她、骗她，令蕴仪眼中心里只有他，他方宗尧怎会放手！

可是，这个潘天一，竟还要再娶！他究竟置蕴仪于何地？

潘启文随着这杯子落地的声音，一抬眼，便见到怒红了眼的方宗尧，他心里不由一沉。然而，此情此景，他却只能微微一笑，对呆呆发愣的司仪淡淡说道："继续！"

方宗尧却冷冷一笑，索性将空留手中的杯碟往地上重重一摔！又是一声脆响。

潘启文脸色一沉，却见方宗尧邻桌一个军官起身怒道："方宗尧，你这是什么意思？"

方宗尧看也不看他，站起身来，冲上前去，一把揪住潘启文的衣领，照着潘启文脸上就是重重的一拳！

立时便有几个黑衣卫队的人冲上来，三两下便扭住了方宗尧和小路子。

潘启文阴着脸，沉声道："方宗尧，今天是我大喜的日子，我不跟你计较，你走吧！"说着，转头对黑衣卫队的人喝道："把他赶出去！"

方宗尧目眦欲裂，大叫道："潘天一！你这个混蛋！蕴仪父母因你而死，叶伯伯还是你的授业恩师，你却如此对待蕴仪，你真是猪狗不如！"

话音刚落，便听一声急切的惊呼声传来："少奶奶！少奶奶！你怎么了？"众人的目光一下子又被吸引了过去。

潘启文听到这熟悉的女声，心中一惊，抬眼望去，却见这院子门口，正是摇摇欲坠的叶蕴仪！

她面色惨然，无意识地向前走去，像是突然支撑不住，身子狠狠一晃，潘启文的心便随这一晃突地一跳。

小清急忙上前扶住她，她却挥开小清，挺直了身子，怔怔地看向尽头处，那里，有一身大红喜袍的男子。

两人隔着人群遥遥对望，似隔了千山万水般，互相都看不到对方眼中的情绪，只能感受到各自心底那不可抑制的绝望和战栗。

良久，叶蕴仪的目光突然转向方宗尧，厉声道："宗尧，什么我的父母因他而死？你、你说清楚！"

方宗尧一扭头，恨声叫道：“蕴仪，不仅伯父伯母因他而死，就连蕴杰在上海的绑架案，也是他安排人做的！”

叶蕴仪全身瑟瑟发抖，她死死地撑住小清的手，一步一步地向前走去，却被几个黑衣卫队的人往她面前一拦，她定定地看向潘启文，眼中是深切的绝望和悲愤，背脊却倔强地挺立着。

文四这时上前来拉她，低声恳求：“少奶奶，我们走吧！”

叶蕴仪冷冷一笑，她扶着小清的手，就势往旁边一桌的一个空位上一坐，声寒似冰地说道：“我奉司令之命，前来赴宴，难道你们也要赶我走吗？”她转过头来，看向潘启文，脸上是死一般的沉寂：“你们可以继续！”

一时间，整个院子里是可怕的寂静无声。

潘启文死死地盯着叶蕴仪，见她竟要竭力做出没事人一般，去端面前的茶，却终是因手抖得厉害而作罢。

潘启文心里如猫抓般火烧火燎的，惶急、惊恐，一团乱麻，哪里还有什么心思继续？

他抬眼向四周一看，却没有黎昕的影子。黎昕没有进来，就意味着丁长和还没有来，那他们就不能动手，这喜宴，就得继续走下去！

他咬咬牙，强忍下心中的慌乱，一挥手：“将方宗尧带出去！”

站在潘启文身旁的罗副官眼中寒芒一闪，故作姿态地低声道：“少帅，这方宗尧毕竟是南方的代表，如此扫了他的面子，恐怕……”说完，他似不经意般瞟了眼下首的一位军官。

只见那军官立即拍案而起，叫道：“南方的代表又怎样？刺杀司令的事，说不定就是他们做的！”

这军官的话，如一盆冷水当头淋下，方宗尧瞬间清醒过来，不由打了个冷战。他立时叱道：“你胡说！”

那军官冷笑一声，大声说道：“胡说？我们昨日在镇外发现了刺客和另一名匪徒的行踪，在与他们交战中，我们的两名兄弟还受了伤！虽说让他们给跑掉了，可我们的人却听得出来，他们两人的互相招呼照应中，明明是上海口音！”

这番话一出，一时间群情激昂，你一句、我一句，加上有心人的挑唆，更有人已拔出枪来，指上了方宗尧的头，大有要将方宗尧就地正法之势！

潘启文焦躁地向刚刚匆匆走到门边的黎昕看去，却见黎昕暗暗地摇摇头，他心里一沉，走上前去，一把拨开顶着方宗尧头上的枪，厉声道："够了！今天是我大喜的日子，你们便要在此动刀动枪吗？"

他转头对一脸急色的文管家叫道："把方宗尧给我抓起来，先关到牢中去！文管家，你亲自带人看押，不得出任何差错！"

文管家低声应了，就要上前押人。

"慢着！"一个清脆的女声响起，却是叶蕴仪站了起来，她一脸痛恨地看向潘启文，眼中满是绝望的讥讽："这又是你的圈套还是你爹的圈套？这么蹩脚的谎言，你也扯得出来？你到底要做什么？你想要什么？"

她周身散发着一种凛冽之气，一步步向潘启文走去，周围竟没人上前拦她。

潘启文闭了闭眼，硬起心肠，冷冷地说道："若是要为他说情，你可以免了！"

叶蕴仪凛然一笑："你们要我来参加这喜宴，又做这么一出给我看，不就是要我做低伏小么？"

她一步步走近，一步步点头："好！好！好！"

潘启文心里一慌，不知所措地看着她，只见她深深地叹了口气，对他幽幽地说道："潘少爷，以前是我痴心妄想了，还请您不要计较！"

话音未落，她却突然端起桌上的一杯茶，一步跨到新娘子面前，直直地跪了下去："少奶奶，请喝茶！"

叶蕴仪这一跪，一下子惊呆了所有人。即便是不知就里的陌生人，明知她不过是个姨太太，可凭她那份令人不敢逼视的美丽和气度，没有人会想到她竟会当众向新娘子下跪！更何况是潘启文和方宗尧？

方宗尧痛叫一声："蕴仪！"便猛地将头偏向一边，不忍再看！

潘启文的眼中，震惊、心痛之外，却更有一层冲天的森寒之气，他用手一指方宗尧，颤声道："叶蕴仪！你就为了他，下跪？"

叶蕴仪偏头看向他，脸上是冷冷的笑："潘少爷，这样，您可满意？"

潘启文闭了闭眼，冷声道："你起来！"

叶蕴仪漠然摇头："你放了他，我就起来！"

潘启文一把拔出身旁罗副官腰间的枪，指向方宗尧，阴沉沉地道：

“你信不信我一枪崩了他？”

这时，一直默不作声的黛儿，再也忍不住，抬手掀了盖头，弯腰去扶叶蕴仪，她眼中含泪，轻声道：“你、你快起来！”

叶蕴仪却深深地看了一眼潘启文，突然低低一笑：“我信，我怎么不信？”说着，她就着黛儿伸出的手，借力站了起来。

却在那一瞬间，她左手一扯黛儿，将她箍进自己怀中，右手衣袖中滑下一把小巧的手枪，直直地顶上了黛儿的头，她轻声一笑：“潘少爷，姨太太下跪你可以不在乎，那么这位少奶奶的命呢？”

她将枪往前顶了顶，厉声喝道：“放人！”

大红的喜台前，人们仿佛这才发现，那持枪而立的娇艳女子，竟是一袭白衣，仿佛一株孤傲的冬日白梅，点缀在一片赤红中，艳到极致，更冷到极致。

潘启文死死地盯着叶蕴仪，一双黑眸瞬间凝结成冰，谁都能看出，他眼中骇人的怒气一触即发，他怒极反笑：“好！好！叶蕴仪，这把枪，你真当是能威胁我几回？”

他右手一抬，手上的枪对准了方宗尧，目光森寒：“叶蕴仪，你是不是确定要跟我比，比谁的枪快、谁的心狠？”

叶蕴仪右手一颤，明知他是赌自己下不了手，她的眼睛却仍是不由自主地看向了黛儿那毫无血色的小脸，她咬了咬牙，正要说话，却听黛儿一声痛呼，一双手抓住了她，整个人却瘫软着向下滑去。

叶蕴仪一惊，下意识地去扶黛儿，便在这一瞬间，已被潘启文一巴掌打掉了她手上的枪，他这夹着怒气的一掌用了十分的力，竟将她也一把挥跌在了地上，潘启文微微一怔，左手下意识地要去拉她，却又迅速收了回来，偏了头，急急地转向了黛儿。

叶蕴仪跌坐在地上，顺着他的目光向黛儿看去，只见她手捂着小腹，红色的裤腿已湿了一片，连红袜也湿成了深色，有一股鲜红已顺着小腿流到了地上。

叶蕴仪心里似被什么狠狠碾过，痛得她闷呼出声，却又那么的无力：“你，你怀孕了？”

这时，却听“砰”的一声枪响，还未从先前的震惊中反应过来的叶蕴仪，下意识地向方宗尧看去，方宗尧胸口汩汩的鲜血，令她脑中轰然一响。

叶蕴仪眼前一黑，失去意识前，呈现在她眼前的是潘启文一把扔掉手中的枪，一脸惊恐地抱起黛儿，狂呼“华大夫”的画面！

而整个的潘家大宅，因着这一声枪响，瞬间变了颜色。

埋在院内准备抓人的黑衣卫队们冲了出来，几个人对一个，迅速地将名单上的人控制住。

而原本这一场好戏的导演和执行者——潘天一与黎昕，却完全顾不上指挥这场战事，只各自红了眼，颤着手，抱起一个女人向外狂奔。

黎昕手上抱着的是从潘天一手上接过的全身鲜红得能灼了人眼的黛儿，而潘天一手上抱着的却是一身雪白能冷了人心的叶蕴仪。

他们谁也没去注意，就在这同一时间，古天舒与手下的特勤队员们飞扑上前，抢过胸口中枪的方宗尧，在所有人还未反应过来时，便已在一片混乱中消失得无影无踪。

当叶蕴仪悠悠醒来时，一睁开眼，便对上蕴杰那一双通红的眼睛，见她醒来，他眼中的泪再也忍不住簌簌往下直掉，一把抓住了她的手，哭叫着：“姐！你睡了一天半，你吓死我了！我以为、我以为，你会像妈妈、爸爸那样，也扔下我不管了！”他的声音惊恐，显然吓得不轻。

叶蕴仪忙坐起来，搂过他，也是红了眼眶，生硬地安慰着他：“蕴杰，姐发誓，绝不会再丢下你一个人！”

她下意识地看了看窗外，只见外面已是夜色深深，她只觉胃里一阵痉挛，她一只手撑住胃，低下头来，另一只手搭在蕴杰肩上，柔声道：“蕴杰，你回你房间去睡吧，你放心，姐没事了！”

蕴杰却迅速地翻下了床，爬到桌边的凳子上，揭开桌上的砂煲，舀了一碗粥，还轻轻地吹了吹，这才小心翼翼地捧到叶蕴仪面前来：“姐，你肚子里的宝宝一定饿了，你先喝点粥！”

叶蕴仪鼻子一酸，她接过了碗，却沉了脸，厉声问道：“蕴杰，谁教你做这些的？小清呢？”

小清应声而入，怯怯地站在帘子旁，木木地，想说什么，却未说出口。

只听蕴杰开心地答道：“是姐夫叫我这样做的啊！姐夫说，姐姐不开心，只有我能唤得醒你，也只有我能让你吃得下饭，所以，这两天，都是我守着你！姐姐，真的是这样吗？”

叶蕴仪脸上一僵，吸了吸鼻子，一只手将蕴杰缓缓地搂进怀中，喃喃地道："是的，蕴杰，现在姐姐只有你了！"

蕴杰一脸迷惑，却什么也没有说。

叶蕴仪放开他，缓缓地将手中的粥喝了下去，这才对一直眼巴巴盯着她的蕴杰笑道："你看，姐已经喝过粥了，你快过去睡吧！"

蕴杰却一把抓住了她的手："姐，我陪你睡！"说着便爬到床里面，拉着她的手，不一会，便已沉沉睡去。

叶蕴仪下了床，在桌边的红梨木凳上坐下，揭开砂煲，打算再给自己盛一碗粥，一旁的小清连忙上去，抢过碗，盛了起来，放在她面前，轻声道："少奶奶，光喝粥怎么够？厨房里还备着点心，我去给您端上来可好？"

叶蕴仪面上一冷，沉声道："小清，不要叫我少奶奶！"

门帘外，那人的呼吸沉重急促得整个房内清晰可闻。

叶蕴仪轻笑一声，拍拍自己的小腹，对小清点点头，讥讽地道："是呢，你家少奶奶肚子里的那个正牌金孙没了吧？现在，这一个可又显得重要了不是？"

门外的人终是忍不住一掀门帘进了来，小清急慌慌地逃也似的飞奔出去。

他一步步走近，在她身前两步停了下来，低了头，嘴角微沉，沉痛而痴然地看着她，突然心中一恸，伸出手，想要抚上她眉间那一抹苍凉和恨意，却终是握拳收回，垂下手，他满嘴苦涩地道："我知道你是不信的了，可我还是要告诉你，黛儿腹中的孩子不是我的！"

她抬头，眼底是淡淡的青灰，她摇摇头，声音嘶哑却尖锐："这跟我有什么关系？"

她终是直直地逼视他："潘天一，我只想知道宗尧他怎么样了，还有，我父母的死和蕴杰的绑架是怎么回事！"

绝望如潮水般席卷了潘启文全身。

她是那么的倨傲，这一天半以来，因怕刺激到她，更怕她醒来再做出什么激烈的事来，他竟不敢守在她身边，只得让蕴杰守着她，他知道，现在只有蕴杰才能够让她迫使自己冷静下来。而他自己却在门外苦苦守候，滴水未进，一刻也未曾合眼。

果然，她醒来，心里再苦再恨，对着蕴杰，却仍是轻言细语，他在外间听着她对蕴杰说话的那轻柔的语气，心中竟生出一丝奢望来，幻想着也许她心中的恨意不是那么强烈。

然而，当他进了来，看到她看他的眼神，胸口已是一片寒凉，听到那一声又一声满是恨意的“潘天一”，潘启文像是再也支撑不住了一般，跌坐在凳上，他无力地闭了闭眼：“好！你想知道什么，我都告诉你！”

叶蕴仪终究再也掩不住心中的急切，颤声问道：“宗尧他怎么样了？你是不是抓了他？”

潘启文心里狠狠一抽，一抹强烈的妒意横生心间。

她，为了方宗尧不惜下跪，她，为了方宗尧不惜冒险胁持黛儿，而现在，她竟不问父母死因，第一句话却仍是方宗尧！

她可知道，当她屈膝下跪那一刻，他的心已裂成了碎片，他恨不得杀了方宗尧，更恨不得杀了他自己！

双手十指紧紧掐进掌心，他终是强压下自己就要脱口而出的“他死了！”那句赌气的话，心底里终存了一丝的奢望，告诉自己，不要再激怒她！

他深深吸了口气，睁开眼来，不避不闪地看向她，语气轻却真实：“我不知道，他被他的手下给救走了，我命守城的驻军，若遇他们，放他们走！”

叶蕴仪眼中是毫不掩饰的怀疑，她冷冷地道：“潘天一，若是宗尧能够平安无事，以方伯伯的大度，看在国事为重的分上，当不会与你计较这一枪之仇。可是……”

说到这里，她不由厉了声：“可是，宗尧若有任何不测，以方家的势力，迟早定会报此大仇！”

潘启文心中钝痛，即便是为了潘家军，他也不可能让方宗尧死，那一枪，是他身后的军官所开，目的就是要方宗尧出事，那么，他潘家军就再不能投南方。

她连这个账也要算在他的头上么？

他垂下眼帘，轻声道：“你这一番连消带打的话，所费的心思，不过是怕我不放他！你终究还是不信我！”

他心中更痛的是，她为了别的男人的算计！

叶蕴仪脸上是清清冷冷的笑：“潘天一，我爸以前总说，人若在同一个地方跌倒两次，便是愚蠢！我叶蕴仪即便蠢到极致了，也不至于在已经看到自己一次次信你的下场之后，还去傻傻地自己骗自己吧？”

潘启文张了张嘴，那一句到口边的“我不会再骗你”，终是咽了回去，他知道，即便他说出来，在她眼里，也不过是一个笑话！

只听叶蕴仪静静地说道：“那现在可以告诉我，我父母的死和蕴杰被绑架，跟你有什么关系了吗？”

潘启文闭了闭眼，该来的，终是逃不掉。

睁开眼来，他满脸的愧疚与沉痛：“日本人原本计划是要刺杀你，然后将与你长得十分相似的林婵凤安插到我身边，结果却阴差阳错，导致爸、妈的惨死！”

他小心翼翼地看了看她，只见她面无表情，尽管一双手死死地扒住桌沿，却仍是止不住浑身的战栗。

潘启文咬咬牙，一口气又接下去说道：“方家查到了这一消息，我为了隐瞒身份，更怕你知道以后会离开我，所以，为了阻止你与方宗尧见面，我设计绑架了蕴杰，又让我的人救了他，这样，蕴杰便可以不通过方宗尧就来到你身边。

“可是，我千算万算，却没算到蕴杰竟还需要再加服五天的药，我一得到消息，便命他们将蕴杰立即送回方家治病，却终是晚了。”

叶蕴仪撑住胃，弯下腰，全身已抖得如筛糠，潘启文心中骇怕，终是忍不住，一把将她搂进自己怀中，死死地箍住了，在她头顶哽声叫道：“蕴仪，我已经杀了林婵凤和指使的山本，还有那几个下手的日本浪人！我、我已将他们的人头放在爸、妈的灵前祭奠！”

“不！”却听叶蕴仪一声尖叫，她死命挣了开来，潘启文见她如此，也不敢用强，只好松开她，却见她站都站不稳的模样，又急急伸手去扶，却被她一把挥开，她死死地撑住了自己，一只手指向潘启文，恨声哽咽道：“不，你有什么资格叫他们做爸、妈？”

床上的蕴杰被惊醒，他怔忡地坐起，突然急急地下了床，冲到叶蕴仪身边，搂住了她的腰，惊慌地叫道：“姐、姐，你怎么了？”

叶蕴仪一把将蕴杰扯进怀中，似溺水的人抓到了一根浮木般，紧紧地搂住了他，将自己缩成一团，头搭在蕴杰幼小的肩上，终是痛哭出声。

蕴杰不知所措地向潘启文望去，却见姐夫竟是闭着眼，眉头紧蹙，撑在桌上的左手不住地轻颤，垂立身侧的右手握得指节发白，下唇已被咬得渗出血丝。

蕴杰更慌地抚上了叶蕴仪的背，叫道："姐、姐！你怎么了？"

叶蕴仪一把抓起蕴杰的手，"啪"的一声拍上了自己的脸，哭道："蕴杰，是我！是我害了爸妈，又害了你！"

这声脆响，似一把又细又尖的锥子，直戳在潘启文心上，戳得他一哆嗦，他额上青筋突地一跳，睁开眼来，一步上前，抓住了叶蕴仪就要再打下去的手，脸上痛苦地扭曲着，他红了眼，哑着嗓子低声吼道："蕴仪，你要打就打我！是我，是我害了他们！"

叶蕴仪挣脱不开，另一只手愤然挥起，一巴掌狠狠地打在了潘启文脸上，狂乱地叫道："你滚！我不要再见到你，你滚啊！"

门外已候了多时的文四和小清，终于忍不住冲了进来，小清抱过蕴杰，轻声低哄着，终于将蕴杰带了出去。

叶蕴仪满脸泪痕，怔怔地看着蕴杰离去的背影。

文四叹口气道："少爷，少奶奶有着身子，经不得激，你先让她一个人静一静吧。"

潘启文如梦初醒般，一脸惶恐地收回手，急慌慌地说道："蕴仪，我走！我走！"

他看了看呆呆跪坐在地上的她，低声恳求："地上凉，你先起来好不好？蕴仪，就当我求你！即便你不顾你自己，也要顾着肚子里的孩子！"

他的声音里，低声下气外竟是带上了一丝似比地上那身影还要无力的脆弱。

听到"孩子"二字，叶蕴仪浑身一震！她的手情不自禁地轻抚上了小腹，向下看去的目光也柔软下来。

突然，她原本有些许温柔的目光竟变得呆滞，喉咙中发出呵呵的瘆人的笑声："呵呵，孩子！孩子！"

她猛地瞳孔一缩，抬头看向潘启文那目光中，有讥诮，还有一种深深的痛恨和厌恶。

潘启文一凛，浑身的汗毛都直竖了起来。他紧张而戒备地看向她，只见她不知哪来的力气，竟抓起身旁的凳子，用尽全力向微微隆起的肚子击去！

潘启文大骇，飞身上前，因为用力过猛，他一下子跌趴在地上，却仍是伸出胳膊，死死地抓住了她向下猛击的那张凳子。

他刚刚抓住凳子的手向下重重地一沉，这让他意识到，她那一下真真是用了全力！

这个认知让他浑身冰凉！

他将凳子扔向一边，战栗着爬起身来，浑身发软地跌坐在地上，背上冷汗瞬间已湿透衣衫！

他侧过身来，双手猛地抓上了她的肩，大吼起来：“那也是你的孩子！”

叶蕴仪刚才那一下，也不过是一时气极，现在也后怕不已，她浑身瘫软地仍由他抓住，闭上眼，泪水却大滴大滴地往下直掉。

潘启文一把将她箍进怀中，痛苦地摇着头，口中叫道：“蕴仪，你到底要做什么？你要我怎么办？你究竟要怎么惩罚我？”

他猛地拉开她，抖着声音低喊道：“蕴仪，就当是我求你，我只求你，冷静下来，好好想一想，哪怕……”他咬咬牙，“哪怕是为了蕴杰！”

这句话出了口，他心底里是一片寒凉！他没有办法！她现在连自己的孩子都不顾了，他便只有蕴杰这一个可以令她冷静下来的武器可用了！

果然，叶蕴仪一下子睁开了眼：“你威胁我？”

潘启文只听得她这一句，便知她又恢复了理智，但同时伴随这理智的，却是她那如刀锋般的冷硬。

他满心苦涩地放开她，站起身来，居高临下地看向她，声音中充满了绝望：“蕴仪，你若说是威胁，那便是威胁吧！现在，我什么都不敢想，我只求你和孩子能平平安安！”

叶蕴仪垂下眼帘，冷声道：“我知道了，你走吧！”

潘启文突然激动地挥舞着手，吼叫起来：“你知道了？你知道什么了？我是有错，可你知道我这一切都是因为爱你、怕失去你吗？你知道我心中对你父母和蕴杰的内疚，已经快要压得我喘不过气来了吗？你知道我欺骗你的同时，自己心里有多痛吗？你知道我那种时时担心被戳穿，每时每刻都害怕你会离开我的如履薄冰的感受吗？”

叶蕴仪浑身一颤，她两手交替扶着桌腿，吃力地从地上缓缓爬起来，刚一站起来，便一阵晕眩，她急忙撑住了桌面，站直了身子。

潘启文的心，随着她的动作颤颤巍巍，他却只能强抑住自己想要去扶她的两手，紧握成拳垂立身侧。

却见叶蕴仪背过身去，无限悲哀地说了一句："即便是真的，那又能怎样？生我养我的父母，终究是因你而死；我唯一的亲人——蕴杰，因你差点病发而亡，更终生病痛不能痊愈；而宗尧，在我和蕴杰最孤苦无依时，一直陪着我们、帮着我们的宗尧现在却生死未卜！"

潘启文原先的激动瞬间消失得无影无踪。

他一脸的疲惫和萧瑟看向她，仍是不甘地问道："蕴仪，你就不问问我为什么要娶黛儿吗？"

叶蕴仪倔强地昂起了头："问了又如何？不问又如何？我是相信自己看到的，还是相信满嘴谎言的你呢？更何况，现在来问这个，还有意义吗？"

潘启文终是垂了头，转身向门外走去。

走到门边，他顿住脚步，回过头来，眼中带上了最后的一丝期冀，艰涩地从喉咙中挤出一句话来："蕴仪，如果、如果我说，只要你愿意，我明天就可以带你离开这里呢？"

回应他的，却只是一个独自勉力支撑起来的冰冷的背影。

潘启文眼中最后一丝光亮终于黯淡下去。他默默地转过身，一步一步、沉沉地向外走去。

两个背道而去的身影，在这样的夜里，都是一般的孤寂而悲凉。

第二十二章

决绝玉碎

半个月后，一大早，一辆马车缓缓地停在了德园大门口，黛儿在丫头的搀扶下，下了车，她脸色仍有些苍白，她抬头看了看德园那高高的牌匾，深深吸了口气，提裙向台阶上走去。

文四匆匆迎了出来，面色为难地拦在黛儿面前，弯了腰，恭敬地说道："三小姐，少奶奶身子不舒服，您还是请回吧。"

黛儿一拉就要上前的妈子，轻声道："文四，我不会为难你家少奶奶，我只想她跟二哥好！你，信不信我？"她那真诚的眼神，令文四心中一动。

一阵细微的脚步声传来，文四抬头向门内一看，只见叶蕴仪一副外出打扮，身后跟着小清。文四脸上不由一喜，少奶奶终于肯走出房门了么？

他一脸笑意，赶紧迎上去道："少奶奶，您可是想要出门？我这就让他们给您备马车去！"

叶蕴仪淡淡地瞟了黛儿一眼，别开了脸，面无表情地点点头。

黛儿却拉住了她的手，笑道："嫂子，你要去哪儿？我跟你一起去！"

这声"嫂子"令叶蕴仪轻轻一震，她若有所思地抬眼看了看黛儿，不由自主地捏了捏手袋，那里面，有一张约她见面的纸条。

就在刚刚，包着一粒小石子的纸条从窗外扔了进来，她捡起来一看，只有几个字：盛世茶楼。落款是一个“方”字！

她的心里不由怦怦直跳，一时间，她胸中竟充满了渴望，她急于想知道宗尧到底现在怎么样了。尽管那纸条上没有约定时间，也没有更详细的说明，她却不管不顾地换衣准备出门。

远远地便看到黛儿，她脑中立时映出那天潘启文一身大红喜袍的模样，心中不由一痛：那天早上他还胡子拉碴，一转脸，他却成了神采奕奕的别人的新郎！

黛儿那声“嫂子”，震动过后，心中却是冷笑：他又要故伎重施么？又要逼着黛儿来配合着他编织怎么样的谎言？

黛儿紧接着提出的要求，却令她心中一动，若是黛儿与她一起，是不是倒可以方便避开黑衣卫队的耳目呢？

她轻轻扯开黛儿的手，淡淡地说了句：“想去就跟着来吧！”

一旁的文四张了张嘴，呆呆地看着她们上了马车，赶紧安排黑衣卫队随行保护着。

盛世茶楼，叶蕴仪命文四要了“天”字号包间，只见黛儿瞪了他一眼，厉声道：“命你的人走远点，不要妨碍我们说话！”文四一怔，随即想起，黛儿那身孕绝不可能是少爷的，少爷娶她，只怕与此有关，她若是要与少奶奶解释，倒真不能让其他人听到。

包间内，黛儿低了头，开门见山地说道：“嫂子，二哥娶我，是有苦衷的！这个喜宴，不过是一场戏！大哥和二哥，本是准备找个机会，将那些个犯了事的军官们一网打尽，而爹那天帮他挡了一粒子弹，昏迷前，唯一念着的就是让二哥娶我，二哥答应了他！于是，便有了这场喜宴！”

叶蕴仪并没有如黛儿所想的那般激动，只莫名地笑了笑：“哦？还有吗？你是不是还忘记告诉我，你腹中的孩子也不是潘天一的？”

黛儿唇间血色迅速褪去，她咬咬牙，鼓起了全身的力气，说道：“那孩子的确不是二哥的！是、是那个山本的！”

叶蕴仪不由惊呼出声：“什么？”

黛儿脸上是一片苦涩：“是林婵凤给我下了药，她，跟山本是一伙的！”

却见叶蕴仪满脸无所谓地道：“所以，正因为这个孩子，你才需要一个名分对不对？”

见黛儿点头，叶蕴仪却轻笑一声道："上次，你的身份穿了帮，他跟我说，林婵凤给你下药，没下成！这次，竟然这么快就换了故事版本！"

叶蕴仪一脸悲悯地看着她："呵呵，他说我不肯包容他一丁点，说我并不爱他！而你呢？到底有多爱他？这样肯包容他的一切？甚至不惜一次又一次为他圆着谎？"

黛儿脸上一呆："你不信？"她一跺脚："他心里只有你！"

叶蕴仪冷冷一笑道："他竟让你如此做，可见他真的心里没有你！你以为这样'深明大义'地守着他，便能守得来他的心么？我告诉你，不可能！"

黛儿浑身一震，呐呐地解释道："我没有、没有想要守着他！我、我也从未想过要破坏你们！我、我只是想背着这个名分，守着爹、娘过一辈子！"

她一把抓上了叶蕴仪的手，急道："你相信我，他是真的爱你！我这个名分，也不过是个假的！你们不是有那个什么婚书的么？二哥说过，那才是合法夫妻，我跟他，不算的！"

叶蕴仪正要说话，突然一阵轻微的香气袭来，她突然便失去了知觉。当她悠悠醒来时，只见古天舒收回刚刚在她鼻子边上给她嗅着的一个小瓶子，一转头，却见黛儿正静静地趴在桌上，如熟睡一般。

叶蕴仪顾不得问明对方身份，只急切地问道："宗尧他怎么样了？"

古天舒忙道："他已做过手术，已无大碍，我们已安排人护送回上海，你不用担心！"

叶蕴仪一颗心这才放回肚子里，却又见古天舒直直地盯着她道："叶小姐，你可需要我们助你和蕴杰离开这里？"

行辕，议事厅内，潘启文一脸阴沉坐在正中，两侧，黎昕与十几个军官正襟危坐，气氛凝重。

黎昕微皱了眉，向潘启文看去，见他双眼下一片青黑，短短几天，双颊竟是寡瘦了下去，让他原本棱角分明的脸更显阴鸷。黎昕眼前又浮现起那天喜宴上那一身雪白、满脸悲愤却又倔强的身影，不由暗中叹了口气。

这几天，谁都不好过。

没有人料到，喜宴竟会闹成这样。

那一天，叶蕴仪和黛儿都昏迷过去。

黛儿大出血，华大夫虽想法止住了血，但腹中胎儿已无脉息，却并不落出，华大夫也束手无策，还是连夜从省城请来一个德国大夫，为黛儿做了手术，方才救了她一命，可是华大夫却断言，以后只怕她再难生育。

黎芙铮难过之下，却更担心叶蕴仪腹中的孩子，直到德园下人来报，叶蕴仪已醒来，她才稍稍松了口气。

就在叶蕴仪醒来那天深夜，潘家大宅却发生了一件事。

那天晚上，黎昕被一阵急促的敲门声吵醒，他心中一惊，急急地披衣而起，打开门，凛冽的寒风迎面而来，夹着的是文四惊慌的恳求："大少爷，求你救救我爹！少爷要杀他！"

黎昕急冲冲地随着文四来到黎芙铮院中，却见院中一圈荷枪实弹的士兵，将一干黑衣卫队的人围押在院墙一角。

文管家一脸木然地立在园子当中，潘启文杀气腾腾地举枪指着他的头，挑眉冷嗤道："这黑衣卫队，我既兴得、便灭得！你们真当有了这黑衣卫队，便能拿我当软柿子捏么？"

黎芙铮一双手紧紧抓住潘启文持枪的手，厉声道："是我派文管家去德园的，你是不是要连我也杀了？"

黎昕正要上前，却听屋内重重的一声咳嗽声，一个丫头扶着潘烨霖来到门口，潘烨霖颤着手，指着潘启文，怒吼道："你这个孽子！为了个女人，一定要把家中搞得鸡犬不宁是不是？"

潘启文转头冷笑一声，寒着脸道："你这会儿中气十足了？这才是你当初提出要我跟黛儿成亲的目的是不是？嗯？"

黎昕一步上前，沉声道："潘天一，你别忘记了，司令刚刚才为你挡了子弹！难道那也是假的不成？"

潘启文的背一僵，黎昕不由提高了声音，叱责道："文叔从小看着我们长大，你就真下得去手？"

潘启文持枪的手微微一颤，黎昕冷冷地道："潘天一，你跟叶蕴仪之间的一切，都是你自己造成，路也都是你自己选的，那样一个女人，是好驾驭的么？你若是离了这潘家少帅的身份，真的一无所有，不说别的，仅仅那个方宗尧，你又凭什么去跟他争？"

潘启文眼神一黯，无力地垂下手来，文四赶紧上前，一把将文管家拉开。

潘启文转过身，看了看潘烨霖，唇一抿，凉凉地道：“你不就是想要我留下来吗？好！今日起，你就好好在这大宅中颐养天年吧！军中一切事宜，都我说了算！反正你那些个不服我的老人，我也换得差不多了，行辕，你就不用再去了！”

他的话，令所有人一震！他这算是——逼宫？

潘烨霖更是身体一晃，若不是黎芙铮在旁扶着，他差点便倒了下去。潘烨霖神情萧瑟地看了看潘启文，什么也没说，转身回屋，那一下子苍老的身影，令黎昕不由鼻子一酸。

潘启文看了看文管家，又向园子内扫视了一圈，他那森森的目光令所有人都是背上一寒，他对文管家冷声说道：“将德园的黑衣卫队全部拨给文四统管，他们不再听命于你！若再有人干涉我的事，就别怪我不客气了！”

随后的几天，潘启文每天早早到行辕办公，有时晚上也不回去，面色却一天比一天阴沉。手下军官们整天提心吊胆，生怕一个不小心便激怒了他。

黎昕清了清嗓子，正准备说话，却见潘启文紧紧盯向门口，沉声问道：“你怎么会在这儿？”那声音里，竟是带上了一丝他自己都未察觉的颤音。

众人齐齐向门口看去，却见文四快步走了进来，尽管已在努力压制，嘴角却仍是忍不住往上微微翘起，他低了头，在潘启文耳边轻声说了一句话，潘启文猛地一抬头，眼中的是毫不掩饰的惊喜和不敢置信：“真的？”

话音未落，已急急地向门外冲去，一边走，一边低吼道：“黎昕，这里你搞清楚！”

黎昕眉头轻皱，离得最近的他，听到了文四那句话：“少奶奶命我来问一声，您中午回不回去吃饭？”

德园门口，文四一脸迷惑地看向潘启文，却见他背了手，立在大门口，眉头轻皱，眼神中有疑惑，更有一丝的紧张，问道：“少奶奶除了让你问我回不回来吃饭，还说了什么？”

文四摇摇头：“没有了！”

潘启文眼中困惑更甚，他沉吟半晌，方缓缓问道：“今天少奶奶可有见过什么人？”

文四垂了头，低声道：“今天黛儿小姐来找过少奶奶，我本不敢让她进，可她说，她只会为少爷和少奶奶好，我便没敢拦着。”

潘启文心中释然，一丝欣喜就那样掠过了眉梢，扫过他的嘴角，更渐渐漫上了心头。原来，她更在意的是他与黛儿成婚之事！定是黛儿与她说明了前因后果，以她的深明事理，当会明了他的心！

他唇角不自觉地向上翘起，大步往内院走去。然而，越近内院，他的脚步却越来越缓、越来越沉，心头的忐忑越发的扩散开去。

她说过，她无法原谅因他而导致她父母的死、蕴杰的病和方宗尧的伤，她甚至都不质问他与黛儿成亲之事！

那天之后，他竟再不敢见她。他从早到晚忙碌在军务之中，下意识地逃避着不去见她，因为，他不知道他们该怎么办，或许，他们之间，主动权从来就不在他的手上。他害怕再听到她说出什么决绝的话来，更害怕她做出伤害自己和孩子的举动。

然而，再怎样的忙碌，也抵不过心中的那份深深的思念和痛楚，他还是知道她的一举一动。

小清告诉他，她开始拼了命地吃东西，有时吃了吐，她便吐了接着再吃，小清实在看不下去，劝她不要勉强自己，她却红着眼眶，一脸歉疚地抚摸着小腹，轻声哽道：“小清，我那天差点就杀死了他！是我不好，世上哪有我这么狠心的娘！这段时间这么多事，我一直都没好好吃饭，他的营养怎么跟得上？我吃了吐、吐了吃，总能让他吸收得到一些，就当是，我给他的补偿吧！”

当他昨天听了这一段，松了口气的同时，心中却更加疼痛！她本是那么爱这个孩子，那天，恐怕真的是被他气急了吧？

见她对孩子态度恢复到正常，他如死灰般的心便又开始活泛起来，他试图与她解释黛儿的事，她却听都不愿意听！

她淡淡地道：“潘天一，这些我都已不关心！你若真对我有过几分真心，那么，你就让我和蕴杰走吧！”

终于听到最怕听到的那句话，潘启文心中充满了绝望。

想到这里，潘启文的心里越发地焦躁不安起来，就在昨天，她还不肯听他的解释，可今天，单凭黛儿几句话，她便肯主动让文四来找他了么？

潘启文蓦然收回正要抬起上楼的脚，下意识地向楼上看去，却见叶蕴仪正凭栏而望，居高临下地看向他。

她脸上看不出喜怒，但他却恍然觉得她的目光中竟掺上了一丝柔软，他有些不敢置信地微虚了眼，想要看得更仔细些，却觉脖子里一凉，伸手一摊，发现天上竟是飘起片片雪花来。

一丝欣喜就那样在潘启文心头蔓延开来，他痴痴地看向楼上的人，口中喃喃叫道："穗冰、穗冰！"

那是在她刚刚怀孕时，她与他最爱做的一件事，便是讨论孩子的名字，那一天，他将手轻轻按在她的小腹上，说："若是女儿，我定要当块宝一样地娇养起来，这名字里，一定要含上这层意思！"

那时，她低头微吟，在他的唇终是忍不住吻上她优美的后颈时，猛然抬头一笑："就叫穗冰！"

他的唇不舍地贴在她颈上，低问："为什么？"

她咯咯地躲开，笑着将柔软的右手盖在他的手掌上，带着他的手，在她的小腹上缓缓地打圈，眼中是柔柔的母爱："我们在广州相识，广州又名穗，广州地处南方，极难下雪，你说这穗冰，是不是稀世之宝？"

这片片雪花，令潘启文原本忐忑的心竟安稳不少，他觉得，也许这是老天要带给他的运气。隔着漫天飞舞的雪花，他越发痴了地看向楼上的人儿，不敢有丝毫的动作，生怕，惊扰了这一唯美的画面，更怕，一动，这一场自己编织的美梦便消失不见！

楼上的人却轻皱了眉，淡淡一声："还不快上来！你不冷么？"

只一句话，便令那原本只有一丝丝的欢喜，竟瞬间发了酵，冲得潘启文一时竟不知身在何处。他不自觉红了眼，深深吸了口气，如平常回家般轻轻柔柔地笑："就来！"

他三步并作两步上了楼，她迎到楼梯口，向他伸出一只手来。他仍是不敢置信地盯着那只纤纤细手，足足一分钟，才敢伸出手去，轻轻地握住了，她的手心冰凉，却紧紧地反握住了他，他心中猛地一跳，再控制不住自己，一把将她扯进自己怀中，唇已压了下去。

他将她更紧地揉向自己，死死地箍住了，将她冰冷的双唇轻轻地含进去，用自己湿热的舌头在上面不停地画着圈，一直到她的唇与他的一样暖，他才急急地挑开她的双唇，迫不及待地想要探进去，却碰到她紧闭的齿关，他心里一慌，不敢再进，退开来，将她的头贴在自己胸口，在她头顶喃喃地叫道：“蕴仪！蕴仪！”

叶蕴仪浑身轻颤着，耳边响起自己上午对古天舒那坚定的回答：“好，我们走！”心底里却有一块什么轰然倒塌，砸得她支离破碎的心，疼得不能自已。

她轻轻挣开他压在自己头上的手，踮起脚尖，搂上了他的脖子，主动吻上了他的唇。

潘启文浑身一震，僵立在那里，直到那柔滑的小舌，探入他的口中，轻轻地扫在他的口腔内壁上，他才猛地伸出大掌托住她的头，狠狠地压了下去，发疯般与她追逐纠缠，她突然用牙咬住了他的唇，恨恨地撕咬了起来，那细细的疼，一直延伸到心里，竟在他心中扯出一丝丝快意，若这便算是她发泄的方式，被她咬死，他也心甘情愿！只要，她不再说离开！

一股腥甜在两人口中漫延，随之而来的又是一滴滴咸涩的泪水，潘启文心里一慌，他急急地拉开她，焦灼地看向她的眼底，口中不安地探询：“蕴仪？”

满脸泪痕的叶蕴仪却环上他的脖子，拉下他的头，伸出舌头，轻轻柔柔地舔上了他唇边的血痕。潘启文脑中轰然一响，再无其他，低头再次吻上了她，只一下，便退开，一把打横抱起了她，急急地向房内走去，身后一脚踢开了门！

房内早升起了炭火，门刚一关上，一股暖流袭来，两人更觉躁热起来。

叶蕴仪挣扎着下了地，踮起脚尖，热烈地吻上了他的喉咙口，潘启文一下子便被点着，他猛地将她压在门上，又急又狠地吻了上去。

叶蕴仪毫无章法地撕扯着他的上衣，潘启文却已等不及，一把扯下她的下身衣物急急地顶了上去，然而，她已然隆起的小腹却阻住了他，他猛然顿住，原先疯狂的眼神竟变柔和起来，他缓缓地滑了下去，将她上身的衣服向上捞起，一双手轻轻地抚上那光洁的小腹，他的唇也轻轻地印了上去，柔柔地吻遍那微微鼓起的每一寸肌肤。

他一把抱起她，一边往床边走去，一边深深地吻住她，喃喃地叫道：“妞！我的好妞儿！”

激情过后，潘启文满足地叹口气，多日未曾安眠，这一下，只觉无比的困倦，竟搂着她，沉沉地睡了过去。

叶蕴仪缓缓地睁开眼，贪婪地看着他，手指轻轻描画着他脸上的轮廓，她将脸贴上他的，眼睛望向空中，口中喃喃地道："爸、妈、蕴杰，对不起，我便要这一回，要回我的启文一回。"

睡梦中，潘启文只见叶蕴仪一袭白衣，冷冷地看着他，眼神一如喜宴那日的悲凉冷漠，她只静静地不动，明明原来一伸手就够着的距离，但却莫名地越拉越远，他无论怎么向前，却怎么也够不着。

潘启文冷汗涔涔而下，他大喊一声："蕴仪！"就要翻身坐起，伸手却触及一片柔滑的肌肤，他浑身轻颤，他紧紧地拥住她，轻轻地躺了下来，抖着唇贴上了她的。

却听见她口中淡淡地吐出一句话来："启文，你说，你随时可以带我和蕴杰离开这里，你这话，可还作数？"

漫天漫地的喜悦便在潘启文胸间荡漾开来，原本的不安瞬间烟消云散。他猛地支起上身，探究地看向她，眼中是满满的惊喜和不敢置信，说话也不利索起来："蕴仪，你、你真的还肯跟我一起离开？"

他如此小心翼翼的模样，令叶蕴仪心中莫名一痛！她竟不敢看他，垂下眼帘，淡淡地道："只怕你爹不放你走！"

潘启文躺了下来，从后面一把搂住了她，在她耳边轻声笑道："从他将我诓回来开始，我就防着这一天，黑衣卫队已被我的亲兵连制住，这一次，任谁也阻止不了我们啦！"

叶蕴仪背脊一僵，他竟是真的一心一意要跟她走？那他为何要娶黛儿？黛儿肚子里的孩子又算什么？难道真如黛儿所说，只是为了解决叛军需要？

潘启文敏感地急急去扳她的肩，焦灼地道："蕴仪，你怎么了？"

叶蕴仪嘴角一扯，半开玩笑地道："我只是在想，你的话哪句是真哪句是假？"

潘启文眼神一黯，半晌才轻声道："蕴仪，你再信我一回，好不好？咱们明天就走！"

书房内，潘启文"扑通"一声跪在了黎昕面前。

黎昕大惊，忙伸手去扶他，急道："天一，你这是什么意思？你跪我做什么？"

潘启文却直直地看向他，郑重地道："大哥！以后爹、娘和咱们潘家军，就托付给你了！"

黎昕先是一怔，随即一把甩开他，恨声叫道："不要叫我大哥！"

潘启文垂了头，低声道："对不起，我没有办法！"

黎昕一把揪住了他的衣领，压低了嗓音，阴沉沉地道："你把司令逼得退了位，现在军中全是你的人，所有方略都按你所规划的在执行，潘天一，你现在却说你没有办法？"

黎昕狠狠地将他往地上一推："你自己跟你爹、娘，还有这二十万大军说去！"

潘启文跌坐在地上，腆着脸道："军中的人说是我的人，但全是经你手提拔的，这些方略你现在也都清清楚楚，你掌握潘家军，比爹强，没有什么大不了的！"

黎昕冷哼一声："潘天一，这不是你推卸责任的理由！你的威望谁能比？现在形势瞬息万变，你留下的死方略有个屁用！单只这南北之事，现在我们就是进退两难！"

潘启文却话锋一转，偏了头，轻声说道："黎昕，我只知道，蕴仪若继续在这里呆下去，她不会快活。而我，却绝不可能舍得下她，让她独自离去！黎昕，即便不为我考虑，你其实心底里也会怕她过得不好吧？"

黎昕脸一沉："潘天一，你又在胡扯什么？"

潘启文轻嗤一声："以为我看不出来么？你既怕她过得不好，又嫉妒我跟她在一起，恐怕你更怕我们离去，你便再也见不到她了吧？所以，你到底是在留我还是在留她？"

黎昕浑身一震，他咬牙道："潘天一，你醒醒吧！你做了那么多事，以她的性子，她怎么会再肯跟你走？"

潘启文眼中闪过一丝犹疑，却迅即说道："以前的都是我的无心之过，她爱我，当然能想通，今天黛儿去找了她，跟她说清楚了成亲这事，她自然就原谅我了！"他语气坚定而决然，似说服黎昕，更似要说服自己。

黎昕眼神复杂地看向他，正要说话，却听潘启文叹口气，轻轻地说道："黎昕，以前蕴仪说过，她当初离开上海，一方面是寻我，另一方面，也是想放了方宗尧。现在，我要对你说同样的话，放我们走，也放了你自己！”

说完，潘启文径直打开房门，头也不回地走了。

德园，叶蕴仪缓缓地来到前厅，她看了看正襟危坐的黎昕，心中满是疑惑，眼神中充满了警惕：这黎昕从未单独见过她，这时候来，却指名要见她，是何用意？

叶蕴仪接过丫头的茶盘，亲自将茶碗放到黎昕面前的桌上，斟酌着应该怎么称呼他，终是决定什么也不称呼，只轻声道：“启文说是跟文四有事要忙，这么晚了还没回来，你找我有什么事吗？”

黎昕象征性地接了茶碗，客气地笑了笑：“你们明天就要走了，我这做大哥的，连个像样的见面礼都没给过你，这个，是我这个大伯，送给你肚子里的孩子的。”说着，他拿出一块晶莹剔透的翠玉扣来，放到桌上，笑道：“这平安扣，便送孩子一世平安吧！”

叶蕴仪瞟了一眼平安扣，礼貌地说了声：“谢谢！”却也并不伸手拿过，只端了茶，抿了一口，等着黎昕的下文。

黎昕眼睛看向厅外，缓缓地说道：“我比天一大了不过两个月，从小到大，天一从未叫过我‘大哥’，他也从未当我是他大哥，他对着我，甚至连基本的礼貌都没有，更别说下跪！可是，他却因为你，两次向我下跪，叫我‘大哥’！”

叶蕴仪的手轻轻一颤，却并未说话。

黎昕自顾自地说道：“第一次，是在大宅那次，他本不用跪，却硬是陪着你跪了下去；第二次，是今天下午，他来到行辕，跪着叫我‘大哥’，是将爹娘和潘家军托付给我！”

叶蕴仪心中如一丝细线勒过，紧紧地疼，她看向黎昕，抿唇问道：“你想说什么？”

黎昕轻轻叹口气道：“他处处为你考虑，为了你，他是什么都肯做的！他说，若你留在潘家集，你会不快活，可是，你有没有为他想过，为了你的快活，他付出的是什么？我知道，你从来不待见他潘家少爷的身份，但你可曾想过，他若离了这一身份，一切从头来过，他可会快活？”

叶蕴仪压下心中的震动，轻笑一声：“原来你是来做说客的！”

黎昕站起身来，看向她，眼神柔和：“不，我不是来劝你留下的。我只是想说，他虽说做错过事，但他付出的代价也并不小！所以，我也希望你真肯放下过去的一切，安安心心地与他过日子！”顿了顿，他又轻声说道：“这样，你自己也才能真正地快活！”

说完，他将桌上的平安扣往叶蕴仪面前一推，再深深地看了她一眼，甩甩头，转身向外走去。

黎昕走后，叶蕴仪静静地坐在厅中，这一天以来，他的种种，早令她心中的坚冰裂开了无数条缝，而黎昕的话，却如醍醐灌顶，两个声音在胸中翻滚纠结，放下？放不下！信他？还怎么信他！

她的手不自禁地抚上了小腹，再抬起头来，眼中竟是生出了一丝喜悦和活力，若他真心带她走，她暂且放下又如何？即便是为了孩子，她也应该给他、给自己一次机会！

下定决心般长长呼出一口气，站起身来，对小清笑道：“走，我们先去趟盛世茶楼，回来再吃饭！”

行辕，书房内，黎昕皱眉道：“丁长和的那一个团不知所踪，你这样上路，实在太不安全！大宅和德园的黑衣卫队，我全部交给文四带去，以防万一！”

潘启文摇摇头：“不行，蕴仪最讨厌的便是我这潘家少爷身份，这黑衣卫队要给她看见，指不定她又要胡思乱想！”

文四匆匆而来，他看了一眼坐在潘启文对面的黎昕，欲言又止，潘启文轻轻皱了皱眉，一挥手：“说吧！”

文四垂了头，低声道：“少奶奶又去了盛世茶楼，将小清留在了包间门外，暗中随行保护的黑衣卫队也没敢靠近。”

潘启文霍然站起身来，撑着桌子，半晌，眼中闪过一丝疲惫和脆弱，又颓然坐下，不一会儿，他抬起头来，坚定地道：“不，她会跟我走的！”

深夜，潘启文一脸疲惫地回到房中，他静静地立在床前，看向熟睡中的叶蕴仪，他忍不住俯下身去，手指轻轻抚过她的脸庞，喃喃地道：“蕴仪，你真是因为要跟我走了而安心么？”

第二天，黄昏，马车上，叶蕴仪撩开帘子，对车旁骑着马并行的潘启文皱了皱眉，道：“天这么冷，你不如上车来吧？”

潘启文心中一暖，扬声笑道：“我不冷！今天这慢悠悠地走，可憋死我了！我前面跑一段，先去客栈打点一下，把菜都点好，你们慢慢来，到了就有饭吃，可别饿坏了我儿子！”

叶蕴仪急忙叫道：“等一等！”

转身从车上包袱里拿出一条灰色的围巾来，伸手递给他：“晚上不比白天，把这个围上！”

潘启文眼神一亮，一时间，眼角眉梢都蕴满了笑：“给我的？你织的？”

叶蕴仪点点头，笑道：“嗯，早就织了呢，后来断了，昨天晚上我才把它赶完，又结了穗子。”

潘启文突然大叫一声：“停车、停车！”

前面驾车的文四吓得赶紧将车停住，紧张地向后看。

却见潘启文跳下马，将脖子直直地伸了过去，孩子气的笑溢在嘴角：“你给我围上！”

叶蕴仪好笑地轻拍一下他的脖子，拿过围巾，严严实实地给他围了两圈，又在前面打了个结，退后一点，看看他，点头笑道：“很帅！”

潘启文一把扯过她，在她脸上一啄而过，蕴杰与小清早捂了嘴在一边笑，叶蕴仪微红了脸，笑着捶他两拳，推开了他。

潘启文翻身上马，伸手摸了摸脖子上的围巾，脸上不由自主地泛起一个心满意足的笑来。

他挥起马鞭，正要打下去，突然左侧横空飞出一把小小的飞刀，直削马腿，潘启文的马吃痛，往前一跪，潘启文机敏地一跃下马，就地向右一个翻滚，然而，对方似早将他的动作算好，当他刚要撑地暴起时，却被一把枪直直地顶上了太阳穴！

潘启文单腿跪地，冷冷地瞄了一眼面前这个高大的男人，缓缓地站了起来，那人也并不阻止，枪随着他的动作未离开他的头。

却听文四一声惊呼“少爷！”转头看去，文四也已被人用枪顶上了头。

潘启文环视了一眼围上来的几个人，冷笑一声道：“好身手！你们想要什么？”

叶蕴仪听到外面的动静，急急地撩开帘子，探出头来，当她看到用枪指着潘启文的那个男人时，不由惊呼出声：“古连长！”

她看看潘启文，再看看古天舒，心中惊疑不定，明明昨天她已与古天舒说好，由他们暗中跟随，只要潘启文真正带她离开西南地界，他们就可自行离开，可现在，他们这是要做什么？

这时只听古天舒沉声叫道："潘天一，你只要让你的人将方宗尧交出来，我们便放了你！"

叶蕴仪一惊，看向潘启文的脸上充满了失望，她厉声质问道："你、你将宗尧怎么样了？他刚刚才做了手术，你真要置他于死地才甘心么？"

潘启文怔怔地看向叶蕴仪，咬牙道："我没有抓方宗尧！"

古天舒重重地一哼："你骗谁！就在前天，护送宗尧的人正要离开西南地界，却被你们潘家军的人扣下了，我的手下拼死才逃出一人，向我报信！"

潘启文却顾不得与古天舒辩解，他眼中满是悲哀地看向叶蕴仪，语气中竟带上了一丝恳求的意味："蕴仪，你告诉我，你是真心要跟我走，而不是诓我离开黑衣卫队的保护！你告诉我，你昨天去盛世客栈，不是跟他见面，不是为了今天抓我救方宗尧！"

叶蕴仪一惊，昨天古天舒并未跟她说宗尧被抓之事，还答应了她只暗中护送的请求，可现在，又是怎么回事？

而更让她心惊的是，潘启文竟然知道她与古天舒在盛世的见面，他却并未阻止，也不曾问过她一句！

一股强烈的不安涌上了叶蕴仪心头，她不由厉了神色："你都知道？你到底要做什么？"

叶蕴仪质问的是他知道她与古天舒见面却不吭声，而在潘启文听来，却无疑是承认了这一切不过是她与古天舒的圈套，只为了救出方宗尧！

只听古天舒对制住文四的人说道："把他放回去！"又对文四说道："你回去告诉潘烨霖，用方宗尧来换潘天一！若方宗尧有任何不测，这潘天一也别想活着回去！"

不再受制的文四却把头一扬，只看向潘启文。

潘启文一时间只觉浑身冰凉！

明明她的柔情是那么的真实，他们昨天还曾那么的亲密，她的热情是那样的感染了他，令他在心底里暗自感谢上苍。

就在刚刚，因着这条围巾，他竟觉得这是世上所有的温暖！

然而，这一切，她却只是在对他演戏！

为什么，她要如此残忍？将他送上云端，再重重地摔下！

潘启文死死地盯着叶蕴仪，颤声问道：“蕴仪，你告诉我，若是要用我的命换方宗尧的命，你是不是也会同意？”

他眼中弥漫着的绝望与悲伤，让叶蕴仪一凛，她垂了头，低声说道：“只要你好好地放了宗尧，他们自不会要你的命！”

他低头看向自己脖子上的围巾，喉咙中发出瘆人的笑声：“呵呵呵，你所谓的原谅、突来的柔情，甚至这该死的让我感动的围巾，都是为了那个方宗尧？”

潘启文高高地昂起头，努力维持自己残存的骄傲，看向叶蕴仪，轻蔑地道：“你以为，在这西南地界，就凭你们这点小伎俩，便能拿了我的命去么？”

话音刚落，他一声呼哨，几十个黑衣卫队的人横空出现，迅速将他们围在了中间，形势急转，古天舒与他手下每个人头上都顶上了一把枪！

古天舒面不改色地将顶在潘启文头上的枪往前顶了顶，沉声道：“你们小心些！我们的命不值钱，你们这潘家少爷可值钱！”

被隔断在黑衣卫队包围圈外的叶蕴仪，一惊之后，不由浑身止不住发抖，她看向潘启文，战栗着说道：“这才是你的目的，对不对？你根本就不是真心要带我走，对不对？你早就知道我与古连长见面，却不动声色，只为了在抓住宗尧后，再将他的人一网打尽？”

潘启文嘶哑着嗓子叫道：“我的真心能打动你吗？我舍弃了一切只为了你，你却为了另一个男人要我的命？”

就在这时，文四红了眼，一跃到叶蕴仪身边，用枪顶上了叶蕴仪的头，对古天舒叫道：“放了我家少爷！”

潘启文眼中一紧，正要喝止文四，却听叶蕴仪厉声叫道：“古连长，不能放！你现在手上只有这一个筹码能救宗尧！”

潘启文全身如坠冰窟，上下牙关止不住发颤，只见叶蕴仪冷冷地看了他一眼，对古天舒轻轻一笑道：“你放心，我肚中有他潘家的孩子，他们不能拿我怎么样！”

呵呵呵，这就是他倾尽所有去爱着的女人！这个为了另一个男人，用他的孩子来威胁他的女人！

若她是因为她父母之死、为蕴杰的病，甚至仅仅是因为他骗了她而恨他，若是因为这个，她要他的命，他给她就是！可她，却偏偏是为了另一个男人！

潘启文绝望的眼中充满了毁天灭地的恨意，一种同归于尽的冲动直冲上脑海，他右手猛地往上一格，古天舒完全没料到他竟会不要命地突然发难，手上下意识地一扣扳机。

“砰、砰”两声枪响，叶蕴仪心中一颤，急切地看去，却见潘启文并未受伤，心里不禁一松。

古天舒却被黑衣卫队的人一枪击中手腕，手中的枪已被击落在地，他却不顾血流如注的手，忍痛灵活地一移身形，摆脱了身后黑衣卫队的牵制，一矮身，左手已从靴子中拔出一把匕首，揉身再向潘启文扑去。

潘启文嘴角噙上一抹残酷的笑，左脚飞起，踢上古天舒受伤的右手，在古天舒吃痛的一瞬间，一个错身，以小擒拿的手法从身侧抓住古天舒的左手，狠狠一掰，已是夺过了他的匕首，这时身后黑衣卫队的人一拥而上，几个回合便制住了古天舒，潘启文狠狠一脚向古天舒踹去！

叶蕴仪急急地叫道：“住手！”

听到叶蕴仪的叫声，潘启文下意识地收回再次抬起的脚，收到一半，却冷冷一笑：“叶蕴仪，你真当我就那么贱，你说什么我就听什么？”说完，一脚死命地踹上了古天舒的肚子，古天舒发出一声痛楚的闷哼。

叶蕴仪颤着手，捂了嘴，不敢再出声，红了眼，转过身，径直向马车上走去，还用枪顶着她的文四一惊，急忙收了枪，站在一边。

叶蕴仪一撩车帘，只见马车上，小清紧紧地抱着蕴杰，蕴杰瞪大了眼，一声不吭，只紧张地盯着叶蕴仪。

叶蕴仪心里一痛，正要上车，却听潘启文沉声道：“将他们都押回去，关起来！”

立于马车边上的叶蕴仪听着背后潘启文的脚步越走越近，她缓缓地将手伸向车上的手袋，在小清和蕴杰惊恐的注视中，将袋中小巧的手枪握到了手中，在那股熟悉的男性气息逼近她身旁时，突然一转身，手上的枪已顶上了潘启文的胸膛。

叶蕴仪深深吸了口气，稳住心中的慌乱，低低地叫道：“放了宗尧和古连长他们！”

潘启文垂头看了看胸前的枪，一双布满灰霾的黑眸紧紧地逼视着她，冷冷地叫道："你开枪啊！只要你敢开枪，我就放了方宗尧和他手下所有的人！"

叶蕴仪的手轻轻一颤，她咬咬牙叫道："放人！"

他低低一笑，眼中是骇人的光亮："你开枪啊，只要你开，我立马就放了他们！"

叶蕴仪的手抖得更是厉害，低叫道："你别以为我不敢！"

潘启文突然大吼一声："你开啊！"

叶蕴仪被他这一激，枪向他左臂一偏，猛地一下扣动扳机，却听"啪"的一响，竟没有子弹！

叶蕴仪一惊的同时，心里竟是松了一口气，却被潘启文一把打掉了手上的枪，他紧紧地抓上她的双肩，喉咙中发出瘆人的笑声："呵呵，叶蕴仪，我下了你枪里的子弹，本是防着你以你自己来威胁于我，没想到，你却是为了另一个男人，要我的命！"

叶蕴仪浑身一软，她闭了眼，冷声道："你不就是为了要我都听你的吗？好！只要你放了他们，我便安安心心当你的十九姨太！"

潘启文怒极反笑："十九姨太？叶蕴仪，事到如今，我在你心目中就是如此不堪？"

叶蕴仪猛然睁开眼，不屑地看向他："潘天一，你还在乎我怎么看你么？"

潘启文右手一抬，手中的匕首指向古天舒，神情狂乱地叫道："你信不信，我现在就可以要了他的命！"

叶蕴仪一把抓上了他的手，惊叫："不要！"

她的声音一下子软了下来，眼中的泪簌簌而下："就当我求你，你就当是为我肚中的孩子积德，放了他们吧！"

一听她提到孩子，潘启文只觉气血上冲，疯狂的血液在身体里流动，他瞬间爆发，他右手一转，手中的匕首已顶上了叶蕴仪的小腹，他怒吼道："孩子？你还敢跟我提孩子！有你这么狠心的娘么？上一次，你差点便砸死了他，这一次，你竟然为了另一个男人，用他来威胁我！你当这孩子是什么？你又当我是什么？便凭这一点，那方宗尧就该死！"

叶蕴仪浑身冰凉，她红着眼看向他，颤声问道："我只问你，你到底把宗尧怎么样了？”

潘启文想也不想，目光森寒地叫道：“他死了！”

叶蕴仪浑身一震，一把抓上了他的手，咬牙叫道：“你杀了他？”

潘启文冰寒入骨的声音传入叶蕴仪耳中：“你做这么多，不就是要跟他走么？好，要走可以，这孩子反正你也不要，你就将孩子留下！”

叶蕴仪战栗的手轻抚上了小腹，她突然凉凉一笑，这一笑，竟令潘启文头皮一麻！一种不祥的预感掠过潘启文心头。

潘启文还未来得及反应，叶蕴仪已紧紧抓住他的手狠狠向下一戳，同时小腹猛然用力向上一挺！

身体被刺穿那一刹，她的眼里是决绝的笑：“潘天一，就让你的孩子去地下陪我那为你枉死的父母吧！”

远处，残阳如血，叶蕴仪在萧瑟的寒风中缓缓倒下，剧痛中，她扭曲着身子，勉力伸出手，再次抚上小腹，眼角渗出一滴晶莹，口中无声地说了句：“对不起，宝宝！”

一片惊叫中，潘启文瞳孔急剧收缩，他慌不迭地想要甩开手中的匕首，却发现它已深深地插入她的小腹，眼前只余一片血红。

第二十三章

咫尺天涯

叶蕴仪小腹上那一片血红，令潘启文眼中的狠戾被满满的惊恐所代替，他一把抱住向后倒去的她，大吼了一声："蕴仪！"

回答他的却是她脸上那诡异的笑容，惨淡中似讥讽，又似解脱。

当华大夫神色黯然地告诉他"对不起，少爷，孩子是保不住了"时，他踉跄两步，勉强稳住身形，却觉一股腥甜上涌，鼻端一呛，一口鲜血就那样喷将出来！

他顾不得擦拭唇边那抹残红，一步跨到床前，一把揪起昏迷中的她，死命地摇晃着她，恨恨地叫道："不是我！不是我！是你！是你！是你一直不想要他，是你这个狠心的娘！"充满恨意的语气中，更多的却是一种恐慌和迫不及待的辩解。

突然他又惨然地笑起来，一把将她紧紧箍在怀中，一只手掐上了她的脖子，满是恨意的眼中散乱着狂野的光芒，咬牙切齿地叫道："你到底有多恨我呢？嗯？要用我们孩子的命来惩罚我！那就不是你的孩子么？还是，你根本就是为了另一个男人？"

当他看到昏迷中的她，一张小脸苍白如纸，毫无一丝生气地静静地躺在那里时，他一下子委顿在地，喃喃地分辩道："我没有想过不要他，我没有想过！你不能怪我的，不能怪我的！"

然而，她根本听不进，也看不到他，她足足昏迷了三天，这三天里，他满腔的恨意，早已化成难以遏制的恐慌。他不眠不休地守着她，在她耳边一遍又一遍地喃喃低语，企图唤醒她。

“蕴仪，你醒来，好不好？只要你醒来，我不再计较你算计我，不再计较你让我失去了我们的孩子，我们重新开始好不好？

“蕴仪，方宗尧没有死，我查过了，他是被丁长和抓去了，只要你醒来，我就派人去救他，好不好？

“蕴仪，你就不担心蕴杰么？他哭你哭得眼睛都肿了。”

第四天，她终于醒来，却不说不动，一双眼空洞地盯着上方，半晌，她的手放上了自己的小腹，眼角渗出一滴晶莹的泪来。他大恸，扑上去，却哑着嗓音，什么都说不出来。

他知道她不想看到自己，独自默默地来到牢中，对古天舒说道：“方宗尧是被我们的叛军丁长和抓去的，我们得到的消息是，他还活着。你走吧！”

古天舒却死死地盯着他：“叶小姐呢？她怎么样了？”

他死死地攥紧了拳头，胸口剧烈起伏着，冷冷地道：“她死了！你叫方宗尧不要再惦记着她！”

古天舒半信半疑地看了他半晌，突然冷笑一声道：“潘天一，那天晚上，叶小姐去找我，是为了告诉我，她不需要我救她，只要暗中跟着你们，若你真心带她离开，我们就不会动手！”

潘启文浑身一震，他一把揪住古天舒的衣领，面目狰狞地叫道：“你说什么？”

古天舒冷冷地道：“那天直到跟着你上路，她都根本不知道宗尧失踪的事，是我存了私心，利用了她来胁持你！”

古天舒一把挥开潘启文揪着自己领口的手，厉声道：“是你害死了她和你们的孩子！”

潘启文猛地一仰头，发出一声凄厉的吼声：“不是我！不是我！”

他一转身，疯一般直奔向她的床前，然而，当他远远看到她那冷漠的身影，他却突然停滞了脚步，再不敢上前，虽然看不清，他却能清晰地感觉到她那充满恨意的目光，他的心，突然便痛得失去了知觉，竟再不敢上前，逃也似的转身离开。

直到深夜，喝得酩酊大醉的他，再一次踉跄着来到她的床前，痴痴地看着她，却在她一个冰冷的眼神中，再次落荒而逃。

第二天，当小清急急地告诉他，叶蕴仪自醒来便不吃、不喝、也不说话时，他端着一碗粥，来到她的床前，静静地看着她，淡淡地道："从现在开始，你吃多少我就让人给蕴杰吃多少，你不说话，我就让人把蕴杰的嘴塞起来，也不许说话！你不起床、出门，我就让人将蕴杰也关在房内，不许他出来！"

说完，他舀起一勺粥，凉了凉，轻轻地递到她嘴边，他看着她的唇抖得不成样子地张开，缓缓地将粥吸到嘴里，艰难地吞咽，他的心便在深深的绝望中，碎成了一片片，他的手竟也跟着抖起来。

他知道，他与她之间，隔着她父母的死、蕴杰的病、方宗尧的伤，现在，还加上了他们孩子的一条命！

当他从古天舒口中得知，她真的曾想过抹掉过去的一切跟他走时，他恨不能杀了自己！

他突然就明白了她挺身迎上匕首时的那份绝望，一如他将那匕首顶上她肚子时的疯狂！

她再也不会原谅他！也不会再相信他！

一碗粥，一个抖索着手喂，一个战栗着嘴吃，过了大半个时辰，才勉强吃了一大半。

潘启文咬咬牙，放下碗，拿起毛巾，轻轻地为她抹了抹嘴角，站起身来，他深深地呼出一口气，轻声道："我知道你不会再相信我，我还是要告诉你，我没有抓方宗尧，更没有杀他，他是被丁长和抓走的，我已经放了古天舒，还让人协助他去救人。"

叶蕴仪闭了眼，并不理他。

他伸手出去，手指指腹轻轻地抚上她冰凉的小脸，她冷硬地一侧头，他心中抽痛，收回手，缓缓说道："不管你信与不信，那天，我是真心要带你走的，并不是你想象的什么抓古天舒的圈套！"

他久久凝视着她，她除了轻颤的睫毛外，从里到外散发的都是冷漠和毫无生气。他叹口气道："我让蕴杰来陪你！"

就在他转身那一刹那，只听她无比虚弱地说道："那天，我居然异想天开地打算抹掉过去的种种，跟你走！"

潘启文浑身一震，他猛地回过身来，扑到她床前，紧紧地抓住她的手，颤声道：“蕴仪，那天、那天一切都是误会！可不可以、可不可以……”

叶蕴仪突然睁开眼，用一种近乎疯狂的眼神盯着他，她嘶哑着嗓子问：“那天，你真的忘得了吗？那天，我们一起，杀掉了自己的孩子！那天，若是那枪里有子弹，我还杀掉了你！”

潘启文禁不住打了个寒战，他眼前突然闪现出那天她拿枪顶着他胸膛的情景，她那时真的开了枪，为了方宗尧！在那之前，她还用肚子里的孩子来要挟他！

无边的绝望和愤怒蔓延上来。

若说过去种种，他真的只是无心之过，他却从未想过要伤害她，可她呢，她却为了另一个男人，真真实实地对他开了枪！

尤其是，她就那样轻笑着对古天舒说：“我肚子里有潘家的孩子，他们不能拿我怎么样！”他眼看着她，就这样轻飘飘地、蔑然地用孩子威胁，让别人以她为人质！那时他的脑中一片空白，而那一声枪响，更令他发了狂，才会将那锋利的匕首顶上了她的小腹，也将那致命的利刃带给了他们的孩子！

这几天以来，他只关注在她的伤病上，下意识地不去想，甚至想要去忘记这些，可现在，她却偏偏要提起！

这样的他们，他怎还想着重新开始？他甚至，还让人去救方宗尧，带着丝他不肯承认的对她讨好的意味！他更怕姓方的死了，他与她之间，又添上一笔硬伤。

可是，她却并不领情！

她到底是不肯放过他！连他那点可怜可笑的自欺欺人都不许！

他一把甩开她，踉跄着站起身来，颤着手指向她，恨恨地道：“叶蕴仪，要说狠，没有人比你更狠！你可以对你的男人下得去手，你可以对自己下得去手，更对你自己的亲生骨肉下得去手！你这个——可怕的女人！”

整整一个月，他没有去看她，只命人带蕴杰去陪着她。他不知道该如何面对她，他自己也不知道自己对她是爱是恨。

醉生梦死中，他常对自己冷冷地笑，他哪里是不知爱恨？他明明每天都在疯狂的思念中度过，哪有什么恨？他不过是怕她的冷漠，怕她的拒人千里之外，更怕自己一看到她，便会如飞蛾扑火般再迎上去，任由她再将他的感情踩在脚下！

但他却知道，她已逐步好了起来，偶尔，甚至能听到她的琴声。只是，她不曾走出那房门一步，除了蕴杰，她谁也不见。

终于那一天，他又宿醉在书房的躺椅上，朦胧中，他听到了那细碎的脚步，他没有抬头，心却莫名紧紧地提了起来，那“吱呀”的推门声，令他心中一跳，随着那熟悉的气息的靠近，他的心不争气地慌乱起来，他不敢睁眼，甚至一动也不敢动。

他感觉到那冰冷而柔软的手，轻轻顿在他的发上，甚至张开五指梳了梳，那手缓缓向下，细细抚过他的额际、眉眼、脸颊，最后扫过他的唇角，他心中狂跳，一丝希冀就那样在心中升起，他只想一把抓住她的手，将她狠狠地揉进怀中。

一个狂乱的念头在脑中横冲直撞，他很想问问她，若他能忘记那天呢？若他能呢？那她，也能吗？

一转眼，脑中却尽是她决绝的眼神，他没敢动，随着那柔软的抽离和那令他相思若狂的气息的逐步远去，他嘴角泛起一丝苦笑，他告诉自己，刚才不过是自己酒后的幻觉，她恨不得他死，又怎么可能，再对他有那样的柔情？

当第二天，同样的情景再现，那被他死死压下的希望又猛然抬了头，他还是不敢动，只怕一动，这一份期盼便又消失不见。他急急地叫来文四，想要确认那是否自己的幻想，那急切的问语中，是他自己都未察觉的紧张：“刚才，可有人进来过？”

他分明在文四的眼中看到一闪而逝的怜悯：“少奶奶刚才进来过一下，拿了本书就走了！”

他已顾不上自己那可怜的自尊，开始期待下一次的来临，他又傻傻地想，或许是因为文四守在门外，她便不敢再停留，于是，他又厉声吩咐着：“明天不许守在这里，书房外一个人都不许有！”

然而下一日，他等来的不是她的柔情，而是古天舒拼了命的刺杀！

混战中，他被古天舒在腹部刺中一刀，古天舒却被暗中保护的黑衣卫队一枪击中左胸，一片混乱中，他看到她拼了命地跑过来，她看不见他的伤，看不见他的痛，只是紧紧地抱起倒在地上的古天舒的头，颤声大喊：

“为什么？你为什么要来送死？”

古天舒睁大了眼，惊骇地看着她，只来得及说了两个字“报仇！”便瞌然长逝！

他心中“咯噔”一下，他不明白古天舒为何要这样做，又为何要这样说。

猛然抬头看向她，果然，他在她眼中看到了满满的恨意，她战栗着站起身来，弯了腰，逼视着他，哑声问道：“他说他要报仇！他要为谁报仇？谁值得他这样不要命地要杀了你？”

她一步步走向他，厉声问道：“宗尧死了，是不是？他被你杀了，是不是？所以古连长才会要为他报仇，对不对？”

那一刻，潘启文心中除了绝望，还是绝望！他一把挥开前来扶他的文四，猛地将腹中的匕首拔了出来，小腹瞬间血流如注。

他竟不觉得疼，直直地看向她，将刀柄塞到她手中，他的脸上竟泛起一个温柔的笑来：“你可以杀了我为他报仇！来吧！你怕什么？反正你也杀过我一次了，还怕第二次吗？”

她颤抖着，不敢去握那刀柄，他握上了她的手，将刀柄捏紧在她手中，指着自己心脏的位置，大吼道：“来吧！死了，就一了百了了！”

他眼前突然一黑，手一松，只听到“咣当”一声刀落地的声音，倒下前，他看到她紧捂着小腹，满脸痛楚地蜷到了地上，那一刻，他眼中只有她那苍白的小脸和那如死灰般的眼神。

当他再次清醒，他一把抓住正给他换药的华大夫，沉声问道：“她呢？”

华大夫一怔，许是懵懂地不知他这突然一问的是谁，一旁打下手的文四赶紧伸出头来：“少奶奶在房中歇着！”

他想起那时她痛楚地蜷缩到地上的模样，心中一抽，看向华大夫的眼神突然变得狠厉：“不是说她好了吗？她为什么会痛成那样？”

华大夫满脸愧疚地看向他：“老朽无能，她每天都会这样痛上好几次，我却查不出原因！请来省城的西医，只说恐怕是伤到了小腹内的器官，他也没什么办法！”

潘启文如被一把钢针扎上了心头，疼得他喘不过气来，他战栗着问道：“你是说，你是说，她这么长时间以来，每天都痛成这样？”

华大夫点点头，避开他那要杀人的眼神：“每天都好几次，有时时间长，有时时间短。”

潘启文猛地翻身坐起，一阵巨痛传来，小腹上已是浸出血来，他却不管不顾地低吼道：“为什么不给她药止疼？”

文四急忙按住他：“少爷、少爷，你别急，小心伤口又崩了！”

华大夫忙道：“开了外用、内服的药，都不管用！”

潘启文一把挥开文四：“混账！难道就让她这样痛吗？”

华大夫额上渗着汗，迟疑着道：“除非、除非……”

见潘启文死死地盯着他，仿佛若他说不出个所以然来，下一秒便会扑上来的样子，他赶紧说道：“除非用鸦片！”

潘启文浑身一震，他挣扎着要下地：“我要去看她！”

当潘启文看到蜷成一团，满头大汗的她，脸色苍白如纸，口中死死地咬着一条毛巾，全身疼得瑟瑟发抖，却一声不吭时，他哪里还分得清对她的爱或恨？

他一把将她抱进怀中，强压住心中的疼痛，哽声道：“蕴仪，华大夫说，可以用鸦片止疼，你告诉我，你要用吗？”

叶蕴仪的手肘无力地想推开他，却被他箍得死死的，她在他怀中不停地颤抖，却咬着牙，大口地吸着气，断断续续地道：“潘天一，你、你告诉我，若我好了，你会放我离开吗？”

她已经痛得死去活来了，却还想着要离开他！

潘启文只恨不得掐死她，想都不想，心中的话脱口而出：“不可能！”

她闭了眼，叹口气，无力地笑道：“既然都是生不如死，既然都是没有未来，那就少受些皮肉之苦吧！我同意用鸦片！”

他霍地放下她，撑着床，站起身来，眼中一片死灰，他死死地盯着她看，末了，恶狠狠地甩下一句：“不许用！”转身便向外走去。

她在他背后轻轻地一句：“无所谓！”他脚下一滞，终是狠下心，没有回头，逃也似的，疾步向外走去，因动作幅度太大，他的伤口又裂了开来，他却不觉得痛，身和心都已经麻木。

他狠下心不去看她，一直到第三天，黎昕来看他。

黎昕甚至都不问他的伤势，开门见山地道：“我去看过她了，她今天痛得昏死了过去！”黎昕眼中是掩盖不住的迷茫和痛楚。

潘启文心中一颤，却梗着脖子，冷冷地道：“那又怎样？黎昕，别忘了，她是我的女人！”

黎昕垂下眼睑，缓缓地道：“我听说，鸦片不仅能镇痛，还能让人精神上放松很多，你们之间，绷得太紧了，或许这个可以试试呢？即便上了瘾，她也只会对你更依赖。”

或许是黎昕话语中“依赖”两个字打动了他，再次来到叶蕴仪房中，这时的她并没有犯病，他眼看着她本就瘦削的脸上已只看得见两只空洞的眼睛，脸色苍白得吓人。

他双手紧紧地攥在一起，压下心中那一阵抽痛，沉声说道：“我会带你去省城找最好的大夫，同时先给你用鸦片镇痛，可是，你要有心理准备，一旦你的病好了，我会强行让你戒掉，那个过程也会很痛苦！”

叶蕴仪没有回答他的话，好像潘启文说的，完全不关她事似的，却冷声问了一个不相干的问题：“宗尧是怎么死的？你把他埋在哪了？”顿了顿，她以一种厌恶和痛恨的表情看向他：“你那么恨他，或者，你就直接让他曝尸荒野、尸骨无存了？”

她的话令潘启文一下子炸了毛，他挥舞着双手，咆哮着道：“我没有杀他！我跟你说过了，我没有杀他！”

叶蕴仪只平静地冷冷地看了他一眼，转身躺向了床里面，给了他一个倔强的背影。

潘启文将她和蕴杰带到了省城，入驻司令府，一边给叶蕴仪吸食鸦片镇痛，一边请了德国的大夫为她诊治。蕴杰也开始在省城的学校上学。

半个月后，叶蕴仪的气色竟红润起来，潘启文尝试接近她，发现她竟也不再对他那么冷冰冰的，尤其是在她刚吸食过鸦片后，有时，她甚至是温情脉脉的。

一天黄昏，她刚刚吸食过鸦片，他来到她的房中，她斜靠在床上，就那样怔怔地看着他，他在那样的目光蛊惑下，走上前去，抓住了她的手，她脸上有过一丝挣扎，终是没有甩开他。

欣喜中，他一把将她拉进自己怀中，他拉着她的手，细细抚过自己的眉眼，喃喃地问道：“蕴仪，在德园时，有两天，你到书房来找过我，那时，你就这样温柔地抚着我的脸，你告诉我，那时，你想做什么？”

叶蕴仪细细地想了想，轻声道："我那时，以为我快要死了，我、我只是想再看看你！"

潘启文呼吸一窒，他颤声问道："蕴仪，你终是舍不下我的，是不是？"

叶蕴仪眼神迷乱地看向他，哽咽着道："启文，我怎么舍得下你？我好不容易才找到你，我怎么会舍下你？"

听到这一声已经很久没听到她叫的"启文"，潘启文眼中一热，不敢置信地稍稍拉开她，深深地看向她，她却将头重重地往他怀里一插，哭道："启文，爸、妈没了，我只有你和蕴杰了！你不可以再丢下我了！"

潘启文喉中哽痛，他轻轻地抚着她的背："我怎么会丢下你，蕴仪，一直以来，都是你要丢下我啊！"

叶蕴仪在他胸前蹭了蹭眼泪，抬起头来，看向他，脸上泛起一个开心而急切的笑来："阿文，我找到了你，我就可以把蕴杰接来了，咱们赶紧派人去上海，把蕴杰接过来！"

潘启文身体一僵，瞪大了眼，急急地问道："蕴仪，你说，去上海接蕴杰？"

叶蕴仪重重地点头，对着他笑："是啊，蕴杰身体不好，这山高水长的，没有你确切消息前，我不敢带着他，怕他的身子经不起折腾！"

潘启文心中一紧，原本那若狂的欣喜瞬间消失殆尽，一种深切的悲哀在心中升起，原来，这一切不过是她在鸦片作用下的幻象，她心中，刻意地想要忘记他们重逢后所发生的一切吧？

她摇摇他的胳膊，娇声道："我在跟你说话呢，让你派人去上海接蕴杰！"

潘启文不由自主地点点头："好！"

叶蕴仪眉眼带笑，踮起脚尖，吻上了他的唇，那久违了的馨香瞬间惑乱了他的心神，她一啄而过，他又怎么可能再放得开？

他猛地伸手掌住她的后脑勺，他的唇重重地压在她的唇上，左右晃动来回蹭着，他在她唇上流连低语："蕴仪，你才是我的鸦片，我戒不掉的毒！"

叶蕴仪眼中滑过一丝的凌乱，她揽上了他的脖子，一如以前两人如胶似漆时的模样，浅吟低唤："阿文！"

潘启文浑身一震，他捧起她的脸，血红的眼中是毫不掩饰的欲念，他摇摇头，甩开脑中不安的念头，满足地低叹一声道："蕴仪！"一口咬上了她雪白的颈项，发泄般地扯起一片肌肤又弹回，引来叶蕴仪一阵呻吟。

他整个人压了下去，带着她滚到了床上，在肌肤相亲中，极尽温存地挑逗着她，在她急促的呻吟与喘息中，他急速地律动，口中不停地唤："妞，叫我！妞，叫我！"

一声声"阿文"从叶蕴仪口中浅唱低吟出来，他在这样虚幻般满足中，带着她步入巅峰！

他从身后尽可能地贴上她，手脚与她紧紧相缠，就这样拥着她入眠。

然而，天还未完全黑，她便醒转过来，她回头看过来，惊骇的眼中再无先前的迷乱，她用力挣脱他，扯过被子盖住自己，将赤裸的他完全抛在冰冷的空气中，只冷冷地给了他一个字："滚！"

潘启文原本柔软的心瞬间冰凉！

他"呼"地一把扯开被子，钻进去，强势地从后面将她紧紧裹进自己怀中，他的手和脚像藤蔓一样夹住她，胸膛故意大力地在她背上裸露的肌肤上蹭了两下，他在她耳边冷笑一声道："刚才在我身下承欢时你怎么不让我滚？你倒是这么快吃过就不认账！别告诉我刚才你什么都不知道，别告诉我那是因为鸦片产生的幻觉！"

他犹豫了一下，终于尖锐地出口道："叶蕴仪，鸦片没那么大功效！你不过是借着药性，做了你心中想做的事！"

叶蕴仪拼命挣扎，颤声嘶叫着："滚！你这个混蛋，滚开！"

潘启文胸膛剧烈起伏着，他一翻身，将她压在身下，两根手指伸到她下面，往外一撑，他的火热便强硬地插了进去，他在她的战栗中咬牙切齿地叫道："滚？你让我滚到哪里去？我是你的丈夫，你是我的女人！"话音未落，他便不管不顾地又重又快地律动起来，同时，一双手紧紧地压着她，让她动弹不得。

他不管她能不能承受，一边大力冲撞，一边狠狠地叫道："叶蕴仪，你不过就是仗着我爱你！"

他心中积压的怨愤、怒气瞬间爆发："你以为只有你恨，我就不恨么？我到底做错了什么？我不过就是一开始隐瞒了我的身份，所有的一切，都是我的无心之过！我极尽所有想要弥补，你却不领情！更为了另一个男人要杀我！你还、还就那样杀了我们的孩子！你这个狠心的女人！”

叶蕴仪原本闭了眼，脸侧向一边，听了他这句话，浑身一颤，不由带着哭音尖叫起来：“不是！不是我！是你！是你说要留下孩子，是你杀了我的孩子！”

潘启文狠狠地一巴掌拍在被他提起的她的臀部上，更加大了力度重重地往前顶去，口中狂乱地叫道：“我从没想过不要他，是你！是你！就是你这个狠心的女人！”

见她没有反应，潘启文越发地气，他眼睛血红，再将她向外拖，令她半悬在床上，将她的腿架到自己肩上，一边猛烈地撞击一边发泄般地叫道：“叫你气我！你这个狠心的女人！你有什么好？凭什么我要一而再、再而三地对你低声下气！”

当他终于闭着眼，浑身战栗着到达顶点，将他的热流喷射在她的身上，他的动作才在自己的低喘中缓缓地停下来。

他疲累地倒在她身上，他的手抚过她紧闭的双眼，撩起她额前湿淋淋的发，喃喃地道：“蕴仪，这样多好！你问我，能不能忘记那天的事，我告诉你，我能的，我不再计较了，你也别再气我，好不好？我们好好地在一起，我们还会再有孩子，这一次咱们一定好好保护他，好不好？”

见她并未反驳，他心里暗自高兴起来，说到孩子，他的眼不自觉地向下瞟去，口中轻笑道：“说不定咱儿子已经进去了呢！”

然而，触目所及的却是她大腿根处一丝丝鲜红的血迹，他心里一慌，急急地抽身而起，向她脸看去，才发现她毫无生气地躺在那里，一动不动，竟已是昏迷了过去！

潘启文慌乱地起身穿衣，一边大叫着让小清打热水来，一边让文四去请华大夫。

他胡乱地用热毛巾为叶蕴仪擦拭了下身，刚刚为她穿上衣服，华大夫便已到了门外。

诊过脉，华大夫跺脚道：“少爷！少奶奶刚刚小产才一个月，身上又有病，哪能经得起你这样折腾！”

潘启文低了眉眼，看着华大夫为叶蕴仪施了针，见到她悠悠醒来，他一句话未说，只深深地看了她一眼，便转身默默地离开了。

他两天未踏进她的房门，到第三天，他实在忍不住，又在傍晚她吸食鸦片后来到她房中。

她仍是斜靠在床头，淡淡地看着他，他试探着去握她的手，她轻轻一震，眼神挣扎中，却并未抽出。

他轻柔地将她拥进怀中，她迟疑了一下，便静静地靠上了他的肩头，两个人什么都没说，就在夕阳的余晖中静静相拥而坐，直到她眼神逐渐清明，他才逃也似的飞速离开。

从那以后，他每天傍晚都去她房中坐上一个多时辰，大多数时候，两人什么也不说，有时，他会带些她喜欢的小玩意给她，她会淡淡地笑一笑；有时，她会陪他下一盘国际象棋，每当她赢了他，她脸上仍是那宠辱不惊的微笑，一如以前在广州时一样，让他心里总是有恍然回到从前的感觉。

有时，她会弹钢琴给他听，他总是要她弹那首儿歌《小星星变奏曲》，她也会如了他的愿，在那欢快的节奏中，他幻想着他们还是那样快乐恩爱，一如什么都没发生过。

然而，好景不长，一个多月后，她的精神越来越差，食量也小得可怜，脸上刚有的血色也消失殆尽，整天昏昏欲睡。

当华大夫告诉他，那是鸦片的原因时，他一把揪住华大夫："你胡说，那些吸食过鸦片多年的人也不会是这个样子！她才吸了不到两个月！"

华大夫叹口气："少奶奶刚刚小产过，又受过重伤，身子还有病，恐怕经不起长时间的吸食！"

潘启文心中一阵失落，难道连这样的日子，也不让他再多过上一段么？

他眼中闪过一丝不舍："那她那疼痛的毛病到底好了没？现在是不是可以戒掉鸦片了？"

华大夫眼中尽是疑惑地道："刚开始的时候一天发作几次，后来一天只发作一次，再后来，不知是不是因为鸦片的原因，也没见发作，可是，每次我一提出停掉鸦片，少奶奶的疼痛便会立即发作！"

潘启文找来为叶蕴仪治病的德国大夫霍夫曼，霍夫曼皱着眉头，操着夹生的中国话，对他道："少帅，您夫人身体上的病早就好了，她现在的状态是心理上的问题，我想是她过于依赖鸦片，潜意识里不肯脱离它！"

一丝锐痛在潘启文心中划过，他沉吟半晌，抿唇问道："若强制戒掉鸦片呢？"

霍夫曼摇摇头道："我不是心理医生，我不知道这个后果会怎么样，但我在德国见过类似的情况，最后病人完全疯狂了！"

潘启文用吃人的眼光看着霍夫曼："那要怎么办？"

霍夫曼耸耸肩："你们中国有句话，叫做'心病还需心药医'，必须让她心理上接受戒除鸦片，才有可能痊愈。"

潘启文浑身一震："心药？"

那天傍晚，他喝了一点酒，带着酒气，来到她的房中，一把抱住她，喃喃地道："蕴仪，再给我弹一次《小星星》，好吗？"

她没有说话，径直来到钢琴前，他站在她身后，双手静静地环在她的肩上，听她弹起了那首欢快的曲子。

末了，他轻轻柔柔地吻她，在两人的低喘中，他一把打横抱起她，将她放到床上，整个人覆了上去。

意乱情迷中，他带着一丝绝望，又带着一丝虔诚的希冀，在她耳边喃喃低语："蕴仪，再给我一个孩子！"

他在她的身下垫上枕头，在温柔缱绻中将他的温热尽数洒在她体内，久久不肯出来。

第二天早上，他再次来到她的房中，语气中带着一丝心灰意冷，沉声道："你不是想要离开我吗？只要你戒掉鸦片，我就放你和蕴杰走！"

他随着她猛然抬头的动作看去，她的脸上竟是与那窗外的新绿一般，一下子勃发出了生机！

他心中一冷，突地握上了她的肩，凛冽而阴森地道："你不要高兴得太早！你的自由是有限的！你可以带着蕴杰离开我的身边，你甚至可以不承认我是你的丈夫，但你却只能是我的女人！"

叶蕴仪眼神一黯，一把挥开他的手："你什么意思？"

潘启文冷笑着道："什么意思？你可以带蕴杰离开我身边，但不能离开省城我的地界，更不能再跟别的男人！你若违反了这一条，我便抓你回来，我有的是办法，让你乖乖做你的十九姨太！"

他背过身，不再看她："要不要戒烟，都随你！"

背后传来她轻而坚定的声音："我答应！"

他猛地转过身来，眼神凌厉，凶恶地盯着她，恨恨地道："你就这么想离开我？"

她将头转向一侧，轻声说道："你也知道，将我关在这豪门大宅中，即便没有鸦片，我也会慢慢死掉！"

潘启文心中突然一动，他紧绷着声线问道："若是、若是我给你一切的自由，你可以做你想做的一切，只要你留在我身边呢？"

叶蕴仪眼睛痴痴地盯着窗外，嘴角泛起一个讥讽的笑："难道，你不知道，我最想做的，便是离开你吗？"

潘启文眼中升起的那一丝亮光陡然黯淡下去，他自嘲地一勾唇，恨声道："叶蕴仪，你不过是仗着我爱你！你不过是仗着我舍不得为难你！你这个狠心的女人！"

叶蕴仪轻轻一震，她挥开他的手，哽声道："我若狠得下心，我就应该为我父母、为宗尧报仇！你始终记得我开的那一枪，可那一枪，我早偏了方向，即便有子弹，最多也只会伤及你的胳膊！"

潘启文微微一怔，一阵狂喜就那样萦上了心头，他的鼻子微微发酸，原来，她终是舍不得他死的！

他一把将她扯进怀中，在她头顶喃喃地叫道："蕴仪，我们怎么办？你要我拿你怎么办？"

叶蕴仪没有回答他，她吸了吸鼻子，微笑着说道："我戒烟时，你就不要来看了，你毕竟是我爱过的人，我不想让你看到我最难堪的一面。"

当天，叶蕴仪就开始戒烟，他果然没有去看，但他知道，她每次烟瘾发作前，就让小清和文四把她绑起来，将她一个人扔在床上，谁也不许进门，独自一人熬过。

小清红了眼，对他说道："我们给她嘴里塞上毛巾，但每次，那毛巾上全是血印！她的身上、胳膊上，全是挣扎着被绳子勒出的红印，有的都发了青！"

他闭眼就能想象出那惨烈的模样，心里便止不住地抽痛。

一连三天，每天那个时辰，他就坐卧不安，第四天，终是忍到小清来报，她发作完后，才冲进了她的房间，战栗着抱起越发轻飘的她，捋开她额际被冷汗打湿的发，他的手指轻抚过她满是血痕的唇，心中便如被一刀刀地划过，钝钝地痛。

他脱去她的衣衫，将她放进浴桶中，他的手抖索着抚过她身上每一道青紫印迹，小心而轻柔地为她擦洗，他的唇轻印在她的额头，喉中哽咽地不停唤她：“蕴仪！蕴仪！”

她缓缓地睁开眼来，脸上不复原先的坚强与倔强，眼中尽是柔弱，她脆弱地将头往他怀中靠了靠，闭了眼，再无力气说出一句话来。

那一晚，他与她相拥而眠，早上醒来，她并未对他横眉冷对，只背对着他，淡淡地道：“今天你不要再来了。”

他心里一凉，却温和地道：“蕴仪，我只是想陪陪你，让你没有那么辛苦！昨天，那个时候，你也需要我的，不是吗？”

叶蕴仪低叹一声：“那些温存都是人在脆弱中的假象，你何必要自欺欺人地以为自己真实地拥有过？”

潘启文一把扳过她的脸，紧紧地盯着她：“蕴仪，是你在怕吧？你怕这样的温存打消了你的冷硬，对吗？”

他急切地道：“蕴仪，只要你想，你就可以真实地拥有！两个人的幸与不幸，一切，都只在你一念之间！”

叶蕴仪垂下眼睑，低了头，轻声道：“那是不可能的！”

潘启文无力地垂下手，咬牙切齿地道：“叶蕴仪，你真够狠！对我狠，对我们的孩子狠，对你自己也狠！”

见她闭了眼，不再搭理他，他“呼”地起身，穿衣下床，头也不回地离开，直到她戒完烟，再也没去看过她。

七天以后，她完全戒掉了鸦片，她脸色惨白地来到他的书房，对他说道：“你答应过放我走的！”

他冷冷地看她一眼，不耐烦地一挥手：“你现在这个样子，风都吹得倒，出去能做什么？”

她默默地点点头，转身离开。

第二天，小清告诉他，少奶奶拼了命地吃东西，结果吐得一塌糊涂。

他怒气冲冲地来到她的房间，对她咆哮道：“叶蕴仪，欲速则不达，你不知道吗？你是被脑袋里的念头昏了头了！”

他转头对小清厉声吩咐道：“每天按华大夫的食谱给她吃，多一点少一点都不许！”

一个月后，她的气色逐步红润了起来，她拿着西南大学的委任书找到他，轻声地道："我要搬出去了，我找到了工作！"

看着她貌似平静的脸上隐隐地泛着兴奋的红潮，他恨不得一把撕碎那张纸！

他终是忍住了，淡淡地问道："你是要住学校的教工宿舍么？"

她摇摇头："不，我没有把握你不来找我，我不想让我与你的过去搞得人尽皆知！我会租房住！"

他一下子火冒三丈，面色难看地叫道："过去？叶蕴仪，我告诉你，没有过去！我只是放你出去一段时间而已！你的未来，必须有我！"

他在学校旁边给她准备了一个小四合院，把小清和文四也拨了过去，却被她严辞拒绝。

她冷冷地道："我已经是你的囚犯了，我不想在自己有限的空间里再看到任何与你有关的人和事！"

第二十四章

兜兜转转

半年后，省城，西南大学，黄昏时分，金灿灿的阳光照射在路旁的柳树上，令那片片深绿的细碎叶片竟反射出粼粼的波光来。

斯文瘦削的贺文龙，夹着一本厚厚的线装书，缓缓地走在静谧的校园中，视线紧紧追逐着前方那个踽踽独行的美丽身影。

那女子跟这大学里其他普通的女教员一样，身着淡紫色棉布短袖旗袍，脚下是普通的黑色布鞋，但这样普通的装扮却掩盖不住她的美丽和她身上所散发出的不同一般的气韵。

他知道，这个叫叶蕴仪的女教员，来了学校两个月，听说，她上的政治经济学课，讲理论的同时，总是能结合时局，切中时弊，剖析得犀利透彻，只要她的课，均是堂堂爆满，学生们都尊敬地称她为“叶先生”。

课后，她却总是独来独往，脸上的孤傲拒人千里之外。

这半个月来，贺文龙总是在这个时间，不经意地跟在叶蕴仪的身后，走过那一条很长的人烟稀少的巷子，直到她走到热闹的大马路上，方才转身。

他也不知道自己为什么要这么做，也不知道自己想要什么，但他的确就这样做了，默默地，甚至不敢上去打声招呼。

“哎，嫂……哎，叶老师，等等我！”

一个齐耳短发的女学生跑了上来，贺文龙微微一愣，这个叫黎黛的女生，他知道，是这西南最有权势的潘少帅的妹妹，是全校唯一一个每天家里用汽车接送的学生。

只见叶蕴仪回头，淡淡一笑："黛儿，你找我？"

听着这么亲密的称呼，贺文龙一凛，只没想到，这么清冷的叶蕴仪竟与这样一位大小姐有交情。

黛儿满脸笑容地拉住她的手，娇声道："你答应给我补英文的，什么时候去啊？"

叶蕴仪脸色一变，微皱了眉，轻声道："黛儿，你真是要我给你补英文么？"

黛儿一怔，低头踢飞脚边的小石子，再小心翼翼地看向叶蕴仪："我二哥后天受邀来学校演讲，还就民生问题与师生进行对话和辩论，你……"

叶蕴仪神色一冷，淡漠地道："你不用担心我会给他难堪，后天我有事，这个对话我不会去。"

黛儿急急地道："我不是那个意思！我……"

叶蕴仪冷漠地道："蕴杰还在家等我，我先走了！"说完转身便走。

大路口，一辆铮亮的黑色雪佛兰汽车停在叶蕴仪面前，文四双手递上一个信封，赔着笑道："少爷说，请您看看这封信！"

一脸冷漠的叶蕴仪看到那个毛笔字的中、英文地址时，一把将信从文四手上抓了过来，颤着手撕开，抽出白色的信纸，急急地浏览起来。

叶蕴仪快速地看完了信，对文四点点头道："好，我跟你们去！"说完，一弯腰钻进了汽车！

校园内，围墙的角落里，贺文龙隔着铁栅栏远远地看着这一切，若有所思地转身离开。

司令府，潘启文眉头紧蹙，有些心神不定地看向厅外。

当那一抹披着霞光款款而来的瘦削身影终于进入潘启文的眼帘时，他的呼吸不由一窒，眼光不由自主地紧紧追随着那穿过回廊、向后院而去的女人，胸口重重地起伏着，半年来的种种瞬间一幕幕涌上心头，那一种如遭凌迟的疼痛铺天盖地地袭来。

"天一！天一！"黎昕的呼唤打断了潘启文的回忆，他回过头来，有些怔忡："什么事？"

黎昕看了一眼回廊上那抹披着霞光而来的美丽身影，暗暗叹了口气，朝外面呶呶嘴，微微一笑：“没事了，看你这魔魇了的样子，你去找她吧！”

潘启文抬脚就往门外去，刚要跨过门槛，又收了回来，鼻子里轻哼一声：“我要让她来找我！”

嘴上这样说着，视线却一直追随着那抹直往后院去的影子，挪不开眼。

她戒烟后，他终是任她在外面租了房，她也没有用他的钱，只将当初她从广州过来时带来的金条变换成银洋，也只带走了她跟蕴杰的东西，连他后来为她做的衣服也没有带。

他给她时间和空间，整整两个月没有去见她，她却真正做出一副老死不相往来的样子，连蕴杰生日时，他送去的一整箱小人书，也被她让文四带了回来。

这一次，西南大学请他去演讲，他灵机一动，指名要她参与，他知道，在民生问题上，她是专家，他必定辩不过她，他也做好了她会给他难堪的准备，他不怕难堪，也不怕她与他针锋相对，哪怕是被她气死也好，他不要她对他不闻不问，好像彻底没他这个人。

然而，他却在昨天被告知，她拒绝了。

就在万般恼火中，却收到了这封美国的来信，他悄悄拆开来看了，知道她的爷爷和伯父要过来看她和蕴杰，顺便为他们的银行考察铁矿项目，这封信是出发前寄出的，现在他们一定已在路上，应该快要到了，他将信照原样装好，派文四送给她，他知道，她一定会来找他。

叶蕴仪随着文四往后院而去，突然听到一声激动的呼唤：“少奶奶！”

却是小清快步走到面前，叶蕴仪亲热地拉了她的手：“小清，好久不见！”

小清触手所及，心中一紧，一把翻过她的手来，惊呼道：“少奶奶，您的手？”

叶蕴仪忙把手往回缩，还未来得及回应小清，便觉一个高大的人影压了过来，却是潘启文一把挥开小清，将叶蕴仪刚缩回去的手又拉了出来，当他看到那上面细小的口子和新生不久的茧子时，眉头一拧，他将她的手举了起来，瞪着她，恶狠狠地道："你自己洗衣、做饭？"

叶蕴仪用力抽回手，淡淡地道："这有什么奇怪的，我早已不是什么少奶奶！"

潘启文捏紧了拳头，低吼起来："可你以前在广州时，也没有自己做过饭洗过衣！"

叶蕴仪一声嗤笑："我跟蕴杰早已父母双亡，难道还是什么大小姐么？"

"父母双亡！"如一记重锤狠狠地砸在潘启文心上，他一下子低了气焰，怔怔地看向她："你不是大学老师么？难道你的薪水还请不起佣人？"

叶蕴仪没有看他，只举着手中的信，淡淡地道："这信你看过了吧？"

潘启文翻了个白眼，梗着脖子，睁着眼睛说瞎话："没有！"

叶蕴仪也不戳穿他，似向他解释："我爷爷和伯父要来看我和蕴杰，顺便考察铁矿项目，他们应该已经快到了，我想要阻止也来不及。"

潘启文将手负在身后，蹙眉看向她，沉声道："叶蕴仪，你能不能将公和私分开来谈？这铁矿项目是你给我们建议的，也是你撮合杰森来做的，资金也是你答应的，杰森到美国带了你的信去，也是得到了肯定的答复，才与我们签的合同，现在人家杰森的设备也就快要到了，你却来反悔？"

叶蕴仪沉默半晌，方抬头说道："我会跟银行的股东说明，这笔资金，以我个人在银行的股份做担保，若是收不回来，则用我的股权折价抵还！"

潘启文斜睨着她，冷冷地道："你就这么不相信我？"

叶蕴仪淡淡地一笑："潘天一，银行贷款都是要有抵押或担保的，你不过是一方土霸王，这一方土地，明天谁是掌权者，谁说得清？铁矿项目周期这么长，它的产权未来到底属于谁都不知道，人家凭什么贷款给你？这也就是为什么本地钱庄不敢贷，外国人银行条件苛刻的原因！别人只不过不说出来罢了！"

潘启文微微一愣，随即咬牙切齿地道："你倒真是敢说！有你这么诅咒自己男人的吗？"

他突然低低一笑，俯下头来，在她耳边，以暧昧的语气缓缓地道：“那你家的银行凭什么贷给我？你为什么又要以你的股份作保？你信的，还是我这个人，对不对？”

叶蕴仪将头一偏，向后退开两步，冷冷地道：“潘天一，若是在杰森这件事之前认清你的真面目，我绝不会掺和进这件事来，把自家银行拖下水！这是其一。”

她不顾潘启文一下子黑了的脸色，继续说道：“如今杰森已与我家银行签了合同，设备也已买了，我不能让杰森和我家银行都处于无信之地，这是其二。”

潘启文阴沉着脸，森然问道：“还有其三？”

叶蕴仪点点头：“其三，我也不想让咱们的资源落入外国人之手！”

潘启文紧紧地逼了过去，从喉咙中挤出声音问道：“还有吗？”

叶蕴仪避开他吃人的目光：“最后一点，我以我的股份作保，即便你赖了账，我也算是对其他股东有了个交待！”

潘启文突然向后退开，放弃了对她的逼压，他两手一拍，冷冷地笑道：“你考虑得可真周到，有情有义又有信！”

他走到主位上坐下，伸手往桌上去拿茶，却发现空空如也，不由一拍桌子吼道：“怎么没有茶？一个个都反了你们了！”

门外的文四赶紧亲自奉了茶上来，偷偷看了两人一眼，默默地退了出去。

潘启文端起茶，抿了一口，这才平静下来，淡淡地向叶蕴仪道：“既然你都想好了，那么，你还来找我做什么？”

叶蕴仪眼睛看向地面，洁白的牙齿轻轻地咬住了下唇：“在爷爷和大伯回来这段时间，我想、我想跟蕴杰暂时搬回来住。”

潘启文耸耸肩，一副无所谓的表情：“好啊！”

叶蕴仪眼中闪过一丝担忧，斟酌着字句，缓缓地说道：“我不希望他们听到任何有关——十九姨太的说法。”

潘启文心里一堵，口中发出一声嗤笑：“叶蕴仪，你为何不直接说，你要与我扮恩爱夫妻，做给你爷爷和伯父看？”

叶蕴仪抬起头来，眼中尽是防备：“我不会让你难做很长时间，我会要他们尽快离开，这个时间不会太长！”

潘启文神色一冷，他将茶碗重重地往桌上一放，那碗碟相撞击发出清脆的声音，令叶蕴仪眉心一跳！

只听他压抑着怒气，冷冷地说道："叶蕴仪，什么让我难做？你原本是没有想到他们会来吧，你要阻止也来不及！所以你只好尽快让他们离开，因为你怕我再将他们困在这里，多了一个要挟你的筹码！"

他站起身来，两步跨到她面前，居高临下地看着她，突然一弯腰，唇轻扫过她的耳际，讥讽地笑道："你一直就是这么看我的，不是吗？你是不是还曾想过，让他们将蕴杰带走？"

他顿了顿，在她愕然抬头之际，缓缓地吐出两个字："做梦！"

叶蕴仪垂了眼睑，淡淡地道："我从未敢奢望过，你会放蕴杰走！我只是不想让爷爷和伯父知道你那些龌龊的事！不想他们做无谓的牺牲，就像当初宗尧和古天舒那样！"

潘启文的目光越发地冷冽起来，他微眯了眼："叶蕴仪，既然你已经把我想得如此不堪，那我也就不妨将这恶人做到底了！"

叶蕴仪倏然抬头："你什么意思？"

潘启文凌厉的眼神紧紧地盯着她，冷笑着道："叶蕴仪，你当我是什么？想用的时候就用一下，不想用的时候就一把甩开？"

他突然痞痞一笑，右手食指轻佻地抚过她的唇，低下头来，热热的呼吸喷打在她的耳际："既然要做戏，当然要做全套，既然是恩爱夫妻，当然得住在一起，更应该——同床共枕，你说，是不是？"

叶蕴仪一凛，拒绝的话脱口而出："不行！"

潘启文眼神一黯，他缓缓地、一节一节地撑起腰背来，深深地看了她一眼，转身回到座位上，换上了一副轻松的口气，两手一摊："现在可是你求我，而不是我求你！"

叶蕴仪脸上神色一变，站起身来就往外走。

潘启文气急败坏地一步上前拉住她的手，却在她嫌恶的眼光中松了开来，他怔怔地看着眼前这个女人倔强的背影，她的侧脸在夕阳的映照下，气恼却生机盎然，与当初吸食鸦片时那个毫无生气的女人，有天壤之别。

他自嘲地摇摇头，他再肆意妄为，再骄横跋扈，可却从未真正对她狠得下心过，唯一一次被她气急了，拿匕首顶上了她的肚子，只不过是吓唬她，最终却令他痛恨终生！

在经历过上次失去孩子的事后，他竟再不敢与她去赌，只能在她的步步紧逼下节节让步！

就像现在，他竟连拉她的手也不敢！只能无可奈何地说道："那用别的条件来换，总行吧？"

叶蕴仪也不回头，冷冷地问道："什么条件？"

潘启文眼中精光一闪："后天我要去你们学校演讲，你能不能一起参与？这个条件不算苛刻吧？"

叶蕴仪猝然回头，脸上挂起一个讥讽的笑："你要我去为你做托儿？"

潘启文眉毛一扬，似笑非笑地道："蕴仪，你如今真当我就是一纨绔子弟了？"

他轻轻叹了口气，深邃的眼中带上了一丝亮光："可不可以试着重新了解我？就从这演讲开始？"那眼神中的渴望，令叶蕴仪心头一跳！

她别开眼，挣扎着说道："我可以参与辩论，但你不能在人前显示出我们的关系！"

潘启文邪气地一笑，将头重重地搭到她的肩膀上，轻笑一声道："我们什么关系？"

叶蕴仪肩一偏，作势要往外走，潘启文故意装作被甩了个趔趄，夸张地叫道："哟，这就走啦？好走不送！"

叶蕴仪回过头来，狠狠地横了他一眼，转身径直跨出了门槛。

却听潘启文在背后轻声说道："蕴仪，我宁愿你与我针锋相对，也不要将我当作路人！"

叶蕴仪轻轻一震，终是没有回头，径直往外去了。

这一天，西南大学露天大剧场里，人头攒动。

叶蕴仪静静地坐在前排的位置上，耳中时不时飘来师生们的窃窃私语。

黎黛亲昵地挽着一个女生的手，说笑着走了进来，径直向前排走去。

那女生跟黎黛一样的标准学生装束，白衣黑裙，与黎黛的清纯可爱不同，这女生身材稍显高挑，一双大眼中流转着自信与冷傲。

黎黛那明快的声音传来："梅果，我告诉你，我二哥真没什么看头，凶巴巴的，我大哥比我二哥长得帅多了！”

叶蕴仪失笑地向黛儿看去，心中不由感叹，短短半年时间，黛儿变化之大，恐怕是谁都没有料到的。

而现在的黛儿，虽不知她心中是否真的放下了那从来只将她当妹妹的“二哥”，但她脸上的阳光、快乐，却是以前所无法比拟的，这才是一个十八岁女孩儿应有的人生。

梅果拉着黛儿坐下，岔开话题笑道：“哎，黎黛，大家都在议论你这少帅二哥到底有没有结婚，还有传言说他娶了十八房姨太太，不知道是不是真的？”

黎黛瞟了一眼周围，似不经意伸长了的脖子，没好气地道：“梅果，你别听他们胡说八道，我二哥啊……”

就在这时，会场里突然响起稀稀拉拉的掌声，却是潘启文在前呼后拥中正向内走来，那挺拔的身姿，棱角分明的脸部轮廓，以及不经意间他周身所散发出来的气势，便吸引了所有人的目光。

今天的潘启文，上身穿着白色衬衣，第一颗扣子随意地解开，袖子松松地挽到肘上，下身却是暗黄色军装裤子，脚上套的是军装短单靴，这身装扮，既彰显了他的身份，又令他在浑然的霸气中让人恍然觉得，他是刻意有了一丝亲和力。

这样的潘启文，令叶蕴仪恍了恍神，仿佛一下子回到了当初在广州，两人联手在万人集会上演讲，那时的他，便也是这样一身装扮，令她在人潮人海中，眼里便只剩了一个他。

潘启文的目光淡淡地扫过全场，会场中自然而然地安静了下来，他穿过前排的走道，向主席台右侧走去。

他目不斜视地走到一半，却突然在叶蕴仪与梅果之间的位置停下，唇一勾，眼中蕴上了丝笑意，微微低了头，对身侧的校长陆承丰朗声说道：“这前排在座的，可是参加今天辩论会的师生？陆校长何不为我介绍一下，我也好请各位等会儿口下留情啊！”

他这半开玩笑的话，前面几排的人全都听得清清楚楚，有人已情不自禁地发出了善意的笑声。场内的气氛一下子放松下来。

潘启文的目光扫过梅果，她大大方方地伸出手去：“您好！我是外文系的梅果！”

潘启文微微一怔，脑中蓦地出现一个场景，那是在广州的桃花涧，他这一生，第一次有女人这样向他伸出手来："您好！我是叶蕴仪！"就那一眼，这个女人，就这样刻在了他的心上，再也挥之不去。

他一边伸手与梅果相握，目光却不由向旁边的那个人瞟去，只见叶蕴仪跟前排其他人一样，礼貌地站了起来，眼睛却盯着地上，看也不看他。

他的眉斜斜一挑，微微提高了声音，对梅果礼貌地笑道："听我家黛儿提起过好几次梅同学的大名，今日一见，才知梅同学不仅是才女，更是美女！"

眼角余光看到旁边的女人微微蹙起了眉，潘启文不由嘴角往上弯起一个弧度，径直向台上走去。

潘启文大步走上台，目光凌厉地一扫，场中迅速地安静下来。

他换上了一个轻松的表情，戏谑地开口道："刚才我进来时，发现那掌声稀稀拉拉，很是勉强！我知道，大家在心里不定怎么骂着我这个军阀呢！"

台下的人都被他这开场白搞得一愣，随即是一片轻微的笑声，每个人的注意力都不由被他的话吸引了过来。

只听他笑道："其实，我在几年前也跟你们一样，我在广州上学时，还常常跟同学们一起，上街游行、演讲！我记得，我曾经最得意的一次演讲，也是我终身难忘的一次演讲……"

说到这里，他故意一顿，在众人的翘首以待中，似不经意般扫过前排，目光停留了两秒钟，叶蕴仪眼皮一跳，原先低垂的头不由自主地抬了起来，眼神迷离地看向台上。

只听潘启文接着说道："就是在广州的万人集会上，与一位女同学联合演讲，那演讲的题目我还记得清清楚楚，就叫做《论军阀乱国之危害》！"

他的这番话，一下子拉近了与学生的距离，令学生原先心中的抗拒消散不少，会场上更自发地响起一阵热烈的掌声。

潘启文双手举起，再压下，台下很快安静下来，他嘴角挂起一个自嘲的笑来："我那时，跟你们一样，有一腔的热血和抱负，不瞒大家说，我还曾经参加过北伐，也曾流过血、受过伤！"

台下再次响起掌声，学生们看向潘启文的眼光，已带上了一丝的崇敬和热切。

潘启文诚恳地说道："可是，正因为我经历过这些，才让我知道，革命不是一蹴而就的，现实却是中山先生遗志未能实现，军阀割据，各自为政！所以我才回到生我养我的这片土地，我希望在这一方土地上，利用我手中的权力，试着实施中山先生的'三民主义'，而这一切的基础便是民生，所以，我今天来，就是来跟大家讨论我们对民生方面的规划。

"为什么要到这里来讨论这个问题呢？中山先生说过，'治国经邦，人才为急'，我是军人出身，打仗在行，可这治理民生却并不在行，而咱们西南大学人才济济，我今天来，只是抛砖引玉，希望寻得治理民生之良策，更能觅得良才！所以，还请大家不吝赐教！"

台下又是掌声雷动，前排的人更是兴奋不已，都跃跃欲试。

梅果侧头轻声叹道："黎黛，你这二哥真正是个人物！有雄才大略、威严，又有笼络人心之法。几句话，便打消了大家的反感，反而令人人只想为他所用呢！"

叶蕴仪轻轻一震，眼睛看着台上那英挺伟岸的男子，脑海里不自觉地响起他恳切的话语："可不可以试着重新了解我？就从这演讲开始？"她的眼神越发地迷茫起来。

台上潘启文侃侃而谈，时而幽默地调侃两句，台下掌声不断、笑声不断。

叶蕴仪心中震惊不已，他的那些民生方略，赫然便是结合了她当初在潘家集时写下了那本厚厚的民生纲要的内容，她没有想过，他竟细细地看了进去！

只不过，她写纲要那时，大多出于理论，并未了解实际情况，而他却实实在在地在那纲要和理论的基础上，拿出了切合实际的办法，有些方法，未必合适，也未必长远，但却是目前来说，最为实用的！

一个又一个学生和教授上了台，但所说的，大多是些理论上的东西，也并未有超出叶蕴仪给出的大纲的范围。

台下，黎黛捅了捅梅果："你怎么不上去？"

梅果笑笑："我原来准备的不过是一些西方民主与法制的问题，现在，完全是用不上，都被你二哥聪明地将话题箍死在民生里了。"

她转头看向叶蕴仪："倒是叶老师，我觉得，只有您，可以上去与潘少帅一较高下！可别让这辩论会完全成了少帅的演讲专场了。”

就在这时，场上除了潘启文，已无别人，有些冷场，潘启文淡淡地看向台下，笑道：“似乎有些原准备上来的师生，并未出现？”

他眼睛似不经意扫过叶蕴仪，径直转向了梅果，笑道：“梅同学，你刚才可是言之凿凿地要与我辩上一番的，现在怎么不出声了？”

梅果站起来，低头沉吟一下，大大方方地抬头，眼中闪过一丝调皮的神色，她也不上台，只站在座前笑道：“少帅，这民生问题大道理我不懂，那么我便问一个具体的事情。”

潘启文点点头：“请讲。”

梅果眼含笑意，朗朗说道：“关于妇女缠足，我想这也是属于民生的范畴吧？既然少帅口口声声说以实际行动维护中山先生的‘三民主义’，那么，可否请少帅说一说，中山先生曾经提出的‘通饬各省劝令禁缠足’，您准备如何劝令全西南的妇女不要缠足？”

梅果一番话，令台下一片笑声，所有人都带着看好戏的神色看向台上。

潘启文略为诧异地看了一眼梅果，也不由自主地轻笑出声来，做出沉思状：“嗯，如果我下令，向缠足女子征收‘小脚捐’，不知道大家会不会说我独裁呢？”

台下一片哄笑之声，更有人已为潘启文敏捷的反应鼓起掌来。

潘启文却正色道：“我曾在潘家集试行过‘小脚捐’，有一定成效，但也不能全部禁绝，后来，我就另想了一个办法，潘家集所有的女子便全都放了足，而这个办法，却比‘小脚捐’更遭人骂。”

场中所有师生不由都瞪大了眼，被吊起了好奇心，只听潘启文笑道：“这个方法就是，我下令，凡男子娶缠足女人为妻的，军政府不得颁发婚书！虽说我们奉行的是一夫一妻制，但凡家中已娶小脚女人而不愿放足的，允许以此为理由纳妾！”

潘启文故意探头向梅果脚下看了看，唇角一勾，笑道：“也就是说，若梅同学是小脚的话，当心嫁不出去，你想想，哪个女人还会去缠足？”

台下又是一片哄笑之声，连叶蕴仪也忍不住莞尔。

梅果脸上通红，不由再仰了脖子问道：“那敢问少帅夫人是否小脚？而少帅是否又以此为由纳妾了呢？”

黎黛猛地抬头，担心地向台上看去，果见潘启文神色一变，眼中闪过一丝阴霾，却迅速恢复了笑容，他的眼睛直直地看向台下叶蕴仪的位置，双目炯炯地说道：“我夫人跟大家一样，也曾是洋派的大学生，她从小在西洋长大，到十岁方才回国，哪会缠什么小脚？”

叶蕴仪咬咬唇，低了头，避开那灼灼逼人的目光，心中却是怦怦直跳。

而潘启文双眼晶亮地看向前排，淡淡地道：“梅同学旁边那位，若我没记错，应该是经济系的叶先生吧？”

在叶蕴仪蓦然抬头中，他似斟酌了一下字句，缓缓笑道：“机缘巧合，我曾得到过叶先生手书的一本关于治理民生的大纲，我这些民生的措施，可大部分是遵循这大纲而为，但却始终担心没有理解到其中精髓，如今能见到本尊，还请不吝赐教才是！”

一席话，令台下师生全都齐齐看向叶蕴仪，那目光中有惊叹、有崇拜，甚至还有嫉妒。

叶蕴仪有些恼怒地看向潘启文，却在他似笑非笑的眼中，看到一丝威胁的意味，只得无奈地开口：“少帅已经做得很好，我没有什么好说的！”

而潘启文却咄咄逼人地道：“那么可否请叶先生上台，潘某还有一些问题没有想通，还望赐教！”

在一片起哄声中，叶蕴仪只得上了台，在距离潘启文约两米远的地方驻了脚。两人对视一眼，这样的场景、各自现在的装束，令两人不由自主地都想起了广州集会上联合演讲的情形，眼中都是一片恍然。

台下，梅果心中莫名地一沉，她用胳膊肘捅捅黎黛：“哎，你哥认识叶老师吗？”

黎黛目不转睛地看着台上，口中苦笑：“我不知道！”

黎黛精神有些恍惚地看着台上珠联璧合的两人，他们似乎完全忘记了过去种种恩怨，只沉浸在这样的讨论中，时不时还会争辩上一两句，她的心中逐渐释然，不由对身旁的梅果笑道：“他们其实很般配，不是吗？”

梅果愕然：“少帅不是有夫人吗？”

黎黛神色莫名地笑笑：“嗨，我也就这么一说！”

这时，台上的争论逐渐激烈起来，只听潘启文说道：“我也曾鼓励民族工业，可是，有钱的人，宁愿买地买园子，也不愿意拿钱出来再生钱！”

叶蕴仪淡笑道：“咱们有句老话，做生不如做熟，工业这些东西对普通老百姓算是新生事物，他们不懂，自然不敢贸然行事。”

潘启文皱眉道：“正是因为了解了这一点，我们军政府牵头出资办纱厂、办铁矿，又专门去上海甚至外国请来懂行的人，想让有钱的士绅参与进来，希望先让一部分人尝到甜头，再带动其他人，可就算这样，却仍是无人响应，这又是为何？”

叶蕴仪讥讽地笑道：“很简单，因为自来军阀在百姓眼中就是输打赢要，如无赖一般，你们没有信誉，别人不相信你！”

此话一出，台下的人尽皆大惊失色，校长陆承丰脸上更是青一阵白一阵，十分难看。

然而潘启文完全不以为忤，只负手而立，朗声道：“还请先生教我，如何取信于民？”

这话立时赢得台下一片赞许之声。

叶蕴仪正要答话，却见潘启文眉眼向上一挑，眼神锐利地看向她，掷地有声地道：“还请先生说些切实可行的，大道理嘛，潘某听得太多了！”

叶蕴仪淡淡一笑：“少帅只需做两件事，其一是彻查过去失信于民、民怨最大的事件，彻底纠正过来，该还钱的还钱，该惩处的惩处，并从此立下森严的自律规矩，告知于民！”

潘启文眼中一亮，语气中不自觉地带上了一丝急切：“这其二呢？”

叶蕴仪笑道：“这其二嘛，需做一件短期内能立竿见影的，让百姓看到你的诚信之事。”

潘启文急忙说道：“愿闻其详！”

叶蕴仪略一沉吟，欲言又止，只摇摇头道：“少帅太抬举我了，一来我对军政之事并不了解，二来，这么短时间内，要我想出具体的事来，我还真没有办法。”

潘启文眼中精光一闪，笑道：“刚才有些问题和这个问题一样，并未得其法，可否请先生先记下，容后调查并细想之后，再来讨论？”

叶蕴仪不疑有他，点点头，走到演讲台前，拿起上面的纸笔，认真地记了起来。

潘启文对台下笑道：“潘某一早说过，今日前来，一为求民生国策，二为求才！”

他瞟了一眼正在奋笔疾书的叶蕴仪，笑道：“我们现在正在做的事就是军政分家，请能人治理民生，发展工商和对外贸易。

“组建过程中，我们需要大量人才，目前最为急迫的，便是需要一位经济民生的顾问或一位懂外文，能协助我们与洋人沟通的秘书，大家如有兴趣，均可自荐，也可举荐贤能。”

台下的黎黛不由扑哧一下笑出声来，心道，绕了半天弯子，原来在这里等着，这既懂经济民生又会外文的，除了叶蕴仪，哪还有别人？二哥这次的演讲可真是费尽了心思啊！

果然台下已有人叫起来：“还举荐什么，叶先生不就是现成的人才？”随后是一片附和之声。

潘启文故作真诚地看向叶蕴仪，眼中尽是笑意：“只不知先生意下如何？”

叶蕴仪猛然停笔抬头，狠狠地瞪了潘启文一眼，潘启文低了头，用只有两个人听得到的声音，邪笑道：“难道你想对外宣称以少帅夫人的身份进驻司令府？”

叶蕴仪一怔，是啊，因着爷爷与伯父，她与蕴杰若搬回司令府，这对外必定是瞒不住，而偌大司令府中，本便入驻了一些幕僚，若是以顾问身份，她进去倒也合情合理。

正迟疑间，却见校长陆承丰走上台来，笑道：“哎呀，若是叶先生能兼任司令府民生顾问，不仅一方百姓有幸，也是咱们西南大学的光荣啊！”

叶蕴仪正待开口，却见潘启文已向她伸出手来，台下更响起一片整齐的、拍着手掌的、有节奏的、鼓励的欢叫声：“叶先生！叶先生！叶先生！”

叶蕴仪无奈地抿了抿唇，缓缓地向潘启文伸出手去。

潘启文一把握住了她的手，却突然猛地将她向自己怀里一拉！

叶蕴仪正惊怒间，却被潘启文一下子扑倒在地，随即她感觉再有重物压下，同时耳边传来几声连续的枪响。

会场中立刻一片混乱，杂乱的枪声夹杂着人们的惊呼声、人群四散的脚步声。

为了保持亲民形象，潘启文将原本一贯贴身保护的黑衣卫队全部留在了场外，刚刚出于本能，扑倒了叶蕴仪，同时却另有人飞身扑到了自己身上。

正自惊疑间，那人将他扶起，他定睛一看，却是一个戴着眼镜的斯斯文文的年轻男子，来不及细想，他对那男子略一点头，便拔出腰间的佩枪，弯腰将叶蕴仪扶到演讲台后，这才伸出头来。

只见会场中间，十几个持枪大汉，毫不顾忌地一边向台上开枪，一边一字排开，齐齐向台上冲来。

潘启文一脚踢翻演讲台，将它打横在地上，将叶蕴仪藏在中间，左手死死地将她的头往下按住，同时对那年轻男子喝道："快过来！"

那年轻男子手持一把汉阳造，且战且退到演讲台后蹲下，他一边开枪，一边无所谓地笑道："你的卫队怎么这么慢？"

那男子枪法极准，转眼间，台下敌人已被他与潘启文撂倒了一半。余下的敌人再不敢冒进，一边射击一边借着场内石凳躲避，向前推进的速度立即缓了下来。

这时，叶蕴仪挣脱潘启文的手，熟练地摸到他背后腰间，再抽出一把枪来，一探头一抬手，已是撂倒了一个敌人。

在那年轻男子惊愕的眼神中，潘启文一挑眉，叹道："我倒是忘了，你的枪法原本也还不错的，只没想到，这么长时间没练，你倒没拉下！"

叶蕴仪没好气地横他一眼："谁要你拉着我的？人家的目标是你，又不是我！你看陆校长刚才也在台上，不也安然地跑出去了？"

潘启文脸上一沉，冷声道："叶蕴仪，你真是好心当成驴肝肺，我告诉你，便是死，你也只能跟我在一起！"

便在这时，一阵密集的枪声传来，却是场外的黑衣卫队赶了过来，不过几分钟便迅速结束了战斗。

台上三人这才站起身来，已有黑衣卫队抢上，警觉地将三人团团围在中间。

潘启文拉着叶蕴仪，上下看了一遍，又往她身上拍了拍灰，这才转头对那陌生男子一抱拳道："敢问先生高姓大名？在哪里高就？今日之恩，潘某没齿难忘！”

那男子脸上眼镜早不知掉哪去了，一张脸上更显清秀，他一抱拳，笑道：“我叫贺文龙，本是西南大学国文系教员，不过，经过今日这一场，这里我恐怕是不能呆了。”

潘启文听他言外之意，只怕另有身份，却仍诚挚地道：“先生若是有意，尽可到我军中，但凭先生这一手漂亮的枪法，绝不至于屈了先生去，更何况先生还能文能武？”

贺文龙淡淡一笑道：“贺某非自由之身，去处已有安排，不敢劳少帅费心。”

潘启文点点头，也不再说，却见贺文龙又迟疑着道：“临别之际，贺某有句话，不知当不当讲？”

叶蕴仪忙道：“先生请讲！”

贺文龙正色道：“适逢乱世，个人恩怨事小，国事民生为大！”

叶蕴仪浑身一震，若有所思地看向潘启文。

潘启文却因着他这句话，心中怀疑尽消。

他今天所做的一切，不过是希望以国事为由，来唤醒叶蕴仪被怨恨蒙蔽了的心，求得一个重新开始的可能，而贺文龙这话，无疑为他今天之举，起了画龙点睛之功效。

他哈哈一笑，拍着贺文龙的肩膀，回头满含深意地看了叶蕴仪一眼，朗声道：“好！贺兄，凭你这一句话，我潘启文便交了你这个朋友！”

他取出手枪，将枪上的红色丝绦穗子解下，递给贺文龙，郑重其事地道：“这是蕴仪亲手为我所结，这些年一直未离过我身，今日你救了我二人，正好我将它送给你，以后但凡有用得着潘某的地方，只需差人以此为凭，潘某绝不推辞！”

贺文龙也不推辞，双手接过穗子，小心地收好，他深深地看了一眼叶蕴仪，眼中闪过一抹失落，抱拳道：“后会有期！”

贺文龙走后，潘启文对叶蕴仪小心翼翼地道：“今日之事，未查清之前，你住外面已不安全，即便你不为自己考虑，也要为蕴杰考虑才是。”

叶蕴仪眼神复杂地看向他：“好！我以你的民生顾问的名义搬去司令府，不过……”

她咬咬唇：“你不能住在芳华苑！”

潘启文嗤道："我不住芳华苑，你想让你爷爷和伯父怎么想？再说了，这芳华苑又不只那一间卧室，我要真想怎么样了你，在不在芳华苑，你又能逃得掉么？"

叶蕴仪见他毫不避忌周围的黑衣卫队，说出这样暧昧不清的话来，不由恼了，她一瞪眼，转身便走。

潘启文却在她身后好心情地大吼一声："文四，去帮少奶奶搬家！"

圣马丁医院，一辆铮亮的黑色雪佛兰轿车"吱"的一声在门口停下，黎黛一边下车，一边伸手去扶车里的梅果，内疚地道："都是我不小心摔了一跤，你要不是为了护着我不被别人踩着，你也不会受伤！"

梅果淡淡地摇摇头，脑海中始终闪现着那个男子的身影。

她记得，她在那一片慌乱中回头，眼见的便是潘启文一边开枪一边一脚踢翻演讲台的模样，那形象如定格在脑海中，挥之不去。她无法形容心中的震撼，当时，心中唯一闪现的是一个英文单词——Man。

她那时怔怔地立在那里，是黎黛一把拉着她，弯腰向外跑，她被拉着跑，却扭着头向后看，皱眉道："那是你二哥！你都不担心的吗？"

黎黛却喘着气道："我二哥曾经告诉我，遇到事，不要成为他和大哥的负担，就是最大的贡献！所以，我现在的责任就是让自己安全！"

梅果当时心里震惊不已，为那个男人的理性和强势，现在又听到黎黛将他说得如此神乎其神，眼中不由流露出一丝向往来。

黎黛一边扶着她往前走，一边笑道："这里那个德国大夫霍夫曼很厉害的，我们家人有什么事，都是请他去看的。"

两人来到霍夫曼的诊室前，诊室的门并没有关严，两人耳中传来一把熟悉的女声，在用德语与霍夫曼说着什么。

两人对望一眼，都不由又惊又喜！那是叶蕴仪的声音，她在这里，是不是意味着潘启文也已没事了？

黎黛不由站起身来，急道："她是不是也受伤了？"

梅果却赶紧拉住她，轻声道："她没事，她是找霍夫曼有别的事！"

黎黛一愣："你听得懂？"

梅果正要说话，门却从里面拉开，霍夫曼与叶蕴仪一边交谈着，一边走了出来。

看到黎黛与梅果，叶蕴仪一怔，随即对黎黛点点头道："你二哥没事！”便匆匆地走了。

梅果若有所思地看着叶蕴仪的背影，想着霍夫曼刚才与她谈话时提到她的丈夫，原来，叶先生已经结婚了！心里突然觉得轻快了许多。

那时，潘启文毫不犹豫地将叶蕴仪扑倒，整个人覆在她身上，将她死死地护在自己身下，扑下去那一刻，他那眼神让人觉得，叶蕴仪仿佛便是比他生命更重要的稀世珍宝。

现在看来，他也许只是出于道义，更是出于他男子汉的本能吧？

从医院出来，黎黛忙拉着她的手，笑道："去我家吃饭吧？今天你救了我，怎么着都应该感谢你的，今天出了这个事，我大哥一定也会赶回家看我和二哥的。"

梅果心中一动，一丝莫名的渴望推着她，轻轻地点了点头。

司令府，潘启文人未到，声先至："黎昕，今天咱哥俩喝一杯！"

他兴冲冲地一脚跨进门槛，看到梅果，微微一怔，黎昕忙笑道："梅小姐今天为了护住黛儿受了伤，黛儿请她来家里吃饭，我这做大哥的也理应表示感谢。"

见梅果要站起身来，潘启文忙道："别动、别动！梅小姐，多谢你救了黛儿！你有伤在身，这些个虚礼就不要讲了吧。"

他转头对黎昕笑道："我前边还有点事，你们几个吃饭，不用等我！"

说着，礼貌地对梅果点点头，就要离去。

梅果心中一凉，却听黎昕问黛儿道："你二哥今天不是遇刺了吗？什么事这么开心？"

黛儿抿嘴笑道："他呀，今天请到了叶先生做他的民生顾问！"

黎昕一怔："叶先生？哪个叶先生？"

黛儿故意对着门口那离去的身影说道："说起来，我们今天还在霍夫曼大夫那里碰到叶先生了呢！"

果然，潘启文的脚步猛然一顿，回过头来，脸色一沉："她去霍夫曼那里做什么？她病了？刚刚明明没事的啊？"

看他一副紧张的样子，梅果不由心里一紧。

黛儿被他那阴沉的眼神吓着了，忙道："她没病，好像是有什么事找霍夫曼。"

潘启文皱了眉："她找霍夫曼能有什么事？难道是蕴杰的哮喘？不对啊，文四他们也没说蕴杰犯了病啊！"

黛儿也不敢再开玩笑，指了指梅果道："我不知道，不过梅果听懂了。"

潘启文阴鸷的眼神向梅果直直地射来，那目光与下午在学校里的时而戏谑、时而坚毅、时而果断和炽热完全不同，梅果心里一跳，她迟疑着，道理上不应该把叶先生的事告诉他，心里却有个声音在叫嚣着，告诉他，叶先生已经有了丈夫！

她眼神一闪，终是缓缓笑道："叶先生好像是请霍夫曼帮忙，让他在上海的朋友帮忙打听一个叫方宗尧的人。"

她似乎没有注意到室内的气氛，顿时变得诡异地安静，继续说道："叶先生似乎很怕她丈夫，她丈夫好像还很有势力的样子，之所以请霍夫曼帮忙，就是因为他们可以说德语，这样可以瞒过他丈夫的手下，好像以前有一次，也是因为霍夫曼的帮助，她才顺利地……"

话未说完，就被黎昕猛然打断："天一，你看文四在外面探头探脑的，是不是找你有事？"

潘启文却死死地盯着梅果："顺利地什么？"那森严的声音令梅果身上一寒。

她眼皮一跳，求助地看向黎黛，却见黎黛低了头，什么都不说。

梅果咬咬牙，说道："顺利地搬了出去！"

话音刚落，只听"呼啦"一声巨响，却是潘启文一脚踢翻了离他最近的一张椅子，那花梨木的椅子被他这一踢，两条椅腿竟是齐齐地拦腰折断！

梅果浑身一颤，却见潘启文一脸戾色，头也不回地走了。

梅果红了眼，看向黎黛，弱弱地问道："我是不是说错话了？"

潘启文书房，黎昕推开门，轻轻地走了进去，正斜靠在躺椅上的闭眼晃悠着的潘启文猛然睁开眼来，冷声道："你来做什么？"

黎昕淡淡一笑，自顾自找个椅子坐下来，从兜里掏出烟，点着了，这才缓缓说道："我听文四说，叶蕴仪一会儿就要搬过来了吧？"

潘启文霍然直起身，恨恨地道："爱搬不搬！"

黎昕缓缓地吐出一个烟圈，冷笑道："你现在在气什么？气她骗你？

那个时候，即便她不搬出去，你们之间又能怎么样？只会越来越僵！”

黎昕重重地往椅背上一靠，将自己埋在烟雾中，淡淡地道：“她不过骗过你这一回，你就气成这样，你想想你以前对她撒下的那些个弥天大谎呢！她骗你，可有对你造成过什么后果？可你骗她，却导致她家破人亡！还有她弟弟的病！”

说到这里，他的声音中划过一丝冷厉：“若你是她，恐怕早杀了她吧？她那个性子，经历了这么多事，她却只不过选择了将自己摔碎，以求得逃离你身边，你又有什么资格生气？”

潘启文浑身一震，是啊，他又有什么资格去生气，去怪她骗他？

他颤着手去摸自己口袋，掏出烟来，又上下摸摸，却没摸着打火机，他皱着眉一伸手，抢过黎昕手上的火柴，划着了，那一小片光芒中，他的眼里闪过一丝痛楚和迷茫。

他甩熄火柴，狠狠地吸了一口烟，他的目光随着缓缓向上腾去的烟雾，迷离起来。

她本来早就可以戒掉鸦片，可她，为了能够摆脱他，竟然可以忍受鸦片的毒害，通过那么残忍的折磨她自己的身体和承受力的方式，联合霍夫曼，那样地来逼他，逼他不得不同意她离开他的身边。

她可以为了离开他，如此狠地对待她自己，可见她那时是下了多大的决心，决绝得让他害怕！

一想到这个，他的心就止不住地如被撕裂般地痛。

她那时，也是被逼急了吧？竟然找上了不过数面之缘的医生！

而现在，她又找霍夫曼打听方宗尧的消息，只为了避开他的耳目！

他的心中抽痛：她终是再不肯相信他！

两个人谁也不吭声，各自迷失在自己的世界中，为着同一个女人。

不知过了多久，只听一声门响，文四在外面轻声道：“少爷，少奶奶回来了！”声音里是抑不住的喜悦。

潘启文倏地站起身来，黎昕在他身后轻笑一声道：“你应该庆幸，她还在打听方宗尧的生死，而没有直接判了你的死罪！”

潘启文眼中一亮，急急地唤文四道：“你赶紧的，让人给上海冯老大那边拍封电报，要他帮忙打听方宗尧和方家的情况！”

黎昕也站起身来，拍拍潘启文的肩：“天一，慢慢来！你们这辈子，还有的是时间耗！别把她逼急了！”

潘启文突然转身，给了黎昕一个熊抱，又迅速甩开他，笑道：“你该给我找个大嫂了！我看今天那个梅小姐就不错，你可别辜负了黛儿的一片美意！”

黎昕垂下眼帘，淡淡地道：“我不喜欢话多的女人！”

潘启文眼神一闪，叹口气，拍拍他的肩，转身走了。

第二十五章

民生顾问

芳华苑，卧室门外，叶蕴仪怔怔地看着这个既熟悉又陌生的房间，身体微微战栗，她长长地吸了口气，终是一脚跨了进去。

抬眼往房间内一扫，叶蕴仪不由微微一愣，屋内的陈设完全变了样，便连原先的红木家私也全换成了白色的西洋家具。

叶蕴仪微微一震，眼中闪过一丝复杂的神色。

隔壁传来蕴杰的欢呼声，一旁的小清笑道：“准是发现少爷给他准备的那一大箱小人儿书了，还有各式各样的风筝！”

叶蕴仪的目光诧异地停留在了起居室那架白色三角钢琴上，小清笑道：“您的谱子，少爷都亲自收得好好的呢，就这个，没敢扔！”

叶蕴仪修长的手指轻轻地抚过琴盖，眼中有一丝的悸动。

只听潘启文的声音在背后淡淡响起：“既然已经搬了过来，你这个民生顾问，明天就可以开始办公了吧？”

叶蕴仪脚下一顿，眼中闪过一丝迷惑。

潘启文跨进门来，冷笑一声道：“你以为我绕了那么大个圈子，只是为了让你有个合适的身份住进司令府来蒙你爷爷和伯父？抑或你根本便认为我只是要骗你回来住？”

叶蕴仪原本紧绷的身体一下子放松下来，心里却莫名地滑过一丝淡淡的失落。

她停下脚步，轻皱了眉，低头轻声道："你就这么急？"

潘启文叹口气道："杰森马上就要跟着设备一起回来了，可我们这头还什么都没准备，我们以军政府名义担保向银行贷款，总得有个牵头理事的人，你懂这个，又是银行的代表，更重要的是，这么大的事，你全权代表我们这方，我放心！"

最后这句话，令叶蕴仪轻轻一震，她侧头看向潘启文，眼中有一丝责备："设备都快到了，还什么都没准备？我记得当初杰森的计划书里有详细列明，设备安装需要什么样的场地和条件，以及需要多少人手，这些都没安排？"

潘启文忙道："有一个叫林佑佳的人，是原先军需处的人，他在管着这些事，可他也没办过这种事，总是感觉有点乱，他又不敢拿主意，什么事都来问我，我哪有那么多时间去处理？"

他看向她的眼中闪过一丝笑意："再说，我也不如你懂不是？"

叶蕴仪心中一悸，她急急地将头转向一边，眼睛眺向屋檐上空那一抹红霞，淡淡地道："你总要给我安排个办公的地方。"

潘启文一双眼睛直勾勾地看向她的侧脸，见她微微扬起的脸上映着一点点红晕，衬得那优美的颈项更显白净，他喉中发紧，赶紧轻咳一起，别过了脸，唇角向上弯起："已经安排下去了，保你明天有办公的地方就是。"

叶蕴仪点点头："那个叫林佑佳的人，我明天先见见他！"

潘启文眼中的笑意越发地深了："好，我明天让他去见你，有什么事，你吩咐就是！你是个统管的，只管安排下去就好，你这小身板，还是不要太过操劳！"

眼见这半开玩笑的话，令叶蕴仪脸上又绷了起来，他赶紧沉下了声，一副公事公办的口气，稍显威严地道："你这民生顾问，可不只管这一件事，还有很多事需要统筹规划的呢！"

叶蕴仪皱了皱眉："明天我先理一理，然后再找你商量下，列个方略计划出来，也分个轻重缓急。"

潘启文心中暗喜，刚刚他便想如是说，又怕她以为自己要跟她一起办公又会多想，现在她自己说了出来，心里不由一松。

他突然想起一件事来，笑道："今天在会场上，我问你，可有快速取信于民的方法时，你欲言又止的模样，可是在会场上不方便说？不会是什么把戏，说出来让大家知道，就不灵了吧？”

叶蕴仪眼神一闪，缓缓摇摇头道：“我也暂时没想到什么办法，等我想想再说吧。”

潘启文眼中一沉，却也不想逼她，换上轻快的语气道：“赶紧去吃饭吧，待会蕴杰该等急了！”

餐桌上，蕴杰早已等不及开吃了起来，见二人进来，嘴里鼓鼓的，喜笑颜开地道：“还是家里的饭好吃！”

一个“家”字，令潘启文与叶蕴仪二人均是一怔，不由自主地向对方看去，视线刚刚交会却又迅即闪开，却在那一刹那，都看到了对方眼中的那一抹难以隐藏的痛楚。

潘启文脑中蓦然显现出那天她的那双布满细细口子和粗茧的手来，心中猛地一痛。

后院专门待客的大饭厅里，黎黛殷勤地亲自为梅果杯中续了茶，歉意地道：“梅果，你别介意，我二哥他就那脾气，常会莫名其妙地发些火。”

黎黛羡慕地说道：“梅果，你虽然与我同年，可你今年暑假就毕业了，毕业后，你是打算留洋吗？”

梅果笑笑：“我还没想好，原是打算出去的，可我爸妈总说女孩子还是娇养着好，不想让我一个人去国外受苦。或许找些事做吧。”

她似想起什么，突然眼中一亮，她端起面前的汤，喝了一口，掩下脸上的兴奋，以半开玩笑的语气道：“你二哥今天在学校不是说需要懂外文的秘书的？不知我要是去应征，能不能入得了他的眼？”

黎黛心中微微有些异样，她虽说年纪小，可毕竟经过的事却不少，梅果在学校里那是出了名的清高骄傲，凡事都入不了她的眼的，而今天，她却如此反常，现在更能说出这样谦卑的话来？

想到这里，黎黛笑道：“你这大才女，只怕我二哥是求之不得！不过，我听二哥那意思，叶先生任了这民生顾问后，这些事情便都由她统管，我二哥又不懂洋文，没准儿还得请叶先生来选人才行，我看那叶先生今天很欣赏你的样子，咱们不如去找她？到时，我再跟我二哥说说，没准能成！”

梅果轻轻地扬了扬下巴，脸上漾起一个高傲的笑来：“那工作的事，我也就是开开玩笑，你倒当了真。我爸爸在翻译几本书，要我给他当助手呢，且有得忙着。”

吃过饭，两人又坐着聊了会儿天，黎黛便扶着梅果，亲自将她送到大门口，梅果刚要弯腰上车，却见一匹棕色马从车前缓缓驰过，马上，潘启文一身白衣短衫，驾着马，低了头，面带温柔地听身前一个半大男孩子说着什么，不一会便发出一阵爽朗的笑声。

梅果浑身一颤，急急地回头，直觉地想要问黎黛，你二哥都有这么大的孩子了么？当她看到黎黛看向那孩子时那半是羡慕的眼神时，终是将到嘴的话忍了回去，上了车，挥手与黎黛道别。

微微晃动的车上，梅果眼前尽是潘启文的影子，进场时的大气凛冽，台上的风趣幽默，侃侃而谈时的洒脱，面对危险时的果决勇猛，暴怒中的狠戾，马背上的俊逸，还有面对孩子时那般的柔情。

尽管拼了命地压抑自己，终是忍不住开口问前排的司机：“刚才那是少帅的孩子么？”

司机礼貌地答着：“不是的，小姐，那是少奶奶的弟弟，是舅少爷！”

梅果心中震动，竟然只是小舅子！

他那样的一个人，那脸上的笑容和眼中的温柔，是绝对做不了假的，若说自己的孩子，那倒可以理解，可竟然只是他夫人的弟弟！当真便是“爱屋及乌”至此了么？

她的心中越发地对那位少帅夫人好奇起来。

第二天一大早，潘启文便来到叶蕴仪房前，叶蕴仪正在房门口，弯了腰，拉着蕴杰身上的中山装下摆，往下扯了扯，又去系他领口的扣子。

她这一弯腰，那短袖旗袍的开叉便向上提了提，潘启文瞄了眼那若隐若现的一小片白嫩的肌肤，心中竟止不住信马由缰地勾勒起她那紧实的大腿的轮廓来。在叶蕴仪直起身时，他赶紧别过了头，也不进去，只站在门外，对叶蕴仪淡淡地道：“等下我领你去办公的地方。”

叶蕴仪接过小清手上的书包，斜挎在蕴杰身上，拉了蕴杰的手，往外走去，也不看他，在与他擦肩而过时，方才淡漠地道："何必要你亲自带我去？这不是招人嫌话吗？随便找个人领我去就行了。"

潘启文被她一句话堵得牙痒痒的，却还是跟上了她的脚步，不着痕迹地牵上了蕴杰的另一只手，随着他们一起向外走去。

潘启文一边走，一边正色道："你这一摊子，万事开头难，军政府下面的人，我是知道的，个个儿都精得什么似的，我若不出面，别说使唤他们了，保不齐便有人给你使绊子，欺负你新来的。"

叶蕴仪若有所思地低了头，不再吭声。

潘启文跟叶蕴仪一直将蕴杰送出芳华苑的大门，眼看着蕴杰上了车，这才挥挥手，转身进去。

转身的一刹那，潘启文心中突然生出一股强烈的情绪来，什么家国天下，什么地位荣华，他心中渴望的，不过是，有那么一天，他跟蕴仪，能这样齐齐地一左一右牵着他们自己的孩子，肩并肩送孩子上学！

而原本这样一个普通的愿望，现在对于他，竟成了一个奢望。

一想到孩子，他不由心中一痛，悄悄地向叶蕴仪睨去，却见她目不斜视地直直向前院走去，他心下黯然，默默大跨两步，走到她前面去。

司令府前院办公的区域主要分成三块，一块是潘启文的专属办公区，一块是军务处，一块是政务处。分别在不同的院落里。

叶蕴仪办公的地方在政务处的大院里，是专管地方事务的所在，潘启文在这里给她安排了一个单独的办公间，里面还套了个休息室，外间还有一个小议事厅。

原本叶蕴仪这样一个顾问的职务，谁也搞不清是做什么的，也没人放在眼里，都只当不过是少帅笼络民心的一种手段。

可自从昨天文四亲自来盯着安排办公间的陈设，大到桌椅的更换，小到咖啡杯的摆放，都亲自过问，便连休息室里的被褥什么的，也有专门的丫头捧了来，那丫头甚至还带了驱蚊子的熏香来，所有人这才都重视起来，私下里更是议论纷纷。

及至今天少帅亲自领了人过来，又将政务处重要的官员一一介绍过了，加上叶蕴仪那份美丽和气度，又听说是会洋文的，便没人再敢小看了叶蕴仪去。

叶蕴仪对这一切却浑然不知，这一天对她来说，可真真是又忙又乱，便连中午饭，也是小清给她送到办公间里来的。

一直到夕阳西下，室内的光线逐步昏暗下来，叶蕴仪才缓缓踱出了办公间，她手上拿着一份文件袋，来到潘启文办公的区域，发现这里的守卫，比起其他院子森严了许多，站岗的也已不是普通军装士兵，而是统一在军装右臂系上了红色袖章的亲卫连。

叶蕴仪正踌躇间，却见门口两个原本面无表情的卫兵，竟齐刷刷向她敬了个军礼，其中一人说道："少帅还在里面办公，您请进！"

叶蕴仪愕然地四周看了看，终于确认那士兵是对自己在敬礼说话，却见一个军官模样的人急急地迎了出来，是林泰，对她笑道："叶先生，少帅正要我去请您呢，你快快请进！"

叶蕴仪正要说话，却听厅里传来潘启文恶狠狠的声音："给我查！彻查！三天之内给我结果！"

叶蕴仪脚下一顿，转身想要离开，林泰忙道："叶先生，直接进去即可，无须回避什么。"

潘启文在空荡荡的大厅中央焦躁地踱着步，叶蕴仪进去时，他正一脸烦躁地解开领下的第一粒扣子。

他的左侧，是站得笔直的三个军官，每个人都垂着头，额上是汗水。而中间两个主位上，左边的位置上坐着黎昕。

似乎没想到叶蕴仪来得这么快，潘启文微微一怔，他挥挥手，声音稍稍平缓下来，说道："你来得正好，这事你也听听，坐吧。"

叶蕴仪心中疑惑，却什么都没说，只点点头，在大厅左侧的一排椅子上，随便选了一个位置坐下。

黎昕抬起头来，轻咳一声，说道："这事，查肯定是要查，只是查出来后怎么办？"

潘启文眉头紧蹙："当然是该查办的查办，该……"他举起的手一僵，又颓然放下，有些疲惫地捏了捏眉心，回到主位右边的位置坐下，低头陷入了沉思。

黎昕深沉的目光在叶蕴仪身上停留了一秒钟，又迅速挪开，他转向潘启文，却又似为解释给叶蕴仪听："我明白你是想要取信于民，才命人查这个案子，可是，当初因为缺粮缺怕了，每次从民间征粮，花钱不说，还要看那些士绅的脸色，司令也是从长远计，才下令大量垦荒，同时买地来租给佃农去种，这也是直到前年，我们的军粮才完全自给自足。”

叶蕴仪心中一凛，原来这事的起因竟是她所说的取信于民？她当时提出这一条，不过是半讥半讽，没想到潘启文竟当真实施起来，还如此之快！

只听黎昕继续说道：“至于说低价强买土地、甚至就是不花钱强占过来的事，这恐怕少不了。可是，若是查出，真有这样的事，我们怎么办？杀几个军官倒是好办，可这地怎么办？若是你公开承认说咱们错了，总得要补偿别人吧？可如果人家原先的地主说不要钱，只要地，咱们怎么办？难道真把地退回去？”

黎昕瞟了潘启文一眼：“若是咱们把地退了回去，眼看着今秋过冬的粮马上就会不够，势必要向民间征粮，而我们已经两年没向民间征军粮了，若是现在一开征，恐怕马上便会怨声四起，比起你查这案子的初衷，只怕是得不偿失啊！”

叶蕴仪一听，立即明白了其中要害，这样进退两难的潘启文，令叶蕴仪心中莫名地一疼，他表面风光，实际却处处是荆棘！

她不由点点头道：“而且，若是将地退了回去，以后再要想买，恐怕就难了！”

说到这里，她看看潘启文，再扫一眼站在那里的那三个军官，潘启文微微一怔，向那三人挥挥手：“这事让我再想想，你们先下去吧！”

那三人如蒙大赦般，擦了擦头上的汗，迅速地退了出去。

厅中只剩下潘启文、叶蕴仪、黎昕和林泰四人。

潘启文直直地看向叶蕴仪：“蕴仪，你想说什么？”

听他直呼自己的名字，叶蕴仪有些不悦地皱了眉，瞟了一眼林泰，没有说话，却被潘启文不耐烦地打断，只听他冷哼一声道：“叶蕴仪，你就小家巴事的想着你自个儿那点子事！林泰是主管亲卫队的，他什么事不知道？”

叶蕴仪心里一堵，干脆任性地绷了脸：“我没什么好说的！”

潘启文心中本正窝火，见叶蕴仪如此，不由冷笑一声道：“叶蕴仪，你就这么怕别人知道你跟我的关系？难道你还想再嫁人不成？别以为我不知道你们那个校长的儿子陆一凡在追求你，还有些个别的男人在打着你的主意！我告诉你，你想都别想！”

叶蕴仪被他气得手直抖，她并不想当着别人的面与他争执，站起身来，就要向外走去。

却被潘启文拦在身前，他一双黑眸阴鸷地盯着她："说清楚再走！"

叶蕴仪咬紧了唇，将眼中的热气生生地逼了回去，倔强地一偏头："我跟你没什么好说的！"

一旁的黎昕暗中叹了口气，站起来，将潘启文往旁边轻轻一拉，对叶蕴仪笑道："叶先生，可否把刚才想说的话说出来？你看，这事关民生，一个不慎，便会搞得鸡飞狗跳，不但我们想做的事做不成，恐怕也会令百姓不得安生哪！"

林泰也赶紧笑道："叶先生请放心，少帅早已吩咐过，在这前院里，叶先生就只是叶先生！"

叶蕴仪咬了咬牙，心中也知这不是赌气的时候，却也拉不下脸来，不由瞟了潘启文一眼。

黎昕赶紧拍拍潘启文的肩，端出大哥的姿态，轻叱道："谈公事就谈公事，扯到一边去做什么？"

潘启文眼中闪过一丝懊悔，他抿了抿唇，转身坐下，没好气地对林泰道："去，叫人给叶先生上杯茶来！"

林泰忙应了，转身要走，却又听潘启文叫道："还是让他们上几碗酸梅汤来吧，这大热的天，是个人都上火！"

林泰忍住笑，偷偷看了叶蕴仪一眼，果见她紧绷的脸已是放松了许多，这才松了口气，转身大步出去了。

厅内一片沉静，气氛一时有些尴尬。

还是黎昕率先开了口，诚恳地道："叶先生，还望赐教！"

叶蕴仪这时倒不好再端着，毕竟公私大义，她还是分得清。

她平静地说道："这个土地的事，的确难办，若是硬要矫正，只怕得不偿失！何况，前段时间我也了解过，不仅这土地，还有其他很多事，令老百姓对军政府并不信任！但是……"

潘启文张了张嘴，想要问什么，却又紧紧地闭上。

叶蕴仪瞟了一眼潘启文，有些不情不愿地接着说道："但是，这一年多，以少帅为主执政以来，有些措施，还是很得民心的，比如，修学校、让孩子免费入学；再比如，减免了一些莫名其妙的苛捐杂税，还有就是，这军纪也比以前严明了许多，已很少有军人敢随便扰民，以前时有发生的军中之人欺男霸女的现象也已基本杜绝。”

似没想到叶蕴仪竟会如此说，潘启文怔怔地看向叶蕴仪，眼中霎时写满了笑意，一股傲气油然而生，原来，她竟是知道的！

黎昕似笑非笑地看了潘启文一眼，有些迷惑地向叶蕴仪问道：“叶先生，你的意思是?”

叶蕴仪睨了潘启文一眼，看他一副小人样，不由没好气地冷笑一声道：“我的意思是，儿子现在要做事，那就由老子背黑锅好了！虽说都是军阀，只需让百姓知道，这新军阀跟旧军阀还是有不同的就行！”

潘启文眼中一亮：“你是说，以前的账不去算，只管好今后的事就行？”

他犹豫了一下，又说道：“可你不是说……”

叶蕴仪立即不客气地打断了他，讥讽地道：“这方法是死的，人是活的，少帅不会不知道吧？以前的旧账太多，就算舍得下本钱，翻上那么一两件，也纠正不了根本，与其去翻旧账，不如想想怎么样将舆论造起来，让大家知道这新旧军政府的不同，现在要取信于民的是你潘天一，不是原来的潘司令！”

潘启文霍地站了起来，眼中晶亮：“那现在我们想要发动民间的人力和财力共同投入工商，只需要做你所说的，在短期内能取信于民的一件事就行了？”

叶蕴仪径直走回自己座位，坐了下去，并不理他。

潘启文讪讪地摸了摸鼻子，正尴尬间，一抬眼却见林泰端了托盘进来，他眼中星光一闪，上前从盘中端起一碗酸梅汤，亲自捧到叶蕴仪面前，放到她身侧的茶几上，痞痞一笑道：“叶先生，来，喝点酸梅汤，消消火！”

叶蕴仪被他这前倨后恭的态度弄得哭笑不得，她没好气地横了他一眼，本不打算理他，却见他唇角一勾，她立即警觉地看向他，不想他竟弯了腰，右手拿起碗中的勺，舀了一勺酸梅汤举到半空，眼睛半是戏谑半是威胁地看向她，大有要喂她之势。

叶蕴仪面上一红，赶紧一把夺过他手中的勺子，端起了碗，瞪着他道：“我自己会喝！”

潘启文这才直起身来，眼中满是笑意地转过身去，刚一回头，却见一旁的黎昕和林泰都呆呆地看傻了眼，他狠狠地睨了他们一眼，两人赶紧隐住唇边的笑意，低头喝起酸梅汤来。

潘启文回到自己座位上，端起碗，一饮而尽。

他从裤袋中掏出一方白色的手帕，抹了抹嘴，刚要收回去，又若有所思地顿住。

他脸上扬起一个坏笑，将那手帕抖散开来，露出那手帕的四个角上用金线绣的“Ｐ＆Ｙ”的字样来，他轻笑一声，在叶蕴仪莫名其妙地看向他时，故意拎起一角，将那字母放在唇边，神色暧昧地轻轻一印，一双眼却轻佻地看着叶蕴仪。

叶蕴仪心头一跳，恨恨地低了头，心中暗骂一声“不要脸”。

潘启文将手帕胡乱地塞进兜里，轻咳一声，一本正经地说道：“叶先生，现在可否说一说你那短期之内取信于民的方法了？”说完，他便似笑非笑地盯着叶蕴仪。

黎昕与林泰立刻齐齐地从酸梅汤里抬起头来，看向叶蕴仪。

叶蕴仪生怕潘启文再当着这二人做出什么过火的事来，赶紧放下手中的碗，咬牙切齿地说了三个字：“发债券！”

潘启文与黎昕对视一眼，又一脸迷惑地看向叶蕴仪，不约而同地开口道：“怎么说？”

叶蕴仪讥讽地笑道：“少帅不会不知道这债券是什么东西吧？”

潘启文眼中一丝恼意飞闪而逝，随即老老实实地答道：“有听说过，以前北边有发债券，不过一直没想过要去搞明白中间的道道。”

叶蕴仪点点头，正色道：“债券就相当于是向老百姓借钱，在西洋一些国家，政府常常发债券，因为公信力较高，风险小，老百姓也愿意购买。”

潘启文与黎昕就像两个学生，认认真真地听着叶蕴仪讲。

叶蕴仪接着说道：“你现在就可以办铁矿的名义，向公众发行第一期债券，承诺三个月内还本付息，这利息，比 般钱庄高上一点点即可。”

黎昕不由兴奋起来：“嗯，只要第一期兑了现，一传十、十传百，这军政府的信誉树了起来，以后，再办事，就方便了！”

潘启文微一沉吟，皱了眉，看向叶蕴仪道：“你刚才也说了，西洋的政府发债券，因为公信力较高，而我们在信誉树立之前，这第一次发行，凭什么让老百姓相信我们呢？”

叶蕴仪眼神一闪：“这第一次，就只能靠高利来吸引百姓了，让这样的利益高到他们肯去赌一把，自然就有人来了！”

潘启文紧紧地盯着叶蕴仪，似乎想要看透她：“没有别的办法了？”

叶蕴仪别开眼，脸一板：“我只有这个方法，用不用在你！”

潘启文眼中闪过一丝失望和迷茫，他知道，叶蕴仪还有所保留，可他却不明白，她在保留什么？又为什么不肯说出来？这明明是公事，她，也不应是这样的人！

他暗中长吸了口气，隐去了自己的情绪，看向她：“这件事，交给你来办如何？需要什么，人还是钱，你尽管开口。”

叶蕴仪抿了抿唇，眼中滑过一丝疑虑，终是缓缓地摇摇头道：“铁矿那边的事现在很急了，我准备亲自过去一趟。你这边的事，只怕我忙不过来。”

潘启文知她有意推托，他抑下心中的那一阵紧似一阵的，像被人掐着脖子般的难受，也不揭穿她，只淡淡地道：“你爷爷和伯父大后天就要到了，只怕你走不开！”

叶蕴仪一呆，脸上既喜且忧，她有些不敢置信地道：“你怎么知道他们大后天到？”

潘启文眼睛看向地面，轻哼一声道：“上海那边的冯老大昨天发来电报，说接到了船，明天清早的火车，大后天就能到了。”

叶蕴仪低了头，轻轻说了声：“谢谢！”

潘启文眉头一拧，胸膛起伏，重重地呼吸着，硬邦邦地回了她一句：“叶蕴仪，不管你承不承认，那也是我爷爷和伯父！”

叶蕴仪这次没有反驳他，只一声不吭地盯着手边的文件袋。

就在这时，刀疤在探头探脑地探了进来，潘启文一甩头，对叶蕴仪和黎昕说道：“你们先回去吧，我还有点事要处理。”

叶蕴仪也不答话，站起身来径直快步向外走去。

黎昕急急地起身，向潘启文和林泰点点头，正待跟上，突然脚下一顿，他迟疑地看了一眼潘启文，终是压下眼中那份渴望，放缓了脚步，故意将自己落在了后面。

他出了议事厅，又到自己办公间里拿了些东西，这才缓缓地向院外踱去。

天有些闷，黎昕有些烦躁地解开了胸口的两粒扣子，低了头，穿行在大院的那一小片柳林中，树上的蝉鸣响成一片，黎昕心下浮躁，弯腰捡起一粒小石子，用力向树上扔去。

却听一声轻呼："谁？"竟是叶蕴仪的声音，惊慌中带着一丝痛楚。

黎昕循着声音急步上前，越过两棵柳树，拨开密密的枝条，果见树下暗影中，一个女子侧着身，一只手捂着肩，尽管光线很暗，根本看不清她的面容，可黎昕却能无比地肯定，那正是那个在自己心中描绘过无数遍的身影，他的呼吸不由一滞。

他在离她两尺远的地方驻了脚，吸了口气，哑声道："对不起，我不知道这里有人，是不是我刚才砸到你了？"

叶蕴仪看到黎昕，似松了口气般摇摇头："没事！"

黎昕在黑暗中大胆地直视着她："你怎么在这里？"

叶蕴仪的声音里有一丝的尴尬："这前院我第一次来，没想到这么大，天又黑……"

黎昕轻笑一声："迷路了？"

打发走刀疤，潘启文急急地向后院走去，心中估摸着，那个笨女人刚走不久，或许，他还能赶得上与她和蕴杰一起吃饭？

出了前院的后门，有一个大大的池塘，一座小桥将前后院连接起来，潘启文走到桥边，远远看到桥面上隐隐有两个人影，淡淡的月光下，看不清面容，只能看到两个剪影，一坐一蹲。

悄然跟在潘启文身后的亲卫连的人，已警觉地喝问起来："谁？"

那原本蹲着的人立起身来，却是黎昕的声音："是我！"

只听他朗声问道："是天一吗？"那声音里竟隐隐含了一丝失望。

潘天一快速往前走去，一双眼紧紧盯着地上那个越来越清晰的身影，沉声道："你们怎么在这里？"

黎昕微低了头，看了地上的叶蕴仪一眼，淡淡地一句："叶先生崴了脚，我正在给她看看。"

潘启文心中一紧，几乎是几步纵身跃了过去，在叶蕴仪面前蹲下身来，细细察看她的脚，发现她的左脚脚踝已是肿了，他试探地轻轻一按，只听叶蕴仪"咝"地吸了口气，脚不自觉地往后一缩。

背后黎昕低声道："没什么大碍，回去上点华大夫的药酒，过一天就好了。只是现下只怕走不了路，你来得正好，你背她回去吧。"

潘启文微微一怔，原本紧缩的瞳孔蓦然放松，唇角微微向上弯起，正要说话，却觉手上的那只脚猛然变得僵硬，耳边已传来叶蕴仪那清冷的声音："不用了，我能走！"

叶蕴仪说着，手一撑地，就想要站起身来，却又一声痛呼，一下子委顿在地。

潘启文又疼又怒，一把撑住她腋下，以不容置疑的声音冷声叱道："背还是抱，你自己选！"

一旁的黎昕轻轻叹口气，回头对跟在潘启文身后的两个亲卫连士兵喝道："你们俩，跟我来！"说着，领着二人便匆匆离去。

叶蕴仪眼巴巴地看着黎昕撒手不管而去，只余下她与潘启文两人，她的胸膛急急地起伏着，潘启文冷笑一声，也不打话，直接弯下腰，一把将她打横抱在手中，叶蕴仪忙哑声叫道："背吧！"

潘启文睨她一眼，只见她在银色的月光下，微微低了头，脸上竟难得地有了一丝小女儿的娇羞之色，与先前议事时的清冷倨傲大是不同，他心下不由一片柔软，原本燥热的皮肤上，竟感觉到了丝丝的凉风，惬意无比。

潘启文轻轻放下她，再蹲下身来，耐心地等着，直到叶蕴仪磨磨蹭蹭地爬上了他的背，他才站起身来，轻轻地将她往上一托，她身上的幽香气息蓦然从四面八方穿过他的感官涌入心中，让他竟有一瞬的失神，好一会儿，他才深深吸了口气，迈开步子向桥下走去。

他信步下了桥，刚要跨进后院的门槛，却突然拐了个弯，沿着池塘边的柳堤，向东边慢悠悠地晃过去。

叶蕴仪趴在潘启文背上，那久违了的男性气息便扑面而来，只觉自己的心骤然怦怦直跳，她咬了咬牙，手一撑，直起了背，将自己的脸远远地离开了他的脖子。

颈后的温暖骤然消失，潘启文心底一凉，他暗自冷哼一声，故意将托着她的手稍稍一松，叶蕴仪便顺着往下滑去，她心里一惊，双手下意识地揽紧了他的脖子，潘启文喉咙里发出一声得意的轻笑，叶蕴仪忍不住一只手往他肩上捶去。

潘启文脸上明明带着笑意，却做放手状，沉声叱道："掉下去痛的可是你自己！”

叶蕴仪不敢再闹，双手揽着他的脖子，却将头尽量向后仰去。顺势向四周一看，不由低呼出声：“刚才黎昕不是说，过了桥就是后院的门了吗？你这是走到哪里去了？”

潘启文讥讽地道：“你现在倒认得路了？那里是有院门，不过到最里面的芳华苑要穿过整个大院，这会儿后院里的人大都吃过饭出来散步，还有些是幕僚和他们的家人，你是想所有人都看见我背着你？”

他一想到她时时刻刻想着与他撇清关系，不由心中有气，鼻子里重重一哼道：“我跟你叶先生什么关系？我可不想因为你，坏了我的名头！”

叶蕴仪刚来司令府时，基本在芳华苑养着，即便是后院的大院里也不怎么熟悉，后来搬了出去，她哪里知道，后院虽说住了一些幕僚和家属，却从那个过完桥的院门进去，只有短短的一个走廊，走廊左右两端分别是两个门，将幕僚的家属院与潘家的司令后院完全分隔开来，且临街的外面也各有大门。

所以根本便不存在潘启文所说的被别人看到的问题，即便有人看，那也是潘家的下人，那些人早便知道她的身份，谁又敢说什么？

她哪里想得到潘启文的弯弯绕绕，原本她是不愿意让那些幕僚们知道她与潘启文的关系，可这时听他说怕坏了他的名头，心里却不由一堵。

她看看周围，怀疑地问道：“那你这是走哪儿？”

潘启文一本正经地道：“前后院的围墙内四周有一圈小路，后院的很多园子，沿着那小路都开得有侧门，你不会不知道吧？”

叶蕴仪摇摇头，心中的担忧脱口而出：“那你不是绕了很远的路？这样背着我，你……”

她突然住了口，潘启文轻哼一声：“叶先生这是在担心我？你真是贵人多忘事啊！我以前背着某人，在园子里连跑五圈，气都不带喘的！”

叶蕴仪眉心一跳，不由自主地想起在德园时，他背着她在园子里跑，一串下人在后面跟着起哄的热闹场景来，她感到自己的眼眶不自觉地发起热来。

潘启文也诡异地安静下来，两个人都沉浸在回忆中，四周蝉鸣蛙声交相应和，他背着她，缓缓穿行在柳树下，潘启文双手托着她，任由那垂下的细碎丝绦，时不时滑过他的脸，再滑向她。

叶蕴仪终是忍不住伸手，将他面前的柳条拨开，潘启文嘴角噙着笑，也不吭声，只背着她，慢慢悠悠地晃荡着，一种久违了的温暖而亲密的气氛悄然在两人之间晕了开来。

不知不觉中，已来到芳华苑的侧门，潘启文不甘心地叹了口气，终是大煞风景地开了口："我想了想，这军政府中的人哪懂你那些个经济，我怕你用起来也不顺手，所以我想在西南大学的这期毕业生中，征一些人来，你看如何？"

叶蕴仪微微一怔，终于从先前的沉静中清醒过来，她轻声道："嗯，这样也好，正好有好多要毕业的学生也想找些事做。"不知是不是受了刚刚气氛的影响，潘启文觉她的声音竟不复一直以来的冷漠，而带上了一丝久违了的柔和，心中不由一暖。

他侧头看了看她，触目而及的竟是她那潋滟的粉唇，一丝落寞的情绪滑过心头，她离他如此近，却又那么遥不可及！

他轻咳一声，强忍下一亲芳泽的念想，偏过头去，淡淡地道："这事交给你来办吧，就先从你们经济系挑起，你不是还要懂洋文的嘛，外文系你也可以看看啊。你可以搞个面试大会，集中一天时间面试，你看如何？这事，我会去跟你们校长谈。"

叶蕴仪爽快地应承下来。

潘启文跨进门槛，故意一个趔趄向前一晃，叶蕴仪急忙紧了紧搂住他脖子的手，整个背和头也随着突然向前一倾，整个脸贴上了他的颈项一侧，而她的唇竟是触上了他的耳垂。

这样的肌肤相接，令两个人都是浑身一震。叶蕴仪急急地向后仰去，一张脸远远地离开他，潘启文稳稳地托住了她，却又有意无意地将下巴往下一压，将他那胡须的硬茬在她光溜溜的手臂上轻轻一蹭，引得她一阵战栗。

他竟不停下，下巴在她手臂上无赖地来回蹭着，她不由恼了，手握成拳，往他下巴上一顶，只听到一声清脆的上下牙相撞的声音，他不由得意地笑出声来："蕴仪，你知道吗？这个动作，在我们这里，叫做'吃胡豆'！"

这一次，他欣喜地发现，他叫了她的名字，她竟没有反驳他。随即心底里便响起一个自嘲的声音：你就这点出息！

黎昕有些失魂落魄地回到自己房中，饭也不吃，径直关上门，将自己扔到床上，一闭眼，脑中便浮现出今晚与叶蕴仪在一起的情形来。

这是他第一次如此近地单独与她在一起，她迷了路，自然地，他便领着她向后院走去，他能感觉到，她对他，并不如他想象中那样反感，心中所想不由脱口而出：“我以为，你会很讨厌我！”

她微微一怔，随即淡然而笑：“为什么？因为潘天一？”

她摇摇头，看了看他：“不，黎昕，实际上，我对你其实很有好感。”

他愣住，明明知道不应该，可他仍能感受到心底里那一阵阵汹涌而来的——欢喜！

他竟像个呆头小子，傻傻地问道：“为什么？”

叶蕴仪微微一笑：“因为黛儿！黎昕，是你让黛儿摆脱了悲惨的命运！她现在能在这样如花的年纪肆意挥洒她的青春，而非守着潘家大宅孤独终老，是因为你帮她做了正确的决定！而且，她现在整个人如脱胎换骨般，这，才是她应有的人生！”

黎昕心中微微失落，原来，仅仅是因为黛儿！

叶蕴仪顿了一顿，叹口气道：“黛儿有你这样的大哥，是她不幸中的大幸！”

黎昕背了手，不由问道：“那么你呢？你跟天一……”

叶蕴仪打断他，冷声道：“我知道他在想什么，可是，他却根本不明白，没有自由，便失去了一切的基础，禁锢来的关系，怎么可能牢靠？”

黎昕口中喃喃念道：“自由？”

他一惊抬头，急急地问道：“那你有什么打算？难道你想就这样过下去？”

叶蕴仪定定地看了他一眼，冷笑一声道：“黎昕，我现在这样叫自由吗？进进出出都有人跟着，一点自己的空间和隐私都没有，我怎么可能就这样过下去？”

黎昕讷讷地道：“他们也只是保护你，并不敢干涉你的生活！你现在这样不是很好吗？可以做你想做的事，你要不高兴的话，天一也得看你的脸色！你还想要什么样的自由？”

叶蕴仪深深地叹口气，转过头去：“你不会明白的！”

见她那失望的模样，黎昕心里一疼，冲口而出问道：“我可能帮你？”

叶蕴仪一下子愣住，她眼中蓦然星光流转，令黎昕精神一振，便觉为她做什么都甘愿！

然而，她眼中的光芒随即又迅速黯淡下去，只摇摇头道：“谢谢你，我不需要！”

黎昕黯然地低了头，一时两人均沉默无语。

沉闷的前行中，叶蕴仪突然低呼一声委顿在地，黎昕急忙上前扶她，她借着他的支撑站起来，却疼得无法站立，他忙扶她坐下，柔声道：“我帮你看看！”

她疼得额上全是大粒的汗珠，说不出话来，只能点头同意。

他轻轻脱下她的高跟鞋，不由皱眉道：“你不是好久不穿高跟鞋了吗？今天怎么又穿上了？”

叶蕴仪惊讶地看着他，苦笑道：“连我平常穿什么鞋，都要向你们报告，我哪还有什么自由和隐私可言？”

黎昕一时语塞，想要告诉她，他之所以知道她的事，并不是黑衣卫队的报告，而是他自己……

他张了张嘴，终是没有说出来，他知道，说出来，不过是个笑话，大家尴尬而已！

就在这时，潘启文赶了过来，黎昕涩然一笑，他知道，他与她这短暂的独处已经结束了，也不知道以后，还有没有这样的机会。

他清楚知道天一对叶蕴仪的独占欲有多强烈，所以，即便这样的相处，他已不敢再有奢望，今晚，能知道她对他还有好感，他已足够满足。

第二十六章

自由代价

省城，火车徐徐地驶进车站，潘启文拉开车门，跳下车，走到后排，亲自拉开车门，绅士地伸进手去，放到他手上的，却是蕴杰的小手，叶蕴仪打开另一边车门，自己走了下来。

潘启文眼中闪过一丝恼怒，牵着蕴杰下了车，走到车前面，叶蕴仪这才走上前来，牵上了蕴杰的另一只手，潘启文直视着前方，皮笑肉不笑地道："叶蕴仪，是我在陪你演戏，你自己都入不了戏，要演砸了，可怪不着我！"

火车还未停稳，叶蕴仪脸上展开一个笑容，对着车窗上微微探出头来的爷爷挥挥手，也不看潘启文，笑着轻声道："你若砸了，别说民生经济，便连这迫在眉睫的铁矿，你只怕就办不起来！"

潘启文眉一挑："你这算是——威胁我？"

叶蕴仪微微一笑："不是我威胁你，只是我比较了解爷爷和伯父的性子而已！"

火车门打开，率先跳下车的是一位神采奕奕的中年男子，他回头向车上伸出手去，一位精神矍铄的银发老人轻哼一声，一把挥开他的手，自己下了车，中年男子无可奈何地笑笑。

叶蕴仪与潘启文赶紧迎上去，蕴杰已是挣开了两人的手，扑了上去，大叫一声："爷爷！"

老人眼中一亮，弯腰张开双臂，一把将蕴杰搂进怀中，双眼已经湿润。

叶蕴仪与潘启文齐齐上前，唤了声："爷爷、大伯！"

老人放开蕴杰，站起身来，叶蕴仪直直扑进老人怀中，所有的委屈在见到至亲后，只化成了那一声哽咽的呼唤："爷爷！"

老人红了眼，轻轻拍打着叶蕴仪的背脊："蕴仪，我的孩子，苦了你了！"

一边的中年男子对潘启文伸出手去，朗声笑道："你就是启文吧？"

潘启文忙伸出双手与他相握："大伯，我是启文！"

叶蕴仪忙用手背抹了抹脸上的泪，吸吸鼻子，对老人说道："爷爷，这是启文！"

老人锐利的目光看了看潘启文，对一旁的中年男子笑道："翔龙啊，在上海时，我们听到那冯老大说起我这孙女婿的身份，着实吓了我们一跳，心里也直打鼓来着，现在看到了，可放下了一半的心，起码还算是一表人才啊！"

叶翔龙微微一笑道："父亲，翔宇的眼光你还不信吗？蕴仪是他的宝贝疙瘩，若不是人中龙凤，怎会将蕴仪嫁给他？刚才，我与他握手便知，他的功夫不差！"

叶蕴仪原本心中忐忑，正想着如何解释潘启文的身份，没想到，潘启文竟然已经解决了，这才知道，原来潘启文让冯啸天去接爷爷和伯父，不仅仅是接送那么简单，只怕还另有一番说辞。

潘启文爽朗地笑道："看来，我还得好好表现，才能让爷爷和大伯放下另一半的心了！"

傍晚，芳华苑饭厅中，潘启文与叶家祖孙三代人，围桌吃饭。

叶琛沉吟片刻，对叶蕴仪和蔼地笑道："蕴仪啊，爷爷想跟你商量一件事！"

叶蕴仪忙放下手中的筷子，看向叶琛："爷爷，您请讲！"

叶琛神色凝重地道："蕴仪啊，上次你父母去世之时，我跟你大伯就想接你们去美国，可是你却坚持要来找启文，你已嫁了人，这样做也是应该，只是……"

他的话顿住，斟酌了下字句，方才说道："你看，我就你父亲与你伯父两个儿子，而你大伯家只有三个女儿，蕴杰现在可是我叶家唯一的男孙！”

潘启文轻蹙了眉，看向叶蕴仪。

叶蕴仪心中“咯噔”一下，却仍是笑着问道：“爷爷，您的意思是？”

叶琛缓缓说道：“以后我们叶家的家业，终是要蕴杰继承的，你大伯觉得，美国的教育还是先进不少，他跟我商量，想将蕴杰带去美国，而且，旧金山的气候冬不冷，夏不热，对蕴杰的病，也有好处！”

叶蕴仪心里一慌，有些心虚地看了潘启文一眼，只见潘启文眼神凌厉地盯着她，她只觉头皮一阵发麻，她咬咬牙，回过头来，对叶琛笑道：“蕴杰现在还小，我怕他过去不习惯。再说了，您不也说过，三个堂姐在美国长大，现在中国字都不会写的？不如等蕴杰再大些，国学扎实些了，再送他去美国？”

叶翔龙轻咳一声，他瞟了一眼潘启文，迟疑着说道：“蕴仪，实际上，我们最担心的是国内局势不稳定，原本我们是想将你一起带走的，可是你嫁了人，启文这一摊子，也不可能离得开，我们不能勉强你，可这蕴杰，是我们叶家独苗，我们不能将他置于危险之中！”

潘启文轻笑一声，拿起酒壶，为叶琛和叶翔龙杯中添了酒，脸上是一个似笑非笑的表情：“爷爷和大伯是担心启文这二十万大军，还护不了家人安全？”

叶翔龙忙摆摆手：“启文，你不要误会！只是目前国内大局不稳，列强又虎视眈眈，我们只是……”

叶蕴仪眼中泛着泪光，恳切地看向叶琛：“爷爷，您也说了，在美国，有爷爷、大伯、大伯母还有堂姐们，可我在这里，却只有蕴杰一个亲人了！”

一席话，说得叶琛也已是红了眼圈，潘启文忙说道：“爷爷、大伯，这事儿咱们再从长计议，今天是一家团聚的日子，没必要搞得这么生离死别似的，这日子还长着呢！”

他举起手中的酒杯：“来、来、来！喝酒！爷爷、大伯，我先干为敬！”

叶琛与叶翔龙对视一眼，也不再说，都举起了酒杯，与潘启文一样，一饮而尽。

叶翔龙见气氛有些沉闷，不由笑道："启文啊，你上海那个拜把子的兄弟冯老大，是条汉子！他对你崇拜得很啊！他可没少替你说好话！"

潘启文眉一挑，半开玩笑地道："看来，爷爷和大伯没有一来就要说将蕴仪也带走，我还得感谢冯老大了！"

叶蕴仪却想起什么似的，急急地问道："爷爷、大伯，你们从上海来，可有去过方伯伯家？"

叶琛放下酒杯，笑道："冯老大告诉我们，你方伯伯全家都搬去了南京，想来是没收到我们的电报。我们又急着来这里，只好等回去的时候，再拐去南京一趟了。"

叶蕴仪睨了潘启文一眼，眼中尽是怀疑的神色，却见潘启文似笑非笑地盯着面前的酒杯，心中微微一凛。

酒过三巡，潘启文有意无意地将话题引到发债券上来，他瞟了眼叶蕴仪，对叶琛和叶翔龙笑道："启文正想请教，这西洋发债券，若是第一次，即便许以高利，可怎么样能让别人相信他，买他的债券呢？"

叶琛哈哈一笑，指着潘启文，对叶翔龙道："这个启文，自家人，还这么拐着弯子说话！你是行外人，不知道不足为奇。可是，我就不信，蕴仪既然告诉了你发债券这个方法，就不可能没告诉过你，这债券最好是由银行来担保并发行的！"

叶蕴仪只觉得有一道阴郁的目光直直打在她的身上，令她如芒在背，浑身不自在。

叶翔龙这时也忍俊不禁地道："启文，咱们是一家人，这债券发行，咱们银行也是有利可图的，可说是互惠互利之事，无须这么藏着掖着的！再说了，老爷子最宝贝的孙女儿都给了你，还能信不过你么？"

潘启文心中怒火随着酒气噌噌往上直蹿，然而，桌面上，他却只能举起酒杯，自嘲地笑道："呵呵，这就被看穿了！来，我自罚一杯！"说着，深深地看了叶蕴仪一眼，将手中酒一饮而尽。

叶蕴仪只当看不到，自顾自地为爷爷和伯父夹着菜。

叶琛语重心长地对叶蕴仪说道："蕴仪啊，你这个少帅夫人可不易做！场面上的，家里的，里里外外可都要靠你撑着呢！男人在外面不容易，你多担待着些！像债券这些个事，你熟门熟路，就不要让启文再来操心了！”

叶蕴仪低了头，轻声应着：“是！”

却听潘启文嘻嘻一笑道：“爷爷，能娶到蕴仪，是我上辈子修来的福分！我可全靠了她呢！要不然，我哪知道什么发债券这些个事？她是我媳妇儿，当然会尽心尽力帮我了！”

他转动着手上的酒杯，看向叶蕴仪，笑道：“媳妇儿，你说是不是？”

潘启文眼中隐隐的怒气，令叶蕴仪身上一寒，她不由挺直了背，没有出声。

就在这时，文四匆匆进来，在潘启文耳边悄悄说了一句话，潘启文霍然站起身来，他脸色阴晴不定地看了叶蕴仪一眼，令叶蕴仪心里莫名一跳，只听潘启文拱手笑道：“爷爷、大伯，我有点紧急公务，要去处理一下！”

叶琛忙挥挥手道：“咱们自家人，不用你招呼，你有正事，先去忙吧！”

潘启文这一走，至到晚饭结束也没回来，叶琛和叶翔龙倒不以为意，而叶蕴仪却眼皮直跳，心中一直忐忑不安。

晚上，一身酒气的潘启文一把推开叶蕴仪的房门，大剌剌地一脚跨过门槛。正在起居室收拾的小清慌忙退了出去。

潘启文径直闯进里面的卧室，正在床边换衣服的叶蕴仪一惊，下意识地抓起床上的衣服往胸口一挡，叫道：“你做什么？出去！”

潘启文直直地逼过去，口中蔑然地笑道：“叫！你尽管叫！你若是想让你爷爷和伯父知道，你就尽管大声叫！”

叶蕴仪背过身去，将手上的衣服胡乱地套在身上，这才转过头来，沉声道：“你要干吗？”

潘启文走到她面前，居高临下地看着她，她穿着一件真丝的无袖睡裙，那薄薄的布料下，高耸的双峰若隐若现，他红了眼，死死地盯着她胸前那两点突起，突然轻嗤一声：“你是我媳妇儿，这大晚上的，你说我要干吗？”

叶蕴仪心里一慌，不由自主地往门口看了看，她冷声说道：“你喝醉了！”

潘启文冷笑一声，一把抓上了她的肩，将她宽松的领口向下猛力一扯，只听“嘶啦”一声睡裙被撕裂的声音，叶蕴仪瘦削的右肩和雪白的右胸顿时裸露在他眼前。

叶蕴仪大惊，出声怒叱道：“你疯了！”她大力扭动着肩膀，想要挣脱他的掌控。

潘启文右手往她背上一环，一把将她带向自己，紧紧地箍住了她，左手却已覆上了她的右胸，重重地捏了一把，他低下头，毫不怜惜地一口咬上了她的肩。

叶蕴仪不由痛呼出声：“好痛！你要做什么？”同时，更加用力地挣扎起来，然而，他的牙齿却是真真切切地咬在她的皮肉上，她越动，拉扯得越痛，身上的疼痛和心中的屈辱，令她不由流下泪来。

咸咸涩涩的泪水顺着脖子流下，浸入了潘启文的嘴里，潘启文浑身一震，他松了口，抬起头来，眼中闪过一丝的迷茫和痛楚，却迅即被铺天盖地的愤恨代替。

他身子向前一倾，猛地将她扑倒在床上，他紧紧地压着她，左手将她的双手举过头顶，令她动弹不了分毫。他低下头来，右手抚过她脸上的泪痕，哑声道：“疼？”

叶蕴仪头一偏，闭上了眼。

潘启文低低地笑：“不愿理我是不是？嗯，你想要理谁？”

他用力地扳过她的脸，叶蕴仪胸膛激烈地起伏着，她却仍是紧闭了双眼，悲愤的声音从牙缝里挤出来：“你到底要做什么？”

潘启文冷冷一笑：“我要做什么？叶蕴仪，我倒想问问你，你到底想要做什么？”

潘启文的声音如惊雷般在叶蕴仪耳边响起：“霍夫曼那个洋鬼子，帮你从司令府搬了出去，你是不是还想利用他和别的洋鬼子，再帮你神不知鬼不觉地离开我的地盘？叶蕴仪，你真当我是傻子吗？”

叶蕴仪猛地睁开眼来，一丝惊恐滑过眼底，她挣扎着道：“你在说什么？”

潘启文咬牙切齿地道：“叶蕴仪，你不告诉我银行发行债券的事，是不想让我跟你家银行有太多牵扯，是不是？嗯？你是不是就打算最多在铁矿里赔掉一部分钱，却绝不愿意让你家银行长期地陷进来？”

潘启文眼中是熊熊的怒火，他右手轻拍着她的脸，从鼻腔里发出重重的哼声：“叶蕴仪，你打的好算盘！”

他缓缓地、一点一点地拨开她额前的发，轻笑道：“让我来猜猜，你在想什么？”

那声音明明轻轻柔柔，却森寒刺骨，叶蕴仪心中狂跳，神色惊疑不定。

潘启文冷哼着道：“你先是让霍夫曼帮着你离开了司令府，离开了我的眼皮底下，接着，你又通过霍夫曼认识了德国领事和夫人，不知道你使了什么手段，竟然让德国领事答应帮你和蕴杰离开！”

叶蕴仪不敢置信地睁大了眼，满脸惊慌地看向他。

潘启文心头掠过一丝痛楚的快意，他一挑眉：“不敢相信我是怎么知道的？叶蕴仪，可惜就是人算不如天算！”

他冷声说道：“你欺我的人不懂洋文，便大摇大摆地与那对洋人夫妇上咖啡馆谈事，黑衣卫队向我报告时，我还替你有了朋友而高兴！

“本来德国领事跟你已商量好，利用领事馆与西南大学的夏日联谊会，为你和蕴杰来个金蝉脱壳，用领事的车连夜将你们送往上海，便连假扮蕴杰的小男孩他们都已找好！可是，你没有想到你爷爷和大伯要来！你只好将这计划推迟，德国领事甚至为你，将联谊会向后推了一个月！

“你今天急急地问你爷爷方家的消息，我初初还以为，你只是关心方宗尧的生死，现在我才明白，其实是因为，你到了上海，怕遭到冯啸天的拦截，你须得有方家的庇佑，可是，德国领事原本用德文给方家发的电报，却迟迟没有回应，所以，你才急了！

“在联系不上方家的情况下，你甚至做了两手准备，连后面的棋局都已布好，你怕我一路追去，会让上海的冯老大拦截你，你赌我会猜你直接逃往美国，你却偏偏让德国人帮你买好了去大马的船票，领事的车会直接将你们送到码头！

“你既然打定了主意要走，那么，你就绝不能让你家的银行跟我有太多的牵扯，只要不将你家人更多地扯进来，到时候，你若神不知鬼不觉地离开，便可以了无牵挂，也可以将你家族的损失降低到最小，是不是？

“你之所以这么乖乖地搬了回来，不过是因为你要降低我的防备心理！更怕稍有不慎，再将你爷爷和大伯陷在此地！你怕激怒我，所以今天才主动拒绝你爷爷要带蕴杰走的提议！而我，却自以为你多少心中还是有我的！

“你千方百计不肯暴露我跟你的关系，其实是因为你与霍夫曼联手向领事隐瞒了你的真正身份，你怕他知道你是我的人后，他不敢做！所以，你便利用了陆一凡！陆家除了陆承丰是西南大学校长外，他们在本地还有些势力，所以你只是告诉了领事，是陆家掐住了你，还做出一副被陆一凡骚扰得不胜其烦的模样！”

潘启文阴鸷的眼紧紧地盯着叶蕴仪，叶蕴仪全身不由一颤，潘启文阴沉沉地笑起来：“只可惜，你我姻缘未了，你注定走不了！

“先是你爷爷和大伯不期而至，再就是，你千算万算，却一定万万没有算到，那德国领事的新任秘书竟是我一个远房表兄，他曾在潘家集参加过那场婚宴，他本不知道领事要帮的人是你，可是，今天领事竟然再让他发封德文电报去上海方家！他怕领事惹祸上身，却又不敢确认，就在刚刚，他便匆匆找上门来！”

潘启文的手指轻轻绕上她的发，用力往外一扯，再松开，森森地笑道：“你看，便连老天都不肯帮你！你注定只能跟我在一起！”

叶蕴仪头上吃痛，她颓然地闭上眼，原先紧绷的身体竟放松下来。

潘启文见她一副听天由命的模样，胸中的怒火漫天而来，他一拳捶在她耳侧的床上，对着她低吼道：“叶蕴仪，你真当我便拿你没有办法是不是？你所做的这一切，不过依仗的是我爱你！你认定我不会伤害你，所以你才这么肆无忌惮！”

叶蕴仪睫毛随着他那一拳的震动而轻颤，她的唇角挂起一个讥讽的笑来：“你爱我？不会伤害我？潘天一，这样的话，你竟也说得出口！”

潘启文身体一僵，他的手轻轻地抚上了她的脸，眼中尽是痛苦与迷茫，他喃喃地道：“你究竟要我怎么样？

“我心疼你怜惜你，所以才会被你跟霍夫曼联手蒙骗，让你搬出了司令府！我拼命压抑自己要发狂的心，不去看你，甚至别的女人送上门来，我也不敢要！

“我以为，半年过去了，你的气也应该消了，总能够平心静气地面对我了，我还幻想着重新开始，到现在，我才发现，这不过是我的一厢情愿！

"即便我知道你跟霍夫曼骗了我，即便我知道你只想与我撇清关系，即便我知道你隐瞒了银行发行债券的事，我心中气归气，却仍是可笑地想着，你骗我越多，咱们慢慢地也就扯平了！我总能等到你气消的那一天！

"我为了你，曾经放弃我所拥有的一切！为了你，我不惜与爹娘翻脸！为了你，我遣走了所有女人，便连给黛儿一个名分我也不敢！"

他眼中的迷茫消散，取而代之的是一团要将她烧熔的火焰，他咬牙说道："可是，我等来的是什么？"

潘启文突然低下头来，他的唇轻轻柔柔地吻过她的脸庞，更伸出舌，将她脸上残留的泪水卷进自己口中。叶蕴仪一阵战栗，她只觉自己胳膊上的汗毛禁不住竖了起来，她再次紧闭上了双眼，也放弃了挣扎。

潘启文眼中怒火更甚，他的舌停在她的耳际，他将她小巧的耳珠包进口中，轻轻地含弄着，他的左手却在她右胸上狠狠地捏了一把，听到她吸气的声音，他才轻笑一声，伸出一根手指，压住她胸前的小颗粒，快速地打起圈来。

感觉到她胸前的珠粒硬硬地挺立起来，潘启文轻哼一声，喉中发出一声讥讽的笑来，他恨恨地说道："整天在我面前高贵得像个女神，到了床上，跟婊子有什么区别？"

叶蕴仪倏地睁开眼，绝望的眼神直直地看向潘启文："你知不知道，你在说什么？"

潘启文眼中闪过一抹惊慌，却迅即被怒气代替，他一把推开她，坐起身来，下了床，居高临下地看着一身狼狈的她，冷冷地道："你这张脸，迷惑了多少男人？先是将方宗尧迷得团团转，令他竟不要命地要带你走！然后是霍夫曼、德国领事，还有那个该死的陆一凡！便连黎昕，昨天竟然来跟我说，要我给你彻底的自由！"

叶蕴仪浑身一震，她没有想到，黎昕竟敢去跟潘启文说这样的话！

潘启文冷冷地笑道："是不是很感动？所有的男人都围着你团团转，所有的男人都甘愿为你卖命！你是不是很得意？"

说到这里，他侧身一拳击打在床头柜上，低吼道："你是不是觉得全天下的男人都对你好，只除了我潘天一！"

叶蕴仪扯过手边的被子，盖在自己胸前，冷冷地，一脸戒备地看向他。

潘启文一俯身，揪住她胸前的被子，恶狠狠地道："我再问你一遍，这个少帅夫人，你做还是不做？"他的眼神凶恶，却毫无底气。

叶蕴仪头一偏，闭了眼，轻轻一笑："由得了我吗？你不是有蕴杰在手上吗？更何况，现在我爷爷和伯父也在你的地盘上！"

潘启文满是灰霾的眼中霎时充满了绝望，他沉沉地看向她，脸上挂起一个阴阴的笑来："好！好！好！堂堂的少帅夫人你不肯要，那你就做你的十九姨太吧！"

叶蕴仪蓦地睁开眼，眼中充满了恐慌，她伸出手，一把抓住了他的胳膊，潘启文心中一紧，希冀在眼中划过，他轻笑道："怎么，还是肯做少帅夫人了？"

他反手一握，紧紧地抓住了她的手，握得那么紧，仿佛握住的是他唯一的希望。

他放柔了声音，嘶哑的嗓音竟带上了一丝乞求般的哽咽："蕴仪，我们好好的，不好吗？"

却听叶蕴仪低声说道："不管你要做什么，我只求你，不要让我爷爷和大伯知道！"

潘启文猛然一把挥开她的手，从喉咙中发出一阵阴森怪异的笑声："呵呵呵，原来是这样！"

他掩去眼中深深的绝望，阴恻恻地道："好！叶蕴仪，你不是想要彻底的自由吗？我现在给你两个选择，一是安安心心做你的少帅夫人，只要不离开我，你想做什么都行！二是，你以十九姨太兼我的民生顾问的身份呆在我身边一年，一年后，我放你和蕴杰走！"

叶蕴仪怔忡地看着他，眼底有过片刻的怀疑、挣扎，她终是咬咬牙，直直地看向他："我选一年！希望你说话算话！"

潘启文眼见着她眼中缓缓泛起点点亮光，他心中闪过疯狂的念头，只想将她那眼中的光亮一点点湮灭，他面目狰狞地看向她："你别答应得那么快！这一年中，你不仅只有个姨太太的身份，你还要完完全全地听我的话，包括——上床！"

叶蕴仪瞪大了眼，眼中满是愤怒，在看到潘启文那紧攥的拳头时，她突然低低一笑："难道做少帅夫人就可以不陪你上床吗？"

她看向潘启文的眼中充满了悲哀："潘天一，在你的心目中，少帅夫人与十九姨太，甚至与你口中的婊子，又有什么区别？不过是你想要就要的所有物罢了！所以，即便是婊子，我也选择只做一年，而不要永远地做你所谓的夫人！”

叶蕴仪口口声声“婊子”，深深地刺激了潘启文，她就那么迫不及待地想要离开他！

他怒极反笑，连连点头：“好！好！那么，过几天西南大学的面试大会，我便亲自到场宣布你的身份，你看如何？”

叶蕴仪脸上一僵，她闭了闭眼，无力地道：“好！只要避开我爷爷和大伯！”

潘启文又惊又怒，他紧紧地盯着她：“叶蕴仪，即便你自甘下贱，那么蕴杰呢？你可知道，因为你孤身一人带着蕴杰，大学和小学里，都有人在传，蕴杰是你生下的私生子！”

叶蕴仪冷冷地道：“若不是为了蕴杰，我便是死，也不会沦落为你的十九姨太！所以，我为蕴杰所做的已足够，他是男孩子，碰上这样的世道和这样无耻的人，这点委屈，他也只能承受！”

顿了顿，她又眼含讥讽地说道：“更何况，既然你要宣布我是你的十九姨太，那些谣言便也不攻自破了，没人会认为有人敢给你潘少帅戴绿帽子！”

潘启文心中如被寒冰浸过，他无论做什么、说什么，在她眼中，都是可恶可憎和无耻的！

这是一个什么样的女人！

为了救方宗尧，她竟肯向黛儿下跪！

因为恨着他，她不惜杀死自己的孩子！

为了逃离他，她宁愿忍受鸦片之毒和戒烟之苦！

为了她所谓的自由，她步步为营，事事算计！

那么，十九姨太的名头，对她来说又算什么？他在心中嘲笑着自己，潘天一，你做的这一切，有什么意义！

他死死地盯着叶蕴仪，脸上是绝望的笑：“我无耻？好！好！”

一边叫，他一边解开自己上衣扣子，露出他精壮的胸膛。叶蕴仪的瞳孔骤然放大，惊道：“你要做什么？”

潘启文唇一勾，甩掉上衣，赤裸着上身，向床上的叶蕴仪扑去，叶蕴仪惊恐地往里一滚，却被他一把抓了过来，扯掉她身上的被子，他火热的身躯就那样压上了她半裸的肌肤，他赤裸的上身重重地在叶蕴仪右胸上蹭了一下，如此的肌肤相亲，令两人同时心跳骤快！

他口中叫道："做什么？做你十九姨太在床上该做的事！"

说着，他的左手重重地揉捏着她的右胸，右手毫不客气地撩起她睡裙的下摆，直直地覆上她最私密的地带，他一把扯下她的里裤，并起两根手指，就那样硬生生地戳了进去！

叶蕴仪疼得全身一缩，浑身肌肉都紧紧地绷了起来，潘启文的心随着她一哆嗦，终是狠不下心来，手下不由一顿，随即缓缓地抽了出来。

他的唇轻轻地吻上了她的，手上的动作也轻柔下来，他下身的火热紧紧地抵着她，却并不进去，他低喘着在她耳边叫道："不想吃苦头就放松下来！"

叶蕴仪却放开了紧抓住被子的手，手脚大大地摊开，全身僵硬地直直地挺在床上，她咬住了双唇，紧闭着眼，哑声道："你要就快点！"

潘启文如被一盆冷水兜头淋下，他激灵灵地打了个寒战，猛地直起身，下了床，他紧攥的双手不停地发着颤，她将他当成什么人了？！

他狠狠一脚踢上床头柜，然而，除了他自己的脚钻心地痛以外，那坚实的柜子却仍是一动不动，一如——床上那女人冰冷的心！

他的脸扭曲着，转过身，冷冷地说道："叶蕴仪，世上的女人不止你一个！我潘天一也不是没人要的可怜虫！"

说完，他一甩头，就那样光着膀子大步往外走去，路过梳妆台时，他终是恨恨地一脚踹翻了台前的凳子，方才扬长而去！

床上的叶蕴仪一动不动地躺在那里，直到潘启文的脚步声终于远去，她才静静地流下泪来。她抓过被子，盖住自己满身的狼狈，翻过身来，趴在床上，闭了眼，却清醒着到天亮。

第二十七章

两难身份

清晨，听到起居室轻微的声响，叶蕴仪猛然睁开眼，听到小清的轻唤，她才想起，爷爷虽然身在美国，可家里传统的规矩却不小，比如这每日的晨昏定醒，早餐，也一定要一家人一起吃，所以她昨天才吩咐了小清一大早要唤醒她。

叶蕴仪急急地起身洗漱换衣后，拿出粉饼，对着镜子，细细地盖住眼底的青黑，左右看了看，又抓起胭红，掩去脸上的苍白，这才缓缓地向楼下走去。

一路走，心中却极为忐忑，那个男人，昨晚拂袖而去，那么暴怒的他，怎可能还想着早上来陪爷爷吃早餐？等下要怎生撒个谎糊弄过去？

饭厅中，下人们已将早餐摆上桌，桌上竟是满桌的广东茶点。她感激地看向正指挥着下人们的文四，轻声道：“文四，谢谢你！”

文四忙回道：“少奶奶，这是少爷前几天就吩咐好厨房的！”

叶蕴仪怔忡间，却听见厅外传来一阵爽朗的笑声，她愣愣地向门口看去，只见潘启文与爷爷、大伯三人都是一身白色绸子短装，一起有说有笑地走了进来。

只听叶琛笑道：“蕴仪，你可是起晚了啊！启文都已经陪我跟你大伯练了一趟拳了。”

叶蕴仪赶紧站起身来，迎上去，一双眼惊疑不定地看向潘启文，却见他对叶琛恭敬地笑道："爷爷和大伯的太极，启文是自愧不如的！还是心浮气躁了些！"说完，他淡淡地瞟了叶蕴仪一眼。

叶蕴仪眉心一跳，转头对小清说道："去看看蕴杰怎么还没下来？"

潘启文亲自端了茶壶，为叶琛父子上茶，一边笑道："爷爷、伯父，尝尝这专门从广东带过来的铁观音，要是觉着好，到时再给您带上一些！"

叶琛夹了一个虾饺，吃下去后，叹道："在这里能吃到这么新鲜的虾饺，实在是难得啊！"

这时蕴杰走了进来，脆生生地说道："爷爷，我知道，因为姐姐喜欢吃虾，所以姐夫就让专人从广东运活虾过来，还连带着海水一起，有时还用冰镇着。那个，我上次听黛儿姐姐说，那叫做'一骑红尘妃子笑'！"

叶蕴仪惊呆了，她从不知道这虾竟是这样来的！

这时却听"啪"的一声，只见叶琛重重地将筷子拍到了桌上，蕴杰赶紧噤了声。

只听叶琛对叶蕴仪沉声喝道："蕴仪，跪下！"

叶蕴仪不敢驳嘴，径直拉开椅子，在叶琛侧面缓缓跪下。

潘启文一呆，忙站起来，赔着笑道："爷爷，您这是……"

叶琛没有搭理潘启文，径直对叶蕴仪怒道："我叶家有家训，其中最重要一条，便是戒奢华！我先前只当这是启文孝敬我们远来是客，没想到，你竟是常年如此！

"启文现在好比一方诸侯，难道你要学那褒姒、妲己，祸国殃民吗？"

潘启文急急地走到叶琛面前，直直地跪下，低头道："爷爷教训得是，是启文考虑不周，这不关蕴仪的事，她也曾问过这虾是从哪来的，是我骗她说是在城里的海货行里买来的。"

叶蕴仪轻轻一震，她没想到，潘启文竟肯为她下跪，尤其在经历过昨天的事后！

昨天，他是那样的愤怒，想尽办法羞辱她，他今天肯在早餐桌上出现，她已是惊讶不已，而现在，他却肯为她下跪！

叶琛脸上神情有一丝震动，他立即缓和了脸色，亲自弯腰去扶潘启文："算了，你们起来吧！"

他转头又语重心长地对潘启文道："启文啊，你现在位高权重，可是要将这国计民生放在首位啊！”

潘启文恭恭敬敬地道：“爷爷教训得是！”说着，他一边顺势抬起身，一边去搀叶蕴仪，叶蕴仪本能地想要甩开他的手，却被他紧紧地掐住胳膊，半挟半拉地将她带了起来。

叶蕴仪与潘启文重新落了座，叶翔龙忙笑道：“爸，您这脾气真是说来就来，这是在蕴仪夫家，也不知顾着点蕴仪的面子。”

叶琛眼中精光一闪，并未说话。

潘启文心中了然，忙笑道：“这不怪爷爷，全是启文的不是！”说着，他回头向一旁目瞪口呆的小清皱眉道：“还不给少奶奶盛碗粥来，少奶奶胃不好，早上不能空腹喝茶。”

不一会儿，他伸手接过小清手上的粥碗，用调羹在碗里不停地搅着，一边搅，一边吹着气，又舀了一勺放在唇边试了试温度，这才将碗放在叶蕴仪面前，柔声哄慰道：“昨晚是我不好，害你没睡好，我知道你没胃口，但好歹这粥总要喝一点。”

一旁的叶琛与叶翔龙交换了一个欣慰的眼神。

叶蕴仪听了这似是而非又引人遐想的话，侧头不明所以地看向潘启文，却见他一脸宠溺地看着她，深邃的眼底却含着戏谑和讥讽，她心中不由一凛，他这是，在做戏？

叶蕴仪陡然心生警惕，他为什么要这么做？即便是为了不在爷爷和大伯面前暴露他们之间真实的情况，可也不必做成这样啊！

她没有吭声，只闷头喝粥。

潘启文转头对叶琛与叶翔龙笑道：“爷爷、大伯，可有什么地方想要去的？若是没有特别的，不如就由我跟蕴仪来为你们二位安排？”

叶琛抿了口茶，点点头笑道：“今天我们要去拜访一个不认识的朋友，是我们在旧金山的老乡的亲戚，托我们给他带了些药来。”

潘启文忙放下手中的碗道：“需不需要我跟蕴仪陪你们去？”

叶琛忙摆摆手，笑道：“不用，你安排个人帮我们找路就行！人家一平民百姓，没的你一去，吓着人家！”

叶琛抿了口茶，接着说道：“我们在这里的时间也不多，我跟你大伯还想去趟潘家集，拜访下亲家，毕竟我们蕴仪嫁到你们潘家，蒙二老照拂，便连蕴杰也一起跟了过来，若是来了不上门拜访，实在说不过去！”

叶蕴仪一惊抬头，却见潘启文笑道："好，我跟缊仪这几天抽时间陪你们一起回去一趟！"

叶琛忙道："不用！你跟蕴仪都忙，你派人送我们过去就成！到了那边，我们还要再顺路去铁矿看看，杰森明天也该到了，到时，我们跟他一起过去就行。"

叶蕴仪不敢说不让他们去，只皱眉道："爷爷，还是我们陪你们去吧！"

叶翔龙这时笑道："蕴仪啊，我跟你爷爷去潘家集这几天，你在这里可有别的事要安排！"

叶蕴仪心中暗急，上次婚宴过后，她与潘家的事恐怕早闹得潘家集人尽皆知，若是有半点风声传入爷爷和大伯耳中，只怕立时就要起风波！

她悄眼看向潘启文，见他脸上一副无所谓的模样，不由心中暗恨，却不敢表现在脸上，只得勉强笑道："大伯请尽管吩咐！"

叶翔龙看了一眼潘启文，笑道："我们叶家和你外公家，在美国和大马的华侨中，也算是数得上的，以前在广州时，只当启文是上门女婿，所以很多个规矩也就不讲了，可如今潘家也是大户人家，你嫁了过来，还带着蕴杰，这嫁妆我们叶家怎么也要补上一份的。"

叶蕴仪一愣，忙道："爷爷、大伯，不用的！"

叶琛把脸一板："怎么不用！我跟你大伯商量过了，反正启文这边要兴实业，也少不了银行的支持，所以，我们决定从叶家抽出一百万两白银的资金来，在这里成立远华银行在国内的第一家分行，这家分行除业务往来外，股权和账务上完全独立，因为这钱全是我叶家出的，股权上跟美国的远华银行一点关系都没有，全部归你所有，你原先在美国远华银行的股权，不会动用一分！"

叶蕴仪一听这么大手笔，立时心急如焚，她不由向潘启文瞟去，却见潘启文似笑非笑的眼神在看向她时闪过一抹警告似的冷厉，她眼皮一跳，他想做什么？

尽管心中有一丝惧意，她却仍是咬咬牙，硬着头皮笑道："爷爷、大伯！蕴仪谢谢你们的好意！可是，我虽是学经济的，这办银行却毫无经验！一下子拿出这么多银子来，蕴仪还真不敢接手！若你们一定要给，我看，是不是先从小做起，不如先拨十万两过来？若是能做起来，咱们再扩大？"

叶琛皱了眉，沉声道："蕴仪！十万两，没的小看了你自己，也小看了叶家！"

叶翔龙忙笑道："蕴仪啊，这开银行，最难的是开头，若没有大资金支撑，你这外来的，只要被几家本地钱庄联手起来一挤兑，很快就玩完！至于经验方面，你不用担心，我们马上发电报，叫老夏即刻动身过来帮你。等你熟悉了，他再抽身。再说了，你这不是还有启文在背后撑着你嘛，你光做他军政府的生意，就足够赚了，你还怕他会坑你不成？"

叶琛瞟了一眼潘启文，接着说道："蕴仪，你是大气之人，这件事，有什么好推的？即便你不为自己考虑，也要为启文考虑，你要帮他兴实业，没有资金支持，是寸步难行！这本是互惠互利之事，你就不要再推了！"

这时潘启文在一旁皮笑肉不笑地道："蕴仪，爷爷和大伯一片苦心，你怎么就理解不到呢？他们是怕你一人在外，没个依傍，会在潘家受气，所以才这么大手笔啊！"

叶蕴仪横了他一眼，赔着笑道："爷爷、大伯，我在潘家很好，我可是当家少奶奶呢。谁敢给我气受？你们这是多虑了！"

她抿了抿唇，接着说道："再说了，要是启文对我不好，在这里，他便是王法，再多的钱也没用，还不是平白送给了他！"

潘启文半开玩笑地道："蕴仪，这不就是钱的事嘛，就算我昨晚累着你惹你生气了，你也不用说得我好像草菅人命似的吧？"

他话中重重的"草菅人命"几个字，令叶蕴仪背上一凛，潘启文这话中的话她如何不明白，他是在警告她，要她掂量清楚，是钱重要，还是爷爷和大伯的安全重要！

潘启文又揽上了她的肩，在她背后悄悄捏了她一把，却语态亲昵又故作委屈地说道："好了，好了，别生气了，最多，今晚你赶我去书房睡，好不好？"

叶琛和叶翔龙其实自从知道潘启文的身份以来，心里便一直忐忑不安，国内军阀的一些作为他们是知道的，只怕蕴仪过得不好，那一百万两银子的存单原本也只是打算悄悄给叶蕴仪傍身之用，以作不时之需。

然而，到了这里，才发现潘启文不仅没有像其他军阀那样妻妾成群，对蕴仪也是极好的，他们暗中观察，单从下人们对蕴杰的态度，那就绝对是将蕴仪当成了当家主母，才会那样对待蕴杰。

加上以潘启文的身份，对他们的态度，可说是相当恭敬，刚才听蕴杰说出那虾的事，他没想潘启文对蕴仪竟宠到了如此地步，震惊之余，便试他一试，谁知潘启文竟当着众多下人的面为蕴仪下跪求情，还将责任一力揽上身。

至此，他们心中疑虑终于打消，这才放心地说出拜访亲家、以银行为嫁妆之事。

这时见二人如此，也只当夫妻俩闹小别扭，这一早上，便看见潘启文在叶蕴仪面前殷勤不已，而叶蕴仪却始终没给他好脸色，两人心中暗笑，叶琛却板了脸道："蕴仪，哪有动不动就将自家男人赶出房去的道理！"

叶蕴仪不敢再说，轻轻扭动身子，想要挣开潘启文的手，无奈他却用了力道，她也不敢大力挣扎，只好由他去了。

她看向叶翔龙道："大伯，您刚才说的开银行跟要我们留在省城而不陪你们去潘家集，有何关系？"

叶翔龙笑道："你爷爷可是华人银行界的活招牌！你要趁着你爷爷在这里，先为你即将开办的银行造势，我们的意思是，以你爷爷和你的名义，宴请这西南的商界要人，还有几家外国银行在这里的经理，以及各大钱庄老板，爷爷的名头或许普通商家不知道，但这几家外国银行和各大钱庄的老板定是知道的，启文到时出席，你以少帅夫人和远华银行董事长孙女的双重身份出现在大家面前，以后，你们的事情自然便好办了！"

这话让叶蕴仪心中一惊，双重身份？！

她不由瞥了潘启文一眼，只见潘启文正若有所思地看向她，眼中有挑衅，有玩味。

她昨晚才告诉他，宁愿当一年的十九姨太，也不愿意做他的少帅夫人，可现在爷爷却来了这样一出！

她却无力阻止！

那么潘启文会怎么想？他又会怎么做？

她定是不能让他当着爷爷的面宣称她是十九姨太的，可是，若是称为少帅夫人，那么他昨天与她所说的条件，岂不是便不能成立？更何况，昨天他怒气冲冲拂袖而去，难道她现在要自打嘴巴去求他，再做他的夫人？

只见叶琛点点头，接着说道："这银行的开张，没个半年的准备，是开不起的，但这样一造了势，变相的便是先用了远华银行的信誉在为启文担了保，你跟启文想做的那些个事，比如铁矿、纺织什么的，那些个商家自然会跟风而来。”

潘启文面上一喜：“这岂不是比发债券来得快得多？”

他笑道：“我明白了，爷爷和大伯的意思是，你们去潘家集这段时间，我跟蕴仪要负责安排宴会的事？”

叶翔龙点点头道：“既然要搞，就大张旗鼓地搞，到时把那些个报社的记者也都请来。”

叶蕴仪一凛，潘启文昨天说过，过几天西南大学的面试大会上，要宣布她十九姨太的身份。

她原本心中打算，这面试会毕竟知道的人不会太广，若他真要如此做，她大不了辞职便是，只要瞒住爷爷和大伯即可。

可现在，这个宴会，且不说她要以什么身份出现，若是再经过记者大肆报道，那还不闹得满城风雨？

叶琛回过头来看着叶蕴仪，皱眉道：“蕴仪，你怎么不说话？”

叶蕴仪蓦然醒过神来，脸上挂起一个勉强的笑来：“爷爷，我在西南大学任教，并不想让别人知道我的身份！不如，这次宴会，我就不出面了吧？”

叶蕴仪的话令潘启文眼中闪过一丝冷厉，他稍作迟疑，突然发怒道：“蕴仪，你到底要隐瞒你这少帅夫人的身份多长时间？你一日不公开你的身份，那些狂蜂浪蝶就一日不消停！你若不隐瞒身份，蕴杰也不至于在学校受了人欺负，我这做姐夫的却没法为他出头！”

叶琛、叶翔龙和叶蕴仪几人同时惊道：“什么？”

潘启文叹口气，放缓了语气道：“你可知道，蕴杰在学校里，被你们西南大学陆校长的孙子联合其他几个小孩子欺负，背上的淤青现在都没完全好！而那小学校长却不问是非，要蕴杰的家长出面道歉，蕴杰不想你伤心，没敢告诉你！”

叶蕴仪不敢置信地一把拉过蕴杰，掀起他的衣服，看到他背上果然还有隐隐的伤痕，她不由一下子红了眼圈，喃喃道：“怎么会这样？”

潘启文冷笑一声道：“怎么会这样？我告诉你怎么会这样！就因为那陆承丰的儿子陆一凡多次追求你，你没给他面子，他便唆使他侄儿联合其他小孩欺负蕴杰，更放出难听的话来，除非你陪他去华国跳舞，否则定要校长开除蕴杰！”

话音刚落，便见叶琛一拍桌子怒道：“岂有此理！”

潘启文一副义愤填膺的模样道：“若是他们知道你是我夫人，谁敢如此放肆？谁又敢如此欺负蕴杰？”

他转了头对叶琛苦笑道：“爷爷，这事我本不想说出来，原本是打算让手下人悄悄去解决，可蕴仪这样，也不是长久之计，银行之事，若蕴仪有这双重身份，以后做起事来，必定能起到事半功倍之效！更何况，往后很多场面上的事，也是需要她这个夫人出面的！我这也实在是没有办法了！”

叶琛皱了眉，沉声道：“启文，你太惯着蕴仪了！”

他又转头对叶蕴仪道：“蕴仪，你不能太任性了！这事就这么定了！也正好就借着这个机会，公开你的身份！”

一股强烈的不安在叶蕴仪心中升起，这个潘启文，到底要做什么？

吃过早餐，潘启文站起身来，对叶琛和叶翔龙笑道：“爷爷、大伯，一会儿让文四安排车送你们去朋友家，我前院那边还有事，我就先去忙了。”

叶琛忙道：“去吧，去吧，公务要紧。”

潘启文眼中似有深意地瞟了叶蕴仪一眼，转身向外走去。

叶蕴仪心中有事要问潘启文，哪能让他就这样走了，急急地出口唤道：“哎！”

潘启文脚下一顿，一回头，挑眉看向她，一副看好戏的神情，却并不答话。

潘启文唇角一勾，从上衣兜里掏出怀表一看，故作为难地道：“哎呀，这么晚了！今天早上前院那里还有很重要的事呢！”说着，他朝文四一挥手：“你跑一趟，给我把衣服拿到前院去，我先过去，到那边再换吧！”说完，急匆匆地往外走去。

叶蕴仪恨得牙痒痒的，却只能眼睁睁看着他越走越远。

回到楼上，叶蕴仪也无心再去前院办公，心里惊疑不定，这潘启文现在到底是什么意思，她，看不清！

越想越不对劲，她必须要去找他！

爷爷和大伯明天就要去潘家集，她须得立刻派人先去打点，不能让过去种种的风声传到爷爷和大伯耳中。

而关于她身份的说法，他到底是什么意思，她也必须得找他问个明白！

还有这百万两开的银行，这不是个小数目，他到底是看上了资金的好处，还是另有目的？

叶蕴仪倏地站起身来，下了楼，正要往前院走去，却碰到正要上楼的叶琛和叶翔龙。

叶琛一皱眉道："蕴仪，你到我房中来一下！"

叶蕴仪心中一惊，可是今天自己太过别扭，让老人看出了端倪？

她一路跟着叶琛父子来到叶琛房中，脑中飞转，及至三个人落了座，叶琛正色道："蕴仪，你不是不识大体之人，今天为何定要这样推三阻四？"

叶蕴仪一路上早已想好说辞，这时开口道："爷爷、大伯，这一百万两数额太大，一来蕴仪的确担心被我败了去，二来嘛……"

她咬咬牙，面有戚色地道："蕴仪嫁给启文，一直未有所出，而潘家二老对此颇有微词，早有为启文纳妾之意，现在启文对蕴仪甚好，可谁能保证以后？"

顿了顿，叶蕴仪又说道："您是知道我这性子的，若是启文变了心，只怕便是我与他恩断义绝之时，若真到那地步，我孤身一人在此，这个地方完全他说了算，咱们叶家的钱，不都全白给了他？"

她这样说，一方面是为自己找理由，另一方面，也是为叶家父子去潘家集做个铺垫，万一潘家二老言语上有冲突，或是他们在潘家集听到什么风声，也好有个转圜的说辞。

只听叶翔龙笑道："蕴仪，正是因为这一层顾虑，我跟你爷爷才想到将银行办起来，而不是给你现银傍身！"

叶蕴仪不解地看向他，只见叶琛微微一笑，点点头道："蕴仪，你在启文身边这么长时间，便应当知道，向来这军队离不了钱粮，你将银行办起来，既可以支持启文实现他发展实业和民生的抱负，同时，你也可利用这一点，发展自己的势力，只要你掌握了他的经济命脉，他再大的势力，便也不敢轻易动你！就算他有心要纳妾，也得掂量掂量！"

叶蕴仪眼中一亮，自己以前只想着如何逃离他身边，却从未想过与他抗衡，若真如爷爷所说，那么她便也有了与他谈条件的筹码！

原来，她的自由可以不由他来发放，而可以由自己去争取！

送走爷爷和大伯，叶蕴仪心中已是有了主意，她来到潘启文办公的院外，不意却被前两天还对她毕恭毕敬的卫兵伸手一拦："对不起，叶先生，少帅今天有重要公务，不见任何人！"

叶蕴仪心里一堵，她忍气道："那麻烦帮我通传一下，就说我有急事找他！"

那卫兵却面无表情地道："对不起，少帅吩咐过了，谁来也不见！"

他分明就是故意的！可是，明天爷爷他们就要去潘家集了，若是还不安排，只怕要出事！

叶蕴仪看了看人来人往的院内一眼，轻声道："那么，麻烦帮我找一下林副官总可以吧？"

那士兵却仍是恭敬地道："对不起，林副官也在忙！"

黎昕从潘启文的议事厅缓缓走出来，低着头想着什么事，便听见那个女声在唤他的名字，如天籁般："黎昕！黎昕！"

黎昕一震抬头，那是她第一次唤他的名字！

他转头向院门口看去，但是见她冷清的脸上隐有焦灼，他嘴角泛起一个苦笑，她的情绪，从来都是因为里面那个人吧？

黎昕急急地走到门口，沉声道："放肆！叶先生也敢拦！"

那卫兵唯唯诺诺不敢出声，这时，另一个士兵忙面有难色地低声道："黎师长，这是少帅吩咐的！"

黎昕眉一皱，眼中闪过一丝诧异，这个天一，又在搞什么鬼？

他暗中叹口气，向叶蕴仪温和地笑道："你找他可是有公事？"

叶蕴仪欲言又止，原指望黎昕能带她去见潘启文，可见卫兵如此说，突然便不想他为难，她终是摇摇头，转身要走。

黎昕一把拉住她，轻声道："我只是想帮你。"

叶蕴仪抿了抿唇，低了头说道："我爷爷和大伯明天要去潘家集。"

黎昕瞬间了然，他将叶蕴仪拉过一边，轻笑一声道："我想他只是心中有气，但他绝不会将你们之间的未来任何一丝的可能堵死！"

叶蕴仪一震，抬头看向黎昕，眼中闪过一丝迷茫。

黎昕略低了头，看向她，眼中柔情与痛楚一闪而过，他笑道："要不要跟我赌一下？我赌他一大早应该已经派了人去潘家集！"

叶蕴仪心中亮光一现。

这么长时间以来，尽管恨意未消，可心底里，始终有个声音在告诉自己，他都是无心之过，她总以为，他从来不会故意去伤她，所以昨天，她告诉他，她选择做十九姨太和自由。

尽管他说，要在西南大学公布她的十九姨太的身份，她心里却始终有一丝的笃定，他不会那么做，因为，他们都清楚，若他那样做了，那么，两人便再无回头的可能！

心底里，有过那么一丝奢望，若是宗尧还活着，若是他能尊重她，还她自由，那么，她，是不是还可以尝试去原谅？

所以，昨天的选择，她何尝不在赌？

看到昨天那样暴怒而心伤的他，她的心里却疼得无以复加，她清楚知道，这疼，不是为被羞辱的自己，而是为他！

心底有个声音，一遍遍地问自己，可不可以原谅？可不可以再试着去相信？可不可以放过他，也放过自己？

可是，除了宗尧的生死她放不下，更重要的是，过去种种，她还怎么去相信他？当两个人完全处于不平等的位置上时，这样的爱情，哪有什么信任可言？

所以，在刚刚爷爷说出那番话后，当她明白自己有与他并肩的资本和可能的时候，已决定告诉他，她要重新选择，做他两年的少帅夫人，她的筹码是，若是这两年，他能给她绝对的尊重和自由，两年后，若是宗尧真的活着，或许，他们可以再给彼此一个机会。

两年后，若是她得不到她想要的，那么，她也应该有了与他抗争的资本！争取自由，应该不是没有可能！

只有她自己知道，能这样与他携手共创一份事业，曾是她多么渴望的！

只听黎昕柔声道："或许，你可以尝试重新去相信他！"

这一刹那，叶蕴仪心中竟有了一个疯狂的念头，她想赌得更大！

她脸上泛起一种令人晕眩的夺目的光彩："好！我再赌这一次！"

黎昕微微一愣："你要做什么？你要赌什么？"

叶蕴仪微微一笑："我要做的，就是什么也不做！我要赌，我与他的未来！"

是的，她什么也不做，单看他如何做，若是她赌赢了，那么，或许不用两年，他们便可重新开始。

黎昕心中了然，却突然升起一丝不甘来，他直直地看向她："可是，若你赌输了呢？"

叶蕴仪脸色一白，若赌输了，会不会将爷爷和大伯的性命也赔上？

就在这时，林泰匆匆而来，他向黎昕敬了个礼，迟疑了一下，对叶蕴仪笑道："叶先生，少帅说，这院中，只有一个女人的身份，可随时自由出入，他要我来问，您以什么身份见他？您若是叶先生的身份，有公务，请交代给我即可，我会负责向少帅转呈，若是……"

他顿了顿，暗暗瞟了黎昕一眼，收了脸上的笑意，眼中闪过一丝不忍，飞快地道："若是、若是姨太太的话，只需要在、在床上说即可！"

说完，他也不敢看叶蕴仪，迅速地垂下头去。

黎昕眼见着叶蕴仪震惊的脸上血色迅即退去，只余一片苍白，眼中闪过屈辱的泪意，却仍是倔强地挺直了背。

黎昕心中一疼，一巴掌向林泰挥去，怒道："林泰，你大胆！"

说完，他竟毫无顾忌地一把抓住叶蕴仪的胳膊，带着她向外走去。

林泰捂着脸发呆，随即猛然省悟转身，急急地向内走去。

叶蕴仪任黎昕拉着她向外走，整个人还犹自沉浸在刚才林泰的话中，心里有震惊、有屈辱，更有一份汹涌而来的绝望和伤心。

然而，他竟让林泰公然在人前如此羞辱于她！

呵呵，他是要告诉她，这一次他不会心软，他是在给她最后一次机会，要她重新做出选择吗？

呵呵，她凭什么笃定，那样一个已制造了累累伤痕的人，不会再伤害她？她竟在心中奢望着，他能给她绝对的尊重！

叶蕴仪向黎昕展开一个比哭还难看的笑来："黎昕，被你说对了！我还没赌，就已经输了！这个赌，我不敢了，因为，我赌不起！"

她一把甩开黎昕的手，径直向小院内走去。

黎昕忙跟上她，一脸的担忧："你要做什么？"

叶蕴仪冷冷一笑道："我能做什么？我有得选择吗？"

刚走到院门口，便看见潘启文向外走来，后面跟着一脸小心的林泰。

看到叶蕴仪和紧随而来的黎昕，潘启文那沉沉的脸上突然挂上一个邪气的笑来，他顿了脚步，就在那里睥睨着她，挑眉笑道：“这里去潘家集，可得大半天的时间，再晚，今天这一天可就废了！”

叶蕴仪冷声道：“潘天一，你赢了！不过，我有条件！”

潘启文脸色一变，眼中并未见喜意，反而闪过一丝沉痛，他大跨步上前，一把揽过她，沉声道：“进去说！”

叶蕴仪用力一挣，脱离了他的臂膀，他举起的手一僵，却什么也没说，径直放下，往自己办公厅里间走去。

叶蕴仪紧紧跟在他身后，黎昕看了看两人，张张嘴，却什么也没说，叹口气，往相反方向走了。

房内，潘启文转过身来，深深地凝视着叶蕴仪，眼中有怀疑、有试探，叶蕴仪直直地迎上他的目光：“我可以做你的少帅夫人，我跟蕴杰都留在这里，甚至，我可以将银行开起来，助你兴办实业。”

她顿了顿，接着说道：“我的条件是，两年内，没有我的许可，你不能踏进我的房门一步！”

她心中凄然：同样的两年，同样的少帅夫人身份，可意义已完全不同！

潘启文原来捏得死紧的双手缓缓松开，他背过身去，从稍稍弯起的唇中，轻轻呼出一口气。

随即他的眼中滑过一丝涩然，只要她肯留下，肯承认她少帅夫人的身份，对目前的他来说，已算是很好。

原本，他也是想先以公事为由留她在身边，他了解她，他知道，国事可以令他们再次携手并肩，在共创的一片天地中，才有重新开始的可能。所以，他费尽心机，用一场演讲，换来了她民生顾问的身份，又利用了叶琛和叶翔龙到来的事，终于让她搬了回来。

那一晚，他背她回去，他分明地感受到了那一丝久违的温情，他的心里开始飘飘然地憧憬起未来。

然而，昨天的事，却将他的那点点幻想瞬间打得七零八落！

先是叶琛提出要带蕴杰去美国，让他心生警惕，她无奈地阻止，让他苦涩不安，她心里，仍当他是要以蕴杰为人质的小人，他却不能分辩，不能告诉她，他根本不可能再伤害蕴杰分毫。

再是她就那样当着他面，毫不顾忌地问起方家，还直接告诉他，即便他有了方宗尧的消息，她也不会再相信他！

叶琛玩笑般地告诉他有关银行发行债券之事时，在他听来，却是深深的嘲讽，这样简单的事，她竟不告诉他，只为了不将她家银行拖下水！

他心中的怒气已是再按捺不住，便在这时，德国领事的秘书找上门来，那个她步步为营，一步一算计的逃离他的计划，却无异于给了他一记响亮的耳光，将他心中的憧憬瞬间击得粉碎，原来，他所做的一切，在她眼中，根本便是个笑话！

他就那样冲进了她的房间，用那样的语言羞辱她，也割伤了自己！

当她那样决绝地选择了做一年姨太太时，他几乎立即便在怒火中后了悔。残存的理智告诉他，若是走出这一步，他们之间，便真的，再无可能！

然而，他绝望地发现，他不知道，除了要挟她，他还有什么方法可以令她留下。

所以，他只能再逼她，利用她的亲人再来逼她选回少帅夫人的身份。

故意不见她，让林泰告诉她那样的话，是不能让她再心存侥幸，她一次次地将他刺得鲜血淋淋，所用的武器，不过是他的爱！

但他却不知道，就是那一句伤人的话，令他错失了什么！

这样的结果和她提出的条件，令他已是松了口气，她若真的一副鱼死网破的模样，他又能怎么样？真去公布她十九姨太的身份？或是去伤害她的亲人？他怎么可能再做得出？

然而，他却想得到更多。

他走回书桌后面坐下，眉一挑，开口道："两年！让你再有时间重新筹划怎么离开我吗？叶蕴仪，你凭什么跟我谈条件？"

叶蕴仪心里一紧，她咬了咬下唇，冷冷地道："你现在需要我帮你发展民生，需要叶家的资金来兴办实业，潘家军迟早要归入南方麾下，而南方军政要员中，多有我父亲故旧门生，方家只是其一，我父母已因你而亡，若是蕴杰和我爷爷再在你这里出了事，即便你归了过去，只一个忘恩负义之名，恐怕便令你无法立足！"

她轻轻一笑，掷地有声："潘天一，这样的条件，够不够？"

潘启文霍然站起，他双手一撑书桌，身体前倾，咬牙切齿地狠狠瞪着她。

好一会儿，他放松下来，走到叶蕴仪面前，居高临下地看着她，突然伸手捋了捋她额间的发，鼻间发出一声轻嗤，笑道："蕴仪，我宁愿你说，两年以后，你会允我，重新开始！或许，这样的条件，分量还重些！即便那可能只是你的拖延之策！"

叶蕴仪头一偏，摆脱了他的手，后退两步，低了头，看了看他脚上那双她为他买的皮鞋，轻声道："潘天一，在林泰出来跟我说那句话之前，我跟黎昕说，我要赌一把，用我什么都不做，来赌我跟你的未来！"

潘启文的脸一白，他不敢置信地看向她，颤声问道："你，什么意思？"

叶蕴仪转过身去，背对着他，抬手轻轻拈去睫毛上那一滴晶莹，没有说话。

潘启文上前一步，一把抓住她的肩，握得她生疼，他将她扳过来，声音中带上了一丝急迫和请求："蕴仪，你告诉我……"

他的话被叶蕴仪冷冷地打断，她脸上挂起一个自嘲的笑来，头却扭向一边，看也不看他："潘天一，你放心，叶蕴仪不会再犯傻！"

潘启文眼中神色瞬息万变，惊疑、喜悦、懊悔、痛楚，最后，当他捕捉到她眼中的冰冷时，他觉得浑身的血液都随之冻凝。

他颓然地闭了闭眼，一把放开她，回到书桌边，微微战栗的手撑在桌上，他的眼光无意识地从桌面扫过，当他的视线掠过桌上那一张电报纸时，他的眼中一亮，突然一把抓起那张纸，像是溺水的人捞到最后一根浮木般，冲到叶蕴仪面前，急切地叫道："蕴仪，方宗尧没有死！你看，这是冯啸天给我发来的电报！"

叶蕴仪一震，一把抢过他手上的电报，细细地看了下去。

末了，她抬起头来，只一句话，便将潘启文眼中跳动的光亮迅速湮灭："潘天一，我不相信你！"

潘启文原本举着电报的手，猛然收拢、捏紧，终是缓缓垂下。

半晌，他转过身去，背对着她，语态萧瑟地道："蕴仪，我答应你。"

叶蕴仪心里一抽，她默默地注视着他微微弯曲的背脊，长长地呼出一口气，心头那沉沉的郁闷之气稍减，她迟疑了一下，仍是轻声问道：“潘家集那边……？”

潘启文没有回头，淡淡地道：“一大早我已经派了刀疤过去了，明天我打算让黎昕陪爷爷和大伯一起去潘家集，应该不会有问题了。”

叶蕴仪轻轻一震，耳边不由响起黎昕的话来：“他绝不会将你们之间未来的一丝的可能堵死！”

可他却又让林泰说出那样的话来！刚刚进来之前，明明还拿潘家集的事来威胁她！

叶蕴仪气急，转身要走，却听潘启文轻笑一声道：“是不是觉得我枉做小人？”

那话中的苦涩令叶蕴仪心中一紧，不由自主地顿下了脚步。

潘启文的声音中充满了迷茫：“我自己也不知道怎么回事，遇上你的事，我常常自己都不知道自己要做什么，前后矛盾，反复无常，呵呵。”

他昨天晚上几乎一夜未睡，一大早又爬起来陪叶琛父子打拳，还动了一上午的心机，虽说现在的结果在他的预料之中，但这时的潘启文突然觉得非常疲惫，他双手紧紧地撑着书桌，深深地叹了口气，说道：“蕴仪，我们之间，这样反反复复，我也累了。”

叶蕴仪心里莫名一沉，那一股沉闷郁结之气一下子又蹿上了心头，压得她喘不过气来。

潘启文背对着她，语气颓丧地说道：“这两年，你就当顶着少帅夫人的名，帮我把民生、工商发展起来吧，其他的，我不会强迫你。若是、若是，你觉得不放心……”

他左手紧紧按在自己右手上，下定决心般昂起头来说道：“你就让你爷爷他们将蕴杰带走吧！”

叶蕴仪猛然回头，满眼惊疑地看向他：“你说真的？”

潘启文转过身来，苦笑着道：“黎昕跟我说，让我给你彻底的自由，他却不明白，你要的自由是什么。我明白，可我却不敢给！”

“我知道，若是真的要给，我连你也留不住的，可是，我这一摊，真的是需要你。”他的双手紧握得指节发白，“若是、若是你不想留……”说到这里，他突然晃晃手，脸色发白，声音变得尖厉而凄惶起来，“不，你让我想想，让我再想想！”

叶蕴仪只觉得满心酸痛，沉沉的，然而在那一份沉重中，却分明让她看到了一线光亮。

她不敢看他，头向外回过去，她想了想，平静地道："我会将西南大学面试和银行开办的事情延后，等你想好再说，正好铁矿那边土地的事，我还是亲自去处理一下，希望会在爷爷他们到之前处理好，但潘家集我不会去，我直接去云顶铁矿。"

潘启文轻轻一震，不由呵呵笑出声来，声音中隐隐蕴含了怒气："蕴仪，你是想告诉我，若我不强留你，你就一定会离开我的，连这两年时间都不会给我，对不对？"

叶蕴仪背上一寒，不自觉地冷了声音道："这个问题我从来没考虑过，因为，这样的自由，从我到潘家集起，我就从来没得到过！"

潘启文一僵，他缓缓说道："不！蕴仪，我还是不甘心！既然你想过要赌我们的未来，那么，我的那些无心之过，你是不是原本打算试着去原谅？那么，我们之间的障碍，便是你不敢再信我，对不对？那么，你告诉我，要怎样，才有重新开始的可能？"

她定定地看向他，黑白分明的眸子里，星光流转，瞬间蛊惑了他，她轻声道："前提是平等的地位，自由的心境，真诚再无谎言，还有，就是确认宗尧没事！"

潘启文愣愣地看向她，语气中带上了一丝执拗："那么，蕴仪，若这些我都给你呢？若是你能确认方宗尧没事呢？"

叶蕴仪突然发出一声嗤笑，声音里带上了嘲讽："潘天一，你一切的出发点都是你自己！你要首先确认我会不会与你重新开始，你才决定给不给我彻底的自由，这跟你绑着我有什么区别？我都说了，那只是前提！"

说到这里，她的声音低迷下来："即便有了这个前提，我也不能肯定，自己能不能放下过去，能不能忘记父母因你而死，能不能面对蕴杰终身的病痛，还有——那个孩子！我跟你亲手杀死的那个孩子！"

潘启文撑在桌上的手止不住轻颤起来，他绝望地闭了闭眼，只听叶蕴仪说道："所以，这个前提，并不一定能带来必然的结果，但我可以明确告诉你，没有这个前提，我们之间，就绝无可能！"

叶蕴仪缓缓地落下最后一句："你自己考虑吧！"说完，她径直向外走去。

走到门口，她又停下，转头说道："刚才你说让蕴杰走的事，我暂时不会跟爷爷提，等你想清楚再说吧，我不想，令爷爷希望过后，再失望！"顿了顿，她又重重地说道："我自己也是！"

潘启文呆呆地看着她的背影远去，眼中是矛盾与挣扎，还有恐惧与希冀。

第二十八章

误中圈套

西南大学北门外，一座白色小洋楼大厅里，叶琛笑道：“廷方，你是学金融的，既有洋人银行的经验，又有钱庄的经历，我们远华银行正打算在这里建立国内第一家分行，你可有兴趣？”

梅廷方一惊而起：“远华银行？叶爷爷您是……”

叶琛淡笑吐出两个字：“叶琛！”

一旁的梅父忙笑道：“哎呀，廷方舅舅信上只说了叶老二位是广东老乡，却并未提及您就是远华银行的掌舵人叶琛，叶老，真是失敬了！”

梅廷方兴奋地问道：“叶爷爷，您真的打算在这里开分行？”

叶琛微笑点头：“我孙女儿嫁在这里，她本在这方面就有些天分，学的又是经济，所以，我们在国内的第一家分行，自然就开到这里！”

叶琛原本并未打算提及叶蕴仪和潘启文，这时对梅廷方有了惜才之意，便不再顾忌。

他转头对梅宇瞻笑道：“说起来，我这孙女儿跟你夫妻二人还是同事！”

梅宇瞻忙问道：“敢问您孙女儿是……”

“叶蕴仪！”

梅宇瞻叹道：“叶老，您真是好福气啊！叶先生，哦，叶蕴仪就是您的孙女儿，学生们都尊称她为叶先生。刚来我校时间不长，便已是声名大振，我那一贯眼高于顶的小女儿梅果，对叶先生也是佩服得不得了啊！”

从梅家出来，叶琛对送他们出来的梅廷方笑道：“廷方啊，你对本地的钱庄和银行可都有了解？”

梅廷方微笑点头，自信地道：“还算熟悉！”

叶琛拍拍他的肩：“正好，今天下午我们没什么事，你可不可以陪我们去这些地方转转？”

梅廷方领着叶家父子向外走去，一边走一边说：“我们这附近有两家钱庄，一家银行，走过去就行，看过这几家，咱们再坐车去看别家。”

文四在后面眼看着他们走远，一招手，暗处闪出四个黑衣人，文四轻声道：“咱们分散远远跟着，可别出了岔子！”

从两家钱庄出来，梅廷方如数家珍般，向叶家父子介绍起这两家钱庄的经营特色和不同之处来，叶琛父子眼中欣喜之意越加深厚。

梅廷方指着前面一家银行笑道：“那家大和银行是日本人开的，去年才开张，他们主要做东洋人的生意。”

走进大和银行，一个精干的年轻人迎上来，礼貌地问道：“几位先生，请问有什么可帮到你们？”

叶琛随意地说道：“我们从外地来的，想在本地开工厂，想了解下资金往来怎么个走法，以及存、贷利息如何？”

那个年轻人忙笑道：“请里面谈！”

进了一个小办公间，那年轻人请几个人坐下，倒了水，然后拿来一个文件夹，他警惕地看了梅廷方一眼，将文件夹递到叶琛面前，郑重其事地道：“老先生您先请看看这些资料！”

叶琛略为困惑地看了他一眼，照理说，第一次上门的客户，是不可能给对方看什么书面的东西的，多是口头介绍，却见那个年轻人眼神一闪，神色凝重地看向文件夹，他心里莫名一紧，将文件夹交给身旁的叶翔龙：“我这眼神不好，今天没带老花镜，你看看吧。”

叶翔龙漫不经心地翻开文件夹，最上面是一张黄色的纸条，当他迅速扫过纸条上的两行字后，整双手都战栗起来，叶琛紧紧地看向他，问道：“翔龙？”

叶翔龙一把抓过那张纸条，捏在手心里，“啪”的一声合上文件夹，起身道：“爸，我们先回去！”

他又转头对一头雾水的梅廷方勉强笑道："廷方，我想起来，我们还有点事要回去处理，我们就先走了！"

说着就伸手扶叶琛起身，叶琛心里一沉，只以探询的眼光看了看儿子，也不再问，站起来便走。

走到门外，文四迎上来："老太爷，现在要用车吗？"

叶翔龙不动声色地将纸条揣进兜里，笑道："好，我们现在回去吧！"

西南大学南校门口，黎黛挽着梅果的手，向外走去，一边走，一边笑道："今天补完课，在我家多玩一阵儿吧？这几天家里可闷着，我大哥不在，二嫂也不在，唯一在家的二哥，整天也不见人影，我都快闷死了！"

梅果笑道："我听说，叶先生也住在司令府的，你怎么不找她去？"

黎黛眼神一闪，笑道："她这几天也不在呢。"

梅果突然兴奋地对黎黛说道："哎，你知道吗，叶先生是远华银行的掌舵人叶琛的孙女哎！我听说，她还准备在这里开银行呢，她到时候又要教书，又要做少帅的民生顾问，还要开银行，你说她忙得过来吗？"

黎黛一怔："开银行？我怎么不知道？"

一抬眼，她却立即忘记了刚才的事，惊喜地道："咦，那不是我二哥？难道他今天来接我回家？"

梅果抬头看去，只见门口静静停着一辆黑色雪佛兰轿车，车后排座位的车窗开着，潘启文点着一支烟，半闭着眼，靠在座位上，眉宇间是淡淡的阴郁。这一丝似乎挥之不去的阴郁，令梅果心里莫名一抽。

黎黛拉了梅果，快走两步，来到车前，她敲了敲车窗，轻轻地唤了声："二哥？"

潘启文睁开眼来，看到黎黛身边的梅果，微微一怔，随即淡淡地说道："唔，我今天出门办点事，正好顺路就接你回去了。"

梅果敏锐地感觉到，潘启文似乎有事要找黎黛说，她不由拍拍黎黛的手，笑道："我突然间想起，我哥要我帮他翻译几篇文章来着，很急的，明天我再去你那边吧！"

黎黛看了看她，再看了看潘启文，轻轻点了头，说了声："好！"

黎黛上了车，向梅果挥挥手，梅果见潘启文也不与她打招呼，也便转身要离开，却忽然听到潘启文在背后急急地叫了声："梅小姐！"

一丝喜悦，就那样漫过梅果心底，她缓缓转身，眉眼带着隐忍的笑意："少帅？"

潘启文微微一顿，低了头，哑声问道："你一定知道裴多菲那有名的自由诗吧？"

梅果有些莫名其妙地看向他，轻轻念道："'生命诚可贵，爱情价更高。若为自由故，二者皆可抛。'是这首吗？"

潘启文抬头看向她，她这才发现，他的眼中布满了红血丝，只听他从鼻腔里轻哼一声，问道："你们女人，是不是也会觉得，自由比爱情、甚至生命更重要？"

梅果心里一紧，正不知要怎么回答，却见潘启文径直转过头去，仿佛眼前并没有她这个人存在过似的，萧瑟的声音传来："算了，呵呵，她又怎么会跟别的女人一样？开车！"

梅果呆呆地看着那黑色的车飞驰而去，只余下空中扬起的一把尘土，这令她心里没着没落的，空得慌。

车上，黎黛悄悄地看了看潘启文，只见他手中紧紧地捏着一张纸，那上面赫然便是那首诗！她认得，那是叶蕴仪的笔迹。她心下恻然，坐直了身子，不敢吭声。

一路沉默中，突然，车子发出一声刺耳的刹车声。黎黛抬头看去，却见文四骑了一匹马，拦在车前，这时，他正翻身下马，急急地来到后座窗口，满脸惊慌地道："少爷，少奶奶在铁矿那边出事了！"

潘家集，盛世大戏院包厢内。

潘烨霖将手上的折子递给叶琛，笑道："老爷子，咱们这里的方言虽说比你们那个广东话好懂，可很多外乡人看这川剧还是听不太懂，今天小舫演的这出叫《御河桥》，我特意叫他们给您整了个剧情介绍，您可以先看看。"

叶琛忙接过折子，眉一扬："潘司令真是太客气了！"

潘烨霖摆摆手："呵呵，老爷子您比我大着辈分呢，这么大老远的还专程到潘家集一趟，来就来吧，您这一出手，就是一万两银子的仪程，整得我真是不好意思了，这点小事，算什么？"

叶琛忙道："蕴仪嫁到潘家，不仅什么嫁妆都没有带，还带着个蕴杰，潘家没有嫌弃她，还将蕴杰照顾得很好，老头子真是感激不尽啊！这点银子跟你与夫人待蕴仪姐弟的情义相比，实在什么都算不上！"

说完，他淡淡地瞟了叶翔龙一眼，叶翔龙提起桌上的白色茶壶，一边为潘烨霖续茶，一边会意地笑道："是啊，昨儿个，我听街上有人传言说，启文以前有个四姨太，好像叫什么林婵凤的，很是得宠，心中疑惑，回来跟老爷子一讲，老爷子还跟我大发一通脾气，说启文对蕴仪好得很，绝不可能另娶呢！"

这话来得突然，潘烨霖夫妇和黎昕心里都是一惊，虽然立即反应过来，但脸上多多少少都有表现出来，而一直紧盯着他们的叶琛和叶翔龙，不由自主地交换了一个深沉的眼神。

黎昕马上接口笑道："嗨，一年多以前，天一以为蕴仪没了，过了一段荒唐的日子，外面对他的传言就多得很，还有说他娶了十九个姨太太的呢！呵呵，这些话，能信吗？"

叶琛点点头："是啊，传言多半不可信！"

就在这时，只听舞台上锣鼓一响，潘烨霖笑道："看戏！看戏！"

几个人都聚精会神地看着台上，却是各怀心思。

中场休息，叶翔龙站起身来，伸了个懒腰，笑道："也就是老爷子喜欢看，我可是一句也没听懂，乏得很，我下去晃晃，上个茅厕。"

说着，便向门外走去，黎昕恍眼见到门边刀疤亲自跟了上去，便放下心来，倾身上前，为叶琛续了茶，笑道："老爷子，您尽管放心，我这弟妹，不光司令和夫人喜欢，便是军中之人，也都佩服得很！"

叶琛迷惑地看向他："哦？"

潘烨霖瞟了一眼黎昕，他放下手中的烟杆，一下子来了精神，粗着嗓门叫道："是啊，那一次，我们的铁矿本来差一点就要跟日本人签约了，幸亏蕴仪跟那个美国人，叫什么杰森的，及时赶到，揭穿了日本人的把戏，要不然，我老潘家说不定可就背上一个千古骂名了！"

叶琛惊得手中的茶一晃，茶水一下子荡了出来，他也顾不得烫手，放下茶杯，惊呼道："什么？这个铁矿原本是日本人想做，因为蕴仪的介入而没成？"

潘烨霖点点头道："是啊，你不知道，那东洋鬼子提的是些什么条件……”

叶琛脸上神色变了几变，手下意识地去端茶杯，脑中紧张思索起来。

那天，在大和银行，叶翔龙悄悄将那张纸条揣进兜里，直到两人都回到司令府叶琛的房间内，叶翔龙不动声色地四周看了看，这才关了门，摸出那张纸条，径直递给叶琛。

叶琛忙翻出老花镜，仔细一看，不由浑身一震，那上面写着：叶翔宇之死，与潘启文四姨太林婵凤有关，欲知详情，潘家集盛世大戏院！

叶琛两手都止不住颤抖起来，叶翔龙赶紧扶他坐下，他抖索着手，举着那纸条，颤声问道："翔龙，这、这是怎么回事？"

叶翔龙捏了捏拳头，沉声道："爸，照理说，以启文的势力，于情于理来说，他都应该要去查这件事，可他却在我们面前只字未提！这其中，只怕另有隐情！"

叶琛一皱眉："你是说，这事跟启文有关？"

叶翔龙摇摇头："现在不好说，若真是有林婵凤这个人，只怕启文最少脱不了包庇的关系！但既然来了，无论如何，这个线索我们不能放过！"

叶琛心中一慌："若是与启文有关，蕴仪她……"

叶翔龙咬牙道："爸，蕴仪如此反对我们在这里开银行，这里面，只怕也有蹊跷！所以，这事，我们一定不能在潘启文和蕴仪面前露了半分，不管怎样，既然有了这个消息，我们就不能放任不理！"

他猛然瞪大了眼，一拳击打在桌上："管他是谁，翔宇的仇，我们不能不报！"

他们如期来到潘家集，然而，在潘家，他们根本便没有看到、听到有关那个叫林婵凤的一丁点痕迹。

叶琛这才提出要看川剧，准备见机行事。

叶翔龙有意无意地提起林婵凤，果见潘烨霖夫妻猝不及防下，神色有异，叶琛心中顿时一凉，立即跟叶翔龙打了个眼神，要他等下单独出去。

然而，这时却听黎昕说起，这铁矿当初日本人想要做，却因蕴仪的破坏未成，他听了，心中不由一惊，那大和银行，便是日本人开的！

而他们这次过来，远华银行开分行，第一个支持的项目便是铁矿！

若是日本人别有用心，这后果……

黎昕察言观色，心里莫名一沉，却也不好直接问，这时，他也顾不得礼貌，直接打断了潘烨霖的话，紧盯着叶琛说道："是啊，为这事，日本人还追杀杰森，还扬言要杀蕴仪，又借着北边的势力，暗杀天一，结果司令为天一挡了子弹，身受重伤！"

黎昕的话，令叶琛浑身一震，他几乎没有犹豫，立即站起身来，急道："快！快！只怕翔龙有危险！"说着，就要往门外而去。

黎昕大惊，他眉头一皱，往叶琛面前一拦，他也不问，只回头叫道："文管家，您带人守好这里，我带人去看看叶世伯！"说完，他将腰间的枪一拔，带了人便向楼下冲去！

潘烨霖不由对叶琛看过去："老爷子，这到底怎么回事？"

叶琛这时却逐渐平静下来，他坐了下来，定定地看向潘烨霖："潘司令，还请直言相告，林婵凤之事是真是假？你可知道蕴仪父母之死是否与她有关？"

潘烨霖默默地抓起桌上的烟杆，放到嘴里，点着了，狠狠地吸了两口，方抬头说道："是有这么个人，她是日本人派到天一身边的，具体怎么回事，你得去问天一和蕴仪！"

叶琛一听林婵凤也是日本人派来的，不由又惊又怒，再顾不得林婵凤是否是四姨太的问题，他所有的神经都集中在"日本人"三个字上！

他轻轻拍打着脑门，咬牙道："只怕我们又着了日本人的道了！"

潘烨霖和黎芙铮都一脸紧张地看向他。

叶琛闭了闭眼，叹口气，沉声叙述起来。

听了叶琛的话，潘烨霖猛地站起来，低叫道："只怕日本人想要釜底抽薪！"

叶琛一愣："此话怎讲？"

潘烨霖在包间内焦灼地踱了几步，才停下来，看着叶琛说道："这个铁矿，只有你们远华银行可以贷款，日本人只怕是想要这铁矿开不成！只不知道他们到底要怎么做！"

包间门猛然被推开，本应在省城的潘启文竟赫然站在门口。

潘启文看也不看屋内的人，只急冲冲地对文管家叫道："文叔，快！给我找两个对云顶那边熟悉的人，跟我走！"说完，转身要走。

叶琛不由叫道："启文，你来得正好，你告诉我，你跟蕴仪之间到底怎么回事？那个林婵凤又是怎么回事？”

潘启文身形一僵，他回过身来，对叶琛一抱拳，咬了咬牙，沉声道：“爷爷，这些事等我回来再说，我现在要去救蕴仪！”

叶琛一下子站起身来，又只觉眼前一黑，摇晃着身体叫道：“什么？蕴仪又怎么了？”

潘启文赶紧一步上前扶住他，正要说话，突然瞳孔一缩，猛然将叶琛往下一压，只听“砰”的一声枪响，只觉肩上一阵巨痛，身体一晃，一下子跪倒在地。

这一下突生变故，所有人都措手不及，文管家却第一时间反应过来，对门外的黑衣卫队叫道：“快，舞台上那个青衣，去四个人，抓住他，其余的，跟着我，护着司令和少爷，赶紧回去！”

潘烨霖冲上来，撕开潘启文肩上的衣服，就要给他包扎，潘启文却捂着鲜血直流的肩，咬牙站起来，吼道：“文管家，快给我找人，我要去救蕴仪！”

黎芙铮一下子红了眼，爆发般地哭道：“又是叶蕴仪！你到底欠了她什么？难道你不要命了么？”

叶琛强忍着心中的慌乱，一把抓住潘启文的手：“启文，现在，你必须要先止住血，将子弹取出来，才能主持大局！否则，你若撑不住，蕴仪靠谁去救？”

潘启文红了眼，脸色一变，他挥开要来扶他的黑衣卫队的人，咬牙道：“我能走！快上马车！你，骑马去叫军医，现在到大宅准备给我取子弹！”

马车上，黎芙铮简单为潘启文包扎，潘启文额头上的汗大颗大颗地直往下掉，他却皱着眉一声不吭。

叶琛终是忍不住问道：“蕴仪到底出了什么事？”

潘启文抖索着未受伤的那边手，艰难地从上衣兜里掏出两件东西来，叶琛赶紧伸手接过一看，不由颤声道：“这是蕴仪手上戴的紫檀手珠？”

潘启文紧紧地咬着唇，指了指叶琛手上的那张纸条，叶琛急忙打开一看，只见上面只有两个字：云顶。

一旁的潘烨霖也凑过头去看了纸条，他抬起头来，直直地看向脸色苍白的儿子，沉声道：“你只收到这个？你只知道蕴仪出了事，却不知道到底出了什么事，也不知道她在谁手上，对方是不是要以她来要挟你，所以，你便连兵也不敢带，只带了文四赶到潘家集，想要找两个熟悉那里地形和人事的人跟你一起去？”

黎芙铮狠狠地戳上了他的头：“这明明就是个圈套，要引你去，你就真的孤身涉险？你真不要命了？”

潘启文脸上浮起一个苦笑来，哑声道：“我不能大张旗鼓去，若是对手以她为胁，我就只能束手就擒，只怕我们俩谁也回不来！”

叶琛听他就那样自然而然地说出为了蕴仪“束手就擒”的话来，不由浑身一震，一股强烈的愧疚和后悔便那样涌上了心头，他哽着嗓子道：“启文，我……”

潘启文一伸手止住了他下面的话，脸上勉强地挂起一个笑来，他费力地说道：“爷爷，有机会替您挡了这颗子弹，我其实很庆幸，也很开心。”

他的眼光渐渐地失了神，断断续续地喃喃道：“也许，我救了爷爷您一命，在她那里，就能抵消掉一些她心里的怨恨了吧？”

叶琛若有所思地看向他，眼中尽是迷惑不解。

大宅，潘家专用医疗室内，刚被抬进去的潘启文渐渐清醒过来，他咬着牙，一把挥开军医举起的针筒，暴躁地叫道：“不要打麻药！赶紧给我把子弹取出来！”

黎芙铮死死地掐住潘烨霖的手，眼泪止不住往下掉：“再急，也不能不要命啊！这是生生地剜肉啊，得多疼啊！”一边说，眼睛一边悄悄地往叶琛那里瞟。

回廊尽头传来一阵急促的脚步声，叶琛急急地抬头望去，叶翔龙疾步上前，叫道：“父亲！”

叶琛瞬间红了眼眶，抓住儿子的手，喃喃地道：“回来就好！回来就好！”

潘烨霖看向叶翔龙身后的黎昕，沉声道：“怎么回事？”

黎昕心有余悸地道：“日本人做的！他们居然在盛世戏院与百合会馆之间有个秘道！他们先是派人引开了刀疤，然后将叶世伯骗入了秘道，幸好叶世伯及时识破了他们！好险！”

潘烨霖重重一掌击在廊柱上，向黎昕恨声问道："有没有将那些日本人抓起来？"

黎昕重重一哼，说道："百合会馆，不管男女老少，一个不留，全抓了起来！"

医疗室内，床上的潘启文嘴里死死咬着一条毛巾，已近昏迷，黎昕看了一眼一动不动的潘启文，冷声对医生说道："给他打针镇静的药，让他好好睡一觉！"

见那医生犹豫胆怯的样子，黎昕捏着拳头晃了晃，低吼道："照做！他要醒来，告诉他是我要你做的！"

医生举着针，刚扎进潘启文胳膊，一直昏昏沉沉的潘启文猛然睁开眼来，狠狠地一瞪那医生，挣扎着就要起来，那医生禁不住手一抖，一旁的黎昕早有准备，一步上去，紧紧按住潘启文，厉声道："快打！"

医生咬牙赶紧将针剂推进潘启文体内，黎昕一直压着潘启文，潘启文无力地挣扎着，眼中有愤怒、有恳求，还有绝望，黎昕却统统视而不见，直到他的眼神逐渐迷离，黎昕才缓缓放开潘启文，对他轻声说道："我不能让你去送死！你难道看不出来吗？她的哭、她的笑，她的愤怒、悲伤，全都只是因为你！所以，我去最合适！"

叶翔龙对走出来的黎昕说道："黎昕，我跟你一起去！"

黎昕却坚决地摇摇头："不行！"

叶翔龙皱眉道："我绝不会拖累你们就是！"

黎昕忙摆手道："伯父，我不是这个意思！您的身手我是见过的，只是，我不能让您犯险！"

他下意识地瞟了一眼医疗室内的潘启文，叹口气道："起码，我知道天一，是绝不肯让您去的！他会怕，怕再欠下你们叶家的，他，已经再背负不起！还有，"他迟疑了一下，终是说道，"还有蕴仪，她也是不会肯的！"

叶翔龙一时有些怔忡，不能理解黎昕话中的意思。

潘烨霖这时上前拍拍他的手，叹道："叶老弟，你不是想知道林婵凤是怎么回事吗？我原原本本地告诉你们吧！"

两天后醒来后的潘启文，没有预料中的暴怒，只是迅速地吃饭、换药，带上文管家早为他挑好的两个黑衣卫队的人，准备出门。

一夜间苍老了许多的叶琛来到他的面前，平静地说了一句话：“启文，你救我一命，已足够抵你以前的无心之过！你是时候放下过去的负担了！”

潘启文倏然抬头，苍白的脸上浮起一层激动的红润来，一时间，长久背负在心底的情绪，猛然涌上心头，直直地冲向眼眶，那潮润中，有感激、有愧疚，还有一丝——孩子般的委屈。他哽塞着叫了声：“爷爷！”

叶琛以一种洞悉一切的眼光看向潘启文：“启文，去吧，去把她找回来！找到她后，爷爷送你四个字——松手攻心！”

潘启文喃喃地咀嚼着那几个字“松手攻心”，突然他眼中一亮，猛地上前一步，紧紧地抱了抱叶琛，却因扯着伤口，不由皱眉吸气，然而他整个人明显地有了精气神，似乎不知如何表达自己的心情般，一抬手，向叶琛敬了个标准的军礼，大声叫道：“爷爷，您放心！我一定将蕴仪平安带回来！”

第二十九章

铁矿遇险

为了赶在叶琛他们到云顶之前处理完土地事宜，叶蕴仪拒绝了政务处处长林佑佳为她准备的马车，坚持要跟他一样，骑马去云顶。

一路上，叶蕴仪始终心神不宁，总觉得少了点什么。

傍晚，他们到了离铁矿约三十里地的云顶镇，林佑佳领着她来到镇上唯一的一家客栈。

两人放下行李，便都到楼下吃饭，林佑佳心不在焉地扒着饭，突然放下手中的碗筷，看向叶蕴仪，吞吞吐吐地道："我原以为，您要是来了，黑衣卫队定是会有人跟着来的，可这一路上都没看到他们？"

叶蕴仪一凛，这才明白自己一路上的不安从何而来，她眼前不由闪现出昨天潘启文那黑雾迷蒙的眼眸来，他昨天是那样的反复而矛盾，难道他这么快就想通了，真的要尝试给她彻底的自由了？

"叶先生？叶先生！"

叶蕴仪在林佑佳的轻唤中收摄住心神，正色道："林处长，你有什么事瞒着我？黑衣卫队来不来，跟我们去不去铁矿有什么关系？"

林佑佳无奈地叹口气，说出一番话来，叶蕴仪方才知道，铁矿这里的土地问题远不止以前林佑佳说的，只是地主坐地起价那么简单。

当初潘烨霖为了军粮问题，要求下属各部买地，再出租给佃农耕种，潘烨霖土匪出身，只管结果，根本不问过程，因此，在执行过程中，下属这些个军官们花样百出，手段各异。

而这云顶铁矿周围，全都是当初潘烨霖手下的军官划出来，用来交换人家好地的荒地。因为每户的地不大，就导致这其中铁矿上方最中心的那一片现在的土地所有者，竟有二百二十三户人家！

这些农民，原本就因为潘家军买地，被半骗半逼地移居到了这里，现在听说潘家军又要买地，哪里肯依？这二百多户人家更是因以前势单力薄，才被潘家军欺负，现在更是抱成了团，共进退，任林佑佳说破了嘴皮子，人家就是不肯买账！

叶蕴仪若有所思地对林佑佳说道："这镇上或附近可有口碑比较好的士绅？"

林佑佳眼睛一亮："您是说……"

叶蕴仪微微一笑，点头道："若有声望较高的士绅，我们可以跟他谈，由他出面，将这些地买过来，再转手卖给我们，我们可以适当给他一些好处！"

林佑佳连连点头道："有的，有的！这镇上有一家姓柳的，是这镇上的大户，那柳老爷多做善事，在这附近名望很高，而且，这柳老爷曾受过潘家的恩惠！"

叶蕴仪脸上一喜，道："好！明天我们先去拜访这位柳老爷！"

第二天一大早，叶蕴仪与林佑佳便来到柳家，递了林佑佳的名帖进去，叶蕴仪看了看那高高的院墙，不由笑道："这柳家气派可不小！"

不一会儿，大门大开，那柳老爷竟是亲自出来，将二人迎了进去。

二人将来意一说，那柳老爷不由面有难色道："两位，照理说，若由我出面，这地老朽还是有八成把握能买得来的，只是一下子要买这么多地，我手头实在是一时拿不出这么多现银来！"

叶蕴仪胸有成竹地笑道："柳老爷，钱的事，您不用担心，我们会先将钱借给您，您只需要打一张欠条就行，到时把地契转给我们，欠条便归还，而且，我们会另付总额的半成的钱作为您的酬劳，您看如何？"

柳老爷面上一喜，连连摆手道："区区小事，怎么敢言说酬劳之事？"

叶蕴仪笑道："我还有事要去铁矿那边看一看，这事就拜托您了！"

叶蕴仪与林佑佳从柳家出来，两人都轻松下来，骑马向铁矿而去。

路上，林佑佳佩服地道："叶先生，还是您有办法！"

来到铁矿所在地，看到杰森在地图上标注出来的那处准备第一期开挖的地方，零零星星有几座破破烂烂的屋子，墙都是用泥糊的，有的房子便连窗户都没有，叶蕴仪心中一紧，回头对林佑佳说道："记得凡是有屋子的，都多给他们一些钱，让他们去别处另起房子。还有那土地，按原来他们被骗卖的土地的价格给他们算账，补给他们，这些，都算在铁矿开办费用的账上吧！"

林佑佳默默记下，突然听到叶蕴仪声音中带着一丝紧张："那一片是什么？"

林佑佳顺着叶蕴仪手指方向一看，心里不由"咯噔"一下，两人赶紧策马过去，走了约一里地的地方，翻身下马，走过去，那竟是一片不小的坟山，上面是一座座用石头垒起来的坟！足足有近百座！

叶蕴仪倒吸了一口凉气，她暗自庆幸自己先来看一看，杰森并不清楚，在西南，这拆屋事小，迁坟事大！若是处理不好，不定还要闹出什么事来！

林佑佳翻身上马，一路小跑着往最近的一家农居而去。不一会儿，他策马回来，下了马，叹口气道："这个铁矿周围原本都是无主的荒地，是云顶附近的农家，没钱买好的坟地，便都将去世的家人葬在这里，时间长了，便形成了一座坟山，这也是当初好些个附近的农户被骗着将地换到这里的原因之一，离他们先人的坟近！"

天空中突然打起一个响雷，原本阳光明媚的天空猛然阴沉下来，叶蕴仪心里一突，只听林佑佳说道："这山里的雨，说来就来，咱们赶紧走吧！"

叶蕴仪点点头，上了马，用马鞭指着那一片坟山说道："这里绝不能动！否则以后这铁矿只怕后患无穷！"

她抬头看了看阴沉沉的天，暗自叹了口气。她本不想去潘家集，她不想在那里与爷爷、大伯碰面，更不想见到潘家人。可现在杰森在那里，她必须要赶在杰森来铁矿之前，告诉他，重新选择开挖的地方，否则，他在做设备到之前的准备时，只怕会动到这坟山，犯了众怒！

两人赶紧策马而走，却仍是快不过呼啸而来的狂风暴雨，两人浑身上下全都浇透。大雨令人睁不开眼，他们的速度不由慢了下来。

突然，林佑佳倾身伸手拉住叶蕴仪的马头，指了指路边的一间石屋，大声叫道："先避一避雨，等雨停了再走！"

两人下了马，一溜小跑到了那家人家的屋檐下，门"吱呀"一声开了，一位中年农妇扶门而立，叶蕴仪忙笑道："大嫂，我们是过路的，可否容我们避避雨？"

那妇人看了看叶蕴仪，将门拉开些，急急地说道："快进来吧！"

二人道了谢进屋，那妇人有些不知所措地看了两人一眼，转头向内喊道："孩儿他爹！"一个壮实的中年汉子应声而出。

还是叶蕴仪率先开了腔，她看向妇人道："大嫂，这山里的雨得下多长时间才能停啊？"

那妇人笑道："哟，这可说不准，有的时候下两三天都有可能，上次有个洋鬼子，也在咱家躲雨来着，整整过了一天一夜才走。他说些什么，我可一句也没听懂。"

林佑佳不由向叶蕴仪笑道："那一定是杰森来这儿看铁矿来着。"

那妇人奇道："你们认识？他的话你们能听懂？"

林佑佳点头笑道："当然认识，这位叶先生还……"话未说完，却被叶蕴仪拉了拉衣角，他立即住了口，却听叶蕴仪立即将话岔了开去："大嫂，你们这地里都种些什么？收成可好？"

那妇人忙道："刚开始两年种稻谷，一家人口粮都不够，前年贺家一个远房侄儿来这儿，叫咱们种那什么棉花，长得倒好。"

叶蕴仪正听得有兴致，却见那男人突然取了门边的蓑衣，拉开了门，那妇人急急地问道："这么大的雨，你去哪儿？"

那男人嗡声嗡气地说了句："犁耙落地里了！"说着，穿上蓑衣，一头冲进了雨幕中。

叶蕴仪半开玩笑地道："可算听着这位大哥说了一句话！"

那妇人也嗔笑道："他就是那样的人！"提起自己丈夫，她原本寡瘦而苍白的脸上竟然漾起幸福的光芒来，叶蕴仪心里升起一丝异样，眼前猛然闪现出潘启文的脸庞来，心里不由一痛，不是说贫贱夫妻百事哀么？可为什么这一刻，她竟嫉妒起这妇人来？

叶蕴仪怔怔地看了看那妇人，回过神来道："哎，您看我这半天，还没问您家贵姓？”

那妇人忙道：“我男人姓吴。”

叶蕴仪点点头笑道：“吴家嫂子，您刚才说种棉花是怎么回事？”

那妇人脸上显出一份感激的神情来：“贺家也跟我们一样，是从外边搬过来的，前年，他家一个远房侄子过了来，教咱们种棉花，又联络省城的贩子来收。后来，他说贩子价太低，让省城里日本人的纱厂直接来收，可是，纱厂的价也压得低，他就教咱们成立了农会，推举了杨老三和李贵，代表咱们一起跟纱厂谈价，今年初，他又说怕纱厂到时不认账，还让纱厂开春的时候就下了定，咱们提前就拿到了一些钱。”

叶蕴仪惊异地问道：“农会？”

吴嫂昂起了头，一脸憧憬地笑道：“是啊，贺家侄子说，农会可以让咱们抱成团，有啥事大家共进退，至少可以商量着来，就再不会像以前因为势单力孤，而被抢地、骗地了。大家抱成团，日子也会好过些。我家男人算了账，说今年只怕比原先那块好地最好的年份的收入都要多呢。”

叶蕴仪心中不由一沉，她原以为，这里的土地贫瘠，种不了西南常见的水稻，只要给农户们他们原来的地，再给了一定的搬迁补偿，他们应该就愿意的，可现在这地里种了棉花，连买家都已找好，让大家又有了新的活路，若是让他们再搬走，只怕会更难。

而这个农会恐怕更是一个麻烦，他们原来的地大部分都不在一起，现在他们抱成了团，尝到了甜头，若要打散他们，只怕他们也不愿意。

这事只怕还要从长计议。

正沉吟间，却见吴嫂伸头看了看门外的雨雾，喃喃地道：“大夏天的，又不犁地，怎么会把犁耙落在地里了？这么大雨，呆会儿该淋透了！”

听了这话，叶蕴仪眉心一跳，她抬头与林佑佳对视一眼，都在对方眼中看到了一丝不安。

叶蕴仪看了看门外灰蒙蒙的一片天地，咬咬牙，对吴嫂笑道：“吴家嫂子，我们今天还得赶回省城去，这雨也不知要下到什么时候，我们就先走了！”

说着，向林佑佳打了个眼色，就向门外走去。

那吴嫂也不挽留，只皱眉道：“你们小心些，这山里一下大雨，有时山上的泥沙还有石头都会滚下来，别给埋在里头了！”

叶蕴仪感激地笑了笑：“知道了！”

两人出了门，牵过屋檐下的马，冒雨上马，走出没几步，回头一看，竟见大雨中，三五成群的人们从不同的方向往吴家聚拢，叶蕴仪与林佑佳心里一沉，同时一挥马鞭，急急地向云顶镇飞驰而去。

到了柳家，柳老爷忙安排下人伺候叶蕴仪与林佑佳洗漱，还让人将自己女儿的衣服拿给叶蕴仪换上。

叶蕴仪洗漱换衣出来，柳老爷已安排了午饭，柳夫人也一起出了来。

席间，叶蕴仪想起什么，不由问道：“柳老爷，您的地里都种什么？收成可好？”

柳老爷忙回道：“主要是稻子，其他地方还好，就是靠近铁矿那一片，收成都不好，去年我看那些个泥腿子都种了棉花，听说还不错，正好我家小舅子认识省城那家日本纱厂的买办，说是可以收棉花，今年我就让佃农将那一片大概有两百亩地也都种成了棉花。”

听了这话，叶蕴仪不由皱眉道：“这么多人种，省城就一家纱厂，收得了那么多吗？况且，我在省城听说过，日本那家纱厂主要的棉花来源在西山那边，这种的人多了，只怕被日本人压价！”

柳老爷笑道：“我小舅子给了那买办一些好处，他答应先收我家的，再说了，铁矿那边的地不是军政府都要收了去开矿嘛。”

叶蕴仪恍然大悟，这柳老爷对铁矿之事如此上心，恐怕这才是主因。她的眼神不由一亮，若是将柳老爷的棉花地换给那些农户，岂不是既未断了那些农户的生计，又不会将他们打散分开？

可柳老爷这边，要如何去补偿呢？

一个念头在她心中快速闪过，她已是有了主意，皱了眉道：“我听说，那些个农户抱成了团，跟纱厂谈好了价，纱厂连今年的定金都下了，他们得了好处，只怕未必愿意卖地啊，他们不卖地，我这铁矿开不起来，您那棉花只怕也不好卖！”

柳老爷的脸上原先的得意之色一下子僵硬起来，叶蕴仪不动声色地笑道：“等下雨停了，就赶去潘家集，再把银票带过来，您也好帮我们买地不是？”

柳老爷忙道：“我看这雨，今天一时半会儿也停不了，路上又滑，那潘家集离这儿有百十来里地呢，不如今天就在我家歇下，明天再走？”

叶蕴仪也不推辞，客气地笑道：“那就麻烦您了。”

一直到吃晚饭，那雨也没有停。

晚饭桌上，多了一个精明的中年男子，柳老爷介绍道：“这是我家小舅子，周一才。”

叶蕴仪明白，只怕是听了她的话后，柳老爷找了自家小舅子商量来了。

寒暄过后，那周一才对叶蕴仪笑道：“叶先生，我听说，那铁矿可以让士绅也入股？”

叶蕴仪与林佑佳早有商量，这时不由对视一眼，林佑佳笑道：“是的，少帅留出了两成股份，给士绅们入股，说是先到先得，我看这风放出去也有半个月了，估计这两成也差不多快满了。”

柳夫人不由脱口而出：“哎呀，那怎么办？”

林佑佳故作惊诧地道：“难道柳老爷也想入股？”

那周一才不紧不慢地点点头，笑道：“我这姐夫是个老实人，做其他生意又怕担风险，现在既然是跟在军政府后面开矿，又有银行作保，这生意最适合他不过，就不知这股子还有没有了？”

林佑佳皱眉道：“哟，这个时候，还真不好说。”

周一才看了一眼柳老爷，对叶蕴仪笑道：“铁矿那些农户的地的事，我也听说过，我姐夫在这里还有些名望，又是乡里乡亲的，由柳家出面去收地，应该比你们去要容易些。”

叶蕴仪不置可否地笑了笑：“若是柳家能帮忙把这地的事办下来，我们出面让少帅那里留点股份，也是应该，只不过，今天好像夫人提起过，柳家没有现银，所有的钱都去买了地？”

周一才自得地笑了：“我们是想以自家的地来跟那些农户换，同样是种的棉花，又在这附近，他们还不用搬家，然后，我们想将从农户那里换来的地折价入股铁矿，这样，军政府也不用拿钱出来买地了不是？”

叶蕴仪脑中闪过吴嫂家那窘迫的境况来，有心要为农户们多拿些利益，不由皱眉道：“他们的棉花听说都是有纱厂定好的，只怕他们未必肯呢。”

周一才忙道：“这个我想过了，铁矿以外，柳家和周家也还有一些棉花地，到时，就让省城的纱厂一起收棉花，按我们的价格一起给农户，我们的价格比他们原先自己谈的价高了约有半成呢。”

叶蕴仪击掌笑道：“好！若是这样，我定为你们拿到这股份就是！反正这铁矿开工也没那么快，正好将今年的棉花先收过，也不会让大家有什么损失。”

林佑佳一脸敬佩地看向叶蕴仪，却听外面一阵重重的砸门声，更有一声声怒吼：“把人交出来！”

一个下人一脸惊慌地跑进来，叫道：“老爷，不好了！外面来了好多乡里人，说是军政府来的人要挖他们的祖坟开矿，要咱们交出人去！”

柳老爷与周一才倏然转头看向叶蕴仪和林佑佳，眼中都是惊骇的光。

林佑佳连连摆手道：“这里面有误会！”

柳老爷眼睛直直地盯着叶蕴仪，毫不客气地问道：“叶先生，你能担保你们不会动那坟山吗？若能，我可以去跟他们说，解除这误会。若不能，那么，恕我无能为力！”

叶蕴仪迟疑了一下，看向柳老爷，目光坦诚地说道：“柳老爷，实不相瞒，若要开矿，这坟，迟早要迁！即便我们一开始绕开那片坟山，但当周围全都挖开之时，难保那一片山不会垮塌。但我可以保证，为这些百姓另寻一块风水好的阴地，安葬他们的家人。迁坟所有的费用，由铁矿承担。”

柳老爷的脸色缓和下来，他看向叶蕴仪：“那你们敢不敢跟我一起去向他们说清楚？”

叶蕴仪毫不迟疑地点点头：“好！”

一旁的林佑佳却一把拉住了她，对柳老爷说道：“我去就行了，叶先生不用去！”

柳老爷脸色一沉，不悦地道：“我跟你们一起去说，已是在为你们担了干系，这么大的事，若叶先生你这一个主事的人都不出去，是不是说不过去？”

叶蕴仪明白，这事太大，柳老爷是怕到时他们推得一干二净，多一个人，便多一个证明。

叶蕴仪心底里却有一丝不安滑过，她转头对柳老爷笑道：“柳老爷，这事，可就仰仗您了！您要知道，再大的阻碍，这铁矿无论如何是要开的，而我们要是在您这里出了事，您担的干系可也不小啊！”

柳老爷一凛，眼中不由对叶蕴仪升起一丝畏惧之色，这个女人不简单！她竟看出来，若她不能说服外面的人，他便打了置身事外的主意！

柳老爷与周一才对视一眼，向叶蕴仪苦笑道：“叶先生，您放心，我一力担保就是！”

柳府门外，大雨滂沱中，群情激愤，人们挥舞着手中的锄头、扁担，大声地叫嚷着。

大门“吱呀”一声开了，三男一女鱼贯而出，站在屋檐下，刚刚安静下来的人群又嘈杂起来。

“柳老爷出来了！还有周老爷！”

“那个男人，就是上次来找我们卖地的人！”

“那个女人，今天早上跟那个男人一起，在坟山前转了好半天，还指指点点的！”

柳老爷对面前的中年汉子皱眉道：“杨老三，你带着这么多人来砸我家的门，是何道理？”

杨老三摘下头上的斗笠，甩甩水，夹在腋下，他指着林佑佳和叶蕴仪，粗声说道：“柳老爷，他们要买咱们的地去开什么矿的事，你是知道的，咱们都不卖，他们竟然又跑到坟山那里去，上次那个洋鬼子，也是去那里看，掉了一张纸，被一个过路的人捡着了，我正好也去上坟，那个人告诉我，那是张什么图，上面的洋文写的是要在坟山那里开挖！”

听了这话，叶蕴仪心里一沉，杰森是个细致的人，图纸宝贝得什么似的，根本不可能掉，而且，那张图纸她也看过，都是一些专业的记号在上面，连她都看不懂，根本就不会写上英文的说明，这个所谓的“路人”又从何而来？只怕这里有鬼！

叶蕴仪心底里那份自从来到云顶开始的不安，更强烈了。

她皱了眉，眼神锐利地向杨老三看去，只听他的语气急促起来：“我们就是要问一句，他们军政府到底要做什么？还让不让人活了？”

柳老爷举起双手往下一压，对着下面说道：“大家不要凭空揣测，刚刚这位军政府的叶先生还跟我说起，即便开矿，也要绕过那片坟山！”

柳老爷指着叶蕴仪道：“这一位叶小姐是远华银行的人，铁矿的事，就是银行出钱来办，银行就跟咱们这儿的钱庄是一样的，讲的是个信誉，说了的话，能算数！”

所有人的目光齐刷刷地看向叶蕴仪，叶蕴仪微微一笑，缓缓说道：“这个铁矿，军政府是下了决心的，事关国计民生，是大事！非开不可！

“我今天实地去看了你们的地，也看到了坟山，专程来跟柳老爷商量，考虑到大家伙现在种棉花，所以想出钱高价买下柳老爷的棉花地，跟大家伙的地来换，柳家的那一片地你们是知道的，收成肯定比你们的好，而且，那一片地的棉花因为质量好，卖给日本纱厂的价比你们的高了半成！至于坟地，若是大家伙不愿意迁，那么开矿就绕开那片坟山，若是大家伙愿意迁，由矿上出钱，另选择一处风水好的阴地，所有道场法事和搬迁的钱，都由矿上出！”

周一才也点点头，说道：“柳家为什么同意卖地，其实也是因为这一片的棉花种得太多了，而省城就那么一家纺织厂，它能收得了多少？我已经听纱厂的买办说了，今年这个价就要压下来！与其平白让日本人压价，不如把那些个收成不好的地拿去开矿，余下的地，年年都能卖个好价钱！”

一时间，下面的人都议论纷纷，杨老三脸上神色缓和了许多，众人显然已经心动。

叶蕴仪见此，又说道：“开了矿，还有个好处，就是大家在农闲时，可以去铁矿上帮工，挣些工钱，补贴些家用，况且离家又近。”

雨势渐渐小了，下面的人纷纷看向杨老三，更有人叫起来：“杨老三，你怎么说？”

杨老三点点头，沉声道：“既然是柳老爷愿意跟我们换地，那咱们跟军政府就没什么交道可打，若是柳老爷能担保，先将咱们先人的坟按刚才所说，找风水好的阴地重新风光大葬了，那么我们再跟柳老爷换地，也不再拦着他们开矿，大家说这样可好？”

听了这话，叶蕴仪几人都悄悄吐出一口长气。

然而，就在这时，远处有几个人跑过来，一边跑，有人一边叫：“不好了！不好了！坟被雷劈了！”

所有人都大吃一惊，只见杨老三跑上去，一把揪住跑在前面的那个男人的衣领，一脸紧张地问道：“李贵，什么坟被雷劈了？什么意思？”

李贵一把扯开他的手，迎着台阶上方，指着叶蕴仪，咬牙切齿地叫道："就是这个女人！"

叶蕴仪心里一沉，只见柳老爷紧绷着脸叫道："李贵，你把话说清楚！"

那李贵恨恨地道："我有事耽搁了，跟他们几个正准备来撵你们，可村头的刘半仙突然发疯般跑出来，跟我们说，他的天眼看到，坟被雷劈了，我们半信半疑，拖了刘半仙上山去看，果然看到有十几座坟都被雷从中间劈开，缝隙处还是焦黑的！其中就有我爹和杨老三爹的坟！"

杨老三浑身颤抖起来，他大吼一声："什么？"

李贵再次指向叶蕴仪，叫道："刘半仙掐指一算，说是今天本来是晴天，好好的，有一个外乡女人今天过了来，马上就变了天，雷鸣电闪的，这个女人还上了坟山指指点点，只怕这个女人居心不良，触了天怒，老天这是劈坟示警！"

林佑佳怒道："你不要在这里装神弄鬼地胡说八道！"

李贵指了指旁边跟他一起来的人，叫道："怎么是胡说八道？他跟刘半仙是门挨门的邻居，他眼见着那刘半仙今天门都没出，刘半仙怎么会知道坟被劈了？而且，今天早上明明还出了太阳，这个女人一来，就变了天！"

李贵身旁那人也叫起来："刘半仙还说，那个女人是潘家少帅的女人，只怕是潘家军又要出什么妖蛾子！"

人群中突然有个声音冒出来："我认出来了，那个女人是潘天一的十九姨太！潘家集的人都知道！听说，自从这个女人来了后，潘家集先后都出了好几次血光之灾！"

杨老三怒目看向柳老爷："你刚才不是说她是什么银行的人吗？你为什么不敢说她是潘家的人？"

柳老爷一脸震惊地看向叶蕴仪，吃吃地说不出话来。

周一才最先从震惊中反应过来，他不由问道："你们想怎么样？"

当人群中有人高呼一声"烧死她"时，人们却蓦然安静了下来，空气中弥漫着诡异的紧张与怀疑。柳老爷与周一才一脸惊惶地看看下面，又看看叶蕴仪。

一直没有出声的叶蕴仪见并没有人应和那句"烧死她"，暗自松了口气，她一摆手，止住了就要上前的林佑佳，清朗的声音在暮色中响起：

“刚才说要烧死我的那位，敢不敢站到前面来说话？”

人们的目光齐刷刷地看向刚才高声呼叫的方向，台阶上的杨老三皱了皱眉：“那不是刘德吗？这个二流子，今天怎么在这儿？”

叶蕴仪淡淡一笑：“刚才说我是潘家少爷十九姨太的，是你吧？”

刘德一梗脖子：“是又怎么样？”

叶蕴仪嗤笑一声道：“你刚才说你认出我是潘家少爷的十九姨太，那么，你是怎么知道的？你在哪里见过我？”

刘德脸色一僵，却硬着头皮说道：“当然是在潘家集，我听路上的人指指点点说的！”

叶蕴仪笑道：“哦？潘家集，什么时候？”

刘德大声说道：“就在两个月前！”

林佑佳出口怒道：“胡说八道！两个月前……”

叶蕴仪却一抬手制止了他，接着问道：“好，你说两个月前，那么我问你，你从这里怎么去的潘家集？”

刘德眼神开始闪烁：“当然是走路去的！”

叶蕴仪脸上闪过一丝讥讽的笑：“你既然走路去潘家集，那么只能从北门进潘家集，而潘家集因是军事重镇，凡本省的人都须凭本地里正开的路引，同时有乡绅作保，方才进得去，你是从哪来的路引？谁为你出的证？谁为你具的保？”

刘德立时语塞，这时柳老爷大声说道：“这云顶方圆五十里范围内，经过军政府认可的有具保资格的，便只有我柳家和周家，可我柳某人今天可以在这里指天为誓，从没为刘德作过保！”

周一才也沉声道：“我周家也没有！”

人群中一时哗然，叶蕴仪却以逼人的语气厉声道：“刘德，你为什么要撒谎？是谁教你这么做的？你有何居心？”

那刘德外强中干地叫道：“不管怎么样，就是因为你来了，我们的祖坟才被劈了！”

叶蕴仪看向黑压压的人群，冷声道：“坟山怎么回事，我不敢妄言，可是，你们怎么能凭那个刘半仙一句话，就认定是我？这个刘德能撒谎，为什么刘半仙就不能？”

这时，人群中有人小声说道：“刘德就是刘半仙的侄子！”

叶蕴仪听了，微微一笑，又大声道："各位，若是这刘半仙真的说的准，不如我们就将他请来，只问他一句，这雨几时能停，他敢不敢与我拿命来赌？"

下面的人一时尽皆无声，那杨老三与李贵对视一眼，神色都已踌躇起来。

叶蕴仪稍作沉吟，暗自叹了口气，说不得，还得用上这少帅夫人的身份来压一压！

她话锋一转，朗声道："乡亲们，但我的确是潘家少帅的女人，不过不是什么十九姨太，而是正牌的少帅夫人！刚刚柳老爷也没有骗大家，我娘家就是开银行的，我这次来，就是代表银行来实地察看铁矿之事！"

所有人都被叶蕴仪的身份给惊住，林佑佳忙道："这点，我可以作证！"

叶蕴仪目光一凝，冷冷地道："今日之事，明显是有心人所为，若是有人不想这铁矿开得成，在这里装神弄鬼，故意破坏坟山，大家若是不问对错曲直，令我有个三长两短，大家想想，这后果是什么？"

说完，她淡淡地瞟了林佑佳一眼，林佑佳立即会意，他厉声说道："若是少帅夫人出了事，明天，潘家军便会踏平这云顶镇！"

一席话，令所有人都是一凛，而柳老爷与周一才已是冷汗涔涔。这些个农户是光脚的不怕穿鞋的，而他们，却是有家有业的啊！

叶蕴仪缓和了神色，沉声道："大家想想，军政府手上有兵，若是真的要用强或是其他卑鄙手段，何需这样苦口婆心与大家商量买地？又何必这样煞费苦心地为大家考虑，与柳老爷换地，同时让大家能信得过的柳老爷在中间作保？"

杨老三和李贵走到一边，两人悄声商量了几句，语气已是软了下来，杨老三说道："可是那坟的确是被雷劈了！这是李贵他们亲眼所见，这又如何说？"

这时，叶蕴仪向柳老爷微微点点头，柳老爷突然一指刘德，叫道："先将刘德拿下！"

早已悄悄围在刘德身边的几个柳府下人，一拥而上，扭住了刘德。人们一时哗然，却也没人想帮刘德，只呆呆地看向前面。

叶蕴仪这才向杨老三和李贵说道："既然大家说与我有关，那我定会给大家一个交代，可是，这个刘德同样有嫌疑，绝不能让他就这样走了！若坟山是人为破坏，那么，还要在这刘德身上查问来源！”

杨老三转头面向刘德，厉声道：“刘德，是谁让你撒谎的？”

林佑佳冷笑一声道：“刘德，你若不想被抓去军政府吃苦头，就老实说出来！”

周围的人也都叫起来：“说！说！”

刘德被柳府人抓住后，早没了先前的气焰，这时结结巴巴地叫道：“是一个外乡人，他、他给了我一个银洋，叫我这么做的！他、他还有枪，说我要不这么做，就杀了我！”

林佑佳立即问道：“他长什么样？人在哪里？”

刘德低了头，叫道：“我不知道，是我在路上碰到的！”

叶蕴仪与林佑佳对视一眼，不约而同地叹了口气，只怕这个刘德这里，什么也问不出来。

叶蕴仪冷笑一声道：“又是路上碰到的！那个认识图纸上的洋文的人也是路上碰到的！各位，你们不觉得这路人太多了，事情太巧了吗？”

人们不由面面相觑，小声议论起来。

柳老爷向下面一抱拳说道：“各位，若是信得过我，今天请先散去，明天，我自会领着少夫人一起去坟山察看！”

杨老三与李贵对视一眼，犹豫着说道：“既是这样，柳老爷便也担着干系，我们人多，今晚就不回去了，明天一大早一起走吧！”

柳老爷本来听了叶蕴仪的话，心里早就惴惴不安，若真如她所说，有人要她在这里出事，她在柳家，若出了事，难保不被潘家少帅迁怒。这时听李贵这样说，虽然明知他们是不放心，有监视的意味，却仍是频频点头道：“这样好！”

他转头对叶蕴仪恭敬地说道：“少夫人，我家在这里虽算是大户，可护院的人并不多，若是能让李贵他们留下，我想至少今晚能护您周全！”

叶蕴仪看了一眼这一群老实巴交的庄稼汉，心中暗叹，如果对方真有高手来，这些毫无经验的人，再多有什么用？

她无奈地道：“这里只怕有七八十号人，你家能容得下吗？”

柳老爷忙道：“能容得下的，虽说不能保证人人一张床，可挡风避雨，大夏天的睡个觉是没问题的。”

叶蕴仪眼神一闪，没再反对。

柳老爷与周一才命人打开大门，将这几十号人迎了进去。

一切安排妥当，柳老爷命人将杨老三和李贵请到了书房。书房内，叶蕴仪与林佑佳，还有周一才也都赫然在座。

叶蕴仪直截了当地说道："两位大哥，今晚，我不能留在这里！"

杨老三和李贵一怔，随即怒目而视道："你说什么？"

柳老爷忙安抚地道："你们且听少夫人把话说完！"

叶蕴仪皱眉道："两位，我想请你们二位中的一位，连夜陪我们去你们家那里，明天早上再与大家在坟山上碰头！"

见两人一脸迷惑，叶蕴仪想了想，试着解释道："实不瞒两位，我怀疑今日之事，是日本人所为。因为这铁矿，原先是日本人最想要，却没能得到，他们一来想要从中破坏我们自己的开采，二来，若是铁矿开起来，棉花地会减少，棉花少了，那么，他们的纱厂便不能趁机压价。"

后面这一点，其实是叶蕴仪加上去的，她知道，铁矿的事，即便跟他们讲些家国天下的大道理，这些人也根本就不会明白，而棉花，与他们生计相关，他们自然会更关心些。

叶蕴仪接着说道："日本人他们有一帮人，是专门搞刺杀的，便连潘司令，在那么多兵的重重保护下，还是被他们的枪打中，差点没了命！"

杨、李二人终于明白，她的意思是自己这帮人，根本就保护不了她！

只听叶蕴仪继续说道："若我猜测不错，日本人本是想利用坟山之事，能挑动你们将我杀了或困住，以挑起大家与军政府之间的仇恨，但这第一步因为刘德被揭穿，而并没有成功，我想，今晚他们或许就会行动，最好的办法便是悄悄将我抓走，再将我因你们被困住而失踪的消息传到军政府那里，一旦军政府派兵前来，他们挑起仇恨的目的便达到了！"

柳老爷自从知道叶蕴仪身份以后，心中一直惴惴不安，这时听叶蕴仪这样一说，不由打了一个寒战，他挺起胸膛，对杨、李二人说道："杨老三、李贵，你们可信得过我？"

杨老三、李贵其实在刘德被揭穿撒谎后，便对劈坟一事半信半疑，这时自是明白柳老爷的意思，两人对看一眼，心中都想到，即便真有劈坟一说，也未必便与叶蕴仪有关，若真是中了别人的圈套，只怕大家都会遭殃，现在既是有柳老爷肯作保，不如卖个人情给他，也算是对大家有个交代。

却见叶蕴仪一摆手，正色道："不可！柳老爷，您的心意我领了，但我不能就这样走了！"

一时间，所有人都不由愣住。

叶蕴仪微微一笑道："我要是走了，只要有心人再一煽动，有理也变成了没理，若是他们再捏造一些证据，倒坐实了我的罪名，不明真相的人，便只以为我是畏罪而逃，到时两位大哥只怕不好向大家交代！也会连累了柳老爷！这是其一！

"其二，我知道，坟山被劈，是件大事，即便不是我做的，但总是因为军政府要开铁矿而起，所以，我无论如何要查明真相，给大家一个交代！只有从这里着手，解开大家对军政府的误解，以后铁矿才能顺利开起来。"

李贵和杨老三不由暗自点头，却又皱眉道："我们这么多人都护不了你，那你跟我们中的一人去了坟山那边，不是更危险？"

叶蕴仪胸有成竹地笑道："日本人最多以为我偷偷跑掉了，我这一跑，他们挑唆的目的便达到了，他们若真要追，只会往省城和潘家集方向去。等他们醒悟过来，我想这个时间已足够我查明真相。"

说到这里，她不由冷冷一笑："因为从刘德身上发生的事和前面的种种巧合来看，他们的手段并不高明！或许他们是以为咱们中国人好愚弄！这样一个计划，竟是破绽百出！"

柳老爷先前还想着怎么说服这些农户将叶蕴仪先放回去，现在听她这样一说，只怕让她先走了，却正好撞上日本人，倒不敢让她先回去了，他想了想，满脸忧虑地道："少夫人，您可以先去铁矿那边，不过，可不可以派人先回去潘家集报个信？"

叶蕴仪摇摇头笑道："现在还不行！我们不知道潘家集军中是否有他们的眼线，且不说现在去潘家集报信会不会反而暴露了我们的行踪，我更怕，潘家军的人若是一个不理智，在真相未明前带兵前来，若是再有人挑唆，被百姓误会，反而更易坏事！

"他们原本一定以为我会有黑衣卫队的保护，所以他们的计划未必是一定要我的命，而是要挑得这矿开不成，若是及时揭穿了真相，他们失了先机，也更怕我们搬来潘家军，那时他们反而未必愿意冒险下手了。"

叶蕴仪又笑道："我这一走，安全起见，明天早上大家散去之前，还不能说出我的行踪，只能说我们逃跑了，为防大家迁怒，也防日本人，所以还得委屈柳老爷和周老爷，也暂且避上一避。"

这一屋的人，费尽脑子也跟不上叶蕴仪的思路，只听她说得全都有理，哪还有思考、反驳的余地？林佑佳总觉得有哪里不对，心底里始终有一抹不安，却又说不出道道来，于是，这事便这样定了下来。

当夜，杨老三便领着叶蕴仪和林佑佳，连夜来到铁矿附近，径直闯进了刘半仙的家里。

林佑佳也不打话，直接上去用枪顶住了刘半仙的头，厉声问道："那坟山被劈是怎么回事？"

半梦半醒的刘半仙吓得直愣愣地瞪大了眼，还未来得及回答，又被林佑佳揪住了衣领，冷笑道："别跟我说什么装神弄鬼的话，你若是有一句不实，我明天就能让所有人知道，你刘半仙算不出自己要死于非命！快说，你是怎么知道坟山被劈的？"

刘半仙全身抖索着，结结巴巴地道："那天我是没出门，可是，有一个穿黑衣服的男人却潜入了我家里，给了我十块大洋，教我这样说的！他还说，他既然能神不知鬼不觉地进到我家里，跟我说话，就能神不知鬼不觉地要了我的命！我害怕，又想着，这对我只有好处，所以，所以，我、我就……"

天刚亮，叶蕴仪几人就上了坟山，叶蕴仪与林佑佳上前细细地看了看裂开的坟，不由相视苦笑，这哪里是被什么雷劈的，很明显，是有人用小量的炸药炸的，只要用量得当，撒得均匀些，便能做出裂缝来，那缝隙周围一片焦黑，即便下了一天的雨，也还是隐隐有火药味道。

林佑佳恨恨地道："日本人真是欺人太甚！这么明显的痕迹，竟也敢拿出来愚弄百姓！"

中午，从柳府赶回的人们陆续来到坟山下，而原本留在家的老老小小们也都聚集过来。

杨老三一把将被捆住的刘半仙扔在众人面前，拿开塞在他嘴中的毛巾，冷声道："刘半仙，你自己来说！"

然而，那刘半仙却一改战战兢兢的模样，冲着叶蕴仪目眦欲裂地大声叫道："就是这个妖女！乡亲们，就是这个妖女！她不知用了什么妖法，竟然还收买了杨老三，要强迫我当大家面否认我昨天的话！"

听了刘半仙的话，杨老三抡拳就要上前，却被叶蕴仪闪身一拦，杨老三恨恨地瞪了刘半仙一眼，对着众人一抱拳道："各位乡亲，昨天那刘德撒谎大家是亲见的，为了不让坏人的奸计得逞，又因着柳老爷的担保，我跟李贵商量，先将这位少帅夫人带回来，昨天我们连夜审了刘半仙，他承认是有人给了他十块银洋才胡说八道，所以今天我们再上坟山给大家一个交代！"

那刘半仙却哭叫道："什么我承认，明明是你打了我，逼着我胡说的，不信大家看我的眼睛和右脸！再说了，你为什么会跟这妖女扔下大家先回来？还不是为了先将我屈打成招，再来妖言惑众！"

下面立即有人嘀咕起来："是啊，为什么不等大家伙一起走？害我们白在人屋檐下睡一晚上！"

那刘半仙眼珠一转，又叫道："杨老三一个人说的话，凭什么相信？这坟却实实在在是被雷劈了！"

一位白发苍苍的老人咳嗽一声，他将拐杖往地上拄了一拄，哑着嗓子叫道："尽扯些不相干的做什么？现在这坟到底是怎么回事？若真是天谴，那我们能不能修补？这雨下成这样，还不赶紧想办法，难道你们想让先人在地下不得安生吗？"

他这话一说完，所有人的眼睛竟齐齐看向刘半仙，那刘半仙翻了翻眼皮，怪叫道："若真是天谴，便非得要将那惹怒了老天的女人办了，方可修坟，否则，只怕会祸及后人！"

众人的眼中立时充满了愤恨，又都转向了叶蕴仪。

林佑佳背上一寒，怒道："什么天谴！明明这就是火药炸开的口子！你们没有打猎、开山，难道没用过火药吗？"

所有人都是一愣，不由都看向那裂缝的坟头，这时，一个声音嗡声嗡气地响起："火药只会是一炸一个坑，怎会这样齐齐从中间裂缝而不损毁周围？"

有人立即接上了话头："这曾家老二是常年帮人开山的，他用火药多，他说的应该没错！"

叶蕴仪咬了咬唇，对于鬼神之事，普通百姓向来便是宁可信其有，不可信其无的，而这炸药之事，她跟林佑佳只是知其理，却无法证明！本以为可以从刘半仙入手，没想到他竟临时反口！如今人们对杨老三也心有疑虑，现在的确是非常棘手。

刘半仙冷哼一声，怪叫道："除非你能开出这样一模一样的口子来，才能服众！"

他这话立即便有一片应和之声。

叶蕴仪暗自苦笑，那火药的用量和手法，他们并不能准确把握，要想开出一模一样的缝来，谈何容易！

叶蕴仪与林佑佳的沉默，立即引来一片质疑之声，便连杨老三也迷惑地叫了一声："少夫人？"

叶蕴仪咬咬牙，正准备硬着头皮应下，却突然听见人群背后传来一把浑厚的喊声："我来！"

叶蕴仪一喜，抬头看去，只见一个身材瘦高的年轻男子拨开人群，手上拎着一袋东西，径直向前走来！这人虽农家打扮，却眉清目秀，更掩不住一身的书卷气息，她心底微诧，这人好生面熟，却想不起在哪见过。

只听人们一阵惊喜的声音："贺家侄子来了！"一个个脑袋都转向后方，人群自动地分出一条道来。

叶蕴仪心里一动，"贺家侄子"这几个字，这两天频频被人提起，帮助杨老三和李贵他们成立农会，教这里的农民们种棉花，协助他们与日本人的纱厂谈价格，看眼前这些农户们看他的眼神，便知他在这些人心目中的地位只怕是无人能超越。

叶蕴仪的目光与贺家侄子相遇，她在他深邃的黑眸中看到了惊诧、喜悦，还有一抹说不清道不明的纠结。

他腰间露出的半截红色丝绦穗子，使她猛然醒悟，这个人，竟然是在西南大学，潘启文演讲遇刺那天，救了他们二人的贺文龙！

那穗子，是她亲手所结送给潘启文，潘启文转赠给贺文龙的！

贺文龙来到最前面，将手中的布袋往地上一放，对所有人一抱拳道："各位乡亲，我昨天来到这里，便听说了这里的坟被雷劈了的事，昨天我便上来查看了，这的确是被火药炸成这样的。我知道大家很难相信，所以我今天特地去搞了些火药来，做给大家看！”

说完，他向四周望望，随即拎起地上的布袋，来到一块大石前，他弯下腰，从袋中取出一只手套戴上，然后再打开一个油纸包，用戴着手套的那只手，拈起油纸包中的黑色粉末，细细地撒在石块面上，摆成了一条粗粗的直线，再从袋中取出一条像是细绳一样的引线来，铺在黑色粉末上，然后，他的手向后一挥：“大家往后退！”

人们毫不犹豫地如潮水般向后退去，贺文龙转头看了一眼，这才拿出火柴，将引线头点着，然后迅速退开。

所有人屏住了声息，后面的人更是踮起了脚尖，无数双眼睛盯着那嗞嗞冒着轻烟的引线。燃着的引线过处，只听到轻轻的闷响传来，等到那引线完全熄灭，那石块竟是裂开了一条深深的缝隙，缝隙周围是焦黑色，石块其他部位却完好无损！

叶蕴仪轻轻吁出一口气，只听贺文龙朗声说道：“现在真相大白，大家可以放心修补先人的坟墓了，只是，这恶意损毁坟山之人，还须向这装神弄鬼的刘半仙问清楚！”

杨老三一把揪起刘半仙，抡着拳头递到他眼前，粗声道：“刘半仙，你还不说实话么？”

那刘半仙身子一瘫，叫道：“别、别打我，我说！”于是，他又将昨天向林佑佳等人承认过的话，再说了一遍。一时间，群情激愤，所有人都向刘半仙怒吼着，要他交出人来！

刘半仙哭丧着脸道：“那人来无影、去无踪的，我也不认识他，哪里找他去？”

贺文龙道：“那人长什么模样，可有什么特征？”

刘半仙叫道：“他个子不高，头发很短，留了一撮小胡子，说话很生硬，其他就没什么了。”见杨老三的拳头在自己眼前晃了晃，他赶紧又叫道：“对了，他的手腕处有一个黑色的刺青，像是、像是一条小蛇！”

贺文龙面上一凛，不由惊呼出声：“黑龙会！”

叶蕴仪皱眉道：“黑龙会？”

贺文龙转过身来，深深地看了叶蕴仪一眼，眸中闪过一丝隐忧，他对所有人大声说道："那黑色小蛇刺青，是黑龙会的标志！黑龙会是日本的一个较大的帮会，专门受雇于一些大的商社和军政要人，进行一些重要的刺杀和破坏活动！"

叶蕴仪点点头："我们先前也只是猜测，没想到，果然是日本人！"

她向林佑佳使了个眼神，林佑佳会意，向农户们说道："乡亲们，日本人毁坏坟山，罪大恶极！还妄图嫁祸于人，极尽在大家与军政府之间挑起矛盾，其用心之险恶，军政府一定会追查到底，给大家一个交代！"

接下来的事便顺理成章了，杨老三和林佑佳趁机向大家说明了，以柳家的地来与大家换地，并另寻风水好的墓地迁坟。这些农户生性淳朴，原本就对叶蕴仪心存歉意，这时见她以军政府名义，虽说是开铁矿，却已为大家想好了出路，加上又听说日本人破坏坟山的原因是想让军政府的铁矿开不起来，便起了同仇敌忾之心，一时对换地和迁坟一事并无异议。

贺文龙这时才从众人口中，知晓了叶蕴仪的身份。

当人群逐渐散去，叶蕴仪来到贺文龙面前，轻声道："贺先生，这次多亏了你，你又救了我一次！"

贺文龙咽下心中那莫名的酸涩之意，笑道："难怪你不惜涉险，也要维护军政府之名，没想到你竟是潘少帅的夫人，以前倒是失敬了！"

叶蕴仪一愣，随即心中涌起一股对自己的恼怒，她脱口而出道："我才不是因为他！"

贺文龙一下子怔住，他分明在她眼中看到了惊慌、恼火以及矛盾、心虚，不由暗自摇头叹息，她可真明白自己的心？

他微微一笑，神情温润地看着她，令叶蕴仪有一种瞬间被人看穿的感觉，但这感觉似乎并无难堪和不舒服，反而让她心生亲近。

贺文龙邀她一起下山，两人在路上交谈起来。

贺文龙正色道："那黑龙会在中国已做下好几起大事来，他们纪律严明，不达目的誓不罢休，这一次，他们的全盘计划到底是什么，我们并不清楚，而这里护卫力量太弱，所以，安全起见，你还是不要留在这里！"

林佑佳这时却急道："可若日本人在路上拦截，以我二人之力，只怕很难脱身！"

贺文龙稍作沉吟道："我知道一条路，可以绕过云顶镇和大路，直接去省城，日本人定不会知道这条路。”

他看了一眼叶蕴仪的衣着和脚下，犹豫了一下，皱眉道：“我可以从这条路送你去省城，不过，这条路绕得远不说，还要翻山越岭的，很不好走，且无法骑马驾车！”

叶蕴仪立即答道：“我没关系，可以走！”

第三十章

久违温情

潘启文从潘家集一出来，便直奔铁矿，因着情况不明，他在云顶镇外便隐了马匹，来到镇外那家茶寮，打算先打探下消息。

随行的两个黑衣卫队的人，机警地护在他左右，却见潘启文突然瞳孔一缩，他眼中掠过一丝惊慌，急步跨进茶寮，一把揪起一个正低头喝茶的人的衣领，厉声叫道："你怎么在这里？"

那人抬起头来，却正是回潘家集报信的林佑佳，他惊喜地看着潘启文，却被潘启文那吃人的眼神吓得生生咽下了到口的"少帅"二字，他急急地叫道："她很好！"

潘启文脸上神情一松，他一把扔开林佑佳，背上已是被汗湿透了衣衫，他紧了紧拳头，撑住刚才那一阵虚弱，这才缓缓坐下，长长呼出一口气来。

林佑佳忙低声将整个事情说了一遍，末了又苦笑道："她吩咐我一定要及时报与您知晓，让您千万不要冲动，以免铸下大错，谁知我还未上路便发起了高烧，耽误了一天的时间。"

潘启文却皱了眉，向身边的人问道："你们可有谁知道那条路？有没有办法抄近路从这头迎上他们？"

林佑佳却往他身前一拦，急道："少帅，少夫人再三叮嘱，要您先顾自身安全，不要意气用事！那贺文龙身手不错，又熟悉地形，少夫人应该不至于有差错！”

听了“少夫人”三个字，潘启文轻轻一震，他挥开林佑佳，翻身上了马，居高临下地看着林佑佳，脸上漫出了一丝笑意：“你是说，她自己承认她是少帅夫人？”

林佑佳莫名其妙地点点头：“是啊！”

潘启文眼中闪过一丝酸涩，他唇角一勾：“嗯，我觉得这少夫人的称呼比少奶奶好听多了！”

说完，他一挥鞭子，打马便走，两个黑衣卫队的人赶紧打马跟上，林佑佳呆立当地，远远传来潘启文的叫声：“林佑佳，你去潘家集向少夫人爷爷报个平安！”

当潘启文一行弃马步行在那泥泞崎岖的山路中时，他越走心里越不是滋味，叶蕴仪那样一个爱整洁的人，却满身泥浆，鞋子里全是黏黏糊糊的感觉，她怎么受得了？

他们走了大半天，一个人影都没见着，看到潘启文越来越阴沉的脸色，那个带路的护卫怯怯地道：“我们是从云顶镇这边进来，去迎他们的，会不会他们已经走过了？”

话音刚落，便听前方传来一声枪响，惊起山中小鸟哗啦啦四散而逃，那枪声在寂静的山中回响。

潘启文一惊，猛地一起身，却不料脚下一滑，一个屁墩坐到了泥浆里，护卫伸手去扶，却见他拧眉吼道：“别管我，赶快去看！”

走了约大半个时辰，还没看到人影，潘启文突然拔出枪，朝天空中放了一枪，然后侧耳倾听，很快，便听到刚才的方向响起了枪声，这声音明显比刚才大了许多，他面上一喜，叫道：“快！就快了！”

很快他们便看到前方路边一块大石上的两个人影。

潘启文一眼便看到歪着头，躺在那块还算干燥的石头上一动不动的瘦削的女人，心里一紧，来不及上前，不由大声吼道：“她怎么了？”

正趴在叶蕴仪小腿上吸吮着什么的贺文龙，向地上吐出一口鲜血，看向潘启文的眼中闪过一丝欣喜，筋疲力尽地说道：“她被蛇咬了，没事了，我刚给她把毒吸出来了，你给她包扎下吧！”

随行的护卫赶紧上前，从胸前摸出两粒药丸，一粒递给贺文龙，一粒递给潘启文。

贺文龙将药丸塞进口中，疲惫地笑道："是我疏忽了，幸好你们来了，竟然还带了药。"

潘启文眼中只有昏迷的叶蕴仪，他接过护卫递过来的水和药丸，先在自己嘴里含了一口水，再将药丸塞进她口中，然后低头将水哺进她嘴里，舌尖一顶，那药丸便顺着叶蕴仪喉咙咽了下去。

潘启文看了看叶蕴仪的腿上，他先用清水为她清洗过，正要包扎，却突然想起什么，一低头，再向她伤口吮去，吸出来的鲜血，吐到地上，他确认这颜色已经无毒，这才转头，恨恨地看了一眼贺文龙，又伸出舌头，在她伤口周围舔了舔，这才给叶蕴仪包扎起来。

潘启文看了一眼意识已经昏沉的贺文龙一眼，沉声道："他应该中了毒，咱们那个只是保济药丸，未必管用，你们两个，赶紧将他送到云顶镇上去！"

一个护卫急道："那您跟少奶奶怎么办？"

潘启文爬上那块大石，将叶蕴仪抱进自己怀中，心满意足地叹了口气，笑了笑："她应该很快就会醒了，这里只要不下雨，反而安全，你们到了镇上，赶紧发信号，要后面跟来的护卫进来接应我们，记得，把云顶镇给我清干净了！"

两个护卫将身上的干粮和水全都留下，这才将贺文龙抬起要走。却听背后潘启文好心情地叫道："记得，以后要叫少夫人，不许再叫少奶奶！"

潘启文搂着叶蕴仪，痴痴地看着她，右手食指在她脸上轻轻摩娑着。一会儿，他又觉得石头硬邦邦冰冰凉的，他脱下外衣，铺在叶蕴仪身下。他将她的头放在自己腿上，伸手拿起护卫刚才留下的药包，拿出一小块棉纱，蘸了水，轻轻给她擦拭着，一边擦，一边对着她轻言细语地道："你这样乖乖地听话多好，看看你，这么脏，也就我不嫌弃你。"

潘启文侧身再去倒水，回头一看，只见叶蕴仪睫毛轻颤，他眼中精光一闪，嘴角向上一弯，继续唠叨起来："我知道你不喜欢别的臭男人碰你，刚刚你的伤口我已经用清水洗过了，还用我的口水消过毒了，你不用担心。"他清楚地看到叶蕴仪嘴角一抽。

他换了块干净棉纱，手指轻轻抚上了她的唇，脸上是一层迷蒙的光晕："以前冬天有太阳的时候，你最喜欢这样躺在我的腿上看书，那时咱们多开心啊！”

突然，他换上一个恶作剧的笑来，一副委屈的语气：“嗯，你以前每次，喜欢的可是侧躺在我腿上，常常你不自觉地就面对着我那个地方，你自己呼吸热热的，引得我那儿起立敬礼，你却又骂我色狼！”

叶蕴仪的睫毛颤动的频率更快了。

潘启文紧盯着她的脸，手却伸进了她的脖子，解开了她上衣前面两粒扣子，用湿润的纱布轻轻擦拭着，他咽了口口水，嘟哝着：“好久没见，这胸前似乎更有料了呢，反正你也没醒，要不我再试试手感？”说着，本就在她衣内的手便向下探去。

叶蕴仪终于忍无可忍，一把抓住了他那肆虐的手，睁开眼来瞪着他，却见潘启文一脸坏笑地看着她：“终于舍得醒了？”

叶蕴仪这才知道他竟在调笑自己，不由又羞又恼，撑着手坐起身，离开了他的腿，冷声道：“呆在这里做什么？走吧！”

潘启文原本暖暖的心里不由一凉，他嘴角泛起一个苦笑，耳中猛然响起叶琛的那句“松手攻心”来，他深深地吐出一口气，将胸口剧烈的起伏压了下去，半晌方将头偏向一边，淡淡地道：“我跟你都有伤，这样的路，我们走不出去，只能在这里等黑衣卫队的人来接我们！”

叶蕴仪的手急急地按上了他的肩，到嘴的话毫不考虑地冲口而出：“哪里伤了？怎么会受伤的？快给我看看？”

看见她那着急关心的模样，潘启文心底的凉意瞬间散去。

听她问起自己的伤，整个注意力都被她拉到肩上去，竟觉得那里疼痛无比，不由皱了眉，左手捂上右肩，呲牙咧嘴地吸起气来。

叶蕴仪伸手，一把扯开他的上衣，看到那层层纱布下已是渗出血来，她心里一软，手指不自觉地抚上那粗糙的纱布表面，低声问道：“怎么受的伤？几天了？怎么还在渗出血水？”

潘启文低头看着她那洁白修长的手指，耳边竟恍然响起她手指下优美的琴音来，他的目光突然停在她手腕处，那里，紫檀的手珠半隐在袖口处，他一把抓过她的手，撸起她的衣袖，看到那完整的手珠，他不由恨恨地道：“奶奶的，果然是上当了！”

叶蕴仪一怔，心知有蹊跷，刚想要问，目光却紧紧停留在他肩上那一片血红处，挪不开眼。她下意识地四周一看，一眼瞄到潘启文身旁另一侧的医药包，她倾下身，伸手跨过他，去够那药包，却终是太远，她一挪身子，脚下剧痛传来，身体再撑不住，一下子歪倒在潘启文身上。

她的脸正好贴在他私处，她立即想起刚才他调侃自己的话来，脸上一红，赶紧撑起身子，眼睛所及，他那里竟已飞速地撑起小帐篷来，她不敢再看，一偏头，手一伸，将药包勾了过来，她也不敢看他，径直打开药包，低头查看里面是否有可用的东西。

潘启文一脸苦笑地瞄了瞄自己那不争气的小东西，刚才她那小脸紧贴上来时，那一刻，身和心的悸动，令他全身都僵硬起来，一动不敢动，没想到这小东西倒是毫不客气，只怕又令她着了恼。

他只觉肩上越加地痛起来，头也开始有些昏昏沉沉，他眼珠一转，嘴里"咝咝"地吸起气来，有气无力地呻吟道："今天赶着来迎你，没来得及上药，这会儿怎么痛得这么厉害？"

叶蕴仪心中一抽，再顾不得与他计较，放下药包，伸手去拆他肩上的纱布，当层层纱布去掉，她看到他那黑洞洞的伤口，已经裂开，正渗出血水来，里面还混着点点黄色的脓来！

她不由浑身一软，手竟提不起来，她颤声道："你不要命了吗？你这是枪伤！取了子弹也不好好养伤！你那些护卫难道不知道给你换药吗？"

潘启文只觉心里暖暖软软的，他将脑袋虚弱地耷拉在她肩上，老老实实地道："本来是换了药的，就只今天急着赶路，估计是早上淋了点雨，刚才又摔了几跤，伤口裂开了，又沾了水，就这样了。"

叶蕴仪将他的脑袋扶正，从药包里取出小块纱布，从水壶中淋了水，给他清洗起来，潘启文觉得全身更软了，干脆向下躺去，却被叶蕴仪一把拉住，狠狠瞪了他一眼道："包扎好才能躺！"

潘启文摸了摸鼻子，一脸小媳妇模样地"哦"了一声，低头看向她头顶的眼中却是掩不住的笑意。

叶蕴仪一边给他上药，一边说道："这么重的伤，还到处乱跑什么？"

潘启文心中的话冲口而出："你出了事，我哪还顾得上伤？"

叶蕴仪的手一颤，她抬头，怔怔地看向他，她眼中突然闪过一丝慌乱，竟不敢再问，低了头，貌似专心地为他包扎起来。

潘启文心中掠过一阵酸涩和痛意，还有一丝的——委屈。

她明知道，他带着这么重的伤出来是为了谁，她却能硬起心肠不问，她是怕她自己冷漠的心动摇了么？

她甚至都不问一句，他怎么会来，又怎么会在这里找到她？

他想要抓住她，告诉她，他是为救她爷爷受的伤，他想问她，爷爷都说，救爷爷一命足够抵他以前犯过的错，她是不是也可以试着去原谅？

他还想告诉她，他收到那假冒的手珠，竟顾不上分辨真假，明知可能是个圈套，还是往这里赶！

他还想告诉她，他为了找她，取子弹都不敢打麻醉剂，只为了让自己保持清醒！

可是，当她散乱得有些狼狈的黑发，轻轻地扫过他的肌肤，他突然间不想再逼她，他抬起手，轻轻将叶蕴仪散乱的发捋到她的耳后，她轻轻一颤，却没有停下手上的动作，也没有说话。

一片静谧中，潘启文听到叶蕴仪有些不规则的呼吸声，突然轻轻一笑："你怎么会这些的？"

叶蕴仪手下一顿，僵硬的身体明显放松下来，她抬了抬眼皮，轻声道："你去北伐以后，我专门去学过！"

潘启文心中一颤，忍住想要问出口的那句："为什么去学，可是为了我？"

他突然转换了话题，淡淡地道："上次，我说我要再想想，现在，我想清楚了，蕴仪，我决定，放了你！"

叶蕴仪正在为包扎的地方打结的手一抖，她没有抬头，低声说道："你什么意思，说清楚！"

潘启文轻叹一声："这次，爷爷和大伯走的时候，就让他们把蕴杰带走吧！"

叶蕴仪手下一紧，勒得潘启文伤口一疼，不由轻呼出声来，叶蕴仪手忙脚乱地松了那个结，重新再系，嘴里慌张地说了声："对不起！"

潘启文紧紧地盯着她，涩然道："至于你，看你自己意愿，若是你想要跟他们一起走，或是想去别的地方，都随你！"

他眼看着叶蕴仪紧紧地咬住了自己的下唇，眼中闪过一丝莫名的兴奋的光亮，心中不由一痛，刹那间，一丝怀疑涌上心头：松开了她，真的能再将她拽回来吗？

可是，现在，他却没有别的办法！与其那样如仇人一般将她绑在自己身边，不如放手一搏！

潘启文按下心中的不安，话锋一转："当然，若是你能留下来帮我，无论什么名义，顾问也好，少帅夫人也好，我都会感激不尽！"

叶蕴仪心中酸涩，脑中条理却逐渐清晰起来，她突然嗤笑一声道："哪用那么复杂！我还有更好的选择，不是吗？既然你说放手，那么，我跟爷爷、蕴杰一起走！一了百了！"

潘启文浑身一僵，一口气被她堵得提不上来，眼前不由一黑，直直地向后摔去，叶蕴仪下意识地去拉他的手，却被他冰冷的手冻得一颤，她心里一惊，忙伸手到他额上一摸，才发现他的额头竟是滚烫！

她急忙将自己身下的衣服抽出来，铺在他身下，然后扶着他缓缓躺下，她看了看昏暗的天色，不由发起愁来。转头对潘启文皱眉道："我们不能在这里过夜！你的伤只怕发炎了，你在发烧！"

潘启文顺势倒下，心里赌着气，闭了眼，也不理她。

叶蕴仪轻轻推了推他，急道："你能不能走啊？你是怎么安排你的护卫的？这里露水重，晚上会更麻烦的！"

潘启文翻了个白眼，冷笑着道："死了拉倒！你不是巴不得我死吗？反正你也要跟你爷爷走了，何必还管我的死活？"

叶蕴仪放开他，背过身去，冷冷地说道："潘天一，是你自己说要放我走的，敢情你又是要着我玩的？"

潘启文被她噎得说不出话来，半晌方低吼道："叶蕴仪，我说过，放你自由！但我也说过，希望你能留下来帮我！即便你留下来，你的人还是自由的，你还不明白吗？你说走就走，光铁矿你就给我丢下一摊子事，还不让人发下脾气吗？"

他停下来喘口气，稍稍平静了一下，接着说道："以你的性子，走到哪里，不是都想要做出一番事业来的？现在这里百废待兴，又有我这个军政府为后盾，既能为国为民做点事，又能将你家银行在国内发展起来，你到哪里去找这么好的机会和条件？国内其他地方，若没有我这样的背景，你们的银行敢去做吗？"

叶蕴仪心中震动，她知道，他说的句句在理，若是与他合作，既能为国为民做点事，又能将自家银行发扬光大，这样的机会，的确难得！

只见潘启文仰头看天，幽幽地说道："我说过你的人是来去自由的，你就当从不认识我，咱们只是合作，要联手做些事起来，这样也不行吗？"

叶蕴仪看他神情悲哀，脸上因发烧而起了红晕，不由心中一软，叹口气，轻声道："我是被你骗怕了！你让我想想！"

潘启文无可奈何地叹口气，虚弱和疲惫无力地袭来，他再也支撑不住，闭了眼，不再理她。

叶蕴仪取出纱布，拿起水壶，却发现这个水壶已经空了，她刚伸出手去拿另一个水壶，却又缩回来。她向四周看了看，突然目光停留在一个小水坑处，那是离他们这块大石约五米远的地方，那水坑下面和周围全是碎石，坑中的水还不算太浑浊。

她犹豫了一下，撑起身子，下了地，而她原本被蛇咬的右腿一着地，就钻心地疼，脚下不由一晃，赶紧扶住石头边缘，撑住了身体，口中已是呻吟出声来。

潘启文猛然睁开眼，急叱道："你干什么？你脚上有伤，不好好坐着，到处乱走什么？"

叶蕴仪斜靠在大石上，抿抿唇，指着那个水坑道："那里有水，我想给你敷一敷！"

潘启文两道浓眉拧在了一起："不是还有水吗？他们走的时候把水壶都留下了！"

叶蕴仪垂了眼帘，轻声道："刚刚给你洗伤口，用掉了一壶，余下的，要喝的，不能再浪费了！"

潘启文嫌弃地看了一眼那水坑，强自撑起身体，一把抓起那个空水壶，想了想，又拿起石头上方的斗笠，一声不吭地走到水坑边，先将水壶灌满水，盖紧了，再将斗笠装满了水，起身时，脑袋一阵晕眩，斗笠一斜，里面的水全都洒了出来。叶蕴仪急急地拖着脚就要上前扶他，却听他猛然喝道："别动！"

叶蕴仪被他语中的急切吓住，不敢再动，只见他再弯腰将斗笠里装了一大半水，缓缓起身，小心地捧到大石旁，将斗笠细心地卡在脚边石缝里，这才艰难地爬上大石，似刚才的动作已用尽了全身的力气，再无力支撑了般，仰头就往后倒，唬得叶蕴仪急忙伸手去扶他的头，叶蕴仪只感觉胳膊明显一沉，她心里“咯噔”一紧，只见他已是双眼紧闭，竟似已昏迷过去！

一声满含焦灼的呼唤“启文”从叶蕴仪嘴里脱口而出，潘启文紧闭的双唇一抖，他刚刚那一刹那失去的意识，瞬间清醒过来，他刚想睁开眼，突然感觉到她双手都揽住了他的头，定住了，再缓缓挪过她自己的身子，轻轻地将他的头放在了她的腿上。

潘启文只觉原本通体冰冷的身子，瞬间竟暖和了起来，他静静地躺在她的腿上，放弃了睁开眼的打算。

他感觉到她轻柔地将蘸了水的纱布覆在他的额上，又另拿了一块湿纱布，细细地在他的脸上、颈上擦拭起来，还时不时用她的手贴上他的肌肤，试着温度。

潘启文心底柔软得泥泞一片，他的意识在这样的柔情中慢慢地沉沦，很快，竟昏睡了过去。

潘启文做了一个梦，他梦见自己一会儿被扔在冰天雪地中，一会儿被扔进了大火炉，但无论在哪儿，他胸口那一片，始终不冷不热，柔软熨帖。

当他在昏昏沉沉中再次醒来时，赫然发现自己竟是趴在叶蕴仪软软的身体上！

更让他惊骇的是，他与叶蕴仪两人，胸前的衣服都完全敞开，两个人的上身紧紧地贴在一起，她的双手伸进他的衣内，紧紧地搂住他的背，将他往自己身上压着，而他的一双手竟然被她特意夹在她高耸的双峰之间，而他的脚也被她紧紧夹在她双腿间！

潘启文脑中有片刻的空白，当他终于明白过来，这绝不可能是自己不清醒时干的好事时，心中的惶恐消失，取而代之的，是满心的感激和温暖。

他一动不敢动地趴在她身上，两只手却实在忍不住轻轻地在那对丰盈上揉捏了两把，他感觉到她的身子微微一动，赶紧闭上了眼，原样趴着。

他感觉到她的手在他的背上抚过，接着是一声惊喜的低叹：“终于出汗了！”她的一只手缩回来，抓住了自己胸前的他的手，摸了摸，重重地呼出一口气，喃喃地道：“总算是暖和过来了！”

潘启文鼻子一酸，一丝温热直直地向眼眶冲去。

她为了给他取暖，竟将他原本冰冷的手和胸膛贴上了她的肌肤，细心的她，怕石块冰凉，竟将人高马大的他翻到她自己身上，他难以想象，她拖着一条伤腿，得要费多大的劲，才能将他翻过来趴在她的身上？

这时她的手又在旁边摸索起来，很快摸到一块干的纱布，她将纱布塞进他的后背，将他的背与汗湿的衣服隔开，再理了理，手放在他的后背上，不动了。

他心中一惊，耳边却传来她均匀的呼吸声，他心里不由一痛，她原本还赶了路，又受了伤，都没好好休息过，为了他，她不知道又折腾了多久，刚刚打下瞌睡都是警醒着的，生怕他有事！这会儿，看到他出了汗，手脚暖和起来，便再撑不住睡了过去！

潘启文贪恋地趴在她身上，他的脸正挨着她的脖颈间，他轻轻地撅了嘴，像个偷吃的孩子般，小心翼翼地贴上了她的颈项，停下，见她没有反应，又蹭了蹭，再停下，耳边仍是她均匀的呼吸声，他的胆子便大了起来，将身子向上缓缓地挪了挪，他的唇便向着她的凑去。

叶蕴仪无意识地一偏头，潘启文的唇便落了空，他轻轻一笑，抽出一只手来，伸进她的颈下，想要固定住她的头。

然而，他的手背触及的那一片冰凉，令他心中的旖旎瞬间消散，他心里一紧，抬头看了看月明星稀的天空，她在这样冷硬的石头上躺了多久？身上还压了个沉沉的他！她现在得有多累，才能在这样的情况下昏昏睡去？

潘启文皱了皱眉，费力地撑起身来，将她的上衣轻轻拉拢，一粒一粒为她扣起衣扣来，月光下，她的肌肤上映出一层淡淡的银辉，潘启文只觉下腹一紧，喉咙中又火烧火燎起来。

他强忍住身和心的悸动，轻轻地抱起她，自己躺下，将她放在自己身上趴着，睡梦中的叶蕴仪骤然从又冷又硬的石头上挪到一片温软之中，舒服地叹了口气，将脸一侧，重重地趴在了他受伤的肩胛处，还往下压了压，蹭了蹭。

潘启文"咝咝"地吸着气，伸出手，捧住她的小脑袋，想将她挪到自己另一边胸口，却听她娇憨地"嗯"了一声，伸手搂住了他的脖子，摆脱了他的手，再次向他受伤的那边蹭了下去。

潘启文眼疾手快地在她的头蹭到自己身上的纱布前，将自己的手塞了下去，垫在她的头下，她嘟起嘴，两片柔软的唇瓣在他的掌心磨了磨，轻柔的呼吸喷在他的掌心处，令潘启文再次心痒难忍起来。

潘启文清楚地感觉到自己下面起了反应，那个小东西直直地挺立起来，抵在她的双腿间。

潘启文心里挣扎了半晌，终是忍不住双手搂住她向自己压下，下身又向上挺了挺，那坚硬的小东西在她腿间磨了磨，却越发地膨胀起来。

潘启文痛苦而无力地看看天，突然眼珠一转，唇边漾起一个坏笑来。

他将她往下挪了挪，伸手握住她的手腕，带着她的手，向自己那份火热探去。

就在这时，只听一声低喝："谁在那儿？"几乎与此同时，几支明晃晃的火把围了过来。

潘启文的手一僵，紧接着却听到一声惊喜的呼喊："天一！"接着便是一声尴尬的轻哼"呃……"以及一片忍笑的吸气之声。

潘启文下意识地要甩开叶蕴仪的手，却又打住，轻轻地将她的手放在自己胸口捂住了，这才恼怒地对刚刚发声惊呼的黎昕低吼道："叫什么叫？没见蕴仪睡着了吗？"

黎昕瞟了眼趴在潘启文身上的叶蕴仪，眼神在她腿上的包扎处停留了一下，这才别开了头，神情僵硬地问了句："她怎么了？"

潘启文放轻了声道："她只是睡着了！"

黎昕皱了皱眉："我是问她的腿怎么了？"

潘启文瞪了他一眼，不情不愿地道："她被蛇咬了，不过那姓贺的小子为她吸出了蛇毒，现在应该没事了！"

说到这里，他突然心里一惊，她即便再累，也不至于这么多人围了上来，又说了这一阵的话，到现在还没醒！

潘启文颤着手探向她的额头，触手所及，却是一片滚烫！

潘启文微微一怔，随即眼神一黯，他也不搭话，径直站起来，背对着他们先前躺的大石，往下一弓身，叫道："帮我把她扶到我背上来！"

黎昕走过去，将叶蕴仪抱起来，扶着她趴上了潘启文的背，口中冷笑地斥道："早干什么去了？"

承受了叶蕴仪的重量，潘启文的身形晃了晃，黎昕诧异地看了他一眼，即便受了伤，他也不至于背不起个叶蕴仪！

却听潘启文苦笑着解释道：“你们不来，我也不敢就这样背着她走！我不知道，在这样的泥泞路上，她能撑多久，我也不知道，我自己能撑多久！所以，我不敢走，宁愿呆在这里，等护卫们寻来，好保持体力！”

黎昕猛然顿住，他缓和了神色，一伸手，探上了潘启文的额头，不由皱了眉道：“你也在发烧！”

潘启文点头苦笑：“我们这算不算相依为命？我只怕，她醒来便不认账！”

黎昕心中一紧，鼻中一酸，低了头，默默地跟在潘启文身后，一只手虚扶在叶蕴仪背上，终是没再说话。

潘启文一直将叶蕴仪背到了云顶镇，进了柳老爷家，直到看到大夫嘴里吐出“无碍”二字时，他再也没能听到后面的话，便轰然向后一倒！

第三十一章

困兽犹斗

叶蕴仪醒来时，她有些怔忡地看了一眼这个似曾相识的房间，一转头，便看到一个年轻的短发女孩，一脸惊喜地看向她：“你醒了？”

叶蕴仪急急地起身，她忍住头中那一阵晕眩，一把抓住那女孩子的胳膊，问道：“他呢？哦，我是说，跟我一起的那个男人呢？”情况不明，她下意识地不敢说出潘启文的身份。

那个女孩咯咯地笑起来，她一甩头，一双大眼中带着一丝戏谑，她捂了嘴笑道：“你是说潘少帅吧？他在隔壁房间里，也是刚刚醒了过来，醒来第一句话，跟你一模一样，问的也是两个字——她呢？”

叶蕴仪听说潘启文没事，长长吐出一口气来，她怔怔地看了看面前的女孩，皱眉道：“你知道他是潘少帅？”

那女孩眨了眨眼，直率地笑道：“我以为你会先问我，我是谁，这是在哪儿？”

叶蕴仪悄悄呼出一口气，压下心中的情绪，她微微一笑：“好吧，你是谁？这是在哪儿？”

女孩一偏头，双颊上两个酒窝陷下，令她的笑容显得更加甜美，清脆的声音从她嘴里吐出来，带着一丝调皮：“我叫柳意，你再看看这是在哪儿？”

叶蕴仪蓦然抬头，再环顾四周，不由失笑道：“你是柳老爷的女儿？

这是你的闺房吧？我前几天还住过！”

隔壁房间，潘启文恨恨地一捶床头，看向床边的黎昕，咬牙切齿地道：“找什么证据？管他们想做什么，给我抓！把那些个犯事的日本人一个不留，全抓起来！省城的日本人也全都给我赶走！”

黎昕皱了皱眉：“可是那日本领事，还有那些个正经的日本商人……”

潘启文冷笑一声打断他，道：“我敢说他们绝对是蛇鼠一窝！你别忘了，铁矿之事，就是那日本领事当初最先出的头！说什么正经日本商人，单看他们开的纱厂便知道，一肚子的坏水！”

黎昕迟疑着道：“咱们无凭无据地便将所有日本人都赶出去，日本一定会提出抗议的！其他国家的人会怎么看？再说，外边本便说你独断专行，这样一来……”

潘启文眉一挑：“抗议？”他轻蔑地一挥手，“抗议顶个屁用！让他小日本有本事将他家大炮轰到咱这西南来？”

他鼻子里轻轻一哼：“其他国家，巴不得捡便宜吧？这说我独断专行的多了去了，也不在乎多这一件！”

黎昕沉吟道：“可是，那些日本商社、银行和工厂里，雇佣了不少咱们本地人，若是将这些日本人赶走了，便断了他们的营生！”

潘启文双眼微眯，突然唇角一弯，脸上漾起一个舒心的笑来：“谁说断了他们的营生？咱们赶走日本人，他们的生意和工厂，咱们军政府全盘接手！还用原来那些个人！”

黎昕倒吸了一口冷气，急道：“你还当自己是土匪吗？这不是明抢吗？”

潘启文神色一冷，一拧脖子，蛮横地道：“我就是抢了，又怎么样？日本人抢咱们的东西还少吗？他们若有本事，就打进来！”

黎昕总觉得有哪里不对，却又说不上来，正犹豫间，却听潘启文呼吸急促，恨怒难平地道：“这两天的事，你想起来不觉后怕吗？若不是蕴仪机警，若不是贺文龙碰巧在铁矿那边，蕴仪说不定被那些个无知的农民给活活烧死！若不是我带人走小路去堵她，说不定她跟贺文龙就死在那山里头！”

他攥紧了拳头，眼中寒气更甚：“还有，他们送了个假的手珠给我，引我来的目的是什么？他们不是要我的命，便是要逼我做下卖祖宗之事！”

说到这里，他禁不住打了个寒战：“若是蕴仪真被他们抓去，我有什么不肯？她那个宁折不弯的性子，怎会让我为了她做出那样的事来？我只怕，到那时，无论我答不答应，真正要了的，会是蕴仪的命！”

黎昕心中一凛，不由背上已是冷汗涔涔，也禁不住对日本人咬牙切齿起来。

却听潘启文哼道：“这几年，日本人在咱们这儿挑了多少事了？就为一个铁矿，他们追杀杰森，这次又差点暗算了蕴仪的爷爷和伯父！”

他顿了一顿，眼中升起一抹幽深恨意，森寒的话语从他牙缝中蹦出：“更何况，蕴仪父母的死，这血海深仇，我怎能不记在日本人账上！蕴仪父亲是我授业恩师，又将心爱的女儿嫁给我，蕴仪母亲，那样一个美丽温情的女人，却因为我，如此惨死！只杀了区区几个小喽啰，怎能消我心头之恨？我与蕴仪原本意气风发、幸福美满，现在却成了仇人一般，也全是拜日本人所赐，我怎能不恨？！”

他抬头看向黎昕，一脸狠戾地道：“跟他们，说什么证据，讲什么道理？难道非到他们要了咱们所有人的命，才来后悔吗？百合会馆和这次抓到的日本人，全部杀了！其余的日本人，全部赶出西南之地，以后都不许他们进来！这样，一了百了！”

他鼻子里发出阴森的一哼：“以后，无论是谁与日本人打交道，一律以通敌卖国论！”

黎昕重重地点头：“好！我这就传下令去！”

潘启文却叫住了他，突然扭捏起来，他低了头，声线紧绷，轻声道：“她醒来后，有问起过我吗？”

黎昕轻笑一声：“据那柳小姐说，她醒来第一句话，就问的是你！”

潘启文猛然抬头，眼中是不敢置信的欣喜，他一把揪住黎昕，急切地道：“她还说了什么？”

黎昕摇摇头不语。

潘启文一脸懊恼地看向黎昕：“既然都知道了她是我少帅夫人，为什么不将我们安排在一间房里？”

黎昕眼中一黯，正色道：“是大夫说你们都中了风寒，又都有伤，身体虚弱，特意将你们两个分开，以免相互传染！”

潘启文这时脑中却全是昨晚的旖旎，他心口一热，急切的话脱口而出：“那到底我什么时候才能见她？”

黎昕冷哼一声：“大夫说要你们两个都完全退了烧才行！现在她倒是基本都退了，就你自己不争气，还一直发着低烧！”

潘启文急急地往周围一看，叫道：“药呢？怎么不给我拿药来？”

黎昕无语地看了看他，却见柳意应声走了进来，抿唇笑道：“少帅，早上你刚服了一次药，现在还没到时间呢！”

潘启文听着她那笑声，有种被人看穿了他的心急、受人讥笑的感觉，不由倍觉刺耳，他不耐烦地瞪了她一眼，道：“你是谁？”

黎昕忙道：“这是柳家的小姐柳意！”又转头歉意地对柳意温和地笑道：“柳小姐，你别介意，他就这脾气！”

柳意脸上一红，悄悄瞄了他一眼，低了头，轻声道：“没关系！”

黎昕睥了潘启文一眼，不悦地道：“叶蕴仪就住在柳小姐房中，柳小姐今天一直亲自在照顾她，你对人客气点！”

潘启文忙缓和了脸色，看也不看黎昕，只向着柳意，急急地问道：“她怎么样了？”

柳意笑道：“她已经退了烧，这会儿有丫头在房中伺候着她喝粥呢！”

潘启文神情一松，点头笑道：“她喜欢喝皮蛋瘦肉粥，叫你府上的人给她熬点！”

柳意一怔，用求助的眼神瞄向黎昕：“皮蛋瘦肉粥？”

黎昕叹口气道：“你别听他的，那是广东的做法，你府上的人未必会，先做你家厨子拿手的就行，只要她能吃得下就好！”

潘启文一瞪黎昕：“既然都醒了，你就赶紧安排咱们回潘家集去！”

黎昕皱眉道：“大夫说你的伤绝对不能再动，一定要静养！何况叶蕴仪身子也虚，也不宜车马劳顿，所以，我已从潘家集调了人手来，打算在这里暂住几天了！”

听了这话，柳意眉梢显出一丝喜色来，却听潘启文哼道：“那你怎么没想到从潘家大宅里调厨子过来？”

黎昕无奈地苦笑：“我这就去安排，还不成么？”

叶蕴仪房中，潘启文离床远远地站定了，一副淡漠的样子：“你现在怎么样了？”

他邪邪一笑，低哑的嗓音中充满了暧昧气息：“说起来，昨天还真要谢谢你那样给我取暖降温。”

叶蕴仪一下子回想起昨天的事来，没想到他都知道！她面上一热，一脸懊恼地低了头，突然一惊抬头道：“昨天，是谁把我抬回来的？他们都看见了什么？”

潘启文心口一滞，脑里尽是昨晚的旖旎，下腹又是一紧，他眼神一闪，低头轻笑道：“你放心，他们只看到我趴在你身上，啥也没看见，我有的是时间为你穿好衣服。”

说到这里，他眼中闪过一丝狡黠，抬手指了指自己脸上，委屈地道：“黎昕还道我乘人之危轻薄于你，我一起身就给了我一拳！”

他走上前两步，来到床前，倾身将脸往下凑去：“你看看，都青了吧？”

潘启文扑面而来的男性气息，令叶蕴仪心里猛然漏跳了一拍。

她抬眼一看，见他唇角果然有些青色的肿痕，心里微微一紧之后，一丝不安涌上了心头，眼前不由闪现出黎昕那温润的脸庞来，黎昕为了她，打了潘启文？

潘启文像个孩子似的，紧追着她问：“是不是？是不是肿了？”

他斜睨她一眼，故作委屈地叹了口气：“我真是冤枉啊！明明是我昏迷不醒的时候，有人扒了我的衣服，结果倒是我成了好色之徒了！”他故意将“扒”字咬得重重的，眼中是痞痞的光。

叶蕴仪横了他一眼，知道这人是越说越来劲的，干脆不理他这茬，她偏了头不看他，岔开话题问道：“对了，贺文龙呢？他怎么样了？”

潘启文好不容易碰上叶蕴仪没给他脸色看的时候，正在兴头上，猛不丁却被她问起了贺文龙，心中那股贺文龙替叶蕴仪吸蛇毒时起的酸味一下子又泛了上来，这个贺文龙，为什么每次蕴仪有事，他都好巧不巧正在她身边？

他在心中冷哼一声，却也不敢表现在脸上，只直起原本弯下的腰，懒懒地道：“他已经没事了，听说一大早都在院子里打了趟拳了。”

叶蕴仪翻身就要下床："于情于理，我都应该去谢他一声的！"

潘启文一把按住了她的肩："大夫说，你身子虚弱，又染了风寒，不要随便出去，没的传染给别人！"

叶蕴仪甩开他的手，哼哼道："大夫也说不让我跟你见面，你怎么又过了来？"

潘启文两手一摊，倾身到她耳边，暧昧地笑："你昨天那么热情，我以为你——想我了，所以嘛……"说着，他的眼神不怀好意地向她领口里面扫去。

叶蕴仪咬牙，就知道不能给这个人好脸色！她两手揪住了领口，身子往后仰，避开他，沉下了脸道："我要说的事情说完了，你可以走了，别到时又说我传染给了你！"

眼见叶蕴仪变了脸，潘启文眼中闪过一丝懊恼，他恋恋不舍地瞄了一眼那雪白的颈项，直起身，向后退了两步，一脸无所谓的模样："我还真怕你传染我！我还是走了！"

走到门边，他突然顿住了脚步，双眼锐利地盯着叶蕴仪，微厉了神色："若我没记错，那个贺文龙应该是共党吧？他在这里做什么？他不会是要闹事吧？"

叶蕴仪一凛抬头，她有意地隐瞒了贺文龙在云顶组织农会之事，只淡淡地道："他是云顶一户农家的侄儿，他看到云顶的农户们穷困，便教他们种植了棉花，又帮他们将棉花卖给省城的纱厂，这次去，就是与农户们商量怎么帮他们与日本人的纱厂谈价！"

潘启文半信半疑地看向她，正要再问，却听门外有人朗声笑道："少帅多虑了！我们不过是为穷苦人家办些实在事而已，完全没必要防备至此！"

说这话的是贺文龙，他说完，还敲了敲门。

叶蕴仪急急地坐起身来，披上外衣，方才又惊又喜地叫道："贺大哥，快请进来！"

潘启文脸色一沉，转过身来，紧紧盯着进来的贺文龙，沉声道："那为什么西山的百姓又要请我们前去剿赤匪？别跟我说不是你们干的！"

贺文龙大大方方地随着叶蕴仪的指示坐了下来，这才冷笑一声道："百姓？谁是百姓？是那些个肚满肠肥的土财主们是百姓，还是那些个穷得揭不开锅被逼卖儿卖女的农民们是百姓？少帅只知他们闹事，可为何却不问一声他们为何闹事？”

潘启文一时语塞，他接到报告时正要细问，立即就收到了那串假冒的叶蕴仪的手珠，他哪里还有心思问那些？这时却被贺文龙直直地问住了，竟是作声不得！

然而，他却不愿意在这时输了气势，只冷冷地道：“真相究竟如何，我自会派人去查，不过，若是真给我查出来你们有不法之事，别怪我不留情面！”

贺文龙却毫不留情地嗤笑一声道：“这次出了这么多的岔子，只怕少帅得先急着料理日本人吧？”

他也不待潘启文回答，便转过了头，对叶蕴仪笑道：“蕴仪，我是来告辞的！”

叶蕴仪皱了眉，柔声道：“贺大哥，你这么快就要走了？你的身体没事了吗？”

贺文龙眼中似有深意地看了叶蕴仪一眼，唇角掠过一抹失落，笑了笑：“你放心，我好得很！现在想来你也不再需要我了，我还有很多事，就先走一步了！”

说完，转身便向外走去，经过潘启文身边时，他拍拍潘启文的肩，笑道：“少帅不必要为了一些莫须有的事烦恼，我贺文龙从不会想不属于自己的东西！”

他回头瞄了一眼叶蕴仪，头向前一靠，在潘启文耳边轻笑一声：“只是少帅自己要握得住才好！”

贺文龙来去匆匆，直到他的身影完全消失，叶蕴仪才怅然地叹了口气，收回眼神，然而这声叹息在潘启文耳中却分外刺耳。

潘启文心中的火噌噌噌直往上冒，为什么他总是要看她的脸色，而她对别的男人却是柔情似水？以前的方宗尧是，现在的贺文龙是，甚至对黎昕，都比对他潘启文要好！

他黑沉着脸，眼中闪着怒火，讥讽地笑道：“哟，这才认识几天，就‘蕴仪’和‘贺大哥’这样地叫上了？叶蕴仪，我怎么没发现你原来是这么随便的人？”

叶蕴仪脸色一白，她撑在床上的那只手轻颤着，她无力地往床头一靠，闭了眼，幽幽地说道：“潘天一，你昨天说要彻底放了我，这话现在还作不作数？”

潘启文心里“咯噔”一下，他猛然收起脸上的讥讽之色，惊疑不定地看向她，他的回答没有丝毫迟疑，但先前的气焰却一下子矮了几分：“当然作数！”

叶蕴仪点点头，轻声道：“好，我现在就可以告诉你，我想好了，跟爷爷和蕴杰一起去美国！”

潘启文两步跨到床前，死死地盯着她。

叶蕴仪显然意识到他的逼近，她的胸膛起伏着，紧闭的双眼上睫毛轻颤。然而，半晌，潘启文却没有动静，她终是忍不住睁开眼，入眼的却是他的上衣下摆，以及他衣摆两侧那紧紧攥在一起的拳头，那拳头上已是青筋暴绽。

叶蕴仪竟不敢抬头看他，她微微瑟缩地向床里侧挪了挪，叹口气道：“你不用再跟我说国计民生那一套，潘天一，那是你的事！不要再把我和我的家族扯进来！”

她听见潘启文的声音在头顶响起，听不出喜怒：“你是因为放不下过去吗？”

叶蕴仪摇摇头，淡淡地道：“潘天一，即便如你所说，就当我们从来没有认识过，只是纯粹为了国事和生意，但是，我发现，我跟你根本就不可能合作，你的反反复复、喜怒无常，我适应不了，分不清公和私的人，从来就是你！”

潘启文深深吸了口气，哑声道：“若我能够公私分明呢？”

叶蕴仪冷冷一笑道：“潘天一，若是如你所说，你彻底放了我，你又能做到公私分明，那么，以后我们在个人关系上，便各不相干，你要找女人，我管不着，我与什么人来往，你也管不着！即便……”说到这里，她停了下来，咬咬牙道，“即便我与别的男人上床，你也不得干涉，你，能做到吗？”

潘启文一把捏住了她的下巴，捏得她生疼，他将她往上一抬，迫使她看向他，他眼中的悲哀、愤怒一闪而逝，她听到的却是满含嘲讽和酷厉的话语：“叶蕴仪，我真不知道，你是一个什么样的女人！只有你，会一而再、再而三地拿别人的爱作为武器，来刺伤爱你的人！”

叶蕴仪垂下眼睑：“你说得对，你累了，我也累了，所以，既然不爱了，我们还是放过彼此吧！”

潘启文死死地盯着她，半晌从牙缝中挤出两个字来：“随你！”说完，他重重地甩开她，转身大步向门外走去。

他那沉沉的脚步踩在楼板上，发出的声音像是要将楼都踩塌般，叶蕴仪随着那脚步声，心里一颤一颤的，直到那声音完全消失，她才悄无声息地滑下来，躺平在床上，睁大了眼，呆呆地望着帐顶，两滴晶莹的泪珠，顺着眼角滑了下来。

黎昕回到自己房中，正草拟着电报，准备照潘启文的意思安排省城的事情，刀疤突然急冲冲地跑进来，满脸惊慌地叫：“大少爷，您快去看看少爷吧！”

黎昕一惊，搁下手中的笔，急忙问道：“怎么回事？”

刀疤急道：“刚刚少爷从少奶奶房里跑了出来，也不回房休息，硬是淋着雨跑到后院去审那些个日本人，我跟在后面打伞，他却一把挥开我的伞。这会儿，他竟然挑了一个日本人来跟他对打！”

黎昕霍然站起身来，狠狠地一拍桌子：“混账！你们怎么不拦住他？他的伤还没好，还发着烧！”

刀疤垂了头，沮丧而无奈地道：“少爷拔出枪来，说我们谁拦他，他就毙了谁！”

黎昕一把拉开椅子，急急地向外走去，一边以几乎小跑的频率走着，一边满脸焦急地问：“那个日本人身手如何？他可敢真打？”

刀疤急速跟上，边走边答：“那个日本人一看就像是身手不错，少爷发了话，说那日本人若是赢了少爷，少爷便放了这院子里所有的日本人，若是日本人输了，少爷便杀光这些人，你说那小东洋鬼子能不拼命吗？”

黎昕听了，心中不由一沉，那叶蕴仪究竟跟潘天一说了什么？竟令到他如此发疯？

两人刚走进后院的院门，便听到一排枪响，黎昕与刀疤对视一眼，发足向内狂奔，来到院中天井里一看，那被抓的九个日本人，有八个已全部被打死，滂沱的雨水冲刷着地上的血水，潘天一浑身已经湿透，被几个黑衣卫队的护卫强拉着站在屋檐下，肩上已渗出鲜艳的红色来，显然是伤口又已迸裂。

最后一个日本人眼睁睁看着自己人被打死，红了眼，愤怒地用生硬的中文叫道："潘天一，你怎么能这样对待手无寸铁的俘虏？你会有报应的！"

潘天一脸色惨白，脸上是狠戾的笑："报应？你们用炸弹去炸手无寸铁的女人，就不会有报应了？"

那个日本人微微一怔，下意识地答道："我没有！"

潘天一脸色狰狞，狂乱地叫道："我管不着！我只知道，他们死了！她就要杀死我的孩子来抵命！她死也不会再回头！我威逼、利诱，甚至什么狗屁放手，都没有用！我只知道，这些都是你们日本人做的！"

说完，他一抬手，一枪崩掉了那个日本人。

整个院中是死一般的沉寂，只听见哗啦啦的雨声，还是黎昕最先反应过来，一跺脚，大吼一声道："都愣着做什么？还不快把少爷弄回房间去，赶紧找大夫去！"

卧室里，潘启文重新换上了干净的衣服，大夫给他的肩包扎完，他的脸上仍是青一块紫一块的，瞪着一双眼，神情木然望着屋顶。

当所有人退去，黎昕站在潘启文床边，皱眉道："有什么了不得的事，值得你这样不要命了？你们这么长时间不都过来了么？难道还有什么能比得过当初失去你们的孩子时的惨烈吗？"

潘启文疲惫地合上眼，喃喃地道："都是日本人惹出来的事！我杀光了日本人，这样也不行么？"

黎昕还待再说，却见他挥挥手，一脸疲惫地道："我累了，这一次，我是真的累了！"

就这样，潘启文竟真的昏睡了过去，黎昕一直守着他，他一直发着高烧，时好时坏。

傍晚，当柳意敲门进来时，潘启文竟猛然睁开眼，死死地盯着柳意，吃人般地吐出几个字来："你来做什么？"

柳意被他的目光吓得心中怦怦直跳，她转过头，不敢再看他，飞快地说道："蕴仪姐听说你要将日本领事赶出去，又要没收日本人的工厂和商行，她觉得不妥，要找你！"

潘启文脸上立即迸射出怒意，他硬撑着抬起头，冲着柳意挥了挥拳，吼道："她以为她是谁？你去问问她，她以什么身份，又是凭什么管我的军政大事？！"

话刚说完，潘启文的脑袋“砰”的一声又重重地仰面倒了下去。

深夜，潘启文全身冷得发颤，打起摆子来，他蜷缩成一团，身上盖着两床大棉被，却仍是冷得上下牙嗑得咯吱直响。

朦朦胧胧中，他分明地感觉到那双熟悉的小手，拧起一条温温的毛巾，敷在他的额头上，又用白酒为他揉搓着全身，那一双柔胰在他全身动脉之处游走着。

潘启文浑身僵硬起来，他没有睁开眼睛，他告诉自己，即便这样虚幻的幸福，也享受一次才好，何必要睁开眼来，让一切烟消云散呢？

他感觉到自己被那双小手费力地翻了过去，趴在床上，他的上衣被向上卷起，本就冷得不行的他不由一哆嗦！他立即听到一声轻轻的叹息，紧接着，那冰凉的带着醇厚的香气的白酒，洒在了他的背上，那双小手抚上了他的背，沿着他的脊椎，由上而下，用力地揉搓着，不一会儿，他竟觉得一股热力在脊柱上升起，并散发开去。

潘启文赫然睁开眼，昏暗的灯光下，面对他坐在床边，低垂了头，闭着眼，一脸含羞带怯的女人，不正是叶蕴仪是谁？